CLAUDIA RIMKUS

Erlenried

WEGGESPERRT! Tief besorgt beobachtet Charlotte Stern, wie sich ihr Lebensgefährte Philipp Thaler verändert. Was verschweigt er ihr so beharrlich? Erst als die Situation ihre Beziehung akut gefährdet, spricht er über den Unbekannten, der ihn seit einiger Zeit bedroht. Doch noch während sie versuchen, den Stalker zu entlarven, überschlagen sich die Ereignisse. Philipps Patentochter wird am Morgen nach einem Treffen mit ihm ermordet aufgefunden. Der zuständige Staatsanwalt hält ihn für den Täter. Obwohl der renommierte forensische Psychologe seine Unschuld beteuert, wird er festgenommen. Die Schlinge um Philipps Hals zieht sich unbarmherzig zu. Verzweifelt nimmt Charlotte die Ermittlungen auf, um etwas Entlastendes zu finden. Kann ihr das trotz der erdrückenden Indizienlage gelingen? Verschließt sie sich womöglich vor der Wahrheit und hat mit einem Mörder zusammengelebt? Oder treibt der Stalker ein perfides Spiel, um Philipp zu vernichten?

Claudia Rimkus wurde 1956 in Hannover geboren, wo sie noch heute lebt und (arbeitend) ihren Ruhestand genießt. Die Autorin ist mit ihrer Heimatstadt eng verbunden, deshalb ist die Leinemetropole oft Schauplatz ihrer Geschichten. Diese sind trotz aller Dramatik immer mit Humor gewürzt. Ihre ersten Erzählungen wurden erfolgreich als Fortsetzungsromane in der Hannoverschen Allgemeinen Zeitung und den angeschlossenen Lokalzeitungen veröffentlicht. Danach folgten mehrere Kurzgeschichten und Romane. Wenn sie nicht schreibt, ist sie gern mit der Kamera unterwegs. Ihre Fotos haben mehrere Preise gewonnen. Auch das genaue Beobachten ihrer Umwelt inspiriert sie zu ihren Geschichten.

CLAUDIA RIMKUS

Erlenried

KRIMINALROMAN

Personen und Handlung sind frei erfunden.
Ähnlichkeiten mit lebenden oder toten Personen
sind rein zufällig und nicht beabsichtigt.

Immer informiert

Spannung pur – mit unserem Newsletter informieren wir Sie
regelmäßig über Wissenswertes aus unserer Bücherwelt.

Gefällt mir!

Facebook: @Gmeiner.Verlag
Instagram: @gmeinerverlag
Twitter: @GmeinerVerlag

MIX
Papier | Fördert
gute Waldnutzung
FSC® C083411

Besuchen Sie uns im Internet:
www.gmeiner-verlag.de

Im Ehnried 5, 88605 Meßkirch
Telefon 07575/2095-0
info@gmeiner-verlag.de

1. Auflage 2022

Lektorat: Claudia Senghaas, Kirchardt
Herstellung: Mirjam Hecht
Umschlaggestaltung: U.O.R.G. Lutz Eberle, Stuttgart
unter Verwendung eines Fotos von: © Claudia Rimkus
Verwendung der Kapitelbilder: @ proHolz Austria – Holzspektrum
Druck: CPI books GmbH, Leck
Printed in Germany
ISBN 978-3-8392-0259-3

Für meinen lebenslustigen Seniorenstuhlkreis

PROLOG

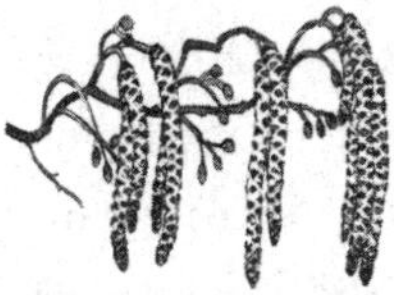

Mit zitternden Knien stand sie oben auf dem Geländer, starrte nach unten zu den Lichtern der Straßenlaternen, auf beleuchtete Schaufenster und vorbeihuschende Autoscheinwerfer. Der Wind riss ihr den Atem aus dem Mund. Ihr Blick irrte hinauf zum schwarzen, sternenlosen Himmel. Sie fürchtete sich – mehr als jemals zuvor in ihrem Leben, obwohl sie täglich viel Zeit in der Gesellschaft der Angst verbracht hatte. Ihr war bewusst, dass sie gleich sterben würde. Es gab kein Zurück. Der Tod lauerte auf sie. Wie ein Ungeheuer sein Opfer in die Enge trieb und ihm seine Krallen ins Fleisch schlug, so gnadenlos hatte er sie gejagt und eingefangen. Manchmal gewährte er ihr einen kleinen Freiraum für die Hoffnung, dass sich alles zum Guten wendet. – Um sie dann wieder grausam zu quälen. So geschah es seit Jahren. Nun hatte er endgültig über sie gesiegt. Niemand konnte ihn aufhalten. Hier und jetzt fand an diesem kalten Abend Mitte November das Finale statt. Gleich war es vorbei. Für immer und ewig.

Nur selten verließ Hauptkommissar Hannes Bremer das Präsidium nach Dienstende pünktlich. Inzwischen waren sämtliche Berichte geschrieben, und er freute sich auf den Feierabend. Als er die dunkelblaue Steppjacke anzog, knurrte sein Magen. Sollte er Marlene Biber fragen, ob sie ihn zum Italiener begleiten würde? Im Laufe der letzten Ermittlungen hatte er wiederholt mit der Journalistin zu tun gehabt. Trotz der deutlich spürbaren gegenseitigen Anziehung wollte er es bei der beruflichen Ebene belassen, solange der Fall Uhlenbrock nicht abgeschlossen war. Nun gab es keinen Grund mehr für Zurückhaltung. Er verspürte den Wunsch, die Frau, an die er häufig dachte, näher kennenzulernen. Nach einem Blick zur Uhr zögerte er. Es war kurz nach acht. Zu spät für ein Abendessen zu zweit. Oder nicht? Rasch zog er sein Smartphone hervor und öffnete die Kontaktliste. Im gleichen Moment klopfte Oberkommissarin Pia Wagner an die Glasscheibe, die sein Büro von dem der Teamkollegen trennte. Während Hannes das Telefon sinken ließ, trat die junge Frau durch die Verbindungstür.

»Wir haben eine Tote.«

»Muss das sein?«

»Ich hatte auch was Besseres vor.«

Pflichtbewusst steckte er das Handy in die Jackentasche.

»Wohin müssen wir?«

»In die Altstadt, Parkhaus Schmiedestraße.«

»Eine Leiche um diese Uhrzeit mitten in der City?«

»Pünktlich zum Ladenschluss. – Über die Umstände weiß ich noch nichts Genaues.«

Gemeinsam verließen sie das Präsidium und stiegen in Pias Dienstfahrzeug. Mit Lampe und Musik, wie die Kommissarin den Einsatz von Blaulicht und Martinshorn nannte, schafften sie es in knapp sechs Minuten zum Fundort. Rund um die Marktkirche war unübersehbar mit dem Aufbau des Weihnachtsmarkts begonnen worden. In wenigen Tagen würde es dort von Besuchern nur so wimmeln.

Hinter der Einmündung zum Hanns-Lilje-Platz war die Straße abgesperrt. Zusätzlich behinderten zahlreiche Schaulustige ein Durchkommen. Sogar Vertreter der Presse waren bereits vor Ort. Kurz entschlossen fuhr die Polizistin in Höhe der Seilwinderstraße auf den Fußweg. Sie gab einem uniformierten Kollegen von der Schutzpolizei ein Zeichen, worauf er das rot-weiß gestreifte Trassierband anhob und sie passieren ließ. Vorbei an einem großen Kaufhaus lenkte sie den Wagen bis zu einer Einfahrt, von dort aus zurück auf die Schmiedestraße und stoppte hinter dem VW T5, dem Fahrzeug der Kriminaltechnik.

Wie gewöhnlich ließ der Hauptkommissar nach dem Aussteigen zuerst die Umgebung auf sich wirken, bevor er Pia auf den gegenüberliegenden Gehweg folgte. Mehr als die Hälfte der Gebäudelänge unter den Parkdecks nahm das Brauhaus »Ernst August« ein. Hannes kannte die Gasthausbrauerei von Besuchen mit Kollegen. Nicht nur die abwechslungsreiche Küche und das »Hanöversche« Bier lockten viele Gäste an. Auch die Live-Musik erfreute sich großer Beliebtheit. Warmes Licht, das durch die breiten Glasfronten fiel, mischte sich mit der grellen Tatortbeleuchtung der Polizeischeinwerfer.

In weiße Overalls gekleidete Kriminaltechniker sicherten auf dem gesamten Straßenabschnitt Spuren. Die massige Gestalt des Rechtsmediziners war unschwer zu erkennen. Horst Fleischmann hockte neben der Leiche und führte erste Untersuchungen durch. An der Absperrung hinter der Stahlplastik waren uniformierte Beamte damit beschäftigt, einer ungeduldigen Menge zu erklären, dass es noch dauern würde, bis sie zu ihren Fahrzeugen ins Parkhaus dürften.

Unterdessen holte Pia erste Informationen ein. Mit einem kleinen Asservatenbeutel, in dem ein Personalausweis steckte, blieb sie bei Hannes stehen.

»Die Tote heißt Amelie Zander, 23 Jahre alt.« Mit der freien Hand zeigte sie nach oben. »Sie ist vom Dach gestürzt.« Die Kommissarin deutete vage zu ihrem Kollegen hinüber, der sich irgendwo vor dem Schaufenster des Jagdausstatters befand. »Martin ist eben gekommen. Er fängt mit der Befragung der Passanten an.«

Hannes nahm es zur Kenntnis, während er an der stählernen Fassade des Parkhauses hinauf bis zum Dach schaute. Viel sehen konnte er nicht. Er würde sich dort gleich selbst ein Bild machen. Sein Blick schweifte zurück und blieb am Emblem des Brauhauses haften, das oberhalb des überdachten Eingangs angebracht war. Es zeigte einen Husaren mit Pferd und Bierkrug. Einen halben Meter rechts davon kniete der Rechtsmediziner auf dem Gehsteig und stülpte Papiertüten über die Hände der Toten, um mögliche Fremdspuren zu sichern. Bedächtig schloss er seinen Aluminiumkoffer und erhob sich schwerfällig. Er gab zwei wartenden Männern ein Zeichen, worauf sie mit einem zweirädrigen Gefährt herankamen. Während sie die Tote für den Transport in die Rechtsmedizin in einem weißen Leichensack betteten, ging der Hauptkommissar zu ihnen hinüber.

»N'Abend, Horst. Was hast du für uns?«

»Weibliche Leiche. Pia hat den Perso.«

»Ich weiß. Todesursache?«

»Sturz aus großer Höhe, wahrscheinlich vom Dach. Ob es sich um Suizid handelt, oder ob sie gestoßen wurde, kann ich noch nicht sagen.« Er schnaufte wie ein Walross nach dem Auftauchen. »Mit meinem Bericht kannst du nicht vor morgen Nachmittag rechnen. Durch die Erkältungswelle sind mehr als die Hälfte meiner Leute im Institut ausgefallen. Und ich muss auch mal schlafen.«

»Wir stellen uns darauf ein.«

Hannes klopfte dem Freund auf die Schulter, bevor er sich umwandte und seine Kollegin darüber informierte, dass er sich nun den möglichen Tatort ansehen würde.

Mit langen Schritten betrat er das Parkhaus. Im Fahrstuhl stellte er fest, dass der Aufzug nur bis in die dritte Etage fuhr. Dort verließ er den Lift und schaute sich um. Er entdeckte die Treppe, die zur höchsten Ebene führte. Wenige Augenblicke später stand er auf dem oberen Parkdeck. Dort herrschte ebenfalls Betriebsamkeit. Im hellen Scheinwerferlicht arbeiteten die Leute von der Spurensicherung. Hannes rührte sich nicht, um ihnen nicht in die Quere zu kommen. Außerdem hatte er keine Tatort-Überschuhe zur Hand. Obwohl der Chef der Kriminaltechnik Schutzkleidung trug, erkannte Hannes ihn und gab ihm ein Zeichen. Benno Winkler streifte die Kapuze seines Overalls ab und kam zu ihm herüber.

»Na, Hannes, hat man dir auch den Feierabend versaut?«

»Augen auf bei der Berufswahl«, erwiderte er ironisch. »Habt ihr Anzeichen für Fremdverschulden entdeckt?«

»Bisher nicht. An einem öffentlich zugänglichen Ort finden sich massenhaft Spuren, die erst ausgewertet werden müssen. Das kann dauern. Willst du sehen, von wo aus sie abgestürzt ist? Wir haben die Stelle lokalisiert und im Umkreis davon alles gesichert, was relevant sein könnte.«

Er führte den Hauptkommissar bis zu einer etwa anderthalb Meter hohen zaunähnlichen Metallabsperrung, die von innen hinter der Fassade rings um das Parkdeck verlief. Auf dem Boden davor erkannte er Stellplatzmarkierungen. Im Abstand von jeweils drei Parkplätzen ragten Außenbeleuchtungen in den Himmel.

»Offenbar ist sie an dieser Stelle gefallen«, sagte der Leiter der KT und deutete zu einer der Laternen. »Wahrscheinlich hat sie sich am Mast festgehalten, ist aufs Geländer geklettert und hat sich in die Tiefe gestürzt.«

»Könnte sie nicht jemand hochgehoben und über die Brüstung geworfen haben?«

»Völlig ausschließen können wir das zu diesem Zeitpunkt nicht. Es müsste allerdings ein großer, kräftiger Mann gewesen sein. Wenn es so war, findet Horst bestimmt Abwehrverletzungen.«

»Warten wir es ab.«

Immer, wenn ein junger Mensch von irgendwo in die Tiefe gestürzt war, erwachte sein Misstrauen, dass es sich tatsächlich um Suizid handelte. In den meisten Fällen zu Recht.

KAPITEL 1

Professor Philipp Thaler hatte seit Längerem mit dem Gedanken gespielt, eine Senioren-WG zu gründen. Erst durch die Begegnung mit einer Gruppe munterer Ruheständler in der Seniorenresidenz Eichengrund waren seine Pläne konkreter geworden. Mittlerweile bewohnten sie das Haus zu sechst. Ihr Zusammenleben klappte außerordentlich gut. Zumal alle miteinander harmonierten und sie sich die Aufgaben im Haus teilten. Als großes Glück empfand er es, dass die Frau, die er liebte, seine Gefühle erwiderte. Inzwischen hatte er mit Charlotte so manches gefährliche Abenteuer überstanden und war froh über die Ruhe, die eingekehrt war.

Er saß in seinem Arbeitszimmer am Schreibtisch über einem Manuskript einer Vortragsreihe der Universität, für die er trotz Pensionierung ab und an tätig war. Der Hauskater lag zusammengerollt auf einem Kissen in der Fensterbank. Von irgendwoher war das leise Brummen des Staubsaugers zu hören. Ein untrügliches Zeichen dafür, dass die Putzfee, die zweimal in der Woche kam, durchs Haus wirbelte. Sie war überwiegend für die Reinigung der Bäder, Fußböden und fürs Staubwischen zuständig. In der Küche hatte größtenteils Elisabeth das Regiment übernommen. Nur das Kochen überließ sie ihrem Mitbewohner Conrad. Für freie

Sicht durch die vielen Scheiben im Haus sorgte ein Fensterputzer, für grobe Arbeiten auf dem Grundstück war ein Gärtner zuständig. Alles andere erledigten die WG-ler selbst.

Im Laufe des Vormittags kündigte der Signalton von Philipps Smartphone den Eingang einer Textnachricht an. Er tastete über die vor ihm liegenden Papiere und fischte das Telefon darunter hervor. Auf dem Display wurde die Ankunft einer SMS angezeigt. Das passierte selten, da Mitteilungen seit einigen Jahren überwiegend über WhatsApp versendet wurden. Gespannt tippte er auf das Symbol, worauf die Worte auf dem kleinen Bildschirm erschienen:

Du wirst noch oft an mich denken.

»Aha.« Er fragte sich, wer ihm das geschickt haben könnte. Von einem seiner Kontakte stammte es nicht, sonst hätte das System es der betreffenden Telefonnummer automatisch zugeordnet. Erst jetzt fiel ihm auf, dass die Nummer des Absenders gar nicht angezeigt wurde. Offenbar war sie unterdrückt worden. Wahrscheinlich handelte es sich um ein Versehen oder um einen Scherz, dachte er und legte das Smartphone beiseite.

Erst als die WG-ler beim Mittagessen saßen, fiel ihm die mysteriöse Nachricht wieder ein. Conrad Lenz, Diplom-Meteorologe im Ruhestand und Hobbykoch aus Leidenschaft, hatte einen Wirsing-Auflauf mit Kartoffeln, Schinken und Feta auf den Tisch gebracht, der einen köstlichen Duft verströmte. Die Freunde lobten die Kochkünste ihres Mitbewohners gebührend.

»Ich habe heute eine putzige SMS bekommen«, erzählte Philipp beim Essen. »Ein Unbekannter schrieb, dass ich noch oft an ihn denken werde.«

»Das wird eher *eine Unbekannte* gewesen sein«, vermutete Anneliese. »Eine anonyme Verehrerin.«

»Vielleicht hast du eine Eroberung gemacht«, fügte Conrad hinzu. »Du bist ja öfter in der Uni, wo es von hübschen Studentinnen nur so wimmelt.« Vielsagend schaute er zu Charlotte hinüber. »Pass nur auf, sonst schnappt ihn dir so ein junges Ding vor der Nase weg.«

Mit stoischer Gelassenheit erwiderte sie seinen Blick.

»Darüber mache ich mir keine Sorgen, mein Lieber.«

»Musst du auch nicht.« Das war Elisabeth, die dritte Dame im Haus. »Philipp würde das, was ihr beide habt, niemals wegen eines Flirts aufs Spiel setzen.«

»Herzlichen Dank für die gute Meinung, die du offenbar von mir hast.«

Mit ernster Miene schaute Philipp in die Runde. Sein Blick blieb an Albert haften. Der General a. D. saß in seinem Rollstuhl und widmete sich der schmackhaften Mahlzeit, als ginge ihn das Gespräch nichts an.

»Hast du nichts dazu zu sagen?«

»Warum sollte ich? Das ist wie bei der Kriegsführung. Ein kluger Feldherr riskiert nicht, ein schwer zu eroberndes Terrain zu verlieren.«

»Damit hast du es auf den Punkt gebracht.«

Philipp warf seinem Sternchen, wie er Charlotte nannte, einen zärtlichen Blick zu, den sie auf die gleiche Weise erwiderte.

Konzentriert arbeitete der Professor in den nächsten zwei Stunden nach dem Mittagessen an seinem Vortrag – bis das SMS-Signal erneut ertönte. Rasch tippte er aufs Display, öffnete die Nachricht und las:

Denkst du noch an mich?

Zunächst war er versucht, mit einem humorvollen Spruch darauf zu antworten, unterließ es aber. Das würde nur weitere Mitteilungen nach sich ziehen. Dafür hatte er keine Zeit.

Nach dem Abendessen verschwanden die meisten Bewohner zunächst in ihren Räumen. Oft trafen sie sich später zur Tagesschau im Wohnzimmer. Dort sahen sie sich nach den Nachrichten zusammen einen Film an, spielten Karten, hörten Musik oder beschäftigten sich anderweitig. An diesem Abend gingen die Interessen auseinander. Charlotte und Anneliese freuten sich auf den Montagskrimi im Fernsehen. Bei solchen Gelegenheiten saßen sie gern in der ersten Reihe. Conrad und Albert waren wie so oft zum Schachspielen verabredet, Elisabeth wollte ein spannendes Buch zu Ende lesen und Philipp seinem Vortrag den letzten Schliff verpassen.

Er setzte sich in seinem Arbeitszimmer an den Laptop und legte das Smartphone in Reichweite. Es dauerte nicht lange, bis ihn das SMS-Signal bei der Arbeit unterbrach. Unwillig holte er die Nachricht aufs Display:

Jetzt bin ich für immer in deinem Kopf.

»Du nervst!«

Er schob das Telefon beiseite und lenkte seine Aufmerksamkeit auf den Computermonitor.

Irgendwann hörte er Geräusche im Haus und warf einen Blick zur Uhr. Gleich zehn. Anscheinend zogen sich die Freunde in ihre Räume zurück, um schlafen zu gehen. Er speicherte das Dokument, an dem er gearbeitet hatte, klappte das Notebook zu und zog das Smartphone unter einigen Papieren hervor.

Nach dem Duschen betrat Philipp im Pyjama sein Schlafzimmer. Während er die Jalousien herunterließ, kam Charlotte herein. Sie trug ein mit einem zwinkernden Smiley bedrucktes knielanges Sleepshirt und rote Socken an den Füßen. Lächelnd blieb sie vor Philipp stehen.

»Na, du.«

»Na, du.«

»Legst du Wert auf Gesellschaft?«

»Immer.«

»Das trifft sich gut.«

Sie griff nach seiner Hand und zog ihn mit sich zum Bett.

Charlotte schmiegte sich im Schlaf an Philipp. Behutsam legte er den Arm um sie, während er im Dämmerlicht des Raumes auf den Rauchmelder an der Zimmerdecke starrte, an dem in regelmäßigen Abständen ein kleines Lämpchen rot aufleuchtete.

Die merkwürdigen Nachrichten gingen ihm nicht aus dem Sinn. Anscheinend hatte sich der oder die Unbekannte tatsächlich in seinem Kopf eingenistet. Warum bemerkte diese Person nicht, dass ihre Mitteilungen beim falschen Empfänger landeten? Oder war es möglich, dass der Absender tatsächlich ihn meinte? Um wen könnte es sich dabei handeln? Um eine Studentin, wie Conrad vermutet hatte? Das hielt er für unwahrscheinlich. Wer käme sonst infrage? Eine Weile dachte er darüber nach, aber ihm fiel niemand ein.

Als er endlich einschlief, verfolgte ihn eine in ein langes, zerfetztes Gewand gekleidete Gestalt durch einen nächtlichen Wald. Vergeblich versuchte er zu erkennen, ob es sich um eine Frau oder einen Mann handelte. Philipp rannte so schnell er konnte, stolperte über eine Wurzel, stürzte, rappelte sich hoch, lief weiter. Sein Atem pfiff, seine Lungen schmerzten. Er musste einen Moment verschnaufen. Dabei sah er, dass die Gestalt aufholte. Unter der Kapuze wurde eine hässliche Fratze sichtbar.

»Ich bin der Tod«, hallte eine dumpfe Stimme durch die Dunkelheit. »Du entkommst mir nicht!«

In Panik schreckte Philipp hoch. Er atmete stoßweise; auf seiner Stirn standen Schweißperlen. Seine Hand tastete zur Nachttischlampe. Im gedämpften Licht schweifte sein Blick zu Charlotte. Sie war nicht erwacht. Sekundenlang lauschte er ihren regelmäßigen Atemzügen. Vorsichtig drehte er sich auf die Seite und nahm das Wasserglas vom Nachtschränkchen. Während er in durstigen Zügen trank, gab sein Handy einen leisen Piepton von sich. Rasch tauschte er das Glas gegen das Telefon. Mit dem Finger wischte er übers Display, sah die Zahl 1 am Rand des Kurznachrichten-Icons. Wie ferngesteuert tippte er auf das Symbol und las:

Warum schläfst du nicht?

KAPITEL 2

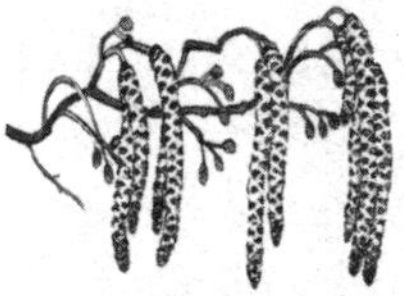

Am Donnerstagabend Ende November betrat Hannes Bremer mit seinen Kommissaren Pia Wagner und Martin Drews die Altstadtkneipe ›Alibi‹. Seit einigen Jahren trafen sie sich dort einmal monatlich. Kaum hatten sie an ihrem Stammtisch Platz genommen, erschien der Rechtsmediziner. Trotz der kühlen Außentemperaturen trug er keinen Mantel. Das Übergewicht, an dem er jahrelang erfolgreich gearbeitet hatte, sorgte dafür, dass ihm ständig warm war. Schwer ließ er sich nach der Begrüßung auf einen Stuhl sinken.

Nur wenige Minuten später gesellte sich Charlotte Stern zu der Gruppe und stellte ihre Sporttasche ab. Sofort sprang der Schwergewichtige auf und half der Freundin aus der weinroten Daunenjacke, die er über die Stuhllehne hängte.

»Danke, Horst.« Wie immer setzte sie sich zwischen ihn und den Hauptkommissar, bevor sie in die Runde blickte. »Schön, euch zu sehen.«

»Hattest du etwa Sehnsucht nach uns?«, fragte Pia mit schelmischem Lächeln. »Oder bist du nur gespannt darauf, woran wir zurzeit arbeiten?«

Das interessierte sie tatsächlich. Zwar befand sie sich mittlerweile im Ruhestand und hatte als Leiterin des Polizeiarchivs nie direkt mit Ermittlungen zu tun gehabt, aber ihre Leidenschaft für kniffelige Kriminalfälle schmälerte das keineswegs.

»Natürlich freue ich mich nur euretwegen«, parierte sie prompt. »Soviel ich weiß, gibt es sowieso keinen aktuellen Mordfall.« Aufmerksam schaute sie die junge Kommissarin an. »Oder doch?«

»Seit uns der ›Regisseur‹ auf Trab gehalten hat, ist es erstaunlich ruhig.«

»Vielleicht sind die Verbrecher vorsichtig geworden, weil sich eure gute Aufklärungsquote rumgesprochen hat.«

»Möglich«, meinte Martin. »Seitdem hatten wir es nur mit Leichen zu tun, die sich als natürliche Todesfälle rausgestellt haben – und mit Suizid.«

»Die Tote vom Parkhausdach«, erinnerte sich Charlotte. »Davon habe ich in der HAZ gelesen.« Ihr Blick wechselte zu Pias Vorgesetztem. »War das wirklich Selbstmord? Oder habt ihr inzwischen rausgefunden, dass die Frau gestoßen wurde? Gibt es einen Tatverdächtigen? Wurde deshalb eine Informationssperre verhängt?«

Sichtlich amüsiert schaute Hannes sie an. Alle am Tisch wussten, wie gern sie sich in Ermittlungen einschaltete. Das hatte ihnen so manches Mal geholfen, einen Täter zu entlarven.

»Nun mal langsam, Charly.« Er wartete, bis die Kellnerin die übliche Runde alkoholfreies Bier auf den Tisch stellte und sich zurückzog. »Diesmal kannst du nicht mitmischen. Im Parkhausfall gab es keine Hinweise auf Fremdeinwirkung.«

Charlotte wandte sich an den Rechtsmediziner.

»Du hast bei der Autopsie nichts Verdächtiges gefunden?«

»Keine Abwehrverletzungen, keine Fremd-DNA. Ein Sturz aus großer Höhe verursacht natürlich zahlreiche Frakturen. Außerdem haben wir einen Medikamentencocktail in ihrem Blut nachgewiesen.«

Diese Tatsache ließ Charlotte aufhorchen.

»Darfst du mir sagen, worum es sich dabei handelte?«

»Hauptsächlich um Psychopharmaka: Antidepressiva, diverse Beruhigungsmittel und andere Medikamente. Wahrscheinlich hat sie alles geschluckt, was ihr in die Finger kam, bevor sie gesprungen ist.«

»Demnach war sie schon länger selbstmordgefährdet.«

»Laut ihrer Krankenakte war sie seit ihrer Jugend depressiv und hat sich geritzt. Eine typische Borderline-Erkrankung mit Essstörungen.«

»Wie verzweifelt muss ein junger Mensch sein, wenn er sich selbst verletzt?« Erschaudernd griff Charlotte nach ihrem Glas. »Mir ist unbegreiflich, warum die Angehörigen das oft erst bemerken, wenn es zu spät ist.«

»Ein wichtiger Auslöser für Selbstverletzungen ist meistens eine depressive Entwicklung. Das kann tatsächlich in der Kindheit begründet sein.«

»Wenn ein Kind abgelehnt wurde«, fügte Martin hinzu. »Oder durch sexuellen Missbrauch.«

»Es kommen aber noch andere traumatische Erlebnisse infrage«, überlegte Pia. »Zum Beispiel Tod oder Scheidung der Eltern.«

»Das ist alles richtig«, bestätigte Horst. »Mobbing in der Schule könnte ebenfalls zu autoaggressivem Verhalten führen. Jedenfalls fühlt sich das Kind in allen Fällen hilflos, kann sich nicht wehren. Dadurch baut sich eine unerträgliche Spannung auf, die ein Ventil braucht.«

»Weiß man, was bei der jungen Frau der Auslöser war?«

»Offenbar hat sie immer darunter gelitten, dass sie keinen Vater hatte«, gab der Hauptkommissar Charlotte Auskunft, ohne den Namen der Selbstmörderin zu nennen. »Die Mutter war überfordert und labil. Als ihre Tochter 18 war, hat sie sich das Leben genommen. Dadurch verstärkten sich die depressiven Phasen der Tochter. Es folgten zwei Suizidversuche und Klinikaufenthalte. Dazwischen besserte sich ihr Zustand zeitweilig. Sie begann sogar ein Studium, hat aber die Bachelor-Prüfungen nicht geschafft. Klausuren, Hausarbeit, Referat – das waren anscheinend unüberwindbare Hindernisse. Schließlich hat sie das Studium Anfang des Jahres abgebrochen. Sie versank abermals in Depressionen und war sechs Monate in der Psychiatrie. Nach ihrer Entlassung kam sie nicht mehr auf die Beine. In ihrem Abschiedsbrief schreibt sie, dass sie in jeder Hinsicht gescheitert sei und ihrem Leben deshalb ein Ende setze.«

»Schrecklich.«

»Du wolltest es wissen«, erinnerte Pia die Ältere. »Wir sollten das aber mal für eine Weile vergessen. Mich interessiert viel mehr, wie du dich fühlst. Schwebst du immer noch auf Wolke sieben mit deinem Professor? Oder geht ihr euch schon gegenseitig auf die Nerven?«

Charlotte zögerte nur einen Sekundenbruchteil und zwang sich zu einem Lächeln.

»Und was ist mit deinem Liebesleben? Bist du noch mit dem Werbefuzzi zusammen? Oder hast du den armen Kerl abserviert, weil er nicht mit deinem Temperament mithalten konnte?«

»Der ist noch aktuell«, wusste Martin. »Allerdings frage ich mich, was sie an dem Typen findet. Das ist ein voll langweiliger Stubenhocker.«

Mit dem Ellenbogen knuffte Pia den jüngeren Kollegen in die Seite.

»Du hast es gerade nötig. Bei uns fliegen jedenfalls nicht wie bei dir und deiner Linda andauernd die Fetzen.«

»Na und? Dafür sind unsere Versöhnungen echt der Hammer.«

Wie immer an solchen Abenden wurde die Stimmung mit der Zeit lockerer. Berufliche Belange traten in den Hintergrund. Schließlich sprachen sie über die bevorstehende Adventszeit.

Eigentlich hatten Charlotte und Philipp geplant, Anfang Dezember nach Schweden zur Familie seiner Tochter zu fliegen, später aber beschlossen, das Weihnachtsfest gemeinsam mit den WG-lern und allen Verwandten in Hannover zu feiern.

Zu vorgerückter Stunde verabschiedeten sie sich vor der Kneipe voneinander. Hannes und Charlotte schlugen die gleiche Richtung ein, was ihn wunderte.

»Wartet dein Professor heute nicht auf dich? Sonst steht er doch jedes Mal drüben an der Ecke.«

»Philipp hat momentan viel um die Ohren. Um mir die Parkplatzsuche zu ersparen, bin ich mit dem Bus zum Fitnessstudio gefahren und nehme mir ein Taxi nach Hause.«

»Ich bin dein Taxi.«

»Danke, das ist nicht nötig. Du hast einen langen Tag hinter dir und musst meinetwegen keinen Umweg …«

»Keine Widerrede«, unterbrach er sie und nahm ihr die Sporttasche aus der Hand. »Mein Wagen steht nicht weit von hier vor dem Buchladen.«

Von dort aus fuhren sie in südlicher Richtung. Zu dieser vorgerückten Stunde herrschte ein geringes Verkehrsaufkommen.

Der Weg am Maschsee entlang faszinierte Charlotte auch bei Dunkelheit, da sich die Lichter von Yachtclub und Bootshaus am gegenüberliegenden Westufer idyllisch im Wasser spiegelten. Diese besondere Stimmung hatte sie mehrmals mit ihrer Kamera eingefangen.

Nach 15-minütiger Fahrt erreichten sie ihr Ziel. Seit dem Sommer wohnte Charlotte in der alten Villa.

Hannes ließ den Wagen vor dem schmiedeeisernen Tor des Grundstücks ausrollen und stellte den Motor aus.

»Darf ich dich was fragen, Charly?«

»Sicher.«

»Vorhin, als Pia dein Liebesleben ansprach, bist du ausgewichen. Ist alles in Ordnung mit dir und deinem Professor?«

Ein tiefer Seufzer löste sich von ihren Lippen.

»Wenn ich das wüsste …«

»Was bedeutet das?«

Sein besorgter Blick rührte sie.

»Philipp verhält sich seit ein paar Tagen … merkwürdig. Er verkriecht sich stundenlang in seinem Arbeitszimmer und verlässt nur noch selten das Haus.«

»Hast du ihn darauf angesprochen?«

»Er hat es auf die Feinarbeit an seinem Roman geschoben, der im Frühjahr erscheint – und auf sein Mitwirken an der Vortragsreihe der Uni. Aber ich fürchte, es steckt mehr dahinter. Ich bin ihm wahrscheinlich zu kompliziert oder zu anstrengend. Vermutlich ist er zu rücksichtsvoll, mir zu sagen, dass unsere Beziehung ein Fehler war.«

»Das halte ich für völlig ausgeschlossen.«

»Warum? Glaubst du, ich bin unverlassbar? Wir haben beide jahrelang allein gelebt: ich seit Maximilians Tod vor drei Jahren und Philipp seit seiner Scheidung noch viel länger. Vielleicht sind wir beide beziehungsuntauglich geworden.«

Nachdenklich schüttelte Hannes den Kopf.

»Bis zu deinem Aufenthalt im Eichengrund kannte ich den Professor nur flüchtig von einigen Gerichtsverhandlungen, bei denen er als Gutachter tätig war. Oder wir sind uns begegnet, wenn er von uns bei einem komplizierten Fall als Berater hinzugezogen wurde. Erst seit du mit ihm verbandelt bist, habe ich ihn etwas besser kennengelernt. Aus meiner Sicht ist er ein kluger und besonnener Mann. Selbstbewusst, aber nie überheblich. Sein Wissen und sein Einfühlungsvermögen haben mich oft beeindruckt. Außerdem lässt er niemanden seine Überlegenheit spüren, verhält sich stets rücksichtsvoll. Das könnte natürlich mit seinem Beruf zusammenhängen. Für einen Psychologen sind das wohl normale Eigenschaften und Verhaltensweisen.«

»Was willst du mir damit sagen? Denkst du, ich weiß nicht, dass es Männer wie Philipp eigentlich gar nicht gibt?«

»Darauf wollte ich nicht hinaus. Ich wollte dir lediglich meinen Eindruck von ihm schildern. Nur ein einziges Mal gewährte er mir einen Blick auf eine andere Seite von sich. Auf die eines verletzbaren und tief verzweifelten Mannes. Das war, als du aus dem Internat Rabeneck verschwunden warst und wir befürchten mussten, die Verbrecher hätten dich grausam aus dem Weg geräumt.« Ernst schaute er Charlotte in die Augen. »Dieser Mann liebt dich von ganzem Herzen. Freiwillig würde er dich niemals aufgeben. Rede noch mal mit ihm. Wenn er dir etwas verschweigt, gibt es einen triftigen Grund dafür. Möglicherweise will er dich nicht beunruhigen.«

Gedankenverloren schaute Charlotte vor sich hin.

»Es wäre tatsächlich nicht das erste Mal, dass er mich schonen will. Warum bin ich nicht selbst darauf gekommen?«

»Manchmal ist man einfach zu nah dran.«

»Das ist wohl so. Danke für den Hinweis – und fürs Heimfahren.«

»Wozu hat man Freunde?«

Ihre Augen nahmen einen fragenden Ausdruck an.

»Wenn wir schon dabei sind: Ich dachte, zwischen dir und Marlene bahnt sich etwas an. Als ich am Montag in meiner Wohnung nach dem Rechten gesehen habe, sind wir uns im Treppenhaus begegnet. Sie sagte, du hättest dich nicht mehr gemeldet.«

»Es ist immer was dazwischengekommen.«

»Eine bessere Ausrede fällt dir nicht ein? Du magst sie doch, oder?«

»Mmm.«

»Aber?«

»Eine Journalistin und ein Polizist bei der Mordkommission – kann das überhaupt gut gehen? Würde Marlene nicht ständig in einem Interessenkonflikt stecken?«

»Hat sie nicht – wie versprochen – erst über den ›Regisseur‹ berichtet, nachdem du ihr grünes Licht gegeben hattest? Zeigt das nicht, dass sie Privates und Berufliches voneinander trennen kann?« Ihre Rechte tastete nach dem Türgriff des Wagens. »Du hast Angst, dass es schiefgehen könnte. Gleichzeitig wünschst du dir eine dauerhafte Partnerschaft.« Sie öffnete die Tür und stieg aus. Hannes verließ das Fahrzeug, nahm die Sporttasche aus dem Kofferraum und reichte sie Charlotte.

»Wer nicht wagt, der nicht gewinnt, mein Lieber.«

»Danke für den Rat.«

»Wozu hat man Freunde?«

Hannes grinste und drückte sie kurz an sich.

»Gute Nacht, Charly.«

»Für dich auch.«

Der Hauptkommissar stieg in seinen Wagen, wartete aber, bis die Freundin das Grundstück betreten und die im Tor eingelassene Tür von innen geschlossen hatte, bevor er den Motor startete.

Vereinzelte Solar-Pollerlampen aus Edelstahl beleuchteten den Weg zum Haus. Durch ein Fenster im Obergeschoss, wo ihre Mitbewohner Anneliese und Conrad lebten, fiel matter Lichtschein. Ansonsten war es dunkel in der Villa. Jedes Geräusch vermeidend, öffnete Charlotte die schwere Eingangstür und verriegelte sie nach dem Eintreten. Wie immer spendeten die LEDs der Stumpenkerzen auf den im Haus verteilten silbernen Tabletts warmes Licht, sodass sie sich problemlos orientieren konnte. Sie stellte die Tasche ab, schlüpfte aus der Jacke und hängte sie an die Garderobe.

An der Treppe kam ihr der Kater entgegen. Grönemeyer strich um ihre Beine und schnurrte leise. Charlotte freute sich über diese Begrüßung, ging in die Hocke und streichelte über sein weiches Fell.

»Jetzt wird geschlafen«, sagte sie mit leiser, sanfter Stimme und richtete sich auf. Der Stubentiger würde sich ein kuscheliges Plätzchen suchen.

Sie stieg die Treppe in die erste Etage hinauf, auf der sie die beiden Zimmer auf der rechten Hausseite bewohnte. Außerdem verfügte sie wie alle WG-ler über ein eigenes Bad.

Dort entkleidete sie sich und streifte ein knielanges Sleepshirt über. Da sie nach dem Fitnesskurs im Studio geduscht hatte, war sie nach der Gesichts- und Zahnpflege bettfertig. Während sie sich die Hände eincremte, betrat sie barfuß das Schlafzimmer und setzte sich auf die Bettkante. Unwillkürlich fragte sie sich, ob Philipp bereits schlief. Normalerweise verbrachten sie die Nächte zusammen. Sollte sie zu ihm hinaufgehen? Möglicherweise war ihm das nicht recht. Hätte er sonst nicht auf ihre Rückkehr gewartet? Wie sollte sie sein

Verhalten einordnen? Vor fast acht Monaten war sie ihm das erste Mal begegnet und vor einem halben Jahr in seine WG eingezogen. Ein Paar wurden sie aber erst Wochen später. Obwohl sie geglaubt hatte, diesen Mann gut zu kennen, wurde ihr bewusst, dass dies offenbar ein Irrtum war. Einerseits wollte sie so bald wie möglich mit ihm reden, andererseits war mitten in der Nacht nicht der richtige Zeitpunkt dafür. Deshalb beschloss sie, im eigenen Bett zu schlafen.

KAPITEL 3

An diesem Freitag betrat Philipp die Küche als Letzter. Er murmelte einen Morgengruß, den die Anwesenden erwiderten, und setzte sich Charlotte gegenüber.

»Du bist spät dran«, sagte Anneliese und griff nach seiner Tasse, um ihm Kaffee einzuschenken. »Hast du nicht gut geschlafen?«

»Nur wenig.«

Elisabeth rückte den Brotkorb in seine Reichweite, worauf er ein Croissant herausnahm und es aufschnitt.

Das Heben ihrer linken Augenbraue bezeugte nicht nur Charlottes Erstaunen über diese Wahl, sondern auch darüber, dass er beide Hälften mit Butter und Marmelade bestrich. Gewöhnlich bevorzugte er zum Frühstück etwas Herzhaftes wie Schinken oder Käse auf einem Roggen- oder Vollkornbrötchen. Aber Kirschmarmelade auf einem Blätterteighörnchen? Das war in all den Monaten nicht vorgekommen. Eigentlich sollte sie sich nicht darüber wundern. Immerhin war es ebenfalls das erste Mal, dass er sie kaum beachtete. War er gekränkt, weil sie nicht bei ihm übernachtet hatte? Das konnte sie sich nicht vorstellen. Statt beleidigt zu reagieren, würde er sie darauf ansprechen. Was war also das Problem? Gewöhnlich legte er im Vorbeigehen zumindest kurz die Hand auf ihre Schulter oder bedachte sie mit einem liebevollen Lächeln. An diesem Morgen schien sie Luft für ihn zu sein.

Charlotte blickte in die Runde. Täuschte sie sich, oder war die Stimmung plötzlich gedämpfter? Eben hatten die Freunde noch munter durcheinandergeplaudert. Nun beschäftigten sich ihre Mitbewohner schweigend mit ihrem Frühstück. Anscheinend spürten sie, dass etwas Unangenehmes in der Luft lag.

»Bleibt es bei unserem geplanten Spaziergang?«, fragte Conrad in die Stille, wobei er Anneliese einen Blick zuwarf. »Sonst fahre ich nachher zum Schwimmbad.«

»Wir haben gestern entschieden, dass die gesamte Rheumadeckenliga ab sofort jeden Tag eine Stunde rausgeht«, erwiderte seine Lebensgefährtin resolut. »Dabei bleibt es.« Bevor Philipp etwas einwenden konnte, kam sie ihm zuvor. »Hier wird sich nicht gedrückt. Ein bisschen Bewegung an der frischen Luft tut uns allen gut.«

Niemand wagte zu widersprechen. Auch der Professor nicht. Er starrte die Gebäckhälfte auf dem weißen Porzellan an, als könne er sich nicht daran erinnern, wie das krumme Ding auf seinen Teller geraten war.

Sofort fragte sich Charlotte, was das bedeutete. War er so sehr in Gedanken gewesen, dass er nun erst registrierte, was er frühstückte? War er womöglich krank? Sein letzter Check-up lag etwa zwei Wochen zurück. Falls man dabei etwas diagnostiziert hatte, das …

Sekundenlang schloss Charlotte die Augen. War das die Erklärung für Philipps sonderbares Verhalten? Hatte sie in den vergangenen Tagen Anzeichen übersehen, die auf eine schwere Krankheit hinweisen könnten? Nein, gab sie sich selbst die Antwort. Das musste jedoch nichts bedeuten. Um sie zu schonen, hätte er sich nichts anmerken lassen und geschwiegen. Nicht nur ihr, sondern auch den Freunden gegenüber.

Warum fiel ihr bei dieser Gelegenheit ein, dass er allen Mitgliedern der WG vertraglich ein lebenslanges Wohnrecht zugesichert hatte? War ihm zu diesem Zeitpunkt bereits klar gewesen, dass die Freunde ihn überleben würden?

Plötzlich sah sie das Bild ihres Onkels vor sich. Von einem Tag auf den anderen hatte sich der Bruder ihres Vaters merklich verändert. Erst später kam heraus, dass er seiner Familie die niederschmetternde Diagnose so lange wie möglich verheimlicht hatte. Er war jeden Tag in seine Zahnarztpraxis gefahren und hatte darüber gescherzt, dass sein angeblich so hohes Alter dafür verantwortlich wäre, wenn er etwas vergessen würde. Dabei war er damals erst Ende 50. Irgendwann konnte er nicht mehr verbergen, dass er an Alzheimer litt. Philipp dagegen war bereits 66 Jahre alt. War es möglich …?

Charlotte fühlte sich, als hätte sie einen Schlag in den Magen bekommen. Ein leises Stöhnen entschlüpfte ihr.

»Alles in Ordnung?«, sprach Albert sie an, der neben ihr in seinem Rollstuhl saß. »Du bist auf einmal ganz blass.«

»Alles gut«, beruhigte sie den General, bevor sie sich an Anneliese wandte. »Bleibt es bei halb elf für den Spaziergang? Dann kann ich vorher die Waschmaschine anstellen.«

Anneliese nickte, worauf sich Elisabeth zu Wort meldete.

»Kümmere du dich um deine Wäsche. Ich mache hier Ordnung.«

»Danke, Elli.«

Es war das erste Mal, dass Charlotte froh war, nicht länger mit den anderen am Tisch sitzen zu müssen. Sie lief hinauf in ihr Schlafzimmer. Vor dem Fenster stand der große Weidenkorb, in dem sich seit zwei Tagen die Wäsche befand, die sie zuletzt aus dem Trockner geholt hatte. Ihre Unfähigkeit, immer alles sofort wegzuräumen, war wie der viel zitierte Tropfen, der das Fass zum Überlaufen brachte. Ihre Augen füllten sich mit Tränen. Frustriert sank Charlotte auf die Bettkante und schlug die Hände vors Gesicht.

Nach einer Weile straffte sie die Schultern. Sie musste sich so schnell wie möglich Klarheit verschaffen und mit Philipp reden. Entschlossen sprang sie auf, griff nach dem Korb und kippte den Inhalt auf die Matratze. Zusammenlegen würde sie die Sachen später.

Im Wohnzimmer öffnete sie die Sporttasche, um das darin herrschende Feuchtbiotop zu eliminieren. Sie packte alles in den Weidenkorb, sammelte herumliegende Kleidungsstücke dazu und hastete ins Treppenhaus.

Der Hausherr durchquerte die Diele, als Charlotte die Stufen herunterkam. Unwillkürlich beschleunigte er seine Schritte. Die Stimme seiner Partnerin hielt ihn jedoch auf.

»Philipp!« Mit dem Korb unter dem Arm blieb sie bei ihm stehen. »Wir müssen dringend miteinander reden.«

Er brummte etwas Unverständliches, da der Signalton seines Smartphones den Eingang einer Nachricht ankündigte. Rasch zog er das Telefon aus der Tasche und schaute aufs Display. Sein bedauernder Blick streifte seine Lebensgefährtin.

»Entschuldige, das ist wichtig.«

Er eilte an ihr vorbei zu seinem Arbeitszimmer und schloss die Tür hinter sich. Am Schreibtisch griff er zur Lesebrille. Erst nach kurzem Zögern öffnete er die SMS und las:

Warte, warte nur ein Weilchen …

… bald kommt Haarmann auch zu dir, vollendete er in Gedanken. Natürlich kannte er als gebürtiger Hannoveraner das Gedicht über den Lustmörder, der Anfang der 1920er-Jahre mindestens 24 Männer in der Leinemetropole getötet hatte.

Niedergeschlagen legte Philipp das Handy auf einen Stapel Unterlagen, zog die Brille von der Nase und trat ans Fenster. Lange starrte er in das Novembergrau hinter der Scheibe, ohne wirklich etwas zu sehen.

Inzwischen war er sicher, was diese Nachrichten bedeuteten. Immerhin hatte er vor etwa zwei Jahren ein psychologisches Gutachten in einem Stalking-Fall erstellt. Damals hatte er sich intensiv mit diesem Thema befasst. Mittlerweile klingelte sein Telefon häufiger, ohne dass sich jemand zu erkennen gab, wenn er das Gespräch annahm. Manchmal hörte er Atmen, meistens wurde die Verbindung sofort unterbrochen, wenn er sich meldete. Außerdem landeten Mails mit ähnlichem Inhalt wie bei den Kurzmitteilungen in seinem elektronischen Postfach.

Philipp wusste, dass er sein Umfeld darüber informieren sollte. Nach den dramatischen Erlebnissen der letzten Wochen, in denen die WG-Bewohner nicht zur Ruhe gekommen waren, wollte er die Freunde jedoch nicht mit erneuten Aufregungen und Ängsten belasten. Um seine Mitbewohner zu schützen, ging er kaum noch mit ihnen aus dem Haus. Immerhin musste er damit rechnen, dass er beobachtet wurde. Er wollte nicht den Anschein erwecken, mit seinen Hausgenossen befreundet zu sein, und hoffte inständig, dass der Stalker nichts über seine Beziehung zu Charlotte herausgefunden hatte. Solche Leute nutzten mitunter jede Gelegenheit, ihrem Opfer Schmerz und Leid zuzufügen. Dabei machten sie vor Angehörigen nicht halt. Wüsste seine Lebensgefährtin von all dem, würde sie wahrscheinlich nach dem Stalker suchen und sich dadurch zusätzlich in Gefahr bringen.

Es machte ihm zu schaffen, wie barsch er sie vorhin abgefertigt hatte. Ihr verzweifelt-resignierter Blick hatte ihm einen Stich versetzt. Dennoch zögerte er, wenigstens mit ihr zu sprechen. Obwohl ihm klar war, dass das ein Fehler war, musste er versuchen, diese Sache allein aus der Welt zu schaffen. Auf Hilfe von außen konnte er nicht hoffen. Die Polizei war relativ machtlos, solange kein Straftatbestand vorlag.

Der Hyundai Travel zählte erst seit einigen Wochen zum Fuhrpark der WG. In diesem Wagen fanden alle Bewohner Platz, und der Transport von Alberts Rollstuhl war kein Problem.

Meistens fuhr Philipp den Van. Diesmal überließ er Conrad das Steuer des Achtsitzers. Während er dem General, der nur noch wenige Schritte laufen konnte, beim Einsteigen auf der rechten Seite behilflich war, stiegen Charlotte und Elisabeth auf der linken Seite ein, auf der sich ebenfalls eine Schiebetür befand, und nahmen in der hintersten Sitzreihe Platz. Anneliese setzte sich auf den Beifahrersitz. Unterdessen verstaute Philipp den klappbaren Reiserollstuhl, den Albert bei solchen Gelegenheiten benutzte. Als der Professor neben dem General saß, startete Conrad den Motor.

Die kaum mehr als zehnminütige Fahrt zum Bockmerholz verlief still. Jeder hing seinen Gedanken nach. Auf dem Parkplatz half Philipp dem Freund in den Rolli. Wie gewöhnlich wollte Elisabeth nach den Schiebegriffen fassen, aber der Professor kam ihr zuvor.

»Lass mich das machen. Vom Regen der letzten Tage ist der Boden aufgeweicht.«

Es schien Charlotte, als wolle er vermeiden, dass sie wie bei anderen Ausflügen nach seiner Hand greifen oder sich bei ihm einhängen würde. Sie sprach ihn jedoch nicht darauf an und blieb neben Elisabeth, während ihnen Anneliese und Conrad Arm in Arm folgten.

In diesem Wald, der teilweise Naturschutzgebiet war, gingen sie gern und oft spazieren. Wie stets im Spätherbst waren die Eichen und Eschen fast kahl, und an den Hainbuchen hingen nur trockene braune Blätter. Bei ihrem Streifzug begegnete den WG-lern kein Mensch.

»Conrad«, sagte Anneliese nach einer Weile mit gedämpfter Stimme, »geh mal mit Elli flirten. Ich muss dringend allein mit Charlotte reden.«

Der Wetterfrosch verstand und beschleunigte seine Schritte. Als er Elisabeth erreichte, verwickelte er sie in ein Gespräch über ein Rezept. Unterdessen fasste seine Lebensgefährtin, die wegen ihrer Lieblingsbeschäftigung oft »Strick-Liesel« genannt wurde, nach Charlottes Arm.

Erst als die anderen ein Stück voraus waren, kam Anneliese ohne Umschweife zur Sache. Dabei verbarg sie ihre Besorgnis nicht.

»Was ist los mit euch?«

»Mit mir ist alles okay.«

»Du weißt genau, was ich meine. Irgendetwas stimmt nicht zwischen Philipp und dir. Das sieht sogar ein Blinder.«

Charlotte deutete zu den Freunden, die anscheinend auf sie warteten.

»Lass uns nachher darüber reden.«

»Wann?«

»Du könntest mitkommen, wenn ich Anton heute Nachmittag abhole. Unterwegs reden wir in Ruhe.«

»Wieso fährst du nicht wie sonst mit Philipp zum Internat?«

Charlotte zuckte nur die Schultern und setzte sich in Bewegung.

Nach dem Mittagessen kündigte sie an, dass sie bald mit Anneliese nach Rabeneck fahren würde, um ihren Pflegesohn abzuholen. Philipp nahm es anscheinend ungerührt zur Kenntnis. Vermutlich war er erleichtert, dass er dadurch keine Ausrede gebrauchen musste, weshalb er nicht mitkommen würde. Charlotte warf ihm einen fragenden Blick zu, worauf er sich rasch abwandte. Im Hinausgehen zog er sein läutendes Smartphone aus der Tasche.

Diesmal wurde nicht wie befürchtet aufgelegt, als Philipp sich meldete. Er hatte der Werkstatt seines Vertrauens am Morgen auf Band gesprochen, um einen Termin für die Inspektion zu vereinbaren. Außerdem war das Navi defekt. Es fuhr nicht mehr hoch, blieb beim Logo hängen und schaltete sich abrupt aus. Alex, der Werkstattbesitzer, vertröstete ihn auf Mitte des Monats. Vorher sei das Auftragsbuch voll. Da es sich um keine dringende Reparatur handelte, war Philipp einverstanden. Er benutzte das Navigationsgerät ohnehin kaum und die Kontrolle samt Ölwechsel drängte ebenfalls nicht.

Bald waren die Freundinnen in Charlottes Golf unterwegs. Ungeduldig saß Anneliese auf dem Beifahrersitz.

»Sag schon: Was stimmt nicht zwischen euch?«

»Ich weiß es nicht. Irgendwas macht Philipp zu schaffen, aber er redet nicht mit mir.«

»Hast du eine Vermutung, was das sein könnte?«

»Darüber zerbreche ich mir seit Tagen den Kopf.« Sie lenkte den Wagen auf die Bundesstraße und beschleunigte.

Ein grauer Himmel hing über der Landschaft. »Meine Befürchtungen werden immer dramatischer.«

»Soll heißen?«

»Mein erster Gedanke war, dass er vielleicht genug von mir hat, weil ich …«

»Blödsinn«, fiel Anneliese der Freundin ins Wort. »Männer zählen bekanntlich nicht zu der Spezies, die ihre Gefühle offen zeigt. Philipp kann man aber von Weitem ansehen, was er für dich empfindet. Er macht kein Geheimnis daraus, dass er dich liebt.« Sekundenlang überlegte sie. »Falls du vermutest, eine andere Frau könnte dahinterstecken, kannst du das genauso vergessen. – Obwohl er neuerdings immerzu an seinem Handy rumfummelt.«

»Das ist mir auch aufgefallen. Als ob er mit irgendjemandem in ständiger Verbindung steht.« Rasch warf sie Anneliese einen Seitenblick zu. »Philipp hat sich kurz nach seiner Jahresuntersuchung verändert. Hältst du es für möglich, dass er eine niederschmetternde Diagnose bekommen hat, die er unbedingt vor mir verheimlichen will? Das wäre eine furchtbare psychische Belastung für ihn. Dazu Schock, Fassungslosigkeit, Angst, Entsetzen …« Mit Mühe konzentrierte sie sich auf die Straße. »Ich darf gar nicht daran denken, was er vielleicht durchmacht.«

»Warum muss bei Männern immer alles so kompliziert ablaufen?« Verständnislos schüttelte die Strick-Liesel den Kopf. »Du darfst nicht lockerlassen. Setz ihm zur Not die Pistole auf die Brust.«

»Das kann ich nicht.«

»Manchmal muss man zu drastischen Mitteln greifen, um den anderen wachzurütteln. Sonst quält ihr euch beide unnötig.«

Darüber dachte Charlotte eine Weile nach. Sie würde mit Philipp reden – aber nicht, solange Anton im Haus wäre. Vor einigen Wochen hatte die Polizei sie im Internat eingeschleust, um Informationen zu mehreren Verbrechen zu sammeln. Bei dieser Gelegenheit hatte sie den Straßenjungen kennengelernt, der von zu Hause ausgerissen war, weil er ins Heim sollte. Als die Ermittlungen beendet waren, hatte sie den Elfjährigen längst ins Herz geschlossen. Anton war überglücklich, als sie ihm vorschlug, die Vormundschaft für ihn zu beantragen. Nachdem die Formalitäten erledigt waren, wurde er im Internat angemeldet. Die Kosten trug die Christa-Bernhard-Stiftung, die Anneliese leitete. Einmal monatlich fuhren die Schüler übers Wochenende heim. Antons Zuhause war seitdem die alte Villa. Die Senioren waren seine Familie geworden, in der er sich ausgesprochen wohlfühlte.

Charlotte stellte den Wagen auf dem Parkplatz des auf einem Hügel residierenden Internats ab. Ursprünglich stand an dieser Stelle eine mittelalterliche Burg. Die noch erhaltenen Mauern waren architektonisch geschickt in die Neubauten integriert worden.

Durch das Tor betraten die Freundinnen das Schulgelände. Auf dem Weg zum Hauptgebäude sah Charlotte einen Mann, der die wenigen Stufen herunterkam.

Diese Begegnung hätte sie gern vermieden, aber das erfreute Lächeln des Franzosen bezeugte, dass er sie bereits entdeckt hatte. Er eilte auf sie zu, zögerte kurz und schloss sie in seine Arme.

Sanft, aber bestimmt löste sie sich von ihm.

»Pardon, aber das war die Freude, Sie wiederzusehen, Charlotte.«

Sie bemühte sich um eine ernste Miene, während sie ihn mit ihrer Begleiterin bekannt machte.

»Maurice de Vellot – meine Freundin Anneliese Grothe.«

»Angenehm«, sagte er und gab der Strick-Liesel die Hand. »Charlotte und ich, wir waren für kurze Zeit Kollegen. Offen gestanden habe ich mir mehr gewünscht, aber sie hat mir das Herz gebrochen.«

»Was uns nicht umbringt, macht uns stärker.« Anneliese kannte die Geschichte. »Man muss auch Niederlagen verkraften können.«

»Noch habe ich die Hoffnung nicht aufgegeben.« Sein treuherziger Blick wechselte zu Charlotte. »Eines Tages wird Ihnen klar werden, was Sie sich jetzt noch nicht eingestehen wollen. Ich kann warten.«

»Das bringt doch nichts. Suchen Sie sich eine Frau, die frei ist.«

»Ich will aber keine andere«, sagte er wie ein trotziges Kind. »Womöglich ist es ein gutes Omen, dass Sie heute nicht in der Begleitung des Professors hier sind.«

»Ganz sicher nicht«, erwiderte sie und war erleichtert, als Anton mit seinem Rucksack aus der Richtung der Unterkünfte kam. »Sie entschuldigen uns, Maurice?« Ohne eine Antwort abzuwarten, lief sie dem Kind entgegen.

»Charly!« Freudig flog der Junge in ihre ausgebreiteten Arme. »Ich habe dich vermisst.«

Liebevoll drückte sie ihn an sich.

»Du hast mir auch gefehlt.« Sie schob ihn etwas von sich und schaute ihm in die Augen. »Alles gut bei dir?«

»Das fragst du mich jedes Mal.«

»Ich bin eben eine alte Glucke.«

»Du bist überhaupt nicht alt.« Ein lausbübisches Grinsen erschien auf seinem Gesicht. »Aber eine Glucke bist du schon. – Und ich bin gern dein Küken.« Er bemerkte Anneliese und runzelte die Stirn. »Wo ist Philipp?«

»Er hat zurzeit viel zu tun.«

»Schade.« Die Enttäuschung war ihm deutlich anzusehen.

Anneliese ahnte, was in ihm vorging und schaute ihn gespielt vorwurfsvoll an.

»Was ist denn das für eine Begrüßung? Mir hätte wohl klar sein müssen, dass eine verrückte Strickerin mit einem Professor nicht mithalten kann.«

Anscheinend bedauerte er seine Reaktion und umarmte sie.

»Ich war nur überrascht.«

Leise lächelnd wuselte sie durch seinen Lockenkopf.

»Das beruhigt mich.« Sie wusste, dass er sie mochte und war ihm herzlich zugetan. »Lasst uns fahren. Zu Hause warten sie bestimmt auf uns.«

Obwohl er mehrmals in der Woche mit seiner Pflegemutter telefonierte oder mit ihr skypte, erzählte Anton unterwegs begeistert noch einmal alles, was er seit dem letzten Heimfahrtwochenende erlebt hatte.

»Ich bin echt froh, dass ich das Internat besuchen darf.«

Charlotte warf ihm einen kurzen Blick durch den Rückspiegel zu.

»Bedank dich bei Anneliese. Sie bezahlt das alles.«

»Für die Kosten ist die Stiftung zuständig«, korrigierte die Freundin sie. »Aber nur, weil du musikalisch hochbegabt bist.«

»Und wenn ich kein Musiker wäre?«

»Bestimmt hätten wir eine andere Lösung gefunden«, sagte Charlotte. »Alle aus unserer Truppe waren bereit, für dich ihre Sparschweine zu schlachten.«

»Echt?« Ein Lächeln lief über das Kindergesicht. »Das Internat ist aber ganz schön teuer.«

»Das hätten wir geschafft. Wir müssen ja keine Miete zahlen.«

»Weil das Haus Philipp gehört?«

»Richtig.«

»Cool.«

Ungefähr eine halbe Stunde später trafen sie in der Villa ein. Peu à peu erschienen die WG-ler in der Wohnhalle, um Anton zu begrüßen. Nach einer Weile kam Philipp aus seinem Arbeitszimmer. Freudig stürmte der Junge auf ihn zu und schlang die Arme um die Mitte des hochgewachsenen Mannes. Der Professor war für ihn eine Vaterfigur, wie er sie sich immer gewünscht hatte: geduldig, freundlich, zuvorkommend. Sein leiblicher Vater war mürrisch und fast ständig alkoholisiert gewesen. Wenn ihm etwas nicht in den Kram gepasst hatte, musste der Junge Prügel einstecken. Seine Mutter hatte das nicht mehr ertragen und sich das Leben genommen, worauf Anton in einem Heim untergebracht werden sollte. Bevor es dazu kommen konnte, war der Junge ausgerissen. Monatelang hatte er sich auf der Straße durchgeschlagen – bis er zufällig mit Charlotte zusammen in einer Kellerwohnung eingesperrt wurde. Nach anfänglichem Argwohn wuchs das Vertrauen zu der fremden Frau, sodass zwischen ihnen rasch eine enge Verbundenheit entstanden war. Unterdessen war sein Erzeuger unter Alkoholeinfluss tödlich verunglückt.

Anton brachte seine Sachen hinauf in sein Zimmer, das die Bewohner ihm in dem kleinen Studio unter dem Dach eingerichtet hatten. Als er herunterkam, war der Kaffeetisch in der Küche gedeckt. Elisabeth, die leidenschaftlich gern backte, hatte am Vormittag Quarkkrapfen zubereitet.

Der Junge rutschte auf den Stuhl neben den General, über dessen Beinen eine karierte Decke lag, auf der Grönemeyer schlummerte. Anton war kürzlich der Erste gewesen, der sich dafür eingesetzt hatte, dass das streunende Fellknäuel im Haus bleiben durfte. Als hätte das Tier seine Anwesenheit gespürt, öffnete es die Augen und wechselte in Erwartung auf Streicheleinheiten auf den Schoß des Jungen.

»Grönemeyer liegt manchmal oben vor deiner Zimmertür und miaut«, erzählte Conrad. »Wahrscheinlich sucht er dich.« Er stellte einen Becher Kakao neben Antons Teller. »Habt ihr im Internat Katzen?«

»Auf dem Pferdehof habe ich mal eine gesehen. Der neue Hausmeister hat einen großen Hund – einen Hovawart. Der heißt Filou. Monsieur de Vellot hat gesagt, das bedeutet Gauner oder Schlingel.«

»Um das zu wissen, muss man kein Franzose sein. Hoffentlich hat er sich Charlotte inzwischen aus dem Kopf geschlagen.«

»Hat er nicht«, bemerkte die Strick-Liesel prompt, wobei sie Philipp mit einem vielsagenden Blick bedachte. »Als wir Anton vorhin abgeholt haben, ist uns der Mann über den Weg gelaufen. Die Tatsache, dass Charlotte mit mir dort war, hat seiner Hoffnung mächtig Auftrieb gegeben.« Mit Unschuldsmiene wandte sie sich an die Freundin. »War es dir eigentlich unangenehm, als er dich plötzlich in die Arme genommen hat?«

Versonnen schüttelte sie den Kopf.

»Maurice ist ja kein Fremder für mich. Im Gegenteil. Wir hatten uns im Internat ein wenig angefreundet und lange

Gespräche geführt. Trotzdem hat mich seine stürmische Begrüßung überrascht.«

»Der ist immer noch in dich verknallt«, fügte Anton hinzu. »Wenn ich nach dem Wochenende Einzelunterricht in Musik bei ihm habe, versucht er immer, mich auszufragen.«

Gespannt beugte sich der General etwas vor.

»Was möchte er denn wissen?«

»Ach, er macht das immer so nebenbei: *Alles in Ordnung zu Hause?* Wahrscheinlich wartet er darauf, dass ich ihm von mieser Stimmung und Streit erzähle.«

»Magst du ihn nicht?«

»Doch. Er ist ein toller Lehrer. Der Unterricht macht echt viel Spaß, und ich habe eine Menge gelernt. Aber ihr seid meine Familie, über die ich nicht tratsche.«

Philipp äußerte sich nicht dazu. Er wusste, was der Franzose für Charlotte empfand. Immerhin hatte der Mann es ihm im Internat anvertraut. So bald würde Maurice nicht kapitulieren. Außerdem zweifelte Philipp nicht daran, dass es immer Männer geben würde, die sich zu ihr hingezogen fühlten. Das lag nicht nur an ihrer reizvollen Erscheinung. Sie war ein Mensch mit positiver Ausstrahlung, in dessen Nähe man sich wohlfühlte.

Eine Entschuldigung murmelnd, erhob er sich und verschwand in seinem Arbeitszimmer.

Die restlichen Hausbewohner blieben in der gemütlichen Küche. Nachdem die Kaffeetafel abgeräumt war, spielten sie zusammen an dem alten Eichentisch ein Wissensquiz.

Anton war ein guter Beobachter. Deshalb blieb ihm nicht verborgen, wie unaufmerksam Charlotte war. Das erinnerte ihn an die Tage, als sie zusammen mit entführten Kindern eingesperrt gewesen waren und sich die Zeit mit Brettspielen vertrieben hatten. Oft hatte Charlotte aus Sorge unkonzentriert gewirkt. Nun schien sie genauso beunruhigt wie damals.

Im Laufe des Abends verstärkte sich der Eindruck des Jungen, dass etwas nicht stimmte. Schlimmer: dass etwas zwischen Charlotte und Philipp nicht in Ordnung war. Das ängstigte ihn. Von Anfang an hatte er bewundert, wie gut sich die beiden verstanden, wie oft sie miteinander lachten und wie liebevoll sie sich anschauten. Seine leiblichen Eltern hatten sich dauernd gestritten und ständig so laut angeschrien, dass er sich die Ohren zugehalten hatte.

Eine Weile, nachdem Anton hinaufgegangen war, um sich bettfertig zu machen, betrat Charlotte nach kurzem Anklopfen sein Zimmer.

Der Junge saß im Schlafanzug auf der Matratze und spielte eine traurig klingende Melodie auf seiner Mundharmonika.

Charlotte lehnte sich gegen den Türrahmen und lauschte der Musik. Erst als Anton das Instrument beiseitelegte, trat sie näher.

»Alles in Ordnung?«

»Ja.«

»Zähne geputzt?«

»Mmm.«

Sie setzte sich auf die Bettkante und blickte ihn forschend an.

»Du bist heute stiller als sonst. Bedrückt dich etwas?«

Er zuckte die Schultern und senkte den Blick.

»Komm schon, Anton. Was ist los?«

Zögernd hob er den Kopf.

»Darf ich dich was fragen?«

»Was du willst.«

»Ihr wohnt doch hier noch nicht so lange zusammen. Was passiert, wenn es wirklich mal Streit zwischen euch allen gibt?«

»Normalerweise reden wir darüber und suchen nach einer Lösung des Problems.«

»Manchmal ist man aber so verkracht, dass man nichts mehr mit den anderen zu tun haben will. Muss man dann ausziehen?«

»Unter Umständen«, räumte sie ein, wobei sie sich fragte, worauf er hinauswollte. »Das wird uns aber nicht passieren.«

»Und wenn doch?« Aufmerksam schaute er sie an. »Was würdest du machen, wenn du ausziehen müsstest?«

»Ich würde in meine Wohnung zurückkehren. – Warum willst du das alles wissen?«

»Einfach nur so.« Er überlegte einen Moment. »Im Internat könnte ich jedenfalls nicht bleiben, weil das zu viel Geld kostet. Müsste ich dann in ein Heim?«

»Wie kommst du denn darauf? Fürchtest du, dass ich allein nicht für dich sorgen könnte?«

»Ich kann in eine stinknormale Schule gehen – ohne Einzelunterricht in Musik. Ein eigenes Zimmer brauche ich auch nicht. Es macht mir nichts aus, auf dem Sofa zu schlafen.« Seine Augen füllten sich mit Tränen. »Bitte, bring mich nicht zu fremden Leuten.«

Allmählich ahnte sie seine Beweggründe. Der sensible Junge hatte die Spannungen zwischen ihr und Philipp gespürt und quälte sich mit Verlustängsten.

Charlotte streckte die Arme aus und zog das Kind an sich.

»Du musst dir keine Sorgen machen. Es wird alles gut.«

»Und wenn nicht?«

Sie hielt ihn etwas von sich und schaute ihm in die Augen.

»Egal, was geschieht, ich bin immer für dich da.«

Obwohl Charlotte lange mit ihm gesprochen und ihm sogar versichert hatte, dass ihre Kinder sich um ihn kümmern würden, falls ihr irgendwann etwas zustoßen sollte, schlief Anton unruhig. Mehrmals schreckte er hoch. Weit nach Mitternacht stand er auf, um sich etwas zu trinken zu holen. Im Treppenhaus bemerkte er das Licht, das durch die offen stehende Tür von Philipps Schlafzimmer fiel. Zuerst dachte er, Charlotte sei bei ihm, aber als er einen Blick hineinwarf, war niemand zu sehen. Deshalb nahm er an, dass der Professor bei ihr übernachtete. Anscheinend war zwischen den beiden wichtigsten Menschen in seinem Leben wieder alles gut. Das erleichterte ihn. Er schlich die Stufen hinunter und legte die Hand auf die Klinke der Küchentür. Da er wusste, dass die große Laterne im Fenster nachts eingeschaltet blieb, ignorierte er den Lichtschalter und tappte barfuß zur Anrichte, auf der mehrere Flaschen Selters standen. Erst als er sich herumdrehte, um ein Glas aus dem Schrank zu nehmen, machte sich Philipp bemerkbar. Er saß mit einem Glas Milch in der Hand am Tisch.

»Was tust du hier mitten in der Nacht?«

»Ich habe Durst. Und du?«

»In meinem Alter braucht man nicht mehr so viel Schlaf.«

Der Junge schenkte sich Mineralwasser ein und setzte sich dem Professor gegenüber.

»Warum machst du das?«

»Was?«

»Du bist so komisch zu Charly. Merkst du nicht, wie traurig sie darüber ist?«

»Das verstehst du nicht.«

»Hast du sie nicht mehr lieb?«

Philipp schaute ihn niedergeschlagen an.

»So einfach ist das nicht.«

»Rede endlich mit ihr. Sie macht sich große Sorgen.«

»Woher weißt du das? Hat sie das gesagt?«

Anton nickte und trank einen Schluck.

»Vorhin in meinem Zimmer. Sie hat mir versprochen, dass ich bei ihr bleiben darf, wenn sie in ihre alte Wohnung zurückgeht.«

Erschrocken schaute er den Jungen an. Charlotte wollte ausziehen? Hatte sein Verhalten sie so sehr verletzt? Zum ersten Mal wurde ihm deutlich bewusst, dass ihre Beziehung in den Gefährdungsbereich zu rutschen drohte.

Philipp leerte sein Glas, stand auf und stellte es in die Spüle.

»Sei unbesorgt, Anton. Ich bringe das in Ordnung.«

Ein erwartungsvoller Blick traf ihn.

»Versprichst du es?«

»Hoch und heilig.«

»Gut.«

Mit dieser Antwort schien er zufrieden zu sein. Er rutschte vom Küchenstuhl und griff nach dem Wasserglas, um es mit in sein Zimmer zu nehmen.

Seite an Seite stieg er mit dem Professor die Treppe hinauf.

Während Anton bald einschlief, lag Philipp nachdenklich wach. Das Feingefühl des Kindes beeindruckte ihn nicht zum ersten Mal. Offenbar hatte Anton die gestörte Harmonie wahrgenommen und die richtigen Schlüsse daraus gezogen. Aus Furcht, seine kleine Welt könne abermals aus den Fugen geraten, hatte er mit Charlotte über seine Ängste gesprochen – und sie hatte ihn beruhigt. Das genügte ihm aber nicht. Ihre Welt sollte ebenfalls in Ordnung kommen. Genau das hatte er dem Jungen versprochen, der ihm vertrauensvoll glaubte. Philipp würde unter allen Umständen Wort halten.

Kaum hatte er sich auf die Seite gedreht, ertönte das Nachrichtensignal seines Smartphones. Er beschloss, es zu ignorieren, und zog die Decke über die Schulter. Der Schlaf nahm ihn jedoch nicht gefangen. Unaufhörlich kreisten die Gedanken hinter seiner Stirn. Lange warf er sich herum. Ihm wurde klar, dass er nicht einschlafen würde, bevor er die Nachricht gelesen hätte. – Und danach wahrscheinlich auch nicht. Ungehalten richtete er sich etwas auf, schaltete die kleine Lampe ein und griff zum Telefon.

Bald wirst du für immer ruh'n – du kannst nichts dagegen tun.

KAPITEL 4

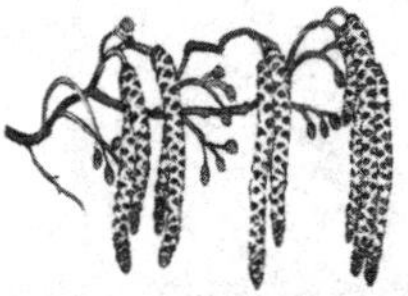

Das Frühstück am Samstagmorgen verlief harmonisch. Der Professor bemühte sich um einen leichten Plauderton, obwohl er durch die nächtliche Kurzmitteilung kaum zur Ruhe gekommen war. Philipp hatte sich vorgenommen, mit Charlotte zu sprechen, nachdem sie Anton am Sonntag ins Internat gebracht hätten. Deshalb zog er sich bald in sein Arbeitszimmer zurück und rief im Landhotel an, um dort einen Tisch zu reservieren.

Kaum hatte er das Gespräch beendet, erreichte ihn eine weitere Nachricht. Das SMS-Symbol sah so harmlos aus. Dennoch öffnete er die Mitteilung widerwillig. Diesmal waren fünf Totenköpfe zu sehen – sonst nichts. Unwillkürlich fragte er sich, ob diese Anzahl Zufall sei. Plante der Stalker den Tod von fünf Menschen? Von Menschen, die seinem Opfer nahestanden? Um wen könnte es sich dabei handeln? Um seine Mitbewohner? Oder um Familienangehörige? Letzteres hielt Philipp für unwahrscheinlich. Seine Tochter lebte mit ihrem Mann und den drei Kindern in Schweden. In Hannover gab es nur seine Schwester Sophia und seinen Schwager mit den beiden erwachsenen Söhnen. Ob sie in Gefahr waren – und Charlotte womöglich ebenfalls? War der Stalker so gut über seine Familienverhältnisse informiert? Auszuschließen war das nicht. Durch das Bauunternehmen, das sich seit Generationen im Familienbesitz befand, waren sie in der Stadt keine Unbekannten. Zwar war Philipp nur stiller Teilhaber, aber eine Verbindung zur Firma Thaler war leicht herzustellen. Ebenso zu Charlotte. Sollte er sich schon länger im Visier des Stalkers befinden, hatte dieser Kerl sie in der Öffentlichkeit wahrscheinlich als Paar wahrgenommen. Dadurch schwebte sein Sternchen möglicherweise in großer Gefahr.

Ehe der Professor weiter darüber nachdenken konnte, trat Elisabeth ein. In den Händen hielt sie ein Paket in der Größe eines Schuhkartons.

»Das wurde eben für dich abgegeben.«

»Von wem?«

»Vom Paketdienst.«

Mit gemischten Gefühlen nahm er es entgegen und stellte es auf den Schreibtisch.

»Danke, Elli.«

Während sich seine Mitbewohnerin zum Gehen wandte, stieß Grönemeyer einen erschrockenen Schrei aus, sprang von der Fensterbank und sauste an ihr vorbei hinaus. Auf diese Weise hatte der Kater noch nie reagiert.

Philipp wartete, bis Elisabeth die Tür geschlossen hatte, bevor er den mit Klebestreifen versehenen Karton misstrauisch beäugte. Weder hatte er etwas bestellt, noch war eine Lieferung angekündigt. Ein Blick auf den Absender ließ ihn erstarren: F. Haarmann, Rote Reihe 2, Hannover.

Wieder eine Anspielung auf den Massenmörder, was keinen Zweifel am tatsächlichen Absender zuließ.

Im nächsten Moment fragte sich Philipp, ob es gefährlich sei, die Kiste zu öffnen. Um Aufschluss über den Inhalt zu erlangen, nahm er sie vom Schreibtisch. Besonders schwer war sie nicht. Im Gegenteil: Es waren allenfalls etwa 500 Gramm Gewicht. Vorsichtig bewegte er sie in den Händen hin und her, aber es rührte sich nichts im Karton. Deshalb schloss er einen lebenden Inhalt aus. Er hob ihn höher und legte das rechte Ohr an die Pappe. Zu hören war ebenfalls nichts. Er schüttelte über sich selbst den Kopf. Was hatte er erwartet? Das Ticken eines Weckers, der mit einer Bombe verbunden war? Heutzutage arbeiteten Verbrecher mit der neuesten Technik und benutzten Digitaluhren.

Er durfte und wollte sich nicht verunsichern lassen. Entschlossen stellte er das Paket ab und zog die Schere aus dem Stifteköcher. Mit einer der Klingen schlitzte er das Klebeband ringsherum auf. Nach kurzem Zögern hob er den Deckel hoch und blickte auf Luftpolsterfolie, mit der die Hohlräume der Kiste gefüllt waren. Gleichzeitig nahm er den Hauch eines süßlich-moschusartigen Geruchs wahr. Sein Gehirn lieferte sofort eine Erklärung: Tod, Leiche, Verwesung. Dennoch streckte er abermals die Hand aus. Unter der obenauf liegenden Abdeckung verbarg sich etwas, das in weißes Seidenpapier eingeschlagen war. Philipp öffnete es – und zuckte zurück.

Fast im gleichen Augenblick stürmte Anton herein.

»Du hast mir vorhin versprochen, mit mir Klavier zu spielen.«

Geistesgegenwärtig stülpte Philipp den Deckel über die Kiste.

»Kannst du nicht anklopfen?«

»Tschuldigung.« Gespannt kam der Junge näher und deutete auf das Paket »Was ist da drin?«

»Sei nicht so neugierig.«

»Ein Geschenk für Charly?«

»Nein.« Er legte die Hand auf den Rücken des Kindes und schob es Richtung Tür. »Du musst dich etwas gedulden. Wenn ich alles erledigt habe, setzen wir uns ans Klavier.«

Obwohl er enttäuscht wirkte, nickte Anton und lief hinaus.

Daraufhin griff Philipp nach seinem Handy, schob den Deckel von der Kiste und schoss einige Fotos. Zuletzt nahm er ein kurzes Video von dem ekelhaften Gewusel auf, bevor er den Karton verschloss und vom Klebefilmabroller einen langen Streifen löste, mit dem er den Deckel provisorisch sicherte. Dabei fragte er sich, ob er das Paket zur Polizei bringen sollte, entschied sich aber vorläufig dagegen. Zum einen würde dort am Wochenende wahrscheinlich nichts unternommen, selbst wenn er abermals Anzeige erstatten würde. Zum anderen müsste er den Freunden gegenüber eine Ausrede für die Fahrt zur Polizeiinspektion gebrauchen – zumindest solange Anton anwesend war. Das widerstrebte ihm. Andererseits wollte er den Karton so schnell wie möglich aus dem Haus haben. Deshalb nahm er ihn vom Schreibtisch und verließ sein Arbeitszimmer über die Terrasse.

Charlotte war im Begriff, nach dem Lüften die Balkontür in ihrem Wohnzimmer zu schließen, als sie Philipp bemerkte. Er eilte mit einem Päckchen unter dem Arm quer über den Rasen. Neben dem Haufen aus Reisig und Laub, in dem ein Igel seinen Winterschlaf hielt, zögerte er kurz, bevor er in Richtung der Garagen lief. Wollte er wegfahren? Das hatte er vorhin gar nicht erwähnt. Hatte er das vergessen und Anton deshalb versprochen, mit ihm zusammen Klavier zu spielen? Sein relativ normales Verhalten am Frühstückstisch hatte auf sie etwas beruhigend gewirkt. Nun wuchs ihre Sorge um ihn erneut. Dazu trug bei, dass Philipp sich auf dem Weg über das

Grundstück mehrmals nach allen Seiten umblickte. Fühlte er sich beobachtet – oder gar verfolgt?

Aufgewühlt trat Charlotte auf den kleinen Balkon hinaus, aber das erwartete Geräusch eines startenden Motors blieb aus. Stattdessen kehrte ihr Lebensgefährte nach wenigen Minuten durch den Garten – jedoch ohne das Paket – ins Haus zurück. Für dieses merkwürdige Verhalten fand sie ebenso wenig eine Erklärung wie für so vieles in den vergangenen Tagen.

Es dauerte nicht lange, bis aus den unteren Räumen Klavierspiel erklang. Dadurch schreckte Charlotte aus ihren Gedanken und nahm die Kälte wahr, vor der ihr dünner Pullover sie kaum schützte. Rasch ging sie hinein und schloss die Balkontür.

Als sie das Gemeinschafts-Wohnzimmer im Erdgeschoss betrat, saßen Anton und Philipp nebeneinander auf der Klavierbank und spielten vierhändig. Es klang wie eine Mozart-Sonate.

Die Mitbewohner hatten es sich auf dem Sofa und in Sesseln bequem gemacht und lauschten der Musik.

Seit Anton zur Familie gehörte, übte Philipp das Klavierspiel öfter. Lange genug hatte er es aus Zeitgründen vernachlässigt und fast vergessen, wie gern er von Kindesbeinen an gespielt hatte.

Wie geplant fuhren die WG-ler mit Anton am Nachmittag zum Zoo. Nach ihrem ersten Besuch dort hatte Philipp für die ganze Truppe Jahreskarten besorgt. Zunächst bummelten sie auf dem Entdeckerpfad durch den Tierpark. Charlotte hatte ihre Kamera dabei und schoss einige Fotos, auch von der Eisbärin, die wie sie Charlotte hieß und im kommenden Frühling in einen anderen Zoo umziehen sollte.

Später landeten sie auf Meyers Hof, auf dem wie in jedem Jahr der beliebte Winterzoo stattfand. Zwischen den festlich beleuchteten Fachwerkhäusern wurden süße und herzhafte Leckereien angeboten. Jüngere Besucher erfreuten sich an den Kinderkarussells, ältere versuchten sich im Eisstockschießen. Die Koppel hatte sich in eine Open-Air-Eisbahn verwandelt, auf der sich große und kleine Schlittschuhläufer zur Musik tummelten.

Anton schaute sehnsüchtig von der Bande aus dabei zu. Behutsam legte Charlotte den Arm um seine Schultern und beugte sich etwas zu ihm hinab.

»Kannst du Eislaufen?«

»Na klar. Eine Nachbarin hat mir die alten Schlittschuhe von ihrem Sohn geschenkt. Ich habe mit anderen Kindern auf dem zugefrorenen Teich Eishockey gespielt oder Eisschnelllauf geübt. Das war echt cool. Letztes Jahr konnte ich nicht mitmachen, weil mir die Schuhe zu klein geworden sind. Für neue hatten wir kein Geld.«

»Hast du Lust, heute aufs Eis zu gehen?«

Traurig zuckte der Junge die Achseln.

»Ohne Schlittschuhe?«

Charlotte deutete nach links.

»Die könnte man an dem Stand dort drüben ausleihen.«

»Echt jetzt?« Ein Lächeln blühte in dem Kindergesicht auf. »Du machst doch immer so viel Sport. Warst du auch schon mal Schlittschuhlaufen?«

»Was glaubst du, wie oft ich früher mit meinen Kindern den Maschsee unsicher gemacht habe?«

»Mega!«

Scheinbar empört trat Anneliese neben die beiden.

»Wagt es ja nicht, mich von diesem Abenteuer auszuschließen.«

Grinsend schaute Anton sie an.

»Kannst du überhaupt auf Schlittschuhen stehen?«

»Was für eine Frage! Es ist zwar ein paar Donnerstage her, seit man mich Eisprinzessin nannte, aber diese Kunst verlernt man genauso wenig wie das Radfahren.« Das Lachen in ihrem Rücken veranlasste sie, zum Rest der Gruppe herumzuwirbeln. »Ihr könnt euch das wohl nicht vorstellen?«

»Dir traue ich alles zu«, versicherte Conrad. »Trotzdem solltest du das lieber lassen. Am Ende stürzt du und brichst dir die Knochen.«

»Ach was«, winkte sie ab. »Und wenn doch, lasse ich mich von dir betüddeln.« Unternehmungslustig schaute sie Anton und seine Pflegemutter an. »Worauf warten wir?«

Rasch übergab Charlotte ihre Kamera an Conrad und warf Philipp einen kurzen Blick zu. Erst kürzlich hatte er erzählt, dass er im Sommer mit seinen Enkeln in Schweden segelte – und im Winter auf dem gleichen See auf dem Eis lief. Nun wirkte er völlig unbeteiligt. Hatte er das vergessen?

Keine zehn Minuten später waren die drei mit Schlittschuhen an den Füßen auf der Eisfläche. Anfangs war es etwas ungewohnt, sodass sie sich an den Händen fassten. Bald bewegten sie sich jedoch sicher auf dem glatten Untergrund, wobei sie viel Spaß zu haben schienen.

Elisabeth stand mit ihren männlichen Mitbewohnern an der Bande.

»Schaut euch unsere Strick-Liesel an«, sagte sie amüsiert. »Wer hätte gedacht, dass sie so leichtfüßig übers Eis schweben würde? – Und jetzt sogar auf einem Bein.«

»Meine Liesel ist eben immer für eine Überraschung gut.« Bei allem Stolz auf seine Lebensgefährtin schwang ein wenig Sorge mit, dass sie sich verletzen könnte. Conrad wandte sich an Philipp. »Dein Sternchen läuft mindestens genauso gut. Das sieht richtig elegant aus.« Nachdenklich strich er sich über den Schnurrbart. »Hast du nicht mal erwähnt, dass du das auch kannst? Leih dir ein Paar Kufen und geh zu ihnen aufs Eis.«

»Nein.«

»Warum nicht?«

»Keine Lust«, erwiderte Philipp knapp, als der Signalton seines Handys erklang. »Ich organisiere uns mal was Heißes zu trinken.«

Während er sich in die Warteschlange vor dem Glühweinstand einreihte, las er die Kurznachricht: *Dreh dich nicht um, der Plumpsack geht rum. Wer sich umdreht oder lacht, wird am Ende kalt gemacht …*

KAPITEL 5

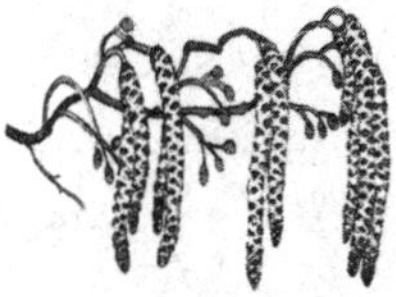

Nach dem Mensch-ärgere-dich-nicht-Spiel am Sonntagnachmittag, das der General mit Anton und Conrad gespielt und gewonnen hatte, erhob sich Charlotte.

»Holst du deine Sachen, mein Junge? Ich ziehe mich rasch um. Danach bringe ich dich nach Rabeneck.« Ihr Blick schweifte in die Runde. »Hat jemand Lust, mitzukommen?«

»Ich habe es Anton versprochen«, sagte Philipp, legte sein Buch aus der Hand und stand ebenfalls auf. »Wir fahren mit meinem Wagen.«

Damit hatte Charlotte nicht gerechnet. Sie würde die Gelegenheit nutzen, Philipp auf dem Rückweg zur Rede zu stellen.

Im Internat begleiteten sie den Jungen bis zu seiner Unterkunft. Dort verabschiedeten sie sich voneinander.

Schweigend gingen Charlotte und Philipp Seite an Seite über das Schulgelände zum Parkplatz, der vor dem mittelalterlichen Tor lag. Da viele Eltern ihre Kinder um diese Uhrzeit zurückbrachten, hatte der Professor den Mercedes auf einem Randstreifen an der Waldseite abstellen müssen. Galant öffnete er die Beifahrertür, aber Charlotte zögerte einzusteigen.

»Wie lange soll das so weitergehen? Worauf wartest du? Willst du nicht endlich mit mir reden?«

»Später. Ich habe einen …«

»Vergiss es!« Enttäuscht wandte sie sich ab.

»Charlotte! Warte! Wo willst du hin?«

»Ich brauche Bewegung. Fahr nach Hannover zurück.«

»Sei bitte vernünftig. Wie willst du denn nach Hause kommen?«

»Das ist mein Problem.«

Ohne eine Antwort abzuwarten, trabte sie los. Wenige Augenblicke später verschluckte der Wald ihre Gestalt. Es war ihr gelungen, nach außen hin ruhig zu bleiben, obwohl es in ihr brodelte. Sie hatte so sehr gehofft, dass Philipp offen mit ihr sprechen würde, aber dazu sah er anscheinend keine Veranlassung. Merkte er überhaupt, was er ihnen damit antat? Oder war er plötzlich so sehr in sich gefangen, dass er sein Einfühlungsvermögen verloren hatte? Unschlüssig blieb sie stehen. Im Grunde ärgerte sie sich über sich selbst. Sie hätte verständnisvoll reagieren sollen. Immerhin war ihr klar, dass Philipp in einer Krise steckte. Sollte sie zurücklaufen? Das würde wahrscheinlich nichts bringen. Er war längst unterwegs nach Hause. Langsam setzte sich Charlotte wieder in Bewegung. Der leicht federnde Waldboden unter ihren Füßen und der Duft nach Harz und Moos wirkten beruhigend. Über die kahlen Bäume senkte sich zunehmende Dunkelheit. Dennoch würde sie sich nicht verlaufen. Die Strecke bis an den Rand der Ortschaft Rabenau war ihr seit ihrem Einsatz im Internat vertraut. Allerdings wirkten die Geräusche des Waldes mit einem Mal bedrohlicher. Ein Knacken im Unterholz ließ sie zusammenzucken. Instinktiv verharrte sie reglos. Was war das? Angestrengt lauschte sie. Irgendwo raschelte Laub. War sie nicht allein?

Instinktiv ging sie weiter, beschleunigte ihre Schritte. Da war es wieder. Jemand schien in der Nähe zu sein. Wurde sie verfolgt? Misstrauisch blickte sie sich um, versuchte das Dunkel zu durchdringen. Links von ihr flogen ein paar aufgescheuchte Vögel davon. Charlotte beschwor sich, ruhig zu bleiben. Es gab keinen Grund, Angst zu haben. Es war nur ein bisschen unheimlich. Mehr nicht. Entschlossen lief sie weiter, erreichte die Stelle, an der kürzlich eine Brandleiche gelegen hatte. Am Stamm eines Baumes flatterte ein Rest vom rot-weiß gestreiften Absperrband. Lag nicht der Geruch von verkohltem Fleisch in der Luft? Unsinn, schalt sie sich selbst. Das war unmöglich.

Erneut knackte es im Dickicht, jetzt lauter, nicht mehr so weit entfernt. Irgendwo schrie ein Käuzchen. Charlotte rannte auf den großen, etwas helleren Fleck zu, der sich leicht von der finsteren Umgebung abhob. Das musste das Licht der Straßenlaternen sein. Schwer atmend erreichte sie den Waldrand. Erst auf dem Asphalt blieb sie stehen, sah den silberfarbenen Mercedes – und Philipp. Ihr fiel ein Stein vom Herzen.

»Warum bist du nicht zurückgefahren?«

»Weil ich mir Sorgen mache, wenn du allein im Dunkeln im Wald rumläufst.« Er schüttelte den Kopf, als sie zu einer Erwiderung ansetzte. »Lass mich diesmal bitte ausreden. Ich habe gestern einen Tisch im Landhotel reserviert, damit wir uns in Ruhe aussprechen können. – Falls du das möchtest.«

»Natürlich will ich das.«

»Dann komm.«

Sie warf einen Blick zurück. Gegen den mittlerweile sternenklaren Himmel wirkte der Wald wie eine schwarze Wand. Unmöglich zu erkennen, ob sie von dort aus beobachtet wurde. Wahrscheinlich hatte sie sich den Verfolger ohnehin nur eingebildet. Trotzdem war sie froh, dass Philipp auf sie gewartet hatte. Da er bei ihrem Einsatz im Internat dabei gewesen war, kannte er die Stelle, an der dieser Waldweg in die Straße mündete.

Die Fahrt zum Landhotel dauerte nur wenige Minuten. Um weitgehend ungestört zu sein, hatte Philipp um einen Tisch in einer der Nischen gebeten. Ein älterer Kellner erkundigte sich nach ihren Wünschen, worauf sich beide für Tee entschieden.

»Es tut mir leid, Charlotte.«

Wann hatte er sie das letzte Mal zärtlich »Sternchen« genannt? Das schien eine Ewigkeit her zu sein.

»Was tut dir leid? Dass du mich immer mehr aus deinem Leben ausschließt? In einer Beziehung teilt man nicht nur Tisch und Bett miteinander, sondern außer den glücklichen Momenten auch die Sorgen und Probleme. Das muss ich *dir* wirklich nicht erklären.«

»Inzwischen ist mir klar, dass mein Schweigen ein Fehler war. Ich wollte dir nicht wehtun.«

»Also doch.« Seine Worte schienen ihre erste Vermutung zu bestätigen. »Ich werde so schnell wie möglich ausziehen.«

»Was?« Entsetzt starrte er sie an. »Warum?«

»Weil dir klargeworden ist, dass du auf Dauer nicht mit mir leben kannst.«

»Himmel, nein!« Er griff nach ihrer Hand und umschloss sie mit seinen warmen Fingern. »An meinen Gefühlen für dich wird sich nie etwas ändern. Ich brauche dich viel mehr, als du ahnst.«

Ihr wurde die Tragweite seiner Worte bewusst. »Was ist es? Bitte sag mir, was dir fehlt.«

»Wie kommst du darauf, dass ich krank sein könnte?«

»Weil du dich nach deiner Untersuchung verändert hast. Was haben die Ärzte festgestellt? Egal, wie schlimm es ist, wir stehen das zusammen durch.«

Gerührt drückte er ihre Hand.

»Glaub mir, ich bin kerngesund.«

»Ist das wirklich wahr?«

»Ganz sicher.«

Sie konnte nicht verhindern, dass Tränen der Erleichterung in ihre Augen stiegen.

Da der Ober an den Tisch trat und sie besorgt anschaute, wischte sie die feuchten Spuren rasch mit den Fingerspitzen fort.

Der Mann servierte den Tee, wobei er Philipp einen vorwurfsvollen Blick zuwarf.

»Alles gut«, beruhigte Charlotte den Kellner, den sie von früheren Besuchen her kannte. »Danke.«

Als er sich zurückzog, wartete sie, bis Philipp zu sprechen begann.

»Erinnerst du dich an die SMS, in der jemand schrieb, dass ich noch oft an ihn denken werde?« Mit knappen Worten berichtete er von den Kurzmitteilungen, E-Mails und Anrufen, die ihn seitdem erreichten.

»Das klingt nach Stalking«, kombinierte Charlotte, wobei sie sich zur Ruhe zwang. »Handelt es sich um harmlose oder um Drohnachrichten?«

Entschlossen, nichts mehr vor ihr zu verbergen, zog er das Smartphone hervor, öffnete den Messenger sowie die Nachrichten des unbekannten Absenders und übergab das Gerät an Charlotte.

In kurzer Folge las sie die Mitteilungen. Anschließend legte sie das Mobiltelefon auf den Tisch – nun sehr besorgt.

»Hast du die Polizei eingeschaltet?«

»Vor ein paar Tagen war ich bei der Polizeiinspektion in der Kastanienallee.«

»Warum hast du dich nicht an Hannes gewandt?«

»Weil er als Beamter der Mordkommission nicht zuständig ist.«

»Außerdem wolltest du nicht, dass ich davon erfahre.«

»Das war ein dummer Fehler.« Ohne Umschweife erklärte er sein Handeln. Natürlich brachte Charlotte Verständnis für seine Beweggründe auf.

»Demnach siehst du eine ernste Bedrohung in dem Verfasser der Nachrichten«, resümierte sie. »Hast du einen Verdacht, wer das sein könnte? Jemand aus der Uni?«

»Das halte ich für unwahrscheinlich. Immerhin bin ich seit Anfang des Jahres im Ruhestand. Seitdem beschränke ich mich fast ausschließlich auf Vorträge und Beratungen. Im privaten Bereich fällt mir erst recht niemand ein.« Lausbübisch zwinkerte er ihr zu. »Es sei denn, ihr wollt euren Vermieter loswerden.«

Charlotte verzog keine Miene.

»Das ist nicht komisch.«

Betreten griff er nach dem Teeglas.

»Verzeih. Das ist wahrscheinlich Galgenhumor. Seit gestern fürchte ich nämlich tatsächlich, dass der Stalker eine viel größere Gefahr darstellen könnte, als ich ursprünglich annahm. Er hat mir ein Paket mit makabrem Inhalt geschickt.«

»Was war das?«

Abermals nahm er sein Telefon. Mit wenigen Wischbewegungen holte er das Video auf den Monitor und reichte das Smartphone an Charlotte weiter.

Zögernd tippte sie mit der Fingerspitze auf das kleine weiße Abspielsymbol, um die Aufnahme zu starten.

In einer sargähnlichen Kiste lag der Kadaver einer Ratte. Viele kleine gelbliche Maden wuselten auf dem blutverschmierten grauen Fell. Ein ekelhafter Anblick, der Charlotte erschauern ließ. Sie schaltete das Video angewidert aus und legte das Handy mit dem Display nach unten auf den Tisch.

»Du musst auf alle Fälle mit dem Paket zur Polizei. – Was hast du damit gemacht?«

»Das liegt in der Garage ganz oben im Werkzeugregal.«

»Okay, wir fahren gleich morgen nach dem Frühstück zur Wache.«

»Es ist besser, ich erledige das allein. Zurzeit sollte man uns nicht zusammen sehen. Wir sind nur Nachbarn, die sich ein Haus teilen. Mehr nicht.«

Verstehend nickte sie, bevor sie sich umschaute.

»Deshalb sitzen wir hier und nicht an einem Fenstertisch.«

»Zwar habe ich genau darauf geachtet, dass wir auf der Fahrt zum Internat nicht verfolgt werden, aber man kann nie wissen.«

Sie sprachen noch darüber, wie sie sich vor den Nachstellungen schützen könnten. Später schlug Philipp vor, zum Abendessen im Landhotel zu bleiben. Daraufhin schickte Charlotte eine WhatsApp an Anneliese, damit die Freunde sich nicht sorgten.

Bei ihrer Rückkehr informierten sie ihre Mitbewohner wie besprochen nicht über den Stalker. Sie wollten ihnen keine schlaflose Nacht bereiten.

Vor dem Zubettgehen nahm Philipp sein Smartphone zur Hand und schrieb Anton, dass er sich mit Charlotte ausgesprochen hätte und dadurch wieder alles in Ordnung sei.

Dennoch fand er keine Ruhe. Während sein Sternchen

neben ihm schlief, wartete er auf eine SMS des Stalkers. Weit nach Mitternacht ertönte das Signal des Telefons. Ohne Licht einzuschalten, las Philipp die Nachricht*: Auch im stillen Kämmerlein wirst du vor mir nicht sicher sein …*

KAPITEL 6

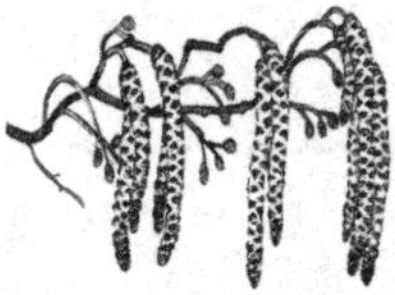

Nach dem gemeinsamen Frühstück bat Philipp die WG-ler, in der Küche zu bleiben. Ob er wollte oder nicht, er musste die Freunde aufklären.

»Zunächst möchte ich euch bitten, darauf zu achten, dass das Grundstückstor ab sofort tagsüber geschlossen ist. Nicht ohne Grund haben wir Videoüberwachung und eine Gegensprechanlage. Die sollten wir nutzen. Als ich hier allein gelebt habe, waren die Kameras rund um die Uhr eingeschaltet.« Er wandte sich an den technisch versierten Conrad. »Bist du so gut und überprüfst, ob alles einwandfrei funktioniert? Möglicherweise muss die Sicherheitsfirma nachbessern.«

»Ich kümmere mich darum.«

»Danke.«

Elisabeth dachte an das Nächstliegende.

»Ist in der Nachbarschaft eingebrochen worden?«

»Nicht, dass ich wüsste.« Philipp tauschte einen Blick mit Charlotte.

Sie ahnte, wie schwer es ihm fiel, die Freunde womöglich in Angst und Schrecken zu versetzen. Deshalb ergriff sie die Initiative.

»Euch ist doch aufgefallen, wie oft Philipps Handy in letzter Zeit klingelt. Oder es ertönt das Kurzmitteilungssignal. Ihr habt euch sicher gefragt, was das bedeutet.«

»Ich ahne Schreckliches«, sagte die Strick-Liesel. »Irgendeine liebeskranke Trulla hat es auf unseren attraktiven Professor abgesehen und bombardiert ihn mit Liebesschwüren.«

»So einfach ist das leider nicht.« Mit ernster Miene berichtete Charlotte ihren Mitbewohnern, was geschehen war. Dabei ließ sie den Inhalt des Päckchens nicht aus.

»Heiliges Kanonenrohr!« Es fehlte nicht viel, und der General hätte mit der Faust auf den Tisch gehauen. »Wer lässt sich so was Ekelhaftes einfallen?«

»Jemand, der mit Sicherheit nicht ganz frisch unter der Mütze ist«, erwiderte Anneliese trocken. »So was ist krank.« Fragend hob sie die Brauen. »Kann man den Absender der Kurznachrichten nicht anhand der Handynummer ermitteln?«

»Ich will euch nicht mit den verschiedenen Möglichkeiten langweilen, die der Absender hat, anonym zu bleiben. Laut Polizei genügt ein unregistriertes Mobiltelefon mit nicht erfasster SIM-Karte oder ein ausländisches Wertkartenhandy.«

In banger Erwartung schaute Elisabeth die Freunde an.

»Müssen wir jetzt Angst haben?«

»Der Stalker hat es nur auf mich abgesehen«, versuchte der Professor sie zu beruhigen. »Wenn das Grundstück optimal gesichert ist, haben wir nichts zu befürchten. Vorsichtshalber solltet ihr trotzdem niemandem erzählen, dass wir Freunde sind. Es ist besser, man hält uns für Nachbarn, die zufällig im selben Haus wohnen. Alles andere geht niemanden etwas an.« Seine Mitbewohner verstanden ohne weitere Erklärungen. »Ich bringe das Paket nachher zur Polizei«, fuhr er fort. »Danach sehen wir weiter.«

Bald nachdem Philipp aufgebrochen war, verließ Charlotte das Haus. Langsam fuhr sie vom Grundstück, hielt an und streckte den Arm aus dem Seitenfenster, um das Tor mit der Fernbedienung zu schließen. Das war tagsüber ungewohnt, aber für die Sicherheit der WG-ler notwendig. Sie wusste durch ihre jahrelange Arbeit im Kriminalarchiv, wie gefährlich Stalker sein konnten. Einige gaben ihre Nachstellungen auf, wenn ihre Identität aufgedeckt wurde. Andere waren sogar durch einstweilige Anordnungen wie Kontaktverbote nicht aufzuhalten.

Nach etwas mehr als einer Viertelstunde Fahrt erreichte Charlotte die Südstadt, in der ihre Wohnung lag. Trotz ihres Umzugs in die WG hatte sie das Apartment nicht verkauft. Es sollte als Gästeunterkunft genutzt werden. Außerdem konnte ein Rückzugsort nicht schaden.

Vormittags war es nicht völlig unmöglich, in diesem Stadtteil einen Stellplatz zu finden. Charlotte sah einen Wagen aus einer Parkbucht rangieren, setzte den Blinker, wartete einen Moment, bis die Lücke frei war, und fuhr hinein.

Bis zu ihrem Wohnhaus musste sie nur wenige Schritte zurücklegen. Im Treppenhaus entschied sie sich wie meistens gegen den Aufzug. Kaum war sie auf ihrer Etage angekommen, wurde die Tür der schräg gegenüberliegenden Wohnung geöffnet.

»Hallo, Charlotte.«

»Marlene.« Die Ältere blieb stehen und reichte ihr die Hand. »Hast du auf mich gewartet?«

»Ich habe dich zufällig vom Fenster aus gesehen.« Mit einladender Geste deutete die Journalistin hinter sich. »Wie wäre es mit einem Cappuccino?«

Charlotte ahnte, worüber die Nachbarin mit ihr sprechen wollte. Sie folgte ihr in die gemütliche kleine Küche, zog den warmen Mantel aus und setzte sich an den Tisch. Das italienische Kaffeegetränk war dank der chromglänzenden Maschine rasch aus einem Espresso und warmem Milchschaum zubereitet.

»Alles okay bei dir?« Forschend schaute Marlene ihren Gast an. »Normalerweise kommst du nicht jede Woche hierher.«

»Ich möchte nur ein paar Sachen holen.« Sie griff nach der bauchigen weißen Tasse und setzte sie vorsichtig an die Lippen. Der Cappuccino schmeckte wie in Italien. »Und bei dir?«

»Gestern hat sich Hannes gemeldet. Wir haben lange telefoniert.«

»Immerhin.« Es gelang ihr nicht, ein Lächeln zu unterdrücken. »Bleibt es bei gelegentlichen Anrufen oder habt ihr ein Treffen in Erwägung gezogen?«

Marlenes Augen funkelten amüsiert.

»Er hat mich zum Abendessen eingeladen – am nächsten Samstag.«

»Das wurde aber auch Zeit.«

»Hättest du ihm nicht auf die Sprünge geholfen …«

»Davon hat er dir erzählt?«

»Nicht nur das. Inzwischen weiß ich, wie lange ihr euch kennt und wie wichtig ihm eure Freundschaft ist.«

»Mir ergeht es genauso. Hannes ist einer der wenigen Menschen, denen ich bedingungslos vertraue.«

»Etwas Ähnliches hat er von dir gesagt. Es ist schön, dass es das in der heutigen Zeit überhaupt noch gibt.«

Nachdem sie ihrer Nachbarin eine Weile Gesellschaft geleistet hatte, betrat Charlotte ihr Apartment. Sie ließ ihre große Umhängetasche auf die Holzdielen im Flur fallen; der Steppmantel landete daneben. Zielsicher lief sie ins Wohnzimmer, zog die obere Schublade einer Kommode auf, kramte darin, schob sie zu. Auch in keiner der beiden anderen wurde sie fündig. Es war nicht das erste Mal, dass sie sich über ihr chaotisches Ordnungssystem ärgerte. Trotz vieler guter Vorsätze würde es ihr wohl nie gelingen, etwas so zu verstauen, um es später auf Anhieb zu finden. So streifte sie durch die Räume und suchte an allen möglichen Stellen, bis sie im Garderobenschrank das Körbchen unter dem Schubfach mit den Handschuhen hervorzog. Zwischen Nägeln, Gummiringen, einem Inbusschlüssel aus einem schwedischen Möbelhaus und anderen Kleinigkeiten entdeckte sie nicht nur das gesuchte Mobiltelefon, sondern – oh, Wunder – sogar das dazugehörige komplette Ladekabel mit Stecker. Damit ging sie ins Wohnzimmer, stöpselte die Zuleitung in den USB-Port des Handys und das andere Ende in die Wandsteckdose. Nach kurzer Wartezeit ließ sich das Gerät einschalten. Charlotte gab den PIN-Code ein und überprüfte einige Funktionen. Obwohl sie das Nokia lange nicht benutzt hatte, schien es nach wie vor intakt zu sein. Zufrieden packte sie alles zusammen und stopfte es im Flur in die Tasche.

Rechtzeitig zum Mittagessen kehrte Charlotte in die Villa zurück. Als sie aus dem Mantel schlüpfte, versammelten sich die Freunde in der Küche.

»Entschuldigt die Verspätung.« Sie hängte ihre Tasche über die Stuhllehne, wusch sich die Hände und setzte sich neben den General.

Auf dem Tisch stand eine große Terrine Steckrübeneintopf mit abgezupften Majoranblättern bestreut.

Später ging Charlotte hinauf. Sie nahm das alte Prepaid-Handy aus der Tasche und schloss es ans Stromnetz an, um den Akku zu laden. Außerdem überprüfte sie das Restguthaben auf der Karte, schaltete ihren Laptop ein und stockte den Betrag übers Internet auf. Danach bearbeitete sie die Kontaktliste. Während das Handy an der Steckdose hing, schlüpfte Charlotte in bequeme Leggins.

Da das nasskalte Winterwetter nicht zu einem Aufenthalt im Freien verlockte, hatten die WG-ler den täglichen Spaziergang ausfallen lassen. Nun fehlte ihr die Bewegung. Deshalb ließ sie sich auf dem Fußboden nieder, um wenigstens einige gymnastische Übungen zu absolvieren. Das tat ihr nicht nur gut, es half ihr, ihre Gedanken zu ordnen.

Irgendwann steckte Philipp den Kopf zur Tür hinein.

»Störe ich?«

»Überhaupt nicht.«

Er kam näher und half seinem Sternchen auf die Beine. Dicht vor ihm kam Charlotte zum Stehen. Sie tauschten einen zärtlichen Blick.

»Alles gut bei dir?«

»Alles okay.«

»Zeigst du mir bitte noch mal die Kurzmitteilungen?«

Ohne zu zögern, zog er das Smartphone aus der Tasche und holte die Nachrichten aufs Display, bevor er das Gerät an Charlotte weitergab. Sie legte es auf den Tisch, nahm ihr eigenes Telefon und wählte die Kamerafunktion. Es dauerte nicht lange, bis sie jede SMS abgelichtet hatte. Das ging erheblich schneller, als sämtliche Mitteilungen auf ihr Telefon zu senden.

Unterdessen setzte sich Philipp aufs Sofa.

»Was hast du damit vor?«

»Zuerst werde ich alles, was wir über den Stalker haben, zusammentragen. Schickst du mir nachher seine Mails?«

Ihm wurde klar, was sie vorhatte.

»Das kannst du vergessen. Ich will nicht, dass du in diesem Fall aktiv wirst.«

Sie setzte sich zu ihm und legte die Hand auf seinen Arm.

»Glaubst du, ich kann tatenlos zusehen, wenn du bedroht wirst?«

»Du darfst dich meinetwegen nicht in Gefahr bringen. Bitte, versprich mir das.«

»Kein Außenstehender wird davon erfahren, was ich hier mache.«

»Anscheinend kann ich dich nicht daran hindern – obwohl mir das nicht gefällt.«

Charlotte stand auf und nahm das Nokia mitsamt dem Ladekabel von der Kommode. Damit setzte sie sich zu Philipp.

»Wenn du einverstanden bist, benutzt du ab sofort dieses Handy.«

Skeptisch betrachtete er das Gerät.

»Stammt das aus dem letzten Jahrhundert?«

»Das ist zwar schon älter, funktioniert aber einwandfrei. Internetfähig ist es auch. Ich habe das Guthaben aufgeladen und nur die Nummern unserer Mitbewohner gespeichert. Aus deinem Smartphone nimmst du am besten die SIM-Karte raus. Das macht es dem Stalker unmöglich, weiterhin seine obskuren Nachrichten zu hinterlassen.«

»Einen Versuch ist das wert.«

»Am besten rufst du deine Tochter und deine Schwester übers Festnetz an und sagst ihnen, dass du zurzeit nur über den Hausapparat oder über mein Handy erreichbar bist. Sonst machen sie sich womöglich Sorgen.«

»Du hast offenbar an alles gedacht.«

»Vielleicht gelingt es uns dadurch, den Stalker auszubremsen. Dann gibt er hoffentlich auf.«

»So leicht wird das sicher nicht. Er hat bisher eine Menge Zeit und Energie investiert, um mir das Leben schwer zu machen. Wahrscheinlich wird er nicht müde, sich effektive Sprüche auszudenken oder Pakete mit ekelhaftem Inhalt zu schicken und dabei seine Identität zu verschleiern.«

»Und wenn ihm das irgendwann nicht mehr genügt? Womit müssen wir in dem Fall rechnen?«

Philipp wollte sie nicht ängstigen.

»Schwer zu sagen.«

»Soviel ich weiß, sind Stalker darauf aus, die Welt ihres Opfers zu zerstören. Im Extremfall mit jedem, der dazugehört. Am Ende bringen sie sich oft selbst um – oder das Objekt ihrer Begierde.«

»So weit kommt es nur selten. Meistens wird der Stalker irgendwann gefasst.«

Ihm war klar, dass seine Worte Charlotte nicht beruhigten. Sie konnten die weitere Entwicklung nur abwarten.

*

Irgendwo in Hannover klingelte spätabends ein Telefon.

»Es läuft alles wie geplant. Das Paket ist zugestellt.«

»Sehr gut.«

»Er ist damit zu den Bullen gelaufen – weil er Angst hat. Dabei ist das erst der Anfang. Er soll leiden – so wie wir.«

»Das ist der Plan. Lass ihn nicht aus den Augen.«

»Keine Sorge. Er entkommt mir nicht. Bald bereite ich auf der Baustelle alles für unseren nächsten Schritt vor. Das kann ich nur nachts machen, wenn die Arbeiter weg sind.«

»Lass dich nicht erwischen.«

»Never!«

KAPITEL 7

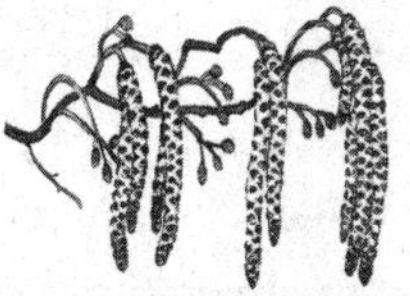

Beim Frühstück unterrichtete Philipp seine Mitbewohner darüber, dass er den ganzen Tag in der Uni zu tun hätte. Darüber entbrannte sofort eine Diskussion. Da Charlotte bereits seit dem Vorabend Bescheid wusste, hielt sie sich heraus.

»Solltest du nicht besser in Deckung bleiben?« Als ehemaliger General war Albert kampferprobt und strategisch geschult. »Oder glaubst du, Angriff ist die beste Verteidigung?«

»Der Stalker soll merken, dass ich mich nicht einschüchtern lasse. Deshalb habe ich gestern Abend zugesagt, als ein kranker Kollege anrief und mich bat, heute Vormittag eine Vorlesung für ihn zu übernehmen. Am Nachmittag habe ich ohnehin Beratungsgespräche in der Uni.«

»Kommst du zum Mittagessen nach Hause?«

»Das lohnt nicht«, beantwortete er Conrads Frage. »Zum Abendessen bin ich aber zurück.«

Im Anschluss an die Vorlesung betrat Philipp nach einem Spaziergang durch den Welfengarten die Mensa. Aus dem Mittagsangebot wählte er Kartoffelpuffer mit Apfelkompott und nahm mit seinem Tablett an einem der Tische Platz. Es dauerte nicht lange, bis er Gesellschaft bekam. Wie verabredet, setzte sich eine Studentin mit ihrer Mahlzeit zu ihm.

»Deine Vorlesung war das Highlight des Tages.«

»Du übertreibst, Sandra.«

»Von wegen. Ich kenne außer dir keinen Prof, bei dem die Studenten schon begeistert auf die Tische klopfen, wenn er den Hörsaal betritt. Sie wissen, dass ihnen bei dir nicht nur eine lehrreiche Vorlesung bevorsteht, sondern auch eine humorvolle.«

»Heutzutage muss man seinem Publikum etwas bieten, wenn man ungeteilte Aufmerksamkeit möchte.« Mit väterlichem Wohlwollen musterte er die junge Frau. »Geht es dir gut? Oder hat Tom immer noch nicht aufgegeben?«

»Seit ein paar Tagen herrscht Funkstille. Anscheinend hat er endlich eingesehen, dass er mich nicht weichklopfen kann. Er hat mich betrogen. Wie soll ich ihm da noch mal vertrauen können? Außerdem gibt es da inzwischen jemanden …«

Philipp war erleichtert. Die Hartnäckigkeit ihres ehemaligen Freundes war beinah so etwas wie Stalking gewesen. Inzwischen wusste er, wie belastend das tatsächlich war.

»Bist du verliebt?«

Ein schiefes Lächeln erschien auf ihrem Gesicht.

»Vielleicht ein bisschen. Wir haben uns in einem Studenten-Forum kennengelernt. Sascha ist echt süß. Heute Abend sehen wir uns das erste Mal. Wir treffen uns an der Dreifaltigkeitskirche. Er hat da in der Nähe einen Job. Von dort aus will er mit mir erst was Essen gehen und danach in eine Ausstellung. Mehr hat er nicht verraten.« Die Vorfreude war ihr deutlich anzusehen. »Deshalb muss ich mich nachher beeilen, weil ich mich vorher zu Hause umziehen muss.«

Er wusste, dass sie sich als studentische Hilfskraft etwas dazuverdiente und dadurch über wenig Zeit verfügte.

»Wenn du willst, kannst du wieder mit mir fahren. Gegen sechs bin ich hier fertig.«

»Das wäre toll. Dann muss ich mich nicht so abhetzen.«

Charlotte zog sich bald nach dem Mittagessen in ihre Räume zurück, setzte sich ins Wohnzimmer und schaltete ihr Notebook an. Flink öffnete sie die Suchmaschine und gab den Begriff ›Stalking‹ ein. 40.600.000 Ergebnisse. Ihr war bewusst, dass sie nur einen Bruchteil davon lesen konnte. Dennoch hoffte sie, die wichtigsten Informationen zu erwischen.

Zunächst legte sie – wie stets, wenn sie recherchierte – einen Ordner auf dem Desktop an, den sie ›Stalking‹ nannte. Danach öffnete sie die erste Internetdatei und überflog den Text, um zu prüfen, ob er brauchbare Informationen enthielt. Während sie den Bericht kopierte, klopfte jemand an die Tür.

»Komm rein!« Sie ahnte, wer draußen stand. Tatsächlich trat Anneliese ein. »Setz dich.« Sie klappte den Laptop zu und schaute die Freundin fragend an. »Was kann ich für dich tun?«

»Mir geht dieser Stalker nicht aus dem Kopf. Können wir nicht irgendwie rausfinden, wer Philipp das Leben schwer macht?«

»Wir? Hast du nach dem letzten gefährlichen Abenteuer nicht behauptet, dass du nie wieder mit Verbrechen zu tun haben willst?«

»Manchmal kommt es eben anders als geplant.«

»Und was sagt Conrad dazu?«

»Er wird verstehen, dass ich dich aktiv unterstützen möchte. – Und sag jetzt nicht, dass du die Hände in den Schoss legst, wenn es jemand auf deinen Mann abgesehen hat.«

»Natürlich will ich Philipp helfen, aber das ist gar nicht so einfach, solange es keinen Hinweis auf die Identität des Stalkers gibt.«

»Dann müssen wir eben woanders ansetzen.« Mit dem Kopf deutete sie in Richtung Computer. »Anscheinend hast du bereits angefangen. Wie willst du vorgehen?«

»Zuerst sammele ich relevante Informationen über Stalking. Über Täter und ihre Motive, über Opfer, über juristische Schritte. Wie geht die Polizei vor – und welche Möglichkeiten hat sie?«

»Verstehe.« Einen Moment lang dachte Anneliese nach. »Was ist mit den Nachrichten, die er Philipp geschickt hat? Sind das eindeutig Drohungen oder sind sie eher allgemein gehalten?«

Gedankenverloren lehnte sich Charlotte zurück.

»Wahrscheinlich ist das eine Frage der Interpretation, aber ich fürchte, er hat damit genau das erreicht, was er wollte. Das alles macht Philipp sehr zu schaffen. – Mehr, als er zugibt.«

»Hast du alle Nachrichten gelesen?«

»Bislang nur die auf seinem Handy. Die ersten wirken harmlos, werden aber immer deutlicher. – Und zuletzt diese tote Ratte.« Unwillkürlich schüttelte sie sich. »Einfach ekelhaft.«

»Hoffentlich findet die Polizei Fingerabdrücke an dem Paket.«

»Das halte ich für unwahrscheinlich. So dumm ist der Stalker nicht.«

Philipp und Sandra waren auf dem Uni-Parkplatz verabredet. Er wartete bereits eine knappe Viertelstunde an seinem Wagen. Als die junge Frau eintraf, fielen die ersten Regentropfen.

»Sorry, dass ich so spät bin.« Aufgebracht blieb sie bei ihm stehen. »Eben hat mich so ein Vollidiot auf der Treppe angerempelt und seinen Kaffee über mich geschüttet.« Sie schob ihre warme Jacke auseinander, wodurch das Malheur auf ihrer hellen Bluse sichtbar wurde. »Erst musste ich noch aufräumen und dann das hier. Wahrscheinlich schaffe ich es dadurch nicht mehr pünktlich zu meinem Date.«

Er zog ein Taschentuch hervor und reichte es ihr. Sie rieb an dem großen Fleck, aber das brachte nicht den gewünschten Erfolg.

Unterdessen warf Philipp einen raschen Blick auf seine Armbanduhr, dem ein aufmunterndes Lächeln folgte.

»Das schaffen wir trotzdem. Wir fahren wie geplant zu dir nach Hause. Dort ziehst du dich um, und ich bringe dich anschließend zu deiner Verabredung.«

»Das würdest du tun?« Stürmisch fiel sie ihm um den Hals und küsste ihn auf die Wange. »Danke, Philipp! Du bist super!«

»Schon gut. Auch wenn es schwer vorstellbar ist: Ich war vor langer Zeit genau wie du jung und verliebt.«

»Und was bist du heute?«

»Alt und verliebt – mehr als jemals zuvor.« Spitzbübisch zwinkerte er ihr zu. »Steig ein.«

Im heftigen Regen war Philipp später auf dem Heimweg. Sollte sich der Guss zu dem von Conrad prophezeiten Starkregen entwickeln, wollte er den Schnellweg meiden. Eine gefährliche Fahrt bei solchen Wetterverhältnissen hatte er auf der Schnellstraße vor einem Jahr miterlebt. Auf eine Wiederholung legte er nicht den geringsten Wert – obwohl der Umweg eine längere Fahrzeit bedeutete.

Am Rudolf-von-Bennigsen-Ufer kam der Verkehr in

Höhe des Sprengel-Museums fast vollständig zum Erliegen. Vergeblich kämpften die Scheibenwischer gegen die Wassermassen an.

Die leise Musik aus dem Autoradio wurde durch eine Unwetterwarnung unterbrochen. Ein Sprecher berichtete von überschwemmten Straßen und umgeknickten Bäumen in der Region Hannover. Sämtliche Feuerwehren waren im Dauereinsatz.

Im Schritttempo ging es weiter. Endlich erreichte Philipp sein Grundstück. Mit der Fernbedienung öffnete er das Tor und schloss es nach der Durchfahrt auf die gleiche Weise. Da die Niederschläge kaum nachgelassen hatten, lenkte er den Mercedes nicht in die Garage, sondern bis vor die Haustür. Er zog den Zündschlüssel ab und nahm das Handy aus der Ablage. Wie stets hatte er das Telefon in der Uni ausgeschaltet, aber diesmal vergessen, es wieder auf Empfang einzustellen, was er umgehend tat. Auf dem Display wurden vier verpasste Anrufe angezeigt. Er schaute in die Liste und sah, dass Charlotte mehrmals versucht hatte, ihn zu erreichen. Mit ihr würde er gleich sprechen. Mit wenigen Fingertipps wechselte Philipp zu seinen Mails. Wie befürchtet entdeckte er eine Nachricht des Stalkers in seinem Postfach.

Bedrückt steckte er das Handy ein, stieg aus und lief im strömenden Regen über die Rampe hinauf zur Haustür. In der Diele zog Philipp den feuchten Mantel aus und hängte ihn zum Trocknen auf einen Bügel, bevor er das Gästebad betrat. Mit einem gelben Handtuch wischte er sich das Wasser aus dem Gesicht und rubbelte damit auf dem Weg in die Küche durch sein weißes Haar.

Obwohl die Freunde zunächst mit dem Abendessen auf ihn gewartet hatten, waren sie mittlerweile fast fertig.

»Endlich!«

Charlottes Stimme klang erleichtert. Er legte kurz die Hand auf ihre Schulter, hängte das Frotteetuch über die Stuhllehne und setzte sich neben sie.

»Entschuldigt, dass ich es nicht früher geschafft habe. Draußen gießt es in Strömen.«

»Vor dem Unwetter habe ich euch gestern gewarnt.« Conrad schob den Brotkorb zu ihm hinüber. »Allerdings habe ich erst am späten Abend damit gerechnet.« Mit der Gabel nahm er eine Scheibe Schinken und reichte die Wurstplatte an Elisabeth weiter. »Übrigens habe ich mich heute mal mit der Videotechnik beschäftigt. Die Bildübertragung vom Tor aus war defekt. Ich habe neue Sicherungen und eine Steckverbindung besorgt und ausgetauscht. Inzwischen funktioniert alles.«

»Danke, das beruhigt mich.«

»Vielleicht sollten wir mal über eine Alarmanlage nachdenken.«

Bedächtig bestrich Philipp eine Scheibe Vollkornbrot mit Butter.

»Hältst du das für nötig?«

»Unsere Damen würden sich damit sicherer fühlen. Zumal wir nicht wissen, was sich dieser Stalker noch alles einfallen lässt.«

Philipp zog die Käseplatte zu sich heran, bevor er den Freund anschaute.

»Wahrscheinlich hast du recht. Kannst du ein paar Angebote einholen? Du kennst dich am besten aus.«

»Mach ich gern. Um die Reparatur der Sauna kümmere ich mich anschließend. Die bestellten Ersatzteile müssten in ein paar Tagen geliefert werden.«

Während der Professor ihm dankbar zunickte, ließ Charlotte ihn nicht aus den Augen. Sie fragte sich, ob der Stalker etwas mit seiner Verspätung zu tun hatte. Oder war Philipp in der Uni aufgehalten worden? War abermals etwas passiert, das er für sich behielt, um seine Mitbewohner nicht zu beunruhigen? Oder lag es einfach nur am stürmischen Wetter? Sie musste es wissen!

»Hat sich der Stalker heute gemeldet?«

»Kurz bevor ich nach Hause gekommen bin. Da er mir keine SMS schicken konnte, hat er eine Mail geschrieben.«

»Und?«, fragte der General. »Wie lautet die Botschaft diesmal?«

»*Wenn er fällt, dann schreit er. Fällt er in den Graben, fressen ihn die Maden.*«

In banger Erwartung blickte Elisabeth ihn an.

»Was bedeutet das?«

»Keine Ahnung.«

Anneliese sprach aus, was alle dachten.

»Auf jeden Fall nichts Gutes.« Sie legte ihr Besteck auf den Teller. »Du warst doch gestern bei der Polizei. Was haben sie dort eigentlich zu deinem Päckchen gesagt?«

»Es wird kriminaltechnisch untersucht, aber große Hoffnung haben sie mir nicht gemacht, dass sie Spuren des Absenders finden.«

»Wahrscheinlich ist es durch zu viele Hände gegangen. Bei der Annahme im Postamt, beim Sortieren, Verladen, bei der Auslieferung.« Charlotte schüttelte den Kopf. »Ohne Vergleichsmaterial ist es sowieso unmöglich, jemandem Fingerabdrücke zuzuordnen. Außerdem wird der Absender immer Handschuhe getragen haben. Das würde zu dieser Jahreszeit gar nicht auffallen.«

»Ähnlich schätzen sie das auf der Wache ein. Solange es nicht den geringsten Hinweis auf den Stalker gibt, könnte es praktisch jeder aus meinem beruflichen oder privaten Umfeld sein.«

Später ging Charlotte mit Philipp hinauf.

Mitten in ihrem Wohnzimmer blieb er stehen und schaute sie an. Er spürte, dass sie etwas stark beschäftigte.

»Was war vorhin los?« Vorwurfsvoll erwiderte sie seinen Blick. »Ich habe ein paarmal versucht, dich zu erreichen. Warum bist du nicht ans Telefon gegangen? Auch die Mailbox war nicht an. Kannst du dir nicht vorstellen, dass ich mir Sorgen mache? – Nicht nur wegen des Stalkers, auch wegen des heftigen Unwetters.«

»In der Uni schalte ich das Handy immer aus. Leider habe ich vergessen, es wieder einzuschalten.« Er legte die Hände auf ihre Schultern. »Ich gelobe Besserung.«

»Ich wollte dir keine Vorhaltungen machen. Immerhin weiß ich, wie belastend diese ganze Sache für dich ist.«

Er zog sie an sich und schloss sie in seine Arme.

»Wenn ich dich nicht hätte, wäre das alles viel schwerer zu ertragen.«

Eine Weile hielten sie einander einfach nur fest.

Grönemeyer nutzte die Gelegenheit, sauste in den Raum, sprang in den Korb mit der frischen Wäsche und machte es sich darin bequem.

KAPITEL 8

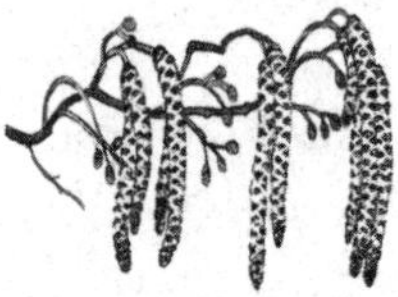

Am späten Vormittag rasten Hannes und sein Team über die Fössestraße, bogen rechts am Lindener Hafen ein und stoppten sieben Minuten später vor dem rot-weißen Flatterband der Polizeiabsperrung. Nach dem Aussteigen ließ der Hauptkommissar wie gewöhnlich zunächst die Umgebung auf sich wirken. Die Kollegen von der Polizeiinspektion West waren als Erste vor Ort gewesen. Vom Kleingartenverein Silberborn bis zum Fössebad gegenüber der Einmündung Friedhofstraße reichte ihre Absperrung. Zwischen den drei Häuserreihen, die quer zur Straße errichtet waren, gab es mehrere Garagen, an deren Seiten Müllcontainer ihren Platz hatten. Beamte der KT sicherten bei den grünen und braunen Kunststoffbehältern Spuren. Einer der Männer wies den Neuankömmlingen den Weg zum Gebäude, in dem ein Mensch tot aufgefunden worden war. Über den Plattenweg, der aussah wie ein Flickenteppich, erreichten sie die geöffnete Haustür. Auf den Treppen waren in weiße Overalls gekleidete Männer mit der Spurensuche beschäftigt. Die Korridortür in der vierten Etage stand ebenfalls offen. Bevor Hannes und die beiden Kommissare eintraten, zogen sie dünne blaue Kunststoffüberschuhe und Einweghandschuhe an.

Im engen Flur drängten sich die Leute von der Spusi.

Der Hauptkommissar bat Pia und Martin, die Wohnung in Augenschein zu nehmen und erste Informationen einzuholen. Er selbst wandte sich an den Chef der KT.

»Moin!«

Benno Winkler kam auf ihn zu und deutete nach rechts zu einem Zimmer.

»Kein schöner Anblick. Die Spuren im Raum sind gesichert. Horst ist noch drin.«

Hannes ging an den Kollegen vorbei und betrat den Raum. Er blieb schräg hinter dem Rechtsmediziner stehen, der sich vornübergebeugt an seinem Instrumentenkoffer zu schaffen machte.

Das rot getränkte Kissen auf dem Boden war unübersehbar. Offenbar stammte das Blut von der klaffenden Kopfwunde des Opfers.

»Was hast du für uns, Horst?«

Der Angesprochene kam auf die Beine, wobei er nach Luft rang wie ein Extremsportler, der gerade am Ironman-Wettkampf auf Hawaii teilgenommen hatte. Auf seiner Stirn glitzerten Schweißperlen.

»Ein Schlag mit einem stumpfen Gegenstand. Womit genau, kann ich noch nicht sagen.«

Dass die Tote unbekleidet war, könnte für ein Sexualdelikt sprechen. Allerdings war es üblich, Opfer für die erste Leichenschau auszuziehen.

»War sie nackt?«

»Der Oberkörper war halb entblößt. Auf dem Fußboden lag neben der Leiche eine helle Bluse. Benno hat sie eingetütet.«

»Todeszeitpunkt?«

»Merkst du nicht, dass dieser Raum gut geheizt ist? Je

nach Umgebungstemperatur fällt die Körpertemperatur etwa um 1,0 bis 1,8 Grad pro Stunde. Erst wenn wir wissen, ob die Raumtemperatur hier Tag und Nacht konstant ist, kann ich mehr sagen. Wenn die Heizung nachts automatisch runterregelt, muss das berücksichtigt werden.«

»Verstehe.«

Zufrieden war Hannes mit dieser Auskunft nicht. Ihm blieb jedoch keine andere Wahl, als sich zu gedulden, bis der Obduktionsbericht mit genauen Erkenntnissen vorlag.

Während Horst zusammenpackte, schaute sich der Hauptkommissar um.

Auf etwa 20 Quadratmetern befanden sich Kleiderschrank, Bücherregal, Schreibtisch und ein Bett. Ein typisches Studentenzimmer, wie es Hunderte davon in der Stadt gab. Dass es sich bei der Toten um eine Studentin handelte, wusste er bereits. Ihre Mitbewohnerin hatte sie gefunden und die Polizei alarmiert.

Seit dem letzten Frühjahr leitete Anneliese die Christa-Bernhardt-Stiftung. Dabei wurde sie überwiegend von Charlotte unterstützt. Zu den Stiftungsimmobilien zählte unter anderem die Seniorenresidenz Eichengrund. Obwohl es inzwischen einen zuverlässigen Leiter der Einrichtung gab, fuhren die Damen einmal monatlich dorthin, um nach dem Rechten zu sehen.

Der Eingangsbereich erinnerte durch Sitzgruppen aus schwarzem Leder und Grünpflanzen in großen Kübeln an eine moderne Hotellobby.

Auf dem Weg zur Rezeption begegnete den Freundinnen ein leicht gebeugt gehender Mann, mit dem Charlotte so manche denkwürdige Erfahrung gemacht hatte.

»Gott zum Gruße, meine Damen.«

»Hallo, Herr Pippich.« Die Strick-Liesel konnte sich ein Grinsen nicht verkneifen. »Alles fit im Schritt?«

»Daran hat sich nichts geändert. Ich krieg ihn immer noch hoch.« Der Blick aus den kleinen Augen des 81-Jährigen wechselte zu Charlotte. »Schön, Sie zu sehen, Frau Stern. Ich habe Sie vermisst.«

»Erstaunlich, dass Sie dafür überhaupt Zeit haben. Läuft es mit Ihrer neuen Flamme nicht so gut?«

Bedauernd hob er die schmalen Schultern.

»Das ist alles nicht so einfach. Haben Sie einen Moment für mich?«

Bevor Charlotte antworten konnte, stieß Anneliese sie leicht am Arm an.

»Kümmere dich ruhig um sein Liebesleben. Ich hole dich hier nachher ab.«

Charlotte blieb keine Wahl. Sie schlug vor, sich zu setzen, und steuerte auf eine Polstergruppe zu. Nachdem sie Platz genommen hatten, blickte sie den alten Mann abwartend an.

»Wo drückt denn der Schuh, Herr Pippich?«

»Ich hatte Ihnen doch von der Dame erzählt, die mir so gut gefällt.«

»Ja, ich erinnere mich. Hat es nicht so geklappt, wie Sie sich das vorgestellt haben?«

»Doch, doch. Wir verstehen uns nach wie vor sehr gut.« Er lächelte verschmitzt. »Auch am Sex haben wir beide Spaß. Gerlinde möchte so schnell wie möglich mit mir zusammenziehen.«

»Anscheinend haben Sie die Dame im Sturm erobert. Das ist wunderbar.« Seine unbewegte Miene ließ sie stutzen. »Oder nicht? Wo liegt das Problem?«

Mit der Rechten, die mit Altersflecken übersät war, strich er sich über den fast kahlen Schädel.

»Zuerst dachte ich, Gerlinde würde hier bei mir einziehen, aber ich soll zu ihr in ihr kleines Reihenhaus kommen – nach Misburg.«

»Gefällt es Ihnen dort nicht?«

»Darum geht es nicht. Das Häuschen ist großartig, aber ich habe Angst, dass es schiefgehen könnte. Wenn ich hier alles aufgebe und … und Gerlinde hat irgendwann genug von mir … Wo soll ich denn dann hin?«

Bedauernd schüttelte Charlotte den Kopf.

»Eine Garantie für eine gelingende Beziehung gibt es nicht.«

»Ich weiß. Haben Sie nicht einen Rat für mich? Man munkelt, dass Sie kürzlich in einer ähnlichen Situation waren.«

Sie tat völlig ahnungslos.

»Die Pantoffelpost funktioniert anscheinend gut. Was genau wird denn geredet?«

»Man erzählt sich, dass der Herr Professor bei Ihnen das Rennen gemacht hat – und dass Sie zu ihm gezogen sind.«

»Andersrum: Ich bin zuerst probeweise in seine WG gezogen. Der Rest hat sich ergeben.« Das brachte sie auf eine Idee. »Warum machen Sie das nicht genauso? Ziehen Sie bei Ihrer Gerlinde ein, aber behalten Sie vorläufig Ihr Apartment im Eichengrund. Wenn Sie nach ein paar Wochen feststellen, dass es zwischen Ihnen beiden bei ständiger Nähe gut läuft, können Sie Ihre Wohnung aufgeben. Wenn nicht, kehren Sie hierher zurück. – Und ich muss nicht fürchten, dass Sie eines Tages bei uns vor der Tür stehen und um Asyl bitten.«

Ein listiges Lächeln erschien auf seinem zerfurchten Gesicht.

»Das wäre eine verlockende Option.«

»Bange machen gilt nicht.«

»Keine Sorge, ich probiere es erst mal mit dem Probewohnen.« Sein Blick streifte ihre langen Beine, die in engen Jeans und hohen Stiefeln steckten. »Danke, Frau Stern. Sie sind nicht nur eine kluge, sondern auch eine tolle Frau. Schade, dass aus uns beiden nichts geworden ist.«

»Seien Sie froh. Ich bin nicht immer so nett.«

»Aber immer noch sehr sexy.«

»Sie können es wohl nicht lassen?«

Als Anneliese die Lobby betrat, stand Charlotte an der Rezeption und plauderte mit dem jungen Mann, der dahinter Dienst tat. Sie verabschiedete sich von ihm und ging der Freundin entgegen.

»Alles erledigt?«

Die Strick-Liesel bejahte, winkte dem Rezeptionisten kurz zu und verließ an Charlottes Seite die Seniorenresidenz.

Als sie im Wagen saßen, schaute sie die Freundin erwartungsvoll an.

»Was wollte denn Pippich von dir? Hat der alte Schwerenöter Liebeskummer?«

Amüsiert schüttelte Charlotte den Kopf.

»Er wollte nur meinen Rat. Dadurch konnte ich gerade noch verhindern, dass er statt bei seiner Gerlinde bei uns einzieht.«

»Dem Himmel sei Dank!«

KAPITEL 9

Charlotte saß am Küchentisch und las im Wirtschaftsteil der Tageszeitung, während Anneliese ihr gegenüber in die Hannover-Nachrichten der HAZ vertieft war. Unterdessen holte Elisabeth die Zutaten für einen saftigen Schokoladenkuchen herbei.

»Merkwürdig«, murmelte die Strick-Liesel, wobei sie aufsah. »Erinnert ihr euch an die Radiomeldung über den Leichenfund gestern? Heute ist ein Foto in der Zeitung. Ich glaube, ich kannte die junge Frau.«

»Nicht schon wieder.« Elli klang alles andere als begeistert. »Letztes Mal hat es genauso angefangen. Ich darf gar nicht daran denken, was für ein Horror sich daraus entwickelt hat.«

»Zeig mal her«, bat Charlotte und nahm die Zeitungsseite entgegen. Nachdenklich betrachtete sie das abgebildete Foto. »Mir kommt sie auch bekannt vor, aber ich erinnere mich nicht, woher.«

Elisabeth kam mit dem Teigschaber in der Hand näher und schaute den Mitbewohnerinnen über die Schulter.

»Das ist die Studentin, die Philipp manchmal im Eichengrund besucht hat.«

»Sicher?«

»Damals war ich zwar stumm, aber meine Beobachtungsgabe hat ausgezeichnet funktioniert. Hundertprozentig ist das die hübsche junge Frau, von der wir dachten, dass sie seine Freundin ist.«

Ehe sie weiter darüber sprechen konnten, kam Philipp herein. Am Tisch blieb er stirnrunzelnd stehen.

»Was ist? Warum schaut ihr mich so betroffen an?«

Charlotte fing sich als Erste.

»Setz dich bitte zu uns.«

Beunruhigt kam er ihrer Aufforderung nach und nahm neben ihr Platz.

»Was ist passiert?«

»Gestern Nachmittag kam im Radio die Nachricht von der jungen Frau, die …«

Sie brach ab, als sie sah, dass sein Blick an dem Zeitungsfoto hängen blieb. Die Schlagzeile über dem Bild ließ ihn fassungslos den Kopf schütteln.

»Sandra ist tot? Das darf nicht wahr sein.« Aus tränenverhangenen Augen schaute er seine Lebensgefährtin an. »Vorgestern habe ich sie in der Uni getroffen. Sie war …«

Das Läuten an der Haustür ließ ihn verstummen.

Rasch stand Charlotte auf und verließ die Küche. In Begleitung des Hauptkommissars kehrte sie bald zurück.

Hannes begrüßte zuerst die Damen. Als er dem Professor die Hand gab, bemerkte er die aufgeschlagene Tageszeitung.

»Wie ich sehe, sind Sie bereits informiert. Können wir uns irgendwo ungestört unterhalten?«

Philipp deutete zur Tür.

»Kommen Sie.«

In seinem Arbeitszimmer setzten sie sich.

Obwohl der Professor mitgenommen aussah, kam Hannes geradewegs zur Sache.

»Sandra Helmke war bis Anfang des Jahres Ihre Studentin. – Richtig?«

»Ja.« Er hatte den Zeitungsartikel in der Küche überflogen, der allerdings nur wenige Informationen enthielt. »Wie ist sie … gestorben?«

»Die Obduktion ist noch nicht abgeschlossen.«

»Sie gehen aber genau wie die Presse von einem Gewaltverbrechen aus. Sonst wären Sie nicht hier.«

Er forschte nach einer Reaktion im Gesicht des Kommissars, der verzog jedoch keine Miene.

»Wann und wo haben Sie Frau Helmke zuletzt gesehen?«

»Am Dienstag in der Uni. Ich hatte die Vorlesung für einen erkrankten Kollegen übernommen.«

Das wusste der Kommissar bereits.

»Sie besuchte eine Zweitsemester-Vorlesung, obwohl sie schon viel weiter war?«

»Soll vorkommen.«

»War sie Ihretwegen dort?«

»Könnte sein.«

»Sie waren vorgestern zusammen in der Mensa. Gab es einen Grund dafür?«

»Hunger.«

»Ging Ihre Beziehung über das, was normalerweise zwischen einer Studentin und ihrem Professor besteht, hinaus?«

»Durchaus möglich.«

Mit einem Seufzer gab sich Hannes geschlagen.

»Also gut: Sandra Helmke wurde in ihrem WG-Zimmer mit einem bisher unbekannten Gegenstand erschlagen. Ihre Mitbewohnerin hat sie gestern Vormittag gefunden. Der

Todeszeitpunkt konnte bisher nicht endgültig eingegrenzt werden.« Eindringlich blickte er ihn an. »Können wir nun vernünftig miteinander reden?«

»Sandra ist …« Philipp räusperte sich, weil er befürchtete, seine Stimme würde ihm nicht wie gewohnt gehorchen. »Sie war die Tochter meines besten Freundes. Er hat spät geheiratet und war schon Mitte 40, als mein Patenkind geboren wurde.«

»Ihre neue Mitbewohnerin konnte uns nichts über Angehörige sagen – und wir stehen erst ganz am Anfang unserer Ermittlungen.« Er beugte sich etwas vor. »Ich weiß, dass das unter diesen Umständen nicht leicht für Sie ist. Bitte, helfen Sie uns trotzdem.«

»Sandras Eltern sind bei einem Terroranschlag ums Leben gekommen.«

»Echt?« Damit schien er nicht gerechnet zu haben. Er zog einen kleinen Block aus der Tasche und machte sich Notizen. »Was wissen Sie darüber?«

»Sandra war vor Beginn des Studiums ein Jahr als Au-pair in Frankreich. Genauer gesagt: in Lyon. Ihre Eltern hatten sie dort besucht und wollten ein paar Tage Paris dranhängen. Es war der 13. November 2015. Nicht nur am Stadion und in einem Theater tauchten Terroristen auf. In der Nähe des beliebten Place de la République gab es mehrere Angriffe auf Cafés und Restaurants. In einem davon saßen Regina und Arthur. Sie hatten keine Chance. An diesem Freitagabend sind in Paris bei Anschlägen mindestens 132 Menschen ums Leben gekommen.«

»Das muss ein Schock für Ihr Patenkind gewesen sein.«

»Zu dem großen Verlust kamen Schuldgefühle hinzu. Hätte sie sich nicht für ein Auslandsjahr in Frankreich entschieden, wären ihre Eltern nicht dorthin gefahren.«

»Wahrscheinlich haben Sie ihr in dieser schweren Zeit zur Seite gestanden.«

Hilflos hob Philipp die Hände, ließ sie langsam sinken.

»Natürlich habe ich Sandra so viel wie möglich unterstützt. Die Überführung nach Deutschland, die Beisetzung – das alles hat sie überfordert.« Ein kleines Lächeln huschte über sein Gesicht. »Meine Fürsorge wurde ihr offenbar irgendwann zu viel. Sie sagte, dass sie ihr Leben wieder im Griff hätte und allein klarkommen würde. Es sei aber beruhigend zu wissen, dass sie immer auf mich zählen könne.«

Hannes verstand. Einen Moment lang überlegte er.

»Es soll einen hartnäckigen Exfreund geben. Kennen Sie ihn?«

»Tom – Thomas Vellner. Sie waren etwa drei Jahre zusammen.«

»Wann kam es zur Trennung?«

»Ende Oktober. Sandra hat ihn mit einer anderen erwischt und Schluss gemacht. Das konnte er nicht akzeptieren.«

»Der Klassiker«, resümierte der Kommissar und notierte den eben gehörten Namen. »Trauen Sie ihm einen Mord zu?«

Nach kurzem Nachdenken schüttelte Philipp den Kopf.

»Eher nicht. Sandra war seine große Liebe. Ich glaube, er hat sehr darunter gelitten, dass er es durch seinen Fehltritt vermasselt hat. Er wollte sie unter allen Umständen zurückgewinnen. Seine ständigen Bemühungen, sie umzustimmen, haben aber das Gegenteil bewirkt. – Außerdem hatte sie anscheinend einen neuen Verehrer.«

Sofort wurde Hannes hellhörig.

»Hat sie Ihnen von ihm erzählt? Was ist das für ein Mann? Kennen Sie seinen Namen?«

»Ich weiß leider nur, dass er Sascha heißt und ›echt süß‹ ist. Vorgestern Abend war sie mit ihm verabredet. Sie wollten zusammen in eine Ausstellung, aber ich habe keine Ahnung, in welche. Allerdings haben sie ihre Pläne kurzfristig geändert.«

Nachdem der Hauptkommissar gegangen war, betrat Philipp den beliebtesten Treffpunkt des Hauses: die Küche. Seine drei Mitbewohnerinnen schauten ihm erwartungsvoll entgegen. Er schenkte sich an der Anrichte einen Pott Kaffee aus der Warmhaltekanne ein und setzte sich an den Tisch. Elisabeth beschloss, dass die Küchenmaschine den Teig genug geknetet hatte, und schaltete sie aus.

»Was hat Hannes gesagt?«, fragte Charlotte mit ernster Miene. »Warum ist er ausgerechnet zu dir gekommen?«

»Wahrscheinlich hat ihm jemand von Sandras Vorliebe für meine Vorlesungen erzählt – und dass wir uns immer zum Mittagessen treffen, wenn ich in der Uni bin.«

»Aha.« Gespannt blickte Anneliese ihn an, sagte aber nichts weiter. Ihr wissender Gesichtsausdruck sprach jedoch Bände.

Charlottes Gedanken gingen in eine ähnliche Richtung.

»Anscheinend hattest du doch was mit ihr.«

»Habe ich dir nicht schon im Eichengrund gesagt, dass das nicht stimmt?«

Natürlich erinnerte sie sich daran.

»Damals kannten wir uns aber kaum. Unter diesen Umständen redet man nicht über sein Liebesleben.«

Über sein Gesicht huschte ein nachsichtiges Lächeln.

»Zu diesem Zeitpunkt war es längst um mich geschehen. Ich habe dir immer die Wahrheit gesagt.«

»Verzeihung.«

»Schon gut. Die eindeutigen Angebote, die man als Professor manchmal von Studentinnen bekommt, sind kein

Geheimnis. Trotzdem bin ich nie in Versuchung geraten. Mit Sandra hat mich etwas völlig anderes verbunden.«

Mit ruhiger Stimme wiederholte er das, was er Hannes berichtet hatte.

»Warum hast du nie darüber gesprochen, wie nah ihr euch gestanden habt?«, fragte Charlotte, worauf er die Schultern zuckte.

»Es hat sich irgendwie nie ergeben.«

»Und die Polizei?« Anneliese bedauerte, was sie über sein Verhältnis zu Sandra gedacht hatte. »Sollst du sie bei der Suche nach dem Täter unterstützen?«

»Davon kann keine Rede sein. Herr Bremer ist bestimmt nicht erpicht darauf, dass ihm schon wieder einer von uns ins Handwerk pfuscht. Aber ich werde mich um Sandras Beisetzung kümmern. Das ist alles, was ich noch für sie tun kann.«

*

Irgendwo in Hannover klingelte spätabends ein Telefon.

»Bist du total verrückt geworden? Von Mord war nie die Rede!«

»Komm wieder runter! Das war *die* Gelegenheit. Ich musste blitzschnell handeln. So eine Chance gibt es nur einmal.«

»Wie meinst du das?«

»Wir wollten, dass er leidet. – Und das wird er, wenn er im Knast verrottet – für eine Tat, die er nicht begangen hat.«

»Du willst ihm den Mord anhängen?«

»Ich habe alles dafür arrangiert.«

»Sei froh, dass ich mich da sofort reingehängt habe. Jetzt bestimme ich die Richtung.«

KAPITEL 10

Der Hauptkommissar fuhr zur Staatsanwaltschaft im Volgersweg. Immer zwei Stufen auf einmal nehmend, eilte Hannes die Treppe hinauf. Er wusste bereits, dass Frau Dr. Pauli nach La Palma geflogen war, um ein paar Tage auszuspannen, bevor sie ihren Dienst als Oberstaatsanwältin aufnehmen würde. Hannes freute sich für sie. Ihre Zusammenarbeit klappte vom ersten Tag an sehr gut und war von gegenseitiger Sympathie und Respekt geprägt. Die Juristin war nach ihrem Studium der Rechtswissenschaften an der Universität Hannover und anschließendem Referendariat in den niedersächsischen Justizdienst eingetreten. Zunächst war sie als Proberichterin bei verschiedenen Landgerichten tätig, bevor sie zur Staatsanwältin in der niedersächsischen Landeshauptstadt ernannt wurde und in der Abteilung organisierte Kriminalität arbeitete. Acht Jahre später hatte sie die kommissarische Leitung der Abteilung Kapitaldelikte übernommen. Kürzlich war sie nach nur 22 Monaten zur Oberstaatsanwältin befördert worden.

Die Ermittlungen im Mordfall Sandra Helmke waren einem jungen, ehrgeizigen Staatsanwalt übertragen worden, der dafür bekannt war, sich gern über die jahrelange Erfahrung der Kriminalbeamten hinwegzusetzen. Sie hatten seit dem

Mord mehrmals miteinander telefoniert. An diesem Morgen war Hannes zu ihm bestellt worden.

Er klopfte an die Tür und trat nach Aufforderung ein. Der Jurist kam ihm entgegen und gab ihm die Hand.

»Hauptkommissar Bremer, nicht wahr? Mein Name ist Ansgar Roderick Fink.«

»Freut mich«, murmelte Hannes. Der Jurist reichte dem knapp zwei Meter großen Polizeibeamten nur bis zu den Schultern. »Sie wollten mich sprechen?«

»Zunächst einmal möchte ich den Mann persönlich kennenlernen, mit dem ich in diesem Fall zusammenarbeite.« Er setzte sich hinter den Schreibtisch und deutete auf den davorstehenden Besucherstuhl. »Wie ich hörte, haben Sie eine beachtliche Aufklärungsquote. – Wobei Sie allerdings gelegentlich Hilfe von außen in Anspruch nehmen. Das werden wir in unserem aktuellen Fall von vornherein ausschließen. Wo kämen wir denn dahin, wenn sich jeder X-Beliebige in unsere Ermittlungen einschalten könnte?«

Abwartend blickte Hannes sein Gegenüber an.

»Ich bestehe auf einem täglichen Bericht über den Stand der Ermittlungen«, fuhr Fink fort. »Über Vernehmungen möchte ich vorher informiert werden, damit ich dabei sein kann.«

»Halten Sie das für nötig?«

»Davon können Sie ausgehen.«

Ohne das zu kommentieren, erhob sich der Hauptkommissar.

»War es das?«

»Vorerst.«

20 Minuten später betrat Hannes sein Büro im Präsidium. Seine Teamkollegen sahen ihn durch die große Glasscheibe und kamen durch die Verbindungstür.

»Und?«, fragte Martin gespannt. »Stimmt es, was über den neuen Staatsanwalt gemunkelt wird?«

»Leicht wird er es uns wahrscheinlich nicht machen. Er will bei allen Vernehmungen anwesend sein. Hoffentlich haben wir den künftig nicht bei allen Fällen an der Backe. Das wäre …« Das Klopfen an der Tür ließ ihn verstummen. Pia, die am nächsten stand, öffnete.

Horst Fleischmann schob seine mächtige Figur in den Raum, der durch seine Anwesenheit enger wirkte.

»Moin zusammen. Ich bringe euch den endgültigen Obduktionsbericht.« Bittend schaute er Pia an. »Bekomme ich einen Kaffee?«

»Klar.« Ihr Blick wechselte zu ihrem Vorgesetzten. »Hannes?«

»Gern.«

Sie ging nach nebenan und kam kurz darauf mit zwei Kaffeebechern zurück.

Unterdessen ließ sich der Rechtsmediziner auf einen Stuhl fallen und kramte einen Aktendeckel aus seiner abgewetzten Ledermappe, den er Hannes über den Tisch hinweg reichte.

»Todesursächlich war – wie vermutet – massive stumpfe Gewalteinwirkung gegen den Kopf. Es handelt sich um eine Impressionsfraktur durch die fast senkrechte Einwirkung eines maximal vier mal vier Zentimeter großen Gegenstandes. Höchstwahrscheinlich durch einen Schlag mit einem größeren Hammer. Ob er aus der Wohnung stammt oder der Täter ihn mitgebracht hat, müsst ihr rausfinden.«

»Den hatte er möglicherweise in Tötungsabsicht dabei und nach der Tat mitgenommen«, warf Hannes ein. »Trotzdem werden wir in der Umgebung der Wohnung des Opfers danach suchen. Es ist nicht auszuschließen, dass er dort irgendwo entsorgt wurde.«

»Wie sieht es mit der Toxikologie aus?«, wollte Pia wissen. »Stand Sandra Helmke unter Drogen?«

»Wir konnten keine Arzneimittel, Drogen oder Giftstoffe in den Körperflüssigkeiten nachweisen. – Auch keinen Alkohol.«

»Wie sieht es mit dem Todeszeitpunkt aus? Konntest du ihn weiter eingrenzen?«

»Unter Berücksichtigung der durch die aufgedrehte Heizung verursachten relativ hohen Umgebungstemperatur von 24° in ihrem Zimmer und der Körpertemperatur beim Auffinden der Leiche, ergibt sich eine Zeitspanne zwischen etwa 18.30 und 20.30 Uhr. Genauer lässt sich das leider nicht bestimmen.«

Philipps Schwester stellte ihren Wagen am Rande der Baustelle an der südlichen Eilenriede ab. Zusammen mit ihrem Mann Axel Martens leitete sie das Bauunternehmen Thaler, das sich seit Jahrzehnten im Familienbesitz befand. Der Blick auf die Borduhr war unnötig. Sophia wusste, dass sie spät dran war. Seit sechs Minuten wurde sie zur Baubesprechung erwartet, war aber im Büro aufgehalten worden. Rasch stieg sie aus und öffnete den Kofferraum. Sie tauschte die eleganten Stiefeletten gegen robuste Gummistiefel, warf ihr schulterlanges braunes Haar zurück und setzte den gelben Schutzhelm auf, bevor sie nach dem kleinen Aktenkoffer griff.

Der Weg über das sandige Baustellengelände war unwegsam und dadurch beschwerlich. Sie musste mehrere große Pfützen umrunden, Container, Kabelrollen und gestapeltes Baumaterial passieren. Bagger und andere Maschinen verursachten den ihr wohlbekannten Lärm. Mehrere Arbeiter in signalgrünen Jacken kreuzten ihren Weg zum fast fertigen, eingerüsteten Rohbau, dessen leere Fensterhöhlen wie tote Augen wirkten. Bislang gab es weder eine Fassadenverkleidung noch einen Innenausbau. Damit würde erst nach dem Richtfest begonnen werden.

Hier entstand das neue Wohnquartier Erlenried. Durch Förderprogramme von Stadt und Region wurde dringend benötigter bezahlbarer Wohnraum geschaffen. Der über 150-jährige Familienbetrieb Thaler-Bau galt als ein Wohnungsbauunternehmen mit hoher sozialer Verantwortung.

Wenige Meter vor dem Eingang des sechsstöckigen Rohbaus musste Sophia einem Betonlaster ausweichen, der an ihr vorbeidonnerte. Nur wenige Schritte lagen noch vor ihr. Sie konnte ihren Mann Axel, den Architekten und den Bauleiter, die drinnen auf sie warteten, schemenhaft durch das Türloch sehen. Fast hatte sie die provisorische Holzschwelle erreicht, als unvermittelt ein Warnschrei ertönte.

»Achtung!«

Instinktiv schaute Sophia nach oben – auf ein langes herabstürzendes Brett, das direkt auf sie zuflog. Unbewusst sprang sie nach rechts. Im nächsten Moment spürte sie einen heftigen Schlag, der sie buchstäblich von den Füßen riss.

»Sophia!«

In Sekundenschnelle war Axel Martens mit den beiden Männern bei seiner Frau. Kreidebleich kniete er sich neben sie. Mit geschlossenen Augen lag sie auf dem schlammigen Boden. Aus einer kleinen Wunde an der rechten Wange sickerte Blut.

»Liebes, kannst du mich hören?«

Er wollte nach ihr greifen, aber der Architekt hielt ihn zurück.

»Vorsichtshalber solltest du sie nicht bewegen.«

»Der RTW ist gleich hier«, meldete der Bauleiter, der die 112 gewählt hatte. Sein Blick fiel auf seine reglos daliegende Chefin, für die offenbar jede Hilfe zu spät kommen würde.

KAPITEL 11

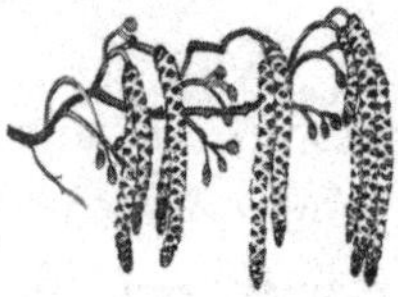

Wie gewöhnlich zogen sich die WG-ler nach dem Mittagessen in ihre Räume zurück. Einige bevorzugten ein Nickerchen, lasen oder beschäftigten sich anderweitig. Da Philipp in der Nacht kaum zur Ruhe gekommen war, überredete Charlotte ihn, etwas Schlaf nachzuholen. Sie selbst setzte sich in ihrem Wohnzimmer ans Notebook und las einige der vielen Berichte, die sie über Stalking gespeichert hatte. Sie hoffte, einen Anhaltspunkt zu finden, irgendeine Parallele zum veränderten Verhalten eines Menschen aus Philipps Umgebung oder einen Hinweis auf ein Motiv. Sie sammelte alle möglichen Gründe, aus denen Stalker ihren Opfern nachstellten, und notierte sie auf einem Block, um später mit Philipp darüber zu sprechen. Möglicherweise fiel ihm jemand ein, auf den etwas davon zutraf.

Die Zahlen und Statistiken über Stalking waren beunruhigend. Laut Bundeskriminalamt wurden 2019 fast 20.000 Fälle registriert. Allerdings wurde die Dunkelziffer auf 600.000 bis 800.000 Betroffene geschätzt. Bei über 80 Prozent bestand eine Täter-Opfer-Beziehung. Die durchschnittliche Stalkingdauer lag bei 28 Monaten. Das war erschreckend. Obendrein hatten Forscher herausgefunden, dass Stalkingopfer demselben psychischen und physischen Stress ausgesetzt waren wie die Überlebenden eines Flugzeugabsturzes. Das machte deutlich, unter welchem Druck Philipp stand.

Die Melodie ihres Smartphones unterbrach Charlotte bei ihren Recherchen.

Sie nahm das Gerät von Tisch und schaute aufs Display. Verwundert las sie den Namen des Schwagers ihres Lebensgefährten.

»Hallo, Axel.«

»Entschuldige die Störung, Charlotte. Ich wollte in der Mittagszeit nicht übers Festnetz anrufen. Und weil Phils Handy außer Betrieb ist, dachte ich …«

»Kein Problem. Allerdings hat Philipp sich hingelegt. Er war die halbe Nacht wach. Sandras Tod ist ihm sehr nahe gegangen.«

»Ich weiß. Wir haben gestern kurz telefoniert. Verständlich, dass ihm die Sache zusetzt. Und nun habe ich obendrein eine Schreckensnachricht. Zuerst wollte ich ihn damit verschonen, aber das hätte er mir nie verziehen. Deshalb …«

»Was ist passiert?«, unterbrach Charlotte ihn alarmiert, worauf er hörbar durchatmete.

»Sophia hatte einen Unfall.« Knapp berichtete er davon.

»Ist sie schwer verletzt?«

»Sie hat unglaublich viel Glück gehabt. Außer einer Unterarmfraktur und ein paar Schrammen ist ihr nichts passiert. Trotzdem soll sie ein paar Tage in der MHH zur Beobachtung bleiben. Sag bitte Phil, er soll sich keine Sorgen machen.«

»Ich richte es ihm aus. Aber vermutlich wird er sich davon selbst überzeugen wollen. Dann sehen wir uns nachher.«

Sein leises Lachen erklang.

»Das befürchte ich auch.«

Nach diesem Gespräch blieb Charlotte einen Moment nachdenklich sitzen. Sie kannte Sophia und Axel noch nicht lange, aber das Paar war ihr sogleich sympathisch gewesen. Philipps Schwester war eine hübsche, schlanke Frau, die das Herz auf der Zunge trug. Ihr Mann war zurückhaltender, hatte einen grauen Bürstenhaarschnitt und neigte zum Bauchansatz. Humor besaßen sie beide.

Auf Strümpfen ging Charlotte hinüber in ihr Schlafzimmer, deponierte das Telefon auf den Nachttisch und setzte sich auf die Matratze. Während sie Philipps entspanntes Gesicht betrachtete, wurde ihr bewusst, wie tief ihre Gefühle für ihn mittlerweile verwurzelt waren. Dieser Mann konnte sie berühren, ohne die Hände zu benutzen. Eine Woge der Zärtlichkeit durchflutete sie. Vorsichtig legte sie sich zu ihm. Obwohl er schlief, schien er ihre Nähe zu spüren. Er drehte sich auf die Seite und bettete den Arm auf ihrer Hüfte. Charlotte verhielt still neben ihm. Sie war erleichtert, dass nichts mehr zwischen ihnen stand. Die Ungewissheit hatte schwer auf ihr gelastet. Glücklicherweise war ihre enge Verbundenheit trotz aller Probleme ungetrübt wie zuvor.

Es dauerte eine Weile, bis Philipp die Augen aufschlug. Als er Charlotte erblickte, lächelte er.

»Hallo, Sternchen. Schön, dich zu sehen.«

»Wen sonst hattest du nach dem Aufwachen neben dir erwartet?«

Nachdenklich runzelte er die Stirn, worauf sie sich um eine strenge Miene bemühte.

»Überleg dir gut, was du sagst.«

»Das muss ich gar nicht. Wenn ich dich nach dem Erwachen sehe, ist meine Welt in Ordnung.« Er schmiegte sich enger an sie. »Was hältst du davon, einfach im Bett zu bleiben?«

»Das wäre schön. Wir hatten in den letzten Tagen so wenig Zeit füreinander. Trotzdem wird nichts daraus. Du könntest die Geschehnisse gar nicht ausblenden.«

»Für uns kann ich das. Ich werde nicht zulassen, dass diese furchtbaren Ereignisse zwischen uns stehen. Die nächsten Stunden gehören nur uns beiden. Versprochen. Schreib Liesel eine Nachricht, dass wir uns für heute ausklinken.«

»Sicher?«

»Ganz sicher.«

Sie streckte den Arm aus und angelte das Mobiltelefon vom Nachtschrank. Als sie das Display aktivierte, fiel ihr das letzte Telefonat ein.

»Axel hat vorhin angerufen.«

»Lass mich raten: Die beiden haben sich irgendwas ausgedacht, um mich aufzumuntern.«

»Das hätten sie wahrscheinlich getan, wenn nicht etwas dazwischengekommen wäre.« Aus ernsten Augen schaute sie ihn an. »Deine Schwester hatte einen Unfall.«

»Was?« Wie ein Pfeil schoss Philipp in die Höhe. Die Betroffenheit stand ihm ins Gesicht geschrieben. »Mit dem Auto? Ist Sophia ...«

Beruhigend legte Charlotte die Hand auf seine Schulter, bevor sie berichtete, was sie von seinem Schwager erfahren hatte.

Erleichtert sank Philipp zurück auf das Kissen.

»Gott sei Dank«, murmelte er – und hüllte sich in nachdenkliches Schweigen.

Charlotte ahnte, was in ihm vorging. Sie wusste, wie eng Philipp mit seiner vier Jahre jüngeren Schwester verbunden war. Deshalb war es verständlich, dass er zu ihr wollte. Der Beschützerinstinkt des großen Bruders funktionierte immer noch. Andererseits hatte er gerade versprochen, den Rest des Tages im Bett zu verbringen. Fraglos würde er sein Wort einhalten.

»Lass uns aufstehen, mein Lieber.«

»Warum?«

»Ich möchte ins Krankenhaus – Sophia besuchen.«

Zuerst wirkte er überrascht, dann lächelte er.

»Sternchen, du bist wunderbar.«

Er zog sie an sich und küsste sie zärtlich. Bevor er aufstand, schlug er vor, sich rasch frisch zu machen und in einer halben Stunde zur Klinik zu fahren.

Am Steuer des schwarzen Golfs saß Charlotte. Sie fuhr in östlicher Richtung auf der Garkenburgstraße und stoppte gegenüber des Seelhorster Friedhofs vor einem Blumengeschäft. Philipp stieg aus und kam kurz darauf mit einem Blumenstrauß zurück.

Über den Messeschnellweg ging die Fahrt weiter bis zum Weidetorkreisel. Von dort aus waren es nur drei Minuten bis zur Einfahrt der Medizinischen Hochschule. Charlotte lenkte den Wagen auf einen Seitenstreifen. Diesmal verließ sie das Fahrzeug, lief zum Pförtnerhäuschen und erkundigte sich, wo genau Sophia Martens untergebracht war – und nach dem Weg dorthin, da Besucher auf dem riesigen Klinikgelände leicht die Orientierung verlieren konnten.

Niemand reagierte überrascht, als sie das Einzelzimmer betraten.

Axel Martens saß am Bett seiner Frau, die beim Eintreten der Besucher lächelte.

»Wir haben euch erwartet.«

Ohne ihre Worte zu kommentieren, legte Philipp die Blumen auf die Bettdecke. Da auf Sophias Wange ein kleines Pflaster klebte, küsste er seine Schwester auf die Stirn.

»Was machst du nur für Sachen?«

»Tut mir leid, dass ich zu allem Überfluss zusätzlich für Aufregung gesorgt habe.« Ihr Blick wechselte zu Charlotte. »Schön, dich zu sehen. Leider wird nun nichts aus unserem geplanten Weihnachtsshopping.«

Sie deutete auf Sophias Arm, der geschient war, und in einer Schlinge ruhte.

»Hauptsache, du hast das einigermaßen glimpflich überstanden.«

»Wie konnte das überhaupt passieren?« Ein leiser Vorwurf schwang in Philipps Stimme mit. »Wurden die Sicherheitsstandards auf der Baustelle nicht eingehalten?«

»Selbstverständlich läuft bei uns alles nach Vorschrift«, antwortete sein Schwager. »Du weißt, wie penibel ich darauf achte. Ich habe unseren Bauleiter vorhin beauftragt, zu klären, wie es dazu kommen konnte.«

Axel erhob sich und bot Charlotte seinen Stuhl an. Er nahm die Blumen vom Bett und betrat das kleine Bad. Dort füllte er ein Glasgefäß mit Wasser und stellte den bunten Strauß hinein. Wortlos kehrte er zurück und platzierte die Vase auf der Fensterbank.

Charlotte fragte Sophia gerade, wie sie das Unfallgeschehen erlebt hatte.

»Ich war spät dran«, überlegte Philipps Schwester. »Mir war klar, dass alle auf mich warteten. Trotzdem war ich nicht unvorsichtig. Ich hatte den Rohbau fast erreicht, als ich den Warnruf hörte. Hätte ich nicht nach oben geschaut und das Brett auf mich zufliegen sehen …« Erschaudernd schüttelte sie den Kopf. »… säße ich wohl nicht mehr hier.«

»Hast du sonst noch etwas gesehen?«

Irritiert runzelte Sophia die Stirn.

»Was meinst du?«

»Du hast gesagt, dass du nach oben geschaut hast«, erklärte Charlotte. »War da jemand, der das Brett runtergeworfen haben könnte? Vielleicht vom Dach?«

»Nein ... Ich weiß nicht ...«

Obwohl Philipp klar war, woran seine Lebensgefährtin dachte, wollte er nicht wahrhaben, dass seine Schwester womöglich seinetwegen nur knapp dem Tod entgangen war.

»Das ist nicht dein Ernst, Sternchen.«

»Hältst du das unter den gegebenen Umständen für so abwegig?«

Er zögerte einen Moment, schüttelte schließlich den Kopf.

»Du bist der Fachmann.«

Philipp wusste, was sie meinte. Während Sophia und Axel einen ratlosen Blick tauschten, setzte er sich auf die Bettkante.

»Ich erkläre euch das gleich. Vorher möchte ich Sophia befragen.« Er wandte sich an seine Schwester: »Wir werden die Ereignisse ab deiner Ankunft auf der Baustelle so gut wie möglich rekonstruieren. Lehn dich bequem zurück und schließ bitte die Augen. Hör nur auf meine Stimme.«

Sie tat, wie ihr geheißen.

»Du bist ganz ruhig und entspannt. Obwohl du spät dran bist, wirst du nicht nervös. Du bist in deinem Wagen unterwegs zur Baubesprechung. Wo stellst du das Auto ab?«

»Direkt vor der großen Hinweistafel auf das Bauprojekt Erlenried.«

»Was tust du danach?«

»Ich steige aus, hole die Gummistiefel aus dem Kofferraum, ziehe sie an und setze den Helm auf.«

»Wohin gehst du von dort aus? Direkt zum Rohbau?«

»Ja, aber ich muss einen Bogen um Pfützen und Baumaschinen machen.«

»Wer begegnet dir unterwegs?«

»Ein paar Arbeiter.«

»Woran erkennst du, dass sie zur Baustelle gehören?«

»Die tragen doch alle diese leuchtend grünen Jacken.«

»Richtig. Was geschieht, als du weiter auf den Rohbau zugehst?«

»Durch die Türöffnung sehe ich Axel und die wartenden Männer. Plötzlich ruft jemand: ›Achtung‹!«

»Wer?«

»Ich weiß es nicht.«

»Woher kommt die Warnung? Hör genau hin.«

»Von irgendwo hinter mir …«

»Wohin schaust du?«

»Nach oben. Ein Brett fliegt genau auf mich zu!« Ihre Stimme klang plötzlich erregt und ängstlich. »Ich muss mich in Sicherheit bringen!«

»Bleib ganz ruhig, Sophia. Dir passiert nichts. Guck noch mal nach oben. Wie viele Arbeiter befinden sich auf dem Gerüst?«

»Keine. – Da ist nur ein Schatten … in der vierten Etage.«

»Was für ein Schatten? Schau genau hin, Sophia!«

»Eine schwarze Gestalt … Das Gesicht ist von einer Kapuze verdeckt … Jetzt ist der Kerl verschwunden.«

Behutsam berührte Philipp seine Schwester an der Schulter.

»Das hast du gut gemacht. Du kannst die Augen öffnen.«

Sie blinzelte ein wenig. Ihr Blick schweifte zwischen Philipp und Charlotte.

»Ihr habt gewusst, dass da oben jemand war. Was bedeutet das alles?«

Als Philipp zögerte, berichtete Charlotte, was sich ereignet hatte, seit die erste SMS auf seinem Handy eingegangen war.

Sophia und ihr Mann reagierten sichtlich betroffen.

»Deshalb bist du nicht mehr über dein Handy erreichbar«, wandte sich Axel an seinen Schwager. »Warum habt ihr uns das nicht viel früher gesagt?«

»Damit ihr euch keine Sorgen macht.« Philipp war anzusehen, wie sehr er das bereute. »Hätte ich geahnt ... Ich hätte euch warnen müssen.«

»Bislang steht nicht fest, ob das heute ein Unfall war oder ein Anschlag«, sagte Charlotte. »Auf alle Fälle sollte das genau untersucht werden. Ihr müsst die Polizei verständigen.«

Nach einer Weile verabschiedeten sie sich von Sophia und fuhren zusammen zur Polizeiinspektion Süd in die Kastanienallee, da Philipps Fall dort bearbeitet wurde. Sein Schwager berichtete von den Ereignissen auf der Baustelle und erstattete Anzeige gegen Unbekannt. Anschließend trennten sie sich auf der Straße voneinander. Während Axel zurück zur MHH fuhr, chauffierte Charlotte ihren Lebensgefährten nach Hause.

Der Abendbrottisch war gedeckt, als sie die Küche betraten. Sämtliche WG-ler einschließlich Kater bevölkerten den Raum. Elisabeth goss gerade den Tee auf, der General parkte seinen Rollstuhl auf seinem Stammplatz, Anneliese und Conrad nahmen auf der gegenüberliegenden Seite Platz.

»Pünktlich auf die Minute«, sagte Elli und stellte die Teekanne neben den Brotkorb. »Schau mal«, wandte sie sich an Charlotte. »Die Blumen da drüben wurden vor einer halben Stunde für dich abgegeben. Ich habe sie ins Wasser gestellt. Du willst sie nachher bestimmt mit raufnehmen.«

Auf der Anrichte stand ein üppiger Strauß gebunden aus apricotfarbenen Rosen und weißen Freesien, die einen zarten Duft verströmten.

Als Charlotte sich umwandte, machte die Strick-Liesel einen langen Hals.

»Wow! Da hat sich aber jemand in Unkosten gestürzt. Ich tippe mal auf den liebeskranken Franzosen.«

Das kommentierte Charlotte nicht. Sie griff nach dem Umschlag, der an der Vase lehnte, zog eine rote, herzförmige Karte heraus und las die zwei aufgedruckten Worte: ›together forever‹. Sonst stand nichts darauf. Kein Hinweis auf den Absender.

Als sie sich zu den Freunden herumdrehte, trafen sie erwartungsvolle Blicke. In scheinbarem Bedauern zuckte sie die Schultern.

»Der Absender hat nichts auf die Karte geschrieben. – Trotzdem weiß ich, von wem diese herrlichen Blumen sind.«

Sie legte kurz die Hand auf Philipps Schulter, bevor sie sich neben ihn setzte.

»Mach es nicht so spannend«, bat Anneliese. »Wer ist der edle Spender?«

Als Charlotte nur mit einem geheimnisvollen Lächeln antwortete, wandte sich die Freundin an Philipp.

»Interessiert es dich gar nicht, wer dein Sternchen mit diesem herrlichen Strauß ködern will?«

»Charlotte wird es uns erzählen, wenn sie es für richtig hält.« Damit griff er zum Brotkorb, nahm eine Scheibe heraus und reichte ihn an seine Lebensgefährtin weiter.

Zunächst beschäftigten sich die WG-ler mit ihrem Abendessen.

»Heute Nachmittag seid ihr so schnell verschwunden«, sagte Elli und schenkte sich Tee nach. »Ihr habt nur gesagt, dass Sophia einen Unfall hatte. Wie geht es ihr?«

Philipp berichtete, dass seine Schwester großes Glück gehabt hätte, er aber sehr besorgt um sie sei, weil es sich um einen Anschlag gehandelt haben könnte. Es war nicht auszuschließen, dass der Stalker die Gewohnheiten seines Opfers studiert und erkundet hatte, welche Person aus seinem nahen Umfeld als Ziel infrage käme.

Der General reagierte skeptisch.

»Ihr glaubt nicht, dass es Gegner des Neubaugebiets gewesen sein könnten, die das Bauprojekt torpedieren wollen?«

»Die würden nicht so weit gehen«, antwortete Charlotte an Philipps Stelle. »Wir wissen doch alle, wie dringend bezahlbarer Wohnraum gebraucht wird. Erst vor ein paar Tagen habe ich gelesen, dass in den letzten Jahren nicht nur die Immobilienpreise, sondern auch die Mieten in keiner deutschen Großstadt so stark gestiegen sind wie in Hannover. Familien mit mehreren Kindern sitzen in kleinen Dreizimmerwohnungen, weil sie sich keine größeren leisten können. Das sind doch unhaltbare Zustände.«

»Die Mietpreisbremse scheint überhaupt nichts bewirkt zu haben«, fügte die Strick-Liesel hinzu, worauf Elisabeth nickte.

»In der Zeitung stand aber sowieso nur Positives über das Bauprojekt. Auch, dass der Name unseres Stadtwalds Eilenriede von den Erlen hergeleitet wurde. Die Eilen sind eigentlich Erlen, die früher hauptsächlich im sumpfigen Boden, dem Ried, standen. Mir gefällt der alte Name ›Erlenried‹ für das neue Wohnquartier.«

Conrad krauste nachdenklich die Stirn.

»Das erklärt aber nicht, weshalb ihr anscheinend sicher seid, dass das Unglück auf der Baustelle ein Anschlag auf Sophia gewesen ist.«

»Philipp hat bei seiner Schwester so was wie eine kognitive Befragung durchgeführt«, entgegnete Charlotte, ehe sie ihren Lebensgefährten bat, das Verfahren zu erläutern.

»Die befragte Person wird bei einem kognitiven Interview explizit nach der tatsächlichen Erinnerung gefragt, sodass deren Gedächtnis verschiedene Abrufpfade zum Gedächtnisinhalt aktiviert. Vereinfacht ausgedrückt bedeutet das, sie sieht das, was geschehen ist, noch einmal, aber detaillierter, weil es vom Gedächtnis gespeichert wurde.«

Anneliese war sichtlich beeindruckt.

»So was habe ich mal in einem Krimi gesehen, aber ich wusste nicht, dass das in der Realität funktioniert.«

»Sophia hat jemanden auf dem Rohbau gesehen, der das Brett geworfen haben könnte. Nach allem, was in der letzten Zeit passiert ist, besteht zumindest die Möglichkeit, dass der Stalker dahintersteckt. Deshalb haben wir Anzeige erstattet.«

»Wie furchtbar.« Elisabeth war schockiert. »Da mag man ja nicht mehr aus dem Haus gehen, wenn man fürchten muss, dass der Kerl es auf alle Menschen aus deiner näheren Umgebung abgesehen hat.«

»Vielleicht solltet ihr alle irgendwohin fahren und dort bleiben, bis diese ganze Sache vorbei ist. Möglichst weit weg, wo ihr in Sicherheit seid.«

»Das steht überhaupt nicht zur Debatte.« Nachdrücklich schüttelte Charlotte den Kopf. »Jedenfalls nicht für mich. Ich lasse dich hier nicht allein.«

Die anderen schlossen sich ihren Worten an. Sogar Elisabeth – obwohl sie ihre Angst nicht verbergen konnte.

Nachdem sie später die Küche aufgeräumt hatten, gingen Charlotte und Philipp hinauf in ihre Räume. Sie stellte die Vase auf den Tisch in ihrem Wohnzimmer.

»Danke, mein Lieber.« Zart küsste sie ihn auf die Lippen. »Die Blumen sind wunderschön.«

»Wie konntest du wissen, dass sie von mir sind?«

»Manchmal muss ich nicht lange ermitteln, um den Täter zu entlarven. Du warst vorhin im Blumenladen – und du hast öfter so liebe Einfälle. Und die Karte mit der Aufschrift ›together forever‹ passt zu dir. Als letzten Beweis habe ich einen Blick auf das Papier aus dem Geschäft geworfen, das Elli ordentlich zusammengefaltet neben die Vase gelegt hat.«

»Deinem Spürnäschen entgeht aber auch nichts«, neckte er sie und zog sie an sich. »Was nun?«

»Nun könnten wir, wie ursprünglich geplant, den Rest des Tages im Bett verbringen.«

*

Irgendwo in Hannover klingelte spätabends ein Telefon.

»Du hast versagt, verdammt noch mal! Wieso ist sie nur leicht verletzt? Ein bisschen mehr hätte es schon sein können.«

»Sie hatte Glück – nichts weiter. Trotzdem wird ihm klar werden, dass jeder in seiner Nähe in Gefahr sein könnte. Dadurch findet er keine Ruhe mehr.«

»Erst recht nicht, wenn er in einer Zelle sitzt und nichts für die da draußen tun kann. Die Zeit ist reif dafür. Bremer wird langsam misstrauisch. Der könnte zum Problem für uns werden.«

»Soll ich ihn mir mal vornehmen?«

»Auf keinen Fall mit Gewalt. Das ist zu riskant. Such nach etwas, womit wir ihn ausschalten können.«

KAPITEL 12

Unangemeldet und ohne anzuklopfen, stürmte der Staatsanwalt am Samstag kurz nach Dienstbeginn in das Büro des Hauptkommissars. Fink warf die Tür zu und baute sich breitbeinig vor dem Schreibtisch auf.

»Was tun Sie hier eigentlich den ganzen Tag? Rumsitzen?«

Mit stoischer Gelassenheit stand Hannes auf.

»Guten Morgen, Herr Fink. Kann ich etwas für Sie tun?«

»Und ob Sie das können! Ich habe Sie gestern angewiesen, Professor Thaler vorzuladen. Warum ist er nicht hier? Wir brauchen schnelle Ergebnisse!«

»Und ich habe Ihnen gesagt, dass ich den Professor vor zwei Tagen befragt habe.«

»Zu dem Zeitpunkt wussten wir aber nicht, dass er der Letzte war, mit dem die Ermordete gesehen wurde. Mehrere Zeugen haben das ausgesagt. Außerdem hat er am Tatabend vor dem Haus der Ermordeten geparkt. Nicht nur dadurch zählt er zum Kreis unserer Hauptverdächtigen.«

»Das ist lächerlich.«

»Nur weil er Ihnen ein paarmal aus der Klemme geholfen hat, gelten für ihn keine Sonderregelungen. Anscheinend haben Sie den neuen Bericht der KTU nicht gelesen. Thaler war definitiv in Sandra Helmkes Wohnung. Seine Fingerspuren wurden überall in der Küche und im Zimmer des Opfers nachgewiesen.«

Spöttisch verzog Hannes die Lippen.

»Wie konnten ihm die Spuren zugeordnet werden, ohne dass er erkennungsdienstlich behandelt wurde – was laut § 81b StPO nur erlaubt ist, wenn jemand als Beschuldigter eingestuft wird? Oder haben Sie das etwa vergessen?«

Triumphierend wippte Fink auf den Fußspitzen.

»Er hat erst kürzlich im Fall Uhlenbrock seine Fingerabdrücke abgegeben, damit die KT sie von den gesicherten Spuren ausschließen konnte. Sie waren zum Glück noch nicht gelöscht.« Der Staatsanwalt zog ein Schriftstück aus einer Handakte und knallte es auf den Schreibtisch. »Also schaffen Sie ihn her! Sofort!«

Äußerlich ruhig griff Hannes nach dem Blatt und las es.

»Das ist völlig absurd!«

»Tun Sie, was ich Ihnen gesagt habe! Und nehmen Sie das SEK mit!«

»Auf keinen Fall. Das mache ich mit meinem Team!«

Ohne Fink weiter zu beachten, marschierte der Hauptkommissar an ihm vorbei, nahm seine Jacke und trat durch die Verbindungstür zu seinen Kollegen.

Ein Wink mit dem Kopf genügte. Pia und Martin hatten die lautstarke Diskussion mit angehört. Genau wie ihr Chef versahen sie Wochenenddienst und standen schon bereit.

Erst als sie im Wagen saßen, machte Hannes seinem Ärger Luft.

»Was bildet sich dieser Heini eigentlich ein? Wir machen diesen Job nicht erst seit gestern! Am liebsten würde ich Frau Dr. Pauli anrufen, aber ich will ihr nicht die wenigen Urlaubstage versauen.«

»Reg dich nicht auf.« Souverän lenkte Pia den Dienstwagen an der HDI-Arena vorbei. Im Rückspiegel sah sie den Streifenwagen, der sie nur aus formalen Gründen begleitete, um dem Staatsanwalt keine erneute Angriffsfläche zu bieten. »Fink will sich nur wichtigmachen.«

»Auf unsere Kosten. Ich kann mir lebhaft vorstellen, wie Charly reagiert, wenn wir dort reinschneien und ihren Liebsten mitnehmen.«

»Sie wird verstehen, dass wir keine andere Wahl haben«, bemerkte Martin vom Rücksitz aus. »Immerhin weiß sie, wie das läuft. Sie wird uns nicht gleich die Freundschaft kündigen.«

»Da bin ich mir nicht so sicher.«

Gedankenverloren starrte Hannes aus dem Seitenfenster durch den Morgennebel auf das spiegelglatte Machseewasser. Ein trostloser Anblick, der zu seiner inneren Verfassung passte. Er kannte Charlotte lange genug, um zu wissen, wie empört sie sein würde. – Und das zu Recht.

Bei der gestrigen Besprechung war es ihm nicht gelungen, den Staatsanwalt davon zu überzeugen, dass Philipp Thaler als Täter nicht in Betracht kam. Selbst dann nicht, wenn sie ihn mit der Mordwaffe in der Hand über die Leiche gebeugt angetroffen hätten. Das war für den Polizisten so sicher wie die Tatsache, dass in Hannovers Haussee keine Delfine lebten. Anstatt dem Mörder auf die Spur zu kommen, mussten sie sich mit völlig überflüssigen Aktionen beschäftigen. Die dadurch verlorene Zeit würde den Vorsprung des Verbrechers vergrößern, ihm Gelegenheit geben, seine Spur endgültig zu verwischen.

Die WG-ler saßen am Frühstückstisch, als es läutete. Elisabeth stand auf und eilte hinaus. Kurz darauf sah Anneliese, die gegenüber dem Küchenfenster saß, zwei Autos aufs Grundstück fahren.

»Die Kripo ist im Anmarsch«, sagte sie erstaunt. »Der Hauptkommissar hat sogar einen Streifenwagen mitgebracht. Hat einer von euch was ausgefressen?« Ihr fragender Blick konzentrierte sich auf den General. »Kommen die deinetwegen, Albert? Ich habe vorhin auf der HAZ-Seite gelesen, dass sie gestern in der Innenstadt einen Rentner mit einem getunten Elektrorolli erwischt haben. Du warst doch vormittags zur Krankengymnastik. Hast du dir danach ein Rennen mit der Polizei geliefert?«

»Was dachtest du denn?«, ging er darauf ein. »Die Georgstraße ist eine ganz brauchbare Piste.«

Während sich ihre Mitbewohner in der Küche gegenseitig neckten, öffnete Elisabeth die Haustür.

»Guten Tag, Frau Seegers.« Mit unbewegter Miene stand Hannes vor ihr. »Wir möchten zu Professor Thaler.«

Diese förmliche Begrüßung und die Tatsache, dass er vier Kollegen mitgebracht hatte, wirkten einschüchternd auf Elli.

Zögernd beschrieb sie eine einladende Geste.

»Bitte.«

Wortlos traten sie ein. Der Hauptkommissar gab den uniformierten Kollegen ein Zeichen, im Eingangsbereich zu warten.

Zielstrebig durchquerte er mit Pia und Martin die Wohnhalle. Auf dem Treppenabsatz saß der kleine, graue Kater und beobachtete die vielen Menschen neugierig.

Arm in Arm verließen Charlotte und Philipp die Küche. Anneliese rief ihnen irgendetwas nach, worauf sie einen amüsierten Blick tauschten.

Im Näherkommen registrierte Charlotte, dass der Freund nicht nur Pia und Martin, sondern außerdem zwei Uniformierte dabeihatte. Instinktiv ahnte sie, dass etwas Bedrohliches in der Luft lag. Abrupt blieb sie stehen.

»Moin, Hannes.« Eindringlich schaute sie ihm in die Augen. »Das sieht nicht nach einem Höflichkeitsbesuch aus. Was hat dieser Massenauflauf zu bedeuten?«

Er wandte sich an den Professor.

»Ich muss Sie bitten, uns zu begleiten.«

Philipp war völlig arglos.

»Brauchen Sie Unterstützung bei Ihren Ermittlungen? Worum geht es? Um den Mord an Sandra Helmke?«

Hannes war anzusehen, wie unangenehm ihm die ganze Sache war.

»Wir müssen Sie noch mal befragen.«

»Hat das bis heute Nachmittag Zeit? Ich wollte gerade …«

»Hat es nicht!«, fiel ihm der Hauptkommissar schärfer als beabsichtigt ins Wort. »Tun Sie uns den Gefallen und kommen freiwillig mit.«

»Moment«, mischte sich Charlotte ein. »Das klingt, als würdest du ihn in Handschellen abführen, falls er sich weigert.«

»Ich tue hier nur meine Pflicht.« Umständlich zog er ein Papier aus der Tasche und reichte es ihr. Charlotte faltete es auseinander und sah sofort, dass es sich um eine richterliche Anordnung handelte. Ungläubig blickte sie den Freund an.

»Du willst Philipp festnehmen? Das ist nicht dein Ernst.«

»Der Verdacht ist nicht auf meinem Mist gewachsen. Die Staatsanwaltschaft …«

»Das glaubst du doch selbst nicht!«, fuhr sie ihn an. »Frau Dr. Pauli würde niemals …«

»Sie ist im Urlaub. Der neue Staatsanwalt ist ein ehrgeiziger Mann, der sich auf den Professor als Täter eingeschossen hat. Wir konnten ihm das nicht ausreden.« Sein Blick wechselte zu ihrem Lebensgefährten. »Philipp Thaler: Sie sind vorläufig festgenommen.«

Charlotte war außer sich.

»Bist du total verrückt geworden?«

»Bitte beruhige dich, Sternchen.« Philipp behielt einen kühlen Kopf. »Ich fahre mit Herrn Bremer und seinen Kollegen ins Präsidium. Dort wird sich das alles schnell aufklären.«

»Ich komme mit!« Wenn nötig, würde sie für einen Menschen, der ihr nahestand, wie eine Löwin um ihr Junges kämpfen. »Dieser Staatsanwalt soll mich kennenlernen!«

»Du bleibst hier, Charly«, bestimmte Hannes. »Mit Fink ist nicht zu spaßen.«

»Mit mir schon gar nicht.«

»Sei nicht so bockig. Wenn es was Neues gibt, erfährst du es sofort.«

»Das gefällt mir nicht.« Nacheinander schaute sie Pia und Martin an, die bisher kein Wort gesagt hatten. Die beiden wichen ihrem forschenden Blick jedoch aus. Charlotte wurde klar, dass sie vorläufig nichts ausrichten konnte. Besorgt wandte sie sich an Philipp. »Bitte melde dich, wenn alles geklärt ist. Dann hole ich dich im Präsidium ab.«

Der Professor nickte ihr beruhigend zu, strich kurz über ihren Arm und ging zur Garderobe hinüber. Dort zog er seinen Mantel an.

Einer der in der Diele postierten Beamten holte seine Handschellen hervor, aber der Hauptkommissar schüttelte den Kopf.

»Darauf können wir verzichten.«

Die Polizisten verließen mit Philipp die Villa. Charlotte trug nur dicke Socken an den Füßen. Deshalb blieb sie an der Schwelle stehen und sah dabei zu, wie die Gruppe in die Wagen stieg und vom Grundstück fuhr.

Mit gemischten Gefühlen schloss Charlotte die Tür. Ihre Mitbewohner standen mit ernsten Gesichtern in der Nähe der Küche. Von dort aus hatten sie die ganze Aktion verfolgt.

»Lasst uns bei einer Tasse Kaffee darüber reden«, schlug Anneliese vor und ging voraus.

Elisabeth stellte die Warmhaltekanne und Keramikbecher auf den Tisch. Milch und Zucker befanden sich noch vom Frühstück dort. Nachdem sie sich bedient hatten, herrschte einen Moment lang Schweigen.

»Das war eben eine echte Premiere für mich«, sagte die Strick-Liesel. »Bislang habe ich eine Festnahme noch nie live erlebt.« Sie fing den vorwurfsvollen Blick der Freundin auf. »Das war so unwirklich – wie eine Szene aus einem schlechten Film.«

»Ist das überhaupt erlaubt?«, wollte Elli wissen. »Dürfen die Philipp einfach so mitnehmen?«

Aller Augen richteten sich auf Charlotte.

»Wenn ein dringender Tatverdacht vorliegt – ja.«

»Und wann ist das so?«

»Das hängt vom derzeitigen Stand der Ermittlungen ab.« Einen Moment lang dachte sie nach. »Besteht eine große Wahrscheinlichkeit, dass der Beschuldigte eine Straftat begangen hat und deshalb voraussichtlich verurteilt wird, kann es sogar auf Untersuchungshaft hinauslaufen und …« Kopfschüttelnd brach sie ab. »Das darf alles nicht wahr sein. Philipp, der keiner Fliege was zuleide tun kann, soll eine junge Frau erschlagen haben, die für ihn fast wie eine Tochter war? Der Mann, mit dem ich lebe, ist kein Mörder!«

»Herr Bremer war nicht glücklich mit seiner Mission«, meinte Albert. »Das hat man ihm angemerkt.«

»Dieser Staatsanwalt ist aber so was wie sein Chef«, fügte Conrad hinzu. »Wahrscheinlich musste der Kommissar seinen Anordnungen Folge leisten – ob er wollte oder nicht.«

»Sie werden schnell merken, dass sie den Falschen verdächtigen«, war Elli überzeugt. »Philipp ist bestimmt bald wieder zu Hause.«

»Hoffentlich.« Charlotte beschlich ein ungutes Gefühl. »Wenn sich der neue Staatsanwalt unbedingt profilieren will, fädelt er womöglich eine Indizienkette auf.«

»Was würde das bedeuten?«

»Es könnte zur Anklage kommen«, beantwortete sie Elisabeths Frage. »Schon mancher Beschuldigte wurde in einem reinen Indizienprozess zu einer hohen Haftstrafe verurteilt.«

KAPITEL 13

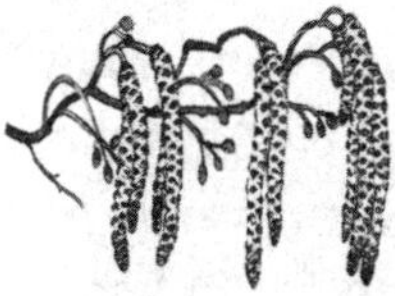

Im Präsidium wurde Philipp in einen Verhörraum geführt. Bislang hatte er sich stets auf der anderen Seite der Scheibe aufgehalten, wenn er die Polizei unterstützt hatte. Nach diesem Perspektivwechsel konnte er nachempfinden, wie sich ein Beschuldigter fühlte, der an diesem Tisch saß und in das unbewegte Gesicht des Uniformierten blickte, der mit vor der Brust verschränkten Armen neben der Tür stand.

Dennoch blieb Philipp relativ gelassen. Er war überzeugt, dass er alle Unklarheiten schnell ausräumen würde. Die Polizei hatte nichts gegen ihn in der Hand. Es gab keine Beweise, dass er etwas mit dem Tod von Sandra Helmke zu tun haben könnte. Trotzdem ließen ihn die Ermittler eine Weile schmoren, um ihn zu zermürben. Er kannte diese Strategie.

Nach etwas mehr als einer halben Stunde betrat Pia Wagner in Begleitung eines ihm unbekannten Mannes den Verhörraum.

»Fink, Staatsanwaltschaft Hannover«, stellte der sich vor. »Kommissarin Wagner kennen Sie bereits, wie ich hörte.«

In Sekundenschnelle taxierte Philipp den Mann: etwa 1,70 Meter groß, schwammige Figur, schlecht sitzender Anzug.

Der Jurist legte eine umfangreiche Akte auf den Tisch und ließ sich auf einem Stuhl nieder. Die Polizistin nahm neben ihm Platz. Ihre Kollegen saßen wahrscheinlich in dem kleinen Raum nebenan und beobachteten das Geschehen durch die verspiegelte Scheibe.

»Sie wissen, warum Sie hier sind«, kam Fink ohne Umschweife zur Sache und schlug den Aktendeckel auf. »Wir haben Grund zu der Annahme, dass Sie bei der Befragung durch Hauptkommissar Bremer nicht die Wahrheit gesagt haben. Deshalb gehen wir Ihre Aussage noch mal Punkt für Punkt durch.« Er blätterte in den Unterlagen. »Sie hatten am Dienstag die Vorlesung für einen erkrankten Dozenten übernommen. – Richtig?«

»Für Professor Wernicke – ja.«

»Haben Sie Sandra Helmke darüber informiert?«

»Ich habe ihr eine Nachricht geschrieben.«

»Wann?«

»Das wissen Sie doch längst – oder haben Sie ihre Handy-Daten nicht ausgewertet?«

»Beantworten Sie einfach meine Frage.«

»Am Montagabend.«

»Sie war in Ihrer Vorlesung?«

»Ja.«

»Obwohl sie zur gleichen Zeit in einem anderen Seminar hätte sitzen sollen?«

»Tja …«

»Anscheinend hatte sie Sehnsucht nach Ihnen. Warum geben Sie nicht zu, dass Sie ein Verhältnis mit ihr hatten?«

»Weil das nicht der Wahrheit entspricht.«

Der Staatsanwalt bemühte sich offensichtlich nicht, zu verbergen, dass er dem Beschuldigten kein Wort glaubte. Leider war Philipp die junge Kommissarin keine Hilfe. Sie wich seinem forschenden Blick aus.

»Uns liegen mehrere Zeugenaussagen vor, dass Sie sich

später mit Frau Helmke in der Mensa getroffen haben«, fuhr Fink fort. »Gehen Sie immer mit Ihren Studentinnen zum Mittagessen?«

»Wenn ich in der Uni war, haben wir uns meistens zum Essen getroffen. Das ist kein Geheimnis.«

»Sie wurden abends auf dem Parkplatz zusammen gesehen – in inniger Umarmung.«

»Das war vollkommen harmlos.« Philipp berichtete, wie es dazu gekommen war.

»Seltsamerweise haben wir weder einen Hinweis auf diesen angeblichen Freund noch auf eine Verabredung gefunden. Warum sagen Sie uns nicht endlich die Wahrheit? Sie sind in eindeutiger Absicht mit Sandra Helmke zu ihrer Wohnung gefahren.« Aus zusammengekniffenen Augen fixierte er den Tatverdächtigen. »Sagen Sie nicht, dass Sie unten auf sie gewartet haben. Ihre Fingerspuren wurden überall gesichert: in der Küche, im Zimmer des Opfers …«

»Sandra hat mich gebeten mit raufzukommen, weil ich die Bücher mitnehmen sollte, die ich ihr vor längerer Zeit geliehen habe.« Ihm fiel ein, dass er die Tasche inzwischen in der Garage aus dem Kofferraum genommen, sie dort jedoch vergessen hatte. Aber das war nicht mehr wichtig.

Allmählich platzte Fink der Kragen.

»Wollen Sie mich für dumm verkaufen? Sie sind mit raufgegangen, weil Sie scharf auf sie waren, aber Sandra hat Sie abgewiesen! Haben Sie eben nicht behauptet, sie hätte sich verliebt? Wollte sie deshalb die Beziehung mit Ihnen beenden? Sie haben versucht, sie umzustimmen, die Situation eskalierte …«

»Nein, so war es nicht!«

»Wie war es denn sonst? Ich habe gehört, dass Sie neuerdings eine Freundin haben, die altersmäßig zu Ihnen passt.

Trotzdem haben Sie das Verhältnis zu einer jungen Frau, die bewundernd zu Ihnen aufschaut, nicht beendet. So was schmeichelt ja schließlich dem Ego.«

Das kommentierte der Professor nicht.

»Hat Sandra gedroht, ihrer Konkurrentin von Ihrer Affäre zu erzählen? Es kam zum Streit, ein Wort gab das andere … Vielleicht gab es ein Handgemenge, sie ist unglücklich gestürzt …«

»Das ist völlig aus der Luft gegriffen. Sandra war mein Patenkind! Eine andere Beziehung hat es zwischen uns nie gegeben!«

In der Villa schlüpfte Charlotte in ihre bequemen Crocs, öffnete die Balkontür und trat hinaus, um frische Luft zu schnappen. Erst jetzt wurde ihr richtig klar, wie viel in der letzten Zeit auf sie und ihre Mitbewohner eingestürmt war. Flüchtig fragte sie sich, ob zwischen den Ereignissen ein Zusammenhang bestand, als sie den weißen Kleinwagen bemerkte, der durch das offen stehende Tor rollte. Anscheinend hatte sie vorhin in der Aufregung vergessen, es per Knopfdruck zu schließen, nachdem die Polizeiautos vom Grundstück gefahren waren.

Rasch ging Charlotte hinein und durchquerte ihr Wohnzimmer. Leichtfüßig lief sie die Treppe hinunter zur Haustür und öffnete sie. Im gleichen Moment hielt das fremde Auto vor dem Haus. Eine junge Frau stieg aus und musterte sie interessiert.

»Guten Tag, ich möchte zu Professor Thaler«, sagte sie, wobei ihr leichter Dialekt nicht zu überhören war. Offenbar stammte sie aus einem der neuen Bundesländer. »Ist er zu Hause?«

»Leider nicht. Darf ich fragen, wer Sie sind?«

»Tina Rodloff. Ich bin Studentin und habe mit Sandra zusammengewohnt. Wann kommt der Professor denn zurück?«

»Das weiß ich nicht. Es könnte spät werden. Kann ich ihm etwas ausrichten? – Oder möchten Sie sich morgen noch mal melden?«

»Das geht nicht. Ich fahre gleich für ein paar Tage zu meinen Eltern nach Erfurt.« Sie dachte kurz nach. »Der Professor hat mich angerufen, als … als das mit Sandra passiert ist. Ich habe ihm gesagt, dass Ronja nicht bei mir bleiben kann. Er wollte sich um eine Unterkunft für sie kümmern.«

»Wahrscheinlich hat er das vergessen. In den letzten Tagen war viel los.«

»Und was mache ich jetzt? Ich kann Ronja unmöglich mitnehmen.«

Durch einen Blick stellte Charlotte fest, dass niemand im Wagen saß.

»Wer ist diese Ronja?«

Tina trat an die Beifahrertür und öffnete sie.

Aus dem Fußraum sprang ein struppiges, braun-weiß geflecktes Etwas, das kurz schnüffelte, bevor es schwanzwedelnd vor Charlotte stehen blieb. Unwillkürlich musste sie lachen.

»Du bist Ronja?« Sie ging in die Hocke und streichelte die kleine Hündin, die das sichtlich genoss. »Bist du eine Räubertochter?«

»Anfang Juni hat Sandra den winselnden Welpen in einem Müllcontainer entdeckt«, erzählte die junge Frau. »Sie hat ihn mitgenommen und aufgepäppelt. Obwohl sie sich eigentlich keinen Hund leisten konnte, hat sie es nicht übers Herz gebracht, ihn im Tierheim abzugeben.«

»Bei wem war denn der Hund, wenn Sandra in der Uni zu tun hatte?«

»An den langen Unitagen oder wenn sie abends was vorhatte, war Ronja in der Nachbarschaft bei Herrn Meier. Der hat einen Garten. Als Gegenleistung hat Sandra bei ihm geputzt. Er kann den Hund aber nicht behalten.«

Während Charlotte weiterhin das Tier kraulte, öffnete die Studentin den Kofferraum ihres Wagens. Rasch holte sie einen Hundekorb und zwei prall gefüllte Plastiktaschen heraus. Sie stellte alles neben die Treppe und reichte Charlotte eine Leine aus rotem Leder.

»Sie kümmern sich um die Kleine, ja? Ich habe ihr ganzes Zeug mitgebracht. Sie ist gut erzogen ... und pflegeleicht ... und total verschmust. Anscheinend mag Ronja Sie.«

Bevor Charlotte protestieren konnte, stieg die junge Frau in ihr Auto.

»Moment!«

Tina ließ sich nicht aufhalten. Sie winkte nur kurz, wendete den kleinen Wagen und fuhr davon.

»Das hat uns gerade noch gefehlt«, murmelte Charlotte und richtete sich auf. Etwas ratlos schaute sie auf den Vierbeiner zu ihren Füßen. Schließlich nahm sie ihn an die Leine, ging die drei Granitstufen mit ihm hinauf und drückte die nur angelehnte Haustür auf.

Conrad hatte das Schwimmen ausfallen lassen und stattdessen im Internet recherchiert. Er wollte dem General eine alternative Beschäftigung zur täglichen Schachpartie vorschlagen. Durch dessen eingeschränkte Beweglichkeit wäre ein Brettspiel nach wie vor die beste Lösung. Im Netz wurden viele interessante Strategiespiele angeboten. Zwei waren in die engere Auswahl des Wetterfroschs gekommen: Sollte er sich für ›Tonkin‹ entscheiden oder vielleicht für ›Hnefatafl‹, das seit Jahrhunderten in Nordeuropa gespielt wurde? Beim Lieblingsspiel der Wikinger stürmten 24 Angreifer eine Burg mit dem Ziel, den König gefangen zu nehmen. Das würde dem ehemaligen Offizier Albert sicher gefallen. Seit ihrem Kennenlernen in der Seniorenresidenz verhielt sich der General meist unauffällig und stellte keine Ansprüche. Womöglich fürchtete er, durch seine Gehbehinderung nach wie vor eine Belastung für seine Mitmenschen zu sein. In den letzten Wochen war er zwar etwas aufgetaut und sprach mehr als zuvor, aber das lag vermutlich an dem kleinen Kater, den er ins Herz geschlossen hatte und für den er sich verantwortlich fühlte.

Nachdenklich kam Conrad die Treppe herunter. Er sah Charlotte in vierbeiniger Begleitung das Haus betreten und blieb auf der letzten Stufe stehen. Seine Augen hefteten sich auf das Tier.

»Wo hast du den denn her?«

»Trommelst du bitte die anderen zusammen, damit ich es nur einmal erzählen muss?«

Conrad holte Elli und Liesel aus der Küche, den General aus seinen Räumen. Alle standen mitten in der Wohnhalle und bestaunten das schwanzwedelnde Fellknäuel.

Während Charlotte von Tinas Besuch berichtete, schnupperte das Tier – so weit die Leine reichte – am Boden.

»Es gibt zwei Möglichkeiten: Entweder bleibt die Kleine hier, bis Philipp zurück ist und sich um alles Weitere kümmert – oder wir bringen sie sofort ins Tierheim.« Sie beugte sich etwas hinunter und dämpfte ihre Stimme. »Nun kommt es auf dich an, Ronja: Sitz!«

Sofort setzte sich die Hündin. Sie legte den Kopf schief und schaute die Menschen aus ihren dunklen Augen treuherzig an.

»Diesem Blick kann man gar nicht widerstehen«, sagte Elisabeth lächelnd. »Wir sollten sie erst mal hierbehalten.«

»Zwar habe ich keine Hundeerfahrung, aber ich stimme Elli zu«, schloss sich Anneliese an. »Die Kleine hat gerade ihr Frauchen und ihr Zuhause verloren. Es wäre grausam, sie ins Heim zu stecken.« Fragend schaute sie ihren Lebensgefährten an. »Was meinst du, Conrad?«

»Mit Hunden kenne ich mich nicht aus. Seit ich als Kind mal von einem Rottweiler gebissen wurde, habe ich immer einen Bogen um sie gemacht.«

Charlotte erinnerte sich an den Labrador, der im Eichengrund für Unruhe gesorgt hatte – und Conrads ängstliche Reaktion auf ihn.

»Ich bin mit Hunden aufgewachsen. Auch während meiner Ehe hatten wir jahrelang eine Fellnase im Haus. Angeblich ist Ronja verschmust. Ich glaube nicht, dass eine Gefahr von ihr ausgeht. Solltest du allerdings Bedenken haben …«

»Passt schon«, winkte er ab. Offenbar wollte er kein Spielverderber sein. »Was ist mit dir, Albert?«

Der Rollifahrer drehte sich halb zu ihm um, bevor er Charlotte ansah.

»Keine Einwände. Vorausgesetzt, es läuft nicht auf einen Krieg mit Grönemeyer hinaus.«

»Dass Hund und Katze aggressiv aufeinander reagieren, muss nicht sein. Bei Freunden von mir klappt das Zusammenleben gut. Unsere Tiere sind beide sehr jung und nicht vorbelastet. Deshalb werden sie sich hoffentlich aneinander gewöhnen. Warten wir es erst mal ab. Wenn Philipp wieder zu Hause ist, können wir eine endgültige Entscheidung treffen.«

Er hob die buschigen Brauen.

»Anscheinend rechnest du nicht so schnell mit seiner Rückkehr.«

»Offen gestanden, habe ich ein mulmiges Gefühl.«

Diese Empfindung trog sie nicht. Kaum hatten die WG-ler die Sachen der Hündin ins Haus geholt, läutete Charlottes Handy. Auf dem Display las sie den Namen des Hauptkommissars, aber als sie sich meldete, vernahm sie Philipps Stimme.

»Ich bin es, Sternchen. Das wird leider länger dauern. Vorläufig muss ich hierbleiben. Der Staatsanwalt hält mich nach wie vor für den Täter. Deshalb brauche ich einen Rechtsbeistand. Kannst du bitte Julia Jacobs anrufen? Ihre Nummer steht im Telefonverzeichnis auf meinem Schreibtisch.«

»Mach ich. Kann ich sonst irgendwas für dich tun?«

»Im Moment kann ich noch nicht beurteilen, wie ich in den Fokus der Staatsanwaltschaft geraten konnte. Ich werde den Verdacht nicht los, dass da jemand nachgeholfen haben könnte. Es ist besser, du hältst dich da raus. Versprich mir, dass du nichts unternimmst. Sonst bringst du dich womöglich in Gefahr.«

»Ich habe verstanden.« Sie würde ganz sicher nicht untätig herumsitzen. Aber damit wollte sie ihn nicht beunruhigen. »Die Anwältin rufe ich gleich an. Was soll ich tun, wenn ich sie nicht erreiche?«

»In meinem Register steht ihre Privatnummer. Wir kennen uns seit Jahren. Ruf sie bitte über unser Festnetz an. Falls sie bei Gericht ist, meldet sie sich sicher, wenn sie meine Nummer sieht.«

»Okay. Ich … ich bin in Gedanken bei dir.«

»Mach dir keine Sorgen.«

Anneliese schaute die Freundin bekümmert an.

»War das der berühmte eine Anruf, den ein Tatverdächtiger machen darf? Was ist da los? Lassen sie Philipp nicht gehen?«

Niedergeschlagen schüttelte Charlotte den Kopf.

»Ich muss erst mal seine Anwältin anrufen.«

»Kennst du sie?«

»Nicht persönlich, aber ich habe über sie gelesen. Julia Jacobs soll eine ausgezeichnete Strafverteidigerin sein.«

Mit dem kleinen Hund, der nicht von ihrer Seite wich, betrat Charlotte Philipps Arbeitszimmer. Am Schreibtisch griff sie nach der Rotationskartei und blätterte zum Buchstaben ›J‹. Unter dem Namen der Anwältin fand sie die Nummer der Kanzlei sowie eine Handynummer. Sie zog das schnurlose Telefon aus der Basisstation und wählte die Mobilfunknummer. Lange musste sie nicht warten, bis der Anruf entgegengenommen wurde.

»Jacobs. – Hallo, Philipp.«

»Hier spricht Stern. Professor Thaler hat mich gebeten, Sie anzurufen. Er braucht Ihre Hilfe.«

»Hat er was verbrochen?«, fragte sie und lachte leise. »Das kann ich mir beim besten Willen nicht vorstellen.«

»Er wurde heute Morgen festgenommen.«

»Mit welcher Begründung?«

»Es handelt sich um ein Tötungsdelikt.«

»Wollen Sie mich veralbern?« Ihre Stimme klang ungehalten. »Was soll das hier werden? Versteckte Kamera? Wer sind Sie wirklich?«

»Ich heiße Charlotte Stern und bin Philipps Lebensgefährtin«, erklärte sie mit ruhiger Stimme. »Ich weiß, es klingt absurd, dass er verhaftet wurde. Leider ist das aber eine Tatsache. Man wirft ihm vor, den Tod seiner Patentochter verschuldet zu haben.«

»Unglaublich.« Zunächst war es still am anderen Ende der Leitung. »Wo befindet er sich jetzt?«

»Im Polizeipräsidium.«

»Leider bin ich nicht in der Stadt, aber ich fahre sofort los. In etwa einer Stunde bin ich dort. Schicken Sie mir bitte Ihre Handynummer, Frau Stern, damit ich Sie auf dem Laufenden halten kann.«

»Okay. – Vielen Dank.«

Erleichtert beendete Charlotte das Gespräch. Sie legte das Telefon zurück und zog ihr Smartphone aus der Tasche. Wie gewünscht sendete sie ihre Mobilfunknummer an die Anwältin. Danach blickte sie sich nach dem Tier um, das vor dem Fenster intensiv schnüffelte. Offenbar hatte es einen der Lieblingsplätze des Hauskaters entdeckt. Wenn Philipp in seinem Arbeitszimmer zu tun hatte, lag Grönemeyer gern auf einem Kissen in der Fensterbank und beobachtete das Geschehen im Garten.

»Komm, Ronja!«

Sofort hob die Hündin den Kopf und folgte Charlotte hinaus.

Auf dem Weg in die Küche blieb Ronja plötzlich stehen. Sie nahm Witterung auf und blickte aufmerksam zum Treppenabsatz hinauf, auf dem reglos der graue Kater mit den weißen Pfötchen saß. Die Tiere fixierten einander. In majestätischer Haltung schritt Grönemeyer Stufe für Stufe hinab. Je näher er kam, umso aufgeregter wurde Ronja. Ihre Rute schwang hin und her. Zuerst langsam, dann immer schneller. Es war unverkennbar, dass sie sich freute.

Gespannt beobachtete Charlotte, wie die beiden aufeinander reagierten. Als Grönemeyer von der letzten Stufe sprang, legte sich die Hündin und bettete die Schnauze auf ihren Pfoten. Diese unterwürfige Haltung schien dem kleinen Kater zu gefallen. Er stolzierte einmal um Ronja herum, bevor er sich in einigem Abstand niederließ. Die erste Hürde für ein friedliches Zusammenleben war genommen.

KAPITEL 14

Nach dem Abendessen saßen die WG-ler im Wohnzimmer in der Nähe des knisternden Kaminfeuers. Hund und Katze waren ebenfalls anwesend, hielten aber noch Abstand zueinander. Während es sich Grönemeyer auf der karierten Decke bequem gemacht hatte, die quer über den Beinen des Generals lag, war Ronja neben Charlottes Sessel mit einem roten Gummiball beschäftigt.

Anneliese hatte inzwischen den Inhalt der Gepäckstücke der Hündin gesichtet und unter anderem einen Tierpass gefunden.

»Wisst ihr, was Ronja für eine Rasse ist?«

»Wahrscheinlich ein Terriermix«, sagte Charlotte mit Blick auf das Tier, worauf die Freundin anerkennend lächelte.

»Sie ist ein Kromfohrländer. Davon habe ich noch nie gehört. Deshalb habe ich die Rasse eben mal gegoogelt. Nach dem Zweiten Weltkrieg hat sich offenbar eine Foxterrierdame mit einem französischen Griffon amüsiert. Dadurch ist eine neue Rasse entstanden.« Sie schaute auf ihr Tablet. »Hier steht, dass Kromfohrländer sehr intelligent sind und schnell lernen. Außerdem sind sie anpassungsfähig, sensibel und spüren, wenn es ihrem Menschen nicht gut geht.«

»Das klingt sympathisch«, meinte Elli. »Müssen wir sonst noch was über Ronja wissen?«

»Sie hat alle nötigen Impfungen und ist gechipt. In ihrem Pass steht nur ein ungefähres Geburtsdatum. Demnach ist sie etwa sechs Monate alt.« Anneliese hob den Kopf, als es an der Tür läutete. »Wer kann denn das um diese Zeit sein?«

»Ich sehe nach«, sagte Elisabeth und erhob sich. Wenige Minuten später kehrte sie in der Begleitung von Hauptkommissar Bremer in den adventlich dekorierten Raum zurück.

Charlotte verzog keine Miene.

»Dass du dich noch hierher traust.«

»Schon vergessen: Ich arbeite für die Guten.«

»Ach, tatsächlich? Warum zweifele ich seit heute daran?«

»Ich bin nicht derjenige, der deinem Professor einen Mord anhängen will«, betonte Hannes. »Im Gegenteil. Keiner aus meinem Team glaubt, dass er etwas mit dem Tod von Sandra Helmke zu tun hat. Leider ist der kompetenzbefreite Staatsanwalt anderer Meinung. Anscheinend hält er uns für einen Haufen Dilettanten.«

»Tut mir leid.« Sie deutete zum Sessel gegenüber, in dem normalerweise ihr Lebensgefährte abends saß. »Kann ich euch irgendwie unterstützen, damit Philipp so schnell wie möglich nach Hause kommt?«

Hannes setzte sich und schlug die Beine übereinander.

»Wir konzentrieren uns erst mal darauf, möglichst viele Gegenindizien zu finden, um den Professor als Täter auszuschließen. – Wir müssen sowieso in alle Richtungen ermitteln«, fuhr er fort, als Charlotte das kommentieren wollte. »Das tun wir natürlich – und ein bisschen mehr.« Sein Blick schweifte in die Runde, bevor er wieder Charlotte anschaute. »Zunächst müssen wir seinen Weg von der Uni bis nach

Hause minutiös rekonstruieren. Laut Zeugenaussagen ist er gegen 18.20 Uhr mit Sandra Helmke vom Uniparkplatz gefahren. Wann ist er hier eingetroffen?«

Einen Moment lang dachte sie nach.

»Wir hatten mit dem Abendessen auf Philipp gewartet – und schließlich ohne ihn angefangen. Ich war besorgt, weil er nicht angerufen hat, um zu sagen, dass er sich verspätet. Auf dem Handy konnte ich ihn nicht erreichen. Zuerst dachte ich, der Stalker könnte der Grund sein.«

»Welcher Stalker?«

Ausführlich erzählte sie, was sich seit dem letzten Stammtisch ereignet hatte. Über den Unfall von Sophia berichtete sie zuletzt.

»Der Stalker hat anscheinend nicht nur viel Zeit darauf verwendet, Philipps Gewohnheiten zu studieren«, schloss sie. »Offenbar hat er rausgefunden, welche Person aus seiner Umgebung als Angriffsziel infrage kommt.«

»Warum erfahre ich das alles erst jetzt?« Der Vorwurf in Hannes' Stimme war nicht zu überhören. »Das wirft ein ganz neues Bild auf die Sache. Das muss dir doch klar sein.«

»Dass es da einen Zusammenhang geben könnte, ist mir vorhin kurz durch den Kopf gegangen, aber ich konnte den Gedanken nicht weiterverfolgen, weil mir Ronja dazwischengekommen ist.«

»Wer ist diese Ronja? Kenne ich sie?«

Charlotte deutete auf den Hund zu ihren Füßen.

»Die Kleine gehörte Sandra Helmke. Philipp wollte sich um eine neue Unterkunft für Ronja kümmern, hatte aber bislang keine Gelegenheit dazu. Sie bleibt erst mal hier.«

»Verstehe.« Er konzentrierte sich auf seine ursprüngliche Frage. »Erinnerst du dich, wann genau der Professor am Dienstag zu Hause war?«

Sie wusste, dass sie die Wahrheit sagen musste. Selbst wenn sich ihre Angaben negativ auf Philipps Alibi auswirken würden. Es gab hier im Haus genug Zeugen für den Zeitpunkt seiner Rückkehr. Hannes würde sie notfalls ebenfalls befragen. Unter keinen Umständen durfte sie die Freunde zu falschen Behauptungen verleiten. Außerdem würde sie ihre Aussage ohnehin offiziell zu Protokoll geben müssen.

»Gegen acht.« Ihm war anzusehen, dass diese Angabe für Philipp wenig hilfreich war.

»Ich nehme an, dass Horst den Todeszeitpunkt irgendwo zwischen 19 Uhr und 21 Uhr angesiedelt hat. – Richtig?«

Hannes nickte.

»In etwa.«

»Durch den starken Regen brauchte Philipp viel länger für den Heimweg. Wurde das für sein Alibi berücksichtigt?«

Abermals nickte der Hauptkommissar.

»Wenn er kurz vor acht zu Hause war, fehlt ihm ungefähr eine Viertelstunde, in der er kein Alibi hat. Nach seinen Angaben ist er mit Sandra zu ihrer Wohnung gefahren, wo sie sich umziehen wollte. Anschließend wollte er sie zu ihrem Date bringen. Eine Nachbarin der Studentin hat ihn im Treppenhaus gesehen – allein. Das war etwa um fünf vor sieben.«

Charlotte verkniff sich einen wenig damenhaften Fluch.

»Was hat Philipp dazu ausgesagt?«

»Dass er mit einer Tasche voller Bücher vorausgegangen ist. Sandra sei wenige Minuten später zu ihm ins Auto gestiegen. Angeblich hätte sich ihr Freund inzwischen gemeldet und die Pläne geändert, weil er unerwartet länger arbeiten musste. Sie sei wieder ausgestiegen, und der Professor fuhr von dort aus nach Hause.« Bedauernd zuckte Hannes die Schultern. »Leider lässt sich das nicht beweisen, obwohl es von der Zeit her ungefähr hinkäme – aber eben nur ungefähr. Die fehlenden 15 Minuten machen mir Sorgen.«

»Habt ihr noch mehr gegen ihn in der Hand?«

»Das darf ich dir nicht sagen.«

»Komm schon«, drängte sie. »Von Philipps Anwältin erfahre ich es sowieso – nur etwas später.«

Nach kurzem Zögern gab Hannes nach.

»Also gut: Wir haben seine Fingerspuren in fast allen Räumen gesichert. Außerdem befand sich seine DNA an der Bluse, die neben der Leiche gefunden wurde.«

»Was ist mit seinem Handy? Könnt ihr aus den Funkzellendaten kein Bewegungsprofil erstellen?«

»Keine Chance. Sein Telefon war von morgens gegen acht bis abends gegen acht ausgeschaltet. Jedenfalls das Handy, das er in den letzten Tagen benutzt hat.« Eindringlich schaute er ihr in die Augen. »Es ist auf deinen Namen registriert.«

»Und?«

»Der Professor hat uns nicht verraten, was mit seinem Mobilphone passiert ist. Verlegt? Gestohlen? Verloren?«

Bestimmt hatte Philipp das nicht grundlos verschwiegen. Also tat sie das ebenfalls.

»Das Telefon von Sandra Helmke haben wir auch nicht gefunden. Zwei verschwundene Handys. – Ist das nicht seltsam?«

Charlotte zuckte die Schultern.

»Es spricht also nach wie vor alles gegen Philipp«, resümierte sie niedergeschlagen. »Was kann ich tun, um ihm zu helfen?«

»Im Moment nichts, fürchte ich.« Der Blick, mit dem sie ihn bedachte, sagte mehr als viele Worte. »Mir ist klar, dass du nicht tatenlos rumsitzen wirst. Versprich mir, dass du vorsichtig bist, Charly. Sollte dieser ominöse Stalker etwas mit dem Tod der jungen Frau zu tun haben, könnte das sehr gefährlich werden.«

»Ich passe schon auf mich auf.«

Nun wurde ihr bewusst, dass ihre Mitbewohner seit dem Erscheinen des Kommissars verstummt waren, dem Gespräch aber offenbar interessiert zugehört hatten. Um sie nicht weiter zu beunruhigen, wechselte sie das Thema.

»Entschuldige, dass du hier auf dem Trockenen sitzt, Hannes. Möchtest du einen Drink oder bist du in Eile? Immerhin ist heute Samstag. Solltest du nicht längst mit Marlene in einem gemütlichen Restaurant ein leckeres Abendessen genießen?«

»Ich habe unser Treffen abgesagt.«

»Warum?«

»Die Ermittlungen haben Vorrang.«

»Du musst zur Abwechslung mal an dich denken.«

»Mein Job ist leider nicht sehr beziehungsfreundlich.«

»So wird das nie was mit euch beiden.«

»Aufgeschoben ist nicht aufgehoben.«

KAPITEL 15

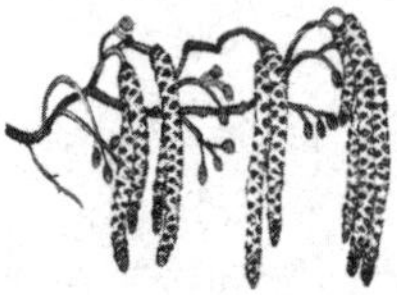

Trotz einer unruhigen Nacht erwachte Charlotte früher als gewöhnlich. Sie fühlte sich wie zerschlagen. Widerwillig richtete sie sich etwas auf. Darauf schien Ronja nur gewartet zu haben. Schwanz wedelnd stand sie vor dem Bett und schaute sie aufmerksam an.

Die Hündin hatte am Abend winselnd vor ihrer Tür gesessen, worauf Charlotte sie hereingelassen hatte. Allerdings hatte sie ihrem Charme widerstanden und ihr klargemacht, dass ihr Bett für Vierbeiner tabu war.

»Na, Ronja.« Die Fellnase zog sich einige Schritte zurück, bevor sie erneut näherkam, wobei sich ihre Rute immer schneller bewegte. »Kann es sein, dass du mal raus musst?« Charlotte schlug die Decke zurück, schwang die Beine aus dem Bett und stand auf. Würde die Hündin warten können, bis sie ihre Morgentoilette erledigt hätte? Das wollte sie lieber nicht testen, sonst würde Ronja am Ende eine Pfütze oder mehr auf dem Fußboden hinterlassen.

Nach einem kurzen Abstecher ins Bad fischte Charlotte aus dem Durcheinander im Wäschekorb eine schwarze Thermo-Jazzpants und einen grünen Hoody. Beides zog sie einfach über den Schlafanzug an. Mit schief gelegtem Kopf beobachtete Ronja ihr neues Frauchen genau, als es in

Socken und bequeme Laufschuhe schlüpfte. Vor dem Spiegel fuhr sich Charlotte mit allen zehn Fingern durch die zerzausten Locken. Das musste vorläufig genügen. Rasch angelte sie den Hausschlüssel aus einer Schale.

»Komm, Ronja!«

In der Diele griff sie nach der Leine und der kleinen Kunststoffbox mit den Gassibeuteln, die sie zwischen den Habseligkeiten der neuen Bewohnerin gefunden hatten. Ohne einem der anderen Hausbewohner zu begegnen, verließen sie die Villa. Durch die im Tor eingelassene Tür gelangten sie auf die Straße. Gleich im ersten Gebüsch verschwand Ronja. Bisher hatten sie nur kurze Spaziergänge zum Gassigehen unternommen. Um zu prüfen, ob sich die Hündin gern bewegte, leinte Charlotte sie an und trabte mit ihr los. Sie umrundeten das Grundstück, liefen bis in die Leinemasch und kehrten auf Nebenwegen zur Villa zurück. Ronja hatte unterwegs alle Geschäfte erledigt und Freude am Laufen gezeigt. Deshalb beschloss Charlotte, sie häufiger mitzunehmen.

Beim Betreten der Küche war Elisabeth mit dem Decken des Frühstückstisches beschäftigt. Erstaunt schaute sie die Freundin an.

»Guten Morgen, Charlotte. Du bist schon auf? Willst du mit dem Hund rausgehen?«

»Morgen, Elli. Wir haben bereits eine große Runde hinter uns. Kannst du Ronja bitte füttern? Ich muss erst mal unter die Dusche.«

»Geh nur. Ich kümmere mich um alles.«

»Danke.«

Charlotte verließ die Küche und nahm eine Hannoversche Allgemeine von der kleinen Kommode neben der

Treppe. Sie las die Tageszeitung normalerweise vormittags, Philipp nachmittags. Die zweite Ausgabe, die täglich ins Haus kam, teilten sich Elisabeth und Albert. Anneliese und Conrad lasen meist die abonnierte HAZ+ auf ihren Tablets.

In ihrem Wohnzimmer legte Charlotte die Zeitung auf den Tisch neben die Vase mit den herrlichen Blumen und schlüpfte aus den Schuhen. Auf dem Weg ins Bad zog sie den Pullover mitsamt dem Schlafanzugoberteil über den Kopf. Beides landete auf dem gefliesten Badezimmerboden. Socken, Lauf- und Pyjamahose flogen auf den gleichen Haufen.

In ein großes Frotteetuch gehüllt, betrat Charlotte später ihr Schlafzimmer und zog sich an.

Nebenan im Wohnraum wollte sie vor dem Frühstück einen Blick in die Zeitung werfen und stieß auf der Titelseite auf eine kurze Notiz. Unter der Schlagzeile *Schneller Ermittlungserfolg im Mordfall Sandra H.* war zu lesen: ›Im Fall der am Dienstag im Stadtteil Linden in ihrer Wohnung tot aufgefundenen Studentin gab es nach unbestätigten Meldungen den ersten Ermittlungserfolg. Demnach wurde ein renommierter Professor aus Hannover unter dringendem Tatverdacht verhaftet. – Seite 14.‹

Rasch blätterte Charlotte zur betreffenden Seite. Der Bericht ließ keinen Zweifel an der Identität des Tatverdächtigen. Zwar wurde an keiner Stelle sein vollständiger Name genannt. Dennoch würden die meisten Leser wissen, um wen es sich handelte. Immerhin war Philipp T. kein Unbekannter in der Stadt.

Ziemlich lustlos saßen die WG-ler am Frühstückstisch. Das Bewusstsein, dass einer aus ihrer Mitte die Nächte neuerdings in einer Zelle verbrachte, war der Grund für die gedämpfte Stimmung.

»Hat einer von euch schon die Zeitung gelesen?«, fragte die Strick-Liesel, wobei sie in die Runde blickte. »Philipps Verhaftung steht heute drin.«

»Im Radio haben sie vorhin darüber berichtet«, wusste Elli. »Sie haben sogar Kollegen von der Uni befragt. Die hielten sich zwar bedeckt, aber keiner hat negativ über Philipp gesprochen.«

»Das wäre ja noch schöner«, bemerkte der General. »Wir alle wissen, dass er nichts mit dem Tod der jungen Frau zu tun hat. Der Staatsanwalt wird bald merken, dass er übers Ziel hinausgeschossen ist. Dann muss er Philipp sofort gehen lassen.« Fragend schaute er die neben ihm sitzende Charlotte an. »Oder beurteile ich das falsch?«

»Momentan sieht es wohl eher so aus, dass der Tatvorwurf nicht entkräftet werden kann. Die Polizei darf einen Festgenommenen allerhöchstens 48 Stunden festhalten. Innerhalb dieser Zeit muss er einem Haftrichter vorgeführt werden, der über die Anordnung von Untersuchungshaft entscheidet. Tut er das, wird Philipp in einer Justizvollzugsanstalt untergebracht. Ansonsten wird er freigelassen.« Sie griff nach ihrer Kaffeetasse und trank einen Schluck. »Nach dem zu urteilen, was ich über den Staatsanwalt gehört habe, wird er alles daransetzen, weitere Indizien für seine absurde Theorie zusammenzutragen. Ich fürchte, es wird nicht reichen, dass Philipp eine renommierte Strafverteidigerin hat.«

Conrad kannte sich in solchen Dingen nicht aus.

»Wie meinst du das?«

»Ihr habt gehört, was Hannes gesagt hat: Er wird mit seinem Team ermitteln, wer sonst noch als Täter in Betracht kommt. Und ich werde versuchen, den Stalker aufzuspüren. Ich werde das Gefühl nicht los, dass der seine Finger im Spiel hat.« Sie schob ihren Stuhl zurück und stand auf.

»Entschuldigt mich. Ich muss darüber nachdenken, wo ich ansetzen könnte.«

In der ersten Etage streifte Charlotte ruhelos durch ihre Räume, wobei sie darüber nachdachte, wie sie vorgehen könnte, um Philipps Anwältin zu unterstützen. In Gedanken suchte sie nach einem Hinweis, an dem sie ansetzen konnte. Unbewusst sammelte sie ein paar herumliegende Klamotten auf und holte den Weidenkorb aus dem Schlafzimmer. Die Wäschestücke aus dem Bad wanderten ebenfalls hinein. So kam eine Waschladung zusammen. Mit dem Korb unter dem Arm verschwand Charlotte im Untergeschoss. Neben der Waschmaschine stand Philipps Wäschebox. Sie erinnerte sich, dass er sie gestern neben der Treppe abgestellt hatte, um die Maschine nach dem Frühstück zu füllen. Einer ihrer Mitbewohner hatte sie nach seiner Festnahme offenbar mit hinuntergenommen.

Charlotte sortierte zunächst ihre Frotteetücher in die Trommel. Dadurch füllte sie sich aber nur zur Hälfte. Für ihre Buntwäsche war die 60-Grad-Temperatur jedoch zu heiß. Bestimmt lagen auch in Philipps Box Handtücher. Arglos öffnete sie den Deckel, zog ein blaues Duschtuch heraus und stopfte es in die Maschine. Abermals fasste sie tief hinein und förderte zwei kleine Gästetücher zutage. Beim nächsten Griff hielt sie ein Stofftaschentuch mit einem großen dunkelroten Fleck in der Hand. Fassungslos hielt Charlotte inne. Man musste kein Forensiker sein, um zu erkennen, dass es sich bei der Verfärbung um getrocknetes Blut handelte. Sofort schrillten sämtliche Alarmglocken in ihrem Kopf. Sie lehnte sich gegen die Wand und schloss die Augen. Ihre Fantasie produzierte erschreckende Bilder: Philipp in Sandras Wohnung … ein Streit, der eskalierte … ein Handgemenge, das tödlich endete … War es möglich, dass der Staatsanwalt recht hatte?

»Unsinn«, sagte sie laut und schlug die Augen auf. Philipp war nicht der Typ, der die Kontrolle verlor. In ihrer Gegenwart war er nie aggressiv oder unbeherrscht gewesen. Sie kannte ihn zwar erst ein Dreivierteljahr, aber das war lange genug, um zu wissen, dass sie ihm in jeder Hinsicht vertrauen konnte.

Sie schämte sich, dass sie einen Moment lang an ihm gezweifelt hatte. Nachdenklich betrachtete sie das Taschentuch in ihrer Hand. Vielleicht hatte sich Philipp beim Rasieren geschnitten? Nein, das wäre ihr aufgefallen. – Genau wie ein Pflaster an der Hand oder an einer anderen Körperstelle. Woher könnte das blutige Tuch sonst stammen? Sollte der Stalker Beweise manipuliert haben, um Philipp in den Fokus der Ermittlungen zu rücken? Wäre das der Fall, müsste er im Haus gewesen sein, um es zwischen der Wäsche zu verstecken. Aber warum? Damit die Polizei es bei einer eventuellen Hausdurchsuchung finden würde? Eine logische Erklärung. Allerdings war kein Fremder in der Villa gewesen. Außer … Hannes und sein Team konnte sie ausschließen. – Die zwei Polizisten ebenfalls. Oder nicht? Könnte einer von den beiden das Beweisstück in einem unbeobachteten Moment in die Box neben der Treppe geschmuggelt haben? Möglich, aber unwahrscheinlich.

Charlotte wusste, dass sie auf diese Weise nicht weiterkommen würde. Was sollte sie mit dem Tuch tun? Es waschen oder vernichten? Beides widerstrebte ihr. Falls Spuren des wirklichen Täters daran hafteten, könnte es vielleicht später nützlich sein. Nach kurzem Nachdenken faltete sie es vorsichtig zusammen und suchte im Putzschrank nach einer kleinen Tüte. Dort steckte sie es hinein und schob es in die Hosentasche.

Nachdem sie die Waschmaschine angestellt hatte, ging sie hinauf in ihr Wohnzimmer. Suchend blickte sie sich dort nach einem Versteck um, fand aber keines, das sie als geeignet einstufte. Deshalb beschloss sie, später zu ihrer Wohnung zu fahren. Dort würde sie das Fundstück sicher verwahren.

Vorher musste sie jedoch darüber nachdenken, wie sie den Stalker enttarnen könnte. Außer den Handy-Kurznachrichten gab es bisher keine Ansatzpunkte. Ihr fehlten die Mails des Stalkers. Philipp hatte erwähnt, dass er eine komplette Datensicherung auf eine externe Festplatte gespeichert hatte, die er ihr geben wollte. Durch seine Verhaftung war das aber verblieben.

Nun erst kam ihr der Gedanke, Sophia anzurufen. Sie musste von der Verhaftung ihres Bruders erfahren.

Mit dem Smartphone in der Hand blieb Charlotte am Fenster stehen. Sie warf einen Blick zum wolkenverhangenen Himmel. Als sie sich dem Telefon zuwandte, bemerkte sie die vielen Autos, die aufs Grundstück fuhren. Hatte sie das Läuten überhört? Dennoch wurde ihr sofort klar, was das Polizeiaufgebot bedeutete: Hausdurchsuchung!

KAPITEL 16

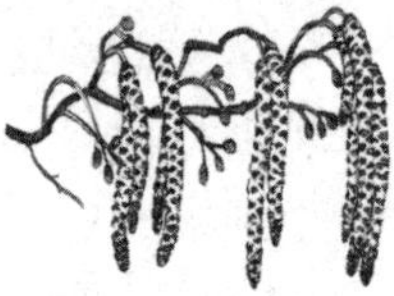

Charlotte musste die Festplatte finden, bevor die Polizei sie mitnehmen würde. Rasch legte sie das Handy aus der Hand und lief auf Socken die Treppe hinunter in Philipps Arbeitszimmer. Hastig schloss sie die Tür und ließ den Blick über die Wände mit den Bücherregalen schweifen, bevor sie an den Schreibtisch trat, der von Unterlagen übersät war. Das Notebook stand dazwischen. Von dem Speichergerät keine Spur. Zögernd griff Charlotte nach der linken Schublade und zog sie auf, wurde aber nicht fündig. In der mittleren Lade lagerten Stifte, Kleberolle und andere Utensilien. Blieb noch die rechte Seite.

Aus der Wohnhalle drangen Gesprächsfetzen herüber. Sie musste sich beeilen! Mit dem Ellenbogen schob sie den Schreibtischstuhl zurück und öffnete die letzte Schublade. Treffer! Sie nahm das Memory-Case samt Kabel heraus und stopfte es unter ihren Pullover. Die Stimmen kamen näher. Flugs entriegelte sie die Verandatür, schlich ins Freie und zog sie hinter sich zu.

Augenblickte später stand sie vor Alberts Terrassentür. Behutsam klopfte sie, worauf er in seinem Rolli verwundert näher kam und öffnete.

»Was machst du denn da draußen?«

»Das erkläre ich dir später.« Sie schlüpfte in den Raum

und schloss die Tür. Vorsichtig zog sie die portable Festplatte hervor.

»Kannst du das schnell verstecken?«

»Warum?«

»Bitte!«

Ohne weiter zu fragen, nahm er das Gerät entgegen und ließ es unter der karierten Decke verschwinden, die über seinen Beinen lag.

Keine Sekunde zu früh, da plötzlich zwei Männer hereinstürmten.

Empört stellte sich Charlotte ihnen in den Weg.

»Sie haben kein Recht, hier einzudringen!«

Der kleinere von beiden wedelte mit einem Blatt Papier vor ihrer Nase.

»Wir haben einen Durchsuchungsbeschluss.«

»Aber nur für die Räume von Professor Thaler«, sagte sie, ohne einen Blick darauf zu werfen. Ihr Wissen um solche Abläufe kam ihr zugute. »Wir sind seine Mieter.«

»Das kann jeder behaupten.«

»Wir sind alle im Besitz eines rechtsgültigen Mietvertrags.«

»Und wenn schon. Es kostet mich nur einen Anruf, um den Beschluss auf Ihre Räume auszudehnen.«

Seine Überheblichkeit wirkte wie ein rotes Tuch auf Charlotte.

»Das bezweifle ich.« Herausfordernd hielt sie seinem Blick stand. »Und kommen Sie mir nicht mit: Gefahr im Verzug. Das greift nicht. Von uns Hausbewohnern steht niemand unter Tatverdacht. Sollten Sie unsere Räume trotzdem durchsuchen, riskieren Sie mindestens eine Beschwerde – von jedem meiner Mitbewohner.«

Er schien einen Moment nachzudenken, wobei ihm anzusehen war, dass er sich über die Belehrung ärgerte.

»Wer sind Sie überhaupt?«

»Wer will das wissen?«

»Fink, Staatsanwaltschaft Hannover.«

»Stern, Wohngemeinschaft Hannover.«

»Sind Sie Juristin?«

»Wäre das ein Problem für Sie?«

Unwillig schüttelte er den Kopf. Widerstrebend gab er dem Beamten in seiner Begleitung einen Wink, ihm hinauszufolgen.

Albert und Charlotte tauschten einen vielsagenden Blick, bevor sie den Raum verließ, um sich davon zu überzeugen, dass die Polizei tatsächlich nur Philipps und die gemeinsam genutzten Räume durchsuchte.

Nach knapp zwei Stunden war der Spuk vorbei. Polizisten schleppten mehrere Kisten mit beschlagnahmtem Material ins Freie und verfrachteten sie in die vor dem Haus stehenden Autos. Zur Beweismittelsicherung wurde Philipps Mercedes auf einen Abschleppwagen verladen. Einer der Männer drückte Charlotte im Hinausgehen einige Formularseiten in die Hand. Sie erkannte sofort, dass es sich um Durchsuchungs- und Sicherungsprotokolle handelte. Die beschlagnahmten Gegenstände waren aufgelistet: Notebook, Akten, Computer, Fahrzeug et cetera.

Nachdem Charlotte das Grundstückstor elektronisch geschlossen hatte, wandte sie sich zu ihren Mitbewohnern um, die aus allen Richtungen in die Wohnhalle kamen.

»Ich brauche jetzt dringend einen Kaffee«, sagte Albert und fuhr mit seinem Rolli voraus in die Küche. Seine Mitbewohner schlossen sich an. Bald saßen sie um den Eichentisch herum.

»Die waren drauf und dran, bei uns oben rumzuschnüffeln.« Conrad war immer noch entrüstet. »Zuerst wollten sie sich auf keine Diskussion einlassen, aber dann hat sie so ein kleiner Wichtigtuer zurückgepfiffen.«

»Das war dieser aufgeblasene Vogel«, sagte der General schmunzelnd. »Fink von der Staatsanwaltschaft. Ihr hättet sehen sollen, wie Charlotte den Kerl zusammengefaltet hat – sehr souverän …« Er deutete unter den Tisch. »… in ihren roten Socken.« Mit einem Handgriff holte er die Festplatte unter seiner Decke hervor und legte sie neben ihre Kaffeetasse. »Vorher hat sie mich zu ihrem Komplizen gemacht. Deshalb wüsste ich natürlich gern, wofür ich meine Verhaftung riskiert habe.«

»Eigentlich wollte Philipp mir die Mails des Stalkers auf einem Stick ziehen, hat aber gleich ein vollständiges Backup von den Daten auf seinem Laptop gemacht. Er wollte sie mir gestern Morgen geben, aber seine Verhaftung kam dazwischen. Wäre es mir vorhin nicht gelungen, die Festplatte aus seinem Arbeitszimmer zu holen und in Sicherheit zu bringen, hätte die Polizei sie mitgenommen.«

»Hältst du es tatsächlich für möglich, dass der Stalker etwas mit Philipps Verhaftung zu tun hat?« Forschend schaute Anneliese die Freundin an. »Und mit Sandras Tod?«

»Im Moment kann ich nichts ausschließen. Angefangen hat alles mit einer SMS. Eine detaillierte Aufstellung, was wann passiert ist, wäre gut. Dazu muss jede Kurznachricht, jede Mail und was sonst passiert ist, in die richtige zeitliche Reihenfolge gebracht werden. Vielleicht hilft mir diese Übersicht, einen Zusammenhang zu erkennen.«

»Ich unterstütze dich dabei.«

Diese Ankündigung der Strick-Liesel ließ Elisabeth das Schlimmste befürchten.

»Jetzt geht das wieder los. Wenn ihr beide recherchiert, wird es immer dramatisch. Ich hatte so sehr auf eine friedliche Adventszeit ohne gefährliche Ermittlungen gehofft.«

»Diese Aussicht hat uns der Stalker sowieso versaut«, sagte Anneliese resolut. »Wenn wir nichts unternehmen, müssen wir unser erstes gemeinsames Weihnachtsfest womöglich ohne unseren Vermieter verbringen. Außerdem kommen seine Kinder aus Schweden. Wie sollen wir seinen Enkeln erklären, dass ihr Großvater im Knast sitzt?«

»Ist ja gut«, gab Elli sich geschlagen. »Irgendwann gewöhne ich mich vielleicht daran, dass einer von euch immer bei den Morden im Norden mitmischt.« Ihr Blick wechselte zu Charlotte. »Warum war dein Freund Bremer eigentlich bei der Durchsuchung nicht dabei? Gehört so was nicht zu seinen Aufgaben?«

»Du hast ihn wohl vermisst?«, antwortete sie mit gutmütigem Spott. Alle wussten, wie sehr Elli den Hauptkommissar mochte. »Bestimmt wollte Fink Hannes nicht dabeihaben. Die zwei reagieren anscheinend wie Feuer und Wasser aufeinander.« Sie erinnerte sich an die tierischen Mitbewohner, die sie seit dem frühen Morgen nicht mehr gesehen hatte. »Wo sind eigentlich unsere Vierbeiner?«

»Grönemeyer hat sich bei mir unter dem Sofa verkrochen«, sagte Albert. »So viel Unruhe im Haus ängstigt ihn.«

»Die kleine Ronja habe ich betreut«, ergänzte Elisabeth. »Sie ist nicht nur eine reizende, sondern auch eine intelligente Hundedame.«

Nach einem Blick zur Uhr erhob sich Charlotte. Sie nahm die Festplatte vom Tisch und teilte den Freunden mit, dass sie etwas zu erledigen hätte, aber zum Mittagessen zurück sei.

Zehn Minuten später war sie im leichten Schneeregen unterwegs in die Südstadt, dem lückenlosen Stadtteil. Zu ihrer Verwunderung fand sie auf Anhieb einen Parkplatz vor der Weinhandlung, die im Nebenhaus ihrer Wohnung lag.

Wie gewöhnlich ignorierte Charlotte den Lift und benutzte die Treppe. In ihren vier Wänden schlüpfte sie aus der Daunenjacke, bevor sie die Küche betrat. Dort öffnete sie den Backofen und nahm das untere Blech heraus. Mit beiden Händen glättete sie die kleine Tüte mit dem blutigen Taschentuch, bevor sie das mögliche Beweisstück flach auf den Backofenboden legte und das Blech vorsichtig darüber schob. Sie schloss die Klappe, trat einen Schritt zurück und stellte zufrieden fest, dass von außen nichts zu sehen war. Dieses Versteck hatte sich erst kürzlich bei ihren Ermittlungen im Eichengrund bewährt.

Im Wohnzimmer öffnete Charlotte die Balkontür, um kurz zu lüften. Sie ging hinaus und beugte sich etwas vor, wodurch sie zum Fenster ihrer Nachbarin hineinsehen konnte. Marlene Biber war jedoch nirgends zu entdecken, obwohl die Journalistin am frühen Vormittag meistens zu Hause war. Sie hätte gern herausgefunden, wie ihre Nachbarin zu Hannes' Absage stand. War sie sauer auf ihn? Verübeln könnte man ihr das nicht, da der Hauptkommissar sich stets zögerlich verhielt. Charlotte wusste, wenn er eine Niederlage befürchtete, scheute er sich, seinen Gefühlen nachzugeben, um sich eine Enttäuschung zu ersparen. Wahrscheinlich empfand er mehr für Marlene, als er sich eingestehen wollte.

Nachdenklich ging Charlotte hinein und schloss die Tür. Sie war gerade im Begriff, ihre Tasche vom Sofa zu nehmen, als darin ihr Smartphone läutete. Auf dem Display las sie den Namen von Philipps Schwester.

Schuldbewusst nahm Charlotte das Gespräch an.

»Hallo, Sophia. Leider bin ich noch nicht dazu gekommen, euch zu informieren.«

»Es stimmt also: Der Professor, der verhaftet wurde, ist Philipp. Wie konnte das passieren?«

Charlotte berichtete detailliert, was geschehen war.

»Das ist total verrückt«, sagte seine Schwester fassungslos. »Wir müssen ihm einen Anwalt besorgen – den besten, den wir kriegen können.«

»Er wird von Frau Dr. Jacobs vertreten, einer ausgezeichneten Strafverteidigerin.«

»Das ist gut. Ich habe sie mal kennengelernt.«

»Sie hat versprochen, mich auf den Laufenden zu halten. Sobald es etwas Neues gibt, sage ich euch Bescheid.«

»Kann sie Philipp nicht auf Kaution freibekommen?«

»Darüber habe ich mich informiert. Das ist in Deutschland nicht üblich. Einer Freilassung auf Kaution wird sehr selten zugestimmt. Wenn man verdächtigt wird, ein Kapitalverbrechen begangen zu haben, schon gar nicht.« Mehr konnte sie im Augenblick nicht sagen. »Erzähl mir erst mal, wie es dir geht.«

»Die Ärzte sind zufrieden. Morgen darf ich nach Hause.«

»Gibt es Erkenntnisse, wie das Brett abstürzen konnte?«

»Der vorläufige Bericht der Unfallermittler hat ergeben, dass alles vorschriftsmäßig gesichert war. Deshalb halten sie einen Unfall für ausgeschlossen. Die Polizei geht mittlerweile von einem Anschlag aus. Sie hat mit der Befragung unserer Arbeiter angefangen. Vielleicht ist einem der Jungs jemand aufgefallen, der auf der Baustelle nichts zu suchen hatte.«

Das bestätigte Charlottes anfängliche Befürchtung.

»Ihr habt nicht zufällig Videoüberwachung?«

»Doch, auf dieser Grundstücksseite tagsüber allerdings nur am Bürocontainer. Auf Baustellen wird gern geklaut, deshalb haben wir in teure Überwachungstechnik investiert. Die Kameras liefern gute Farbaufnahmen. Axel sieht die Aufzeichnungen mit unserem Bauleiter durch.«

»Falls sie einen Verdächtigen darauf finden, hätte ich gern eine Kopie der Aufnahme. Kannst du Axel bitten, sie an meine Mailadresse zu schicken?«

»Ermittelst du etwa wieder?«

»Was bleibt mir anderes übrig, wenn ich Philipp helfen will? Würdest du für deinen Mann nicht alles in deiner Macht Stehende tun?«

»Natürlich«, gab Sophia zu. »Sei aber bitte vorsichtig.«

»Keine Sorge, ich weiß, was ich tue.«

KAPITEL 17

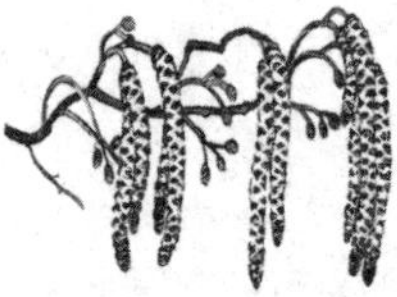

Nachdem der Professor die zweite Nacht in einer der alten Zellen im historischen Teil des Polizeipräsidiums zugebracht hatte, wurde er gemäß § 128 StPO dem Haftrichter in Begleitung seiner Anwältin vorgeführt. Zunächst war Philipp erleichtert, weil er damit rechnete, nach Hause zu dürfen.

Nach stundenlangem Aktenstudium war Frau Dr. Jacobs zuversichtlich, dass Ihr Mandant in die Freiheit entlassen würde. Sie war davon überzeugt, dass der Richter die Festnahme nach Philipps Vernehmung als nicht gerechtfertigt ansehen würde.

Bald wurde sie eines Besseren belehrt. Da die Staatsanwaltschaft den Abschluss des Ermittlungsverfahrens nicht in den Akten vermerkt hatte, war der Verteidigerin die Einsicht in einzelne Aktenteile verwehrt gewesen, sodass sie nur unzureichend informiert war. Der Vorwurf des dringenden Tatverdachts konnte von ihr nicht gänzlich entkräftet werden. Staatsanwalt Fink hielt seinen Antrag auf Untersuchungshaft aufrecht, dem der Richter nach sorgfältiger Abwägung zustimmte und die Überstellung in die JVA anordnete.

Philipp war am Boden zerstört. Ihm wurde noch ein kurzes Gespräch mit seiner Anwältin genehmigt. In einem kleinen Nebenraum, mit einem Polizisten vor der Tür, sank er niedergeschlagen auf einen Stuhl.

»Was passiert als Nächstes?«

»Du wirst gleich in die Untersuchungshaft überstellt. Inzwischen werde ich vollständige Akteneinsicht beantragen. Das können sie mir nun nicht mehr verwehren – obwohl die Ermittlungen nicht abgeschlossen sind. Außerdem werde ich Frau Stern benachrichtigen und sie bitten, dass sie dir ein Wäschepaket zusammenstellt.«

»Bitte sag ihr, sie soll sich keine Sorgen machen.«

»Sie bedeutet dir sehr viel, oder?«

Ein kleines Lächeln stahl sich auf sein Gesicht.

»Neben meiner Tochter und meinen Enkeln ist Charlotte der wichtigste Mensch in meinem Leben.«

»Ich freue mich, dass du endlich jemanden an deiner Seite hast. Darf ich mit deiner Charlotte offen über den Fall sprechen?« Sie öffnete ihre Aktentasche und entnahm ein Formular, das sie mitsamt einem Kugelschreiber zu ihm hinüberschob. »Unterschreib mir bitte die Erklärung über die Entbindung der Schweigepflicht ihr gegenüber.«

Ohne zu zögern, setzte Philipp seinen Namen darunter.

»Sag Charlotte bitte alles, was sie wissen möchte. – Und mach dich darauf gefasst, dass sie dich mit tausend Fragen löchert. Obwohl mir das nicht gefällt, wird sie intensive Ermittlungen anstellen und nicht lockerlassen, bis sie eine Spur findet, die zum Täter führt.«

»Alles klar.« Aufmunternd blickte sie ihn an. »Wir werden den Verdacht gegen dich schnell ausräumen.«

Zum Mittagessen war Charlotte zu Hause. In der Küche verströmte der Herd einen verlockenden Duft. Conrad holte ein Blech knuspriger Bratkartoffeln mit Schinkenwürfeln aus dem Ofen, die er mit Zwiebeln, Knoblauch, Rosmarin und Thymian gewürzt hatte, und füllte zwei Schüsseln damit.

Glasschalen mit buntem Salat standen bereits auf dem Tisch. Im Nu waren die Teller gefüllt.

Gedankenverloren spießte Charlotte eine Kartoffelscheibe auf die Gabel, als ihr Handy läutete.

»Entschuldigt.« Während sie aufstand, zog sie das Telefon aus der Tasche. Sie warf einen Blick aufs Display und las den Namen der Rechtsanwältin. Endlich! Im Hinausgehen nahm sie das Gespräch an.

»Hallo, Frau Dr. Jacobs. Gibt es was Neues? Kann ich Philipp abholen?«

»Leider nicht. Der Haftrichter ist dem Antrag der Staatsanwaltschaft gefolgt und hat Philipp in U-Haft geschickt. Er befindet sich bereits in der JVA.«

Betroffen schloss Charlotte die Augen. Ihre schlimmste Befürchtung war Realität geworden.

»Sind Sie noch dran, Frau Stern?«

»Das muss ich erst mal verdauen.« Sie dachte an das Nächstliegende. »Wann darf ich Philipp besuchen?«

»Dafür brauchen wir von der Staatsanwaltschaft oder vom Gericht eine Besuchserlaubnis. Ich kümmere mich um den Antrag für Sie. Außerdem möchte ich Sie bitten, für Philipp ein Erstwäschepaket zusammenzustellen.«

»Was genau soll ich einpacken?«

»Was er in den nächsten Tagen an Kleidung, Unterwäsche und Socken braucht. Aber keine Hygieneartikel, Fotos oder Bargeld. Packen Sie die Sachen bitte in eine einfache Plastiktasche und befestigen Sie eine Liste mit dem Inhalt und Philipps Personalien daran. Wenn es Ihnen recht ist, hole ich die Sachen in etwa zwei Stunden bei Ihnen ab. Bei dieser Gelegenheit besprechen wir alles Weitere.«

»Okay, danke.«

Betrübt kehrte Charlotte in die Küche zurück und setzte sich an den Tisch. Eine Weile stocherte sie in ihrem Mittagessen herum, bevor sie die Gabel aus der Hand legte und den Teller von sich schob.

»Du hast kaum etwas gegessen«, sagte Conrad, wobei er ihr einen besorgten Blick zuwarf. »Schmeckt es dir nicht?«

»Doch, aber … Mir ist der Appetit vergangen.«

Anneliese wurde hellhörig.

»Hängt das mit dem Anruf eben zusammen? Schlechte Nachrichten?«

»Philipp wurde in Untersuchungshaft genommen.«

»Was bedeutet das?« Elli schaute sie entsetzt an. »Hat man ihn ins Gefängnis geworfen? Wie einen Schwerverbrecher?«

»Er ist in der JVA – aber als Untersuchungsgefangener gilt er grundsätzlich als unschuldig und muss dementsprechend behandelt werden. Nach dem Gesetz darf nicht der Anschein erweckt werden, dass er dort zur Verbüßung einer Strafe festgehalten wird.«

»Das ist ein schwacher Trost.«

»Was sagt denn seine Anwältin?«, wollte Anneliese wissen. »Besteht die Hoffnung, dass sie ihn da schnell rausholen kann?«

»Darüber reden wir, wenn sie nachher kommt. Ich soll Philipp was zum Anziehen zusammenpacken.«

»Bekommt er keine Anstaltsklamotten?«

»Als Untersuchungsgefangener darf er seine eigene Kleidung tragen oder sich zum Beispiel Verpflegung von außen bringen lassen. Außerdem hat er Anspruch auf eine Einzelzelle.«

»Ich backe einen Kuchen«, schlug Elisabeth vor. »Den kannst du ihm mitnehmen, wenn du ihn besuchst.«

»Ohne Besuchserlaubnis lassen sie mich da nicht rein.«

Etwas ratlos stand Charlotte in Philipps Schlafzimmer. Wo bewahrte er seine Unterwäsche auf, wo die Hemden und Socken? Es widerstrebte ihr, in seinen Schränken zu stöbern, aber sie hatte keine Wahl. Sie trat an die Herrenkommode aus der Gründerzeit. Darauf standen zwei gerahmte Fotos. Das eine zeigte Philipps Tochter mit Mann und drei flachsblonden Kindern an einem See in Schweden. Auf dem anderen war sie selbst mit Philipp beim Tanz auf dem Frühlingsfest im Eichengrund zu sehen, wie sie einander in die Augen schauten. Zu diesem Zeitpunkt hatte er sie bereits geliebt, während sie ihre Gefühle für ihn noch verdrängt hatte.

Zögernd zog Charlotte die oberste Schublade der Kommode auf. Darin befanden sich fein säuberlich zusammengelegte Stofftaschentücher, mehrere Gürtel und ein rotgrundiger Chiffonschal, der ihr sehr bekannt vorkam. Sie zog ihn ein Stück heraus und stellte fest, dass er tatsächlich ihr gehörte. Vermutlich hatte sie ihn nach einer gemeinsamen Nacht bei Philipp vergessen. Anstatt ihn ihr zurückzugeben, verwahrte er ihn zwischen seinen Sachen. Das erinnerte sie an sein Schlafanzugoberteil, das sie im Eichengrund einfach angezogen und sich damit in sein Bett gelegt hatte. Das gute Stück war bis heute in ihrem Besitz. Mit einem Lächeln legte sie den Schal zurück und schloss die Lade. In der nächsten fand sie ausschließlich Socken. Wie viele sollte sie nehmen? Genug für ein paar Tage – oder Wochen? Sie entschied sich, sowohl von den Socken als auch von der Unterwäsche jeweils einen maximalen Vorrat für sieben Tage einzupacken. Länger durfte es nicht dauern, bis Philipp frei sein würde. In ihrem Wohnzimmer fertigte sie später eine Liste an und befestigte sie mit einem Streifen Klebefilm an der Plastiktasche.

Als Charlotte die Treppe herunterkam, lief sie Anneliese über den Weg, die in die Küche wollte. Die Strick-Liesel wunderte sich über die einfache Supermarkttüte, die so gar nicht zu der sonst so stilsicheren Freundin passte.

»Sag bloß, du hast die Sachen für Philipp in einen Türkenkoffer gepackt? – Sorry«, korrigierte sie sich sofort, als sie Charlottes vorwurfsvollen Blick bemerkte. »Das darf man heute ja nicht mehr sagen. Trotzdem ist dieses Istanbuler Handgepäck scheußlich. Ich gebe dir eine kleine Reisetasche, die …«

»Tu mir den Gefallen und halt dich da raus.«

Irritiert hielt Anneliese inne. Auf diese Weise hatte Charlotte noch nie mit ihr gesprochen.

»Pardon. Ich wollte mich nicht einmischen.«

»Nein, ich muss mich entschuldigen«, lautete die bedauernde Antwort. »Ich hätte dich nicht so abbügeln dürfen. Nach allem, was in den letzten Tagen passiert ist, stehe ich irgendwie neben mir. Dieser Mordverdacht ist wie eine Bombe in unser Leben gekracht.«

»Schon gut. So was steckt man nicht so einfach weg.«

»Am meisten macht mir zu schaffen, dass Philipp in Haft genommen wurde. Normalerweise ist er ruhig und ausgeglichen, aber bleibt das so, wenn man unschuldig eingesperrt ist? Wenn man abrupt von der Außenwelt abgeschnitten und der gewohnte Lebensstandard auf ein Minimum reduziert ist? Wenn einem die Selbstbestimmung weitgehend entzogen wurde? Kippt die Stimmung nicht irgendwann in Richtung Hoffnungslosigkeit, Verzweiflung oder Depression?«

»Das kann ich mir bei ihm eigentlich nicht vorstellen. Philipp ist eine gefestigte Persönlichkeit. Du machst dir zu viele Sorgen.«

Unbewusst straffte Charlotte die Schultern.

»Vielleicht hast du recht. Ich muss mich darauf konzentrieren, herauszubekommen, wer der Stalker ist und ob er etwas mit Sandras Tod zu tun hat. Nur dadurch kann ich Philipp helfen.«

»Wann fangen wir an?«

Ein dankbarer Blick traf die Strick-Liesel.

»Heute möchte ich wenigstens einen Teil der Infos aus dem Internet lesen. Wenn du magst, stellen wir morgen nach dem Frühstück die Liste zusammen, über die wir heute Vormittag gesprochen haben.«

»Ich bin dabei.« Anneliese eilte weiter, als es läutete.

Es dauerte nicht lange, bis Julia Jacobs vor dem Haus stand. Die Freundinnen empfingen sie an der Tür.

Die knabenhafte Figur der Rechtsanwältin wurde von einem dunkelblauen Hosenanzug betont. Nach einem kurzen Blickwechsel streckte die Besucherin Charlotte die Hand entgegen.

»Frau Stern, nicht wahr?«

»Ja, das bin ich. Danke, dass Sie gekommen sind.« Sie deutete auf Anneliese. »Das ist unsere Freundin und Mitbewohnerin Frau Grothe.«

Auch ihr reichte die Frau mit dem flachsblonden Kurzhaarschnitt die Hand.

»Ich habe gehört, dass Philipp eine WG gegründet hat. Das finde ich großartig.« Sie wandte sich an Charlotte. »Er hat mich Ihnen gegenüber der anwaltlichen Verschwiegenheitspflicht entbunden. Können wir irgendwo ungestört reden?«

»Wir gehen in sein Arbeitszimmer«, sagte Charlotte, worauf Frau Jacobs sich mit ihrer Aktentasche in diese Richtung in Bewegung setzte. Anscheinend kannte sie sich in der Villa aus.

»Wie geht es Philipp?«, fragte Charlotte, als sie sich in der Sitzecke gegenübersaßen. »Wie verkraftet er das alles?«

»Es belastet ihn, aber er hält sich wacker. Sie sollen sich keine Sorgen machen.«

»Das ist typisch für ihn. Natürlich mache ich mir Sorgen, wenn ihm ein übereifriger Staatsanwalt unbedingt einen Mord anhängen will.«

»Das werden wir beide verhindern, Frau Stern. Ich schlage vor, dass wir eng zusammenarbeiten. Philipp hat mir von Ihren Miss-Marple-Qualitäten erzählt. Die können wir gut gebrauchen. Allerdings dürfen Sie sich nicht in Gefahr bringen.«

»Wahrscheinlich haben Sie Philipp versprochen, aufzupassen, dass ich keine Dummheiten mache.«

Ein Lächeln malte sich auf das hübsche Gesicht der Anwältin.

»Sie kennen ihn inzwischen anscheinend recht gut.«

»Auf alle Fälle gut genug, um zu wissen, dass er mit dem Tod der Studentin nichts zu tun hat. Ich werde rausfinden, wer dahintersteckt.« Das klang selbstbewusst, aber nicht überheblich. »Meine Mitbewohner unterstützen mich dabei.« Fragend schaute sie die Jüngere an. »Hat Philipp Ihnen von dem Stalker erzählt?«

»Hat er. Halten Sie es für möglich, dass der Typ etwas mit dem Tod der armen Sandra zu tun hat?«

»Durchaus.« Sie runzelte die Stirn. »Das klang, als hätten Sie Sandra gekannt.«

»Vor einigen Jahren habe ich sie auf Philipps Geburtstagsfeier getroffen. Er wollte seinen 60. nicht feiern, aber seine Schwester hatte eine Überraschungsparty organisiert. Sandra war zu der Zeit 16 oder 17. Damals lebten ihre Eltern noch. Sie hat ihren Patenonkel sehr gemocht – und umgekehrt. Philipp hat sich rührend um sie gekümmert, als ihre Eltern auf so tragische Weise ums Leben kamen.«

»Davon hat er mir berichtet. – Wenn der Stalker für ihren Tod verantwortlich sein sollte, muss er zumindest gewusst haben, dass sich die beiden nahestanden. Sonst ergibt das keinen Sinn. Vielleicht sollte ich gleich an dieser Stelle ansetzen. Darüber muss ich aber erst nachdenken.«

»Tun Sie das.«

»Auf jeden Fall.« Ihr fiel etwas ein. »Brauchen Sie für den Besuchsantrag noch was von mir?«

»Das hätte ich fast vergessen.« Aus ihrer Aktentasche zog sie einen Stapel Formulare heraus, von denen sie Charlotte zwei reichte. »Doppelt hält besser. – Tragen Sie einfach nur Ihre persönlichen Daten ein, und unterschreiben Sie die Anträge. Den Rest ergänze ich.«

Charlotte notierte die gewünschten Angaben und gab die Formulare an die Anwältin zurück.

»Haben Sie hier im Haus Kopierer und Fax?«

»Unten im Stiftungsbüro.«

»Gut, faxen Sie mir nachher bitte eine Kopie von Ihrem Personalausweis.« Damit legte sie ihre Visitenkarte mit sämtlichen Kontaktdaten auf den Tisch und erhob sich. »Jetzt fahre ich zur JVA. Haben Sie die Sachen für Philipp zusammengepackt?«

»Die Tüte steht in der Diele.«

An der Haustür verabschiedeten sie sich voneinander.

»Bitte sagen Sie Philipp …« Mit einem kleinen Lächeln brach sie ab. »Er weiß schon …«

»Ich melde mich, sowie ich etwas erreicht habe.« Aus ihren ausdrucksvollen dunklen Augen schaute sie Charlotte an. »Offen gestanden war ich sehr gespannt auf Sie. Ich habe immer befürchtet, dass Philipp irgendwann mal als einsamer, alter Wolf endet. Als er mir von Ihnen erzählte, war ich zunächst skeptisch, aber inzwischen kann ich ihn verstehen.«

Den Abend verbrachte Charlotte damit, weiterhin alles über Stalking zu lesen, was wichtig sein könnte. Müde schaltete sie das Notebook gegen Mitternacht aus und verschwand im Bad.

Nach dem Duschen widmete sie sich der wie immer gründlichen Zahnpflege. Dabei dachte sie über die vielfältigen Informationen nach, die sie durch die Lektüre erhalten hatte. Würden die ihr weiterhelfen? Sie beschloss, zusammen mit Anneliese – wie ursprünglich geplant – zunächst eine Liste der zeitlichen Abläufe zu erstellen.

In ihrem Schlafzimmer setzte sie sich auf die Bettkante und griff zur Tube mit der kanarischen Aloe-Vera-Handcreme. Zuerst verwöhnte sie ihre Hände damit, anschließend kamen die Füße an die Reihe. Dabei hielt sie nur kurz inne, als Ronja hereintrottete. Da sich Anneliese und Conrad beim Abendessen bereit erklärt hatten, die letzte Gassirunde des Tages zu übernehmen, müssten alle nötigen Geschäfte erledigt sein.

»Suchst du Gesellschaft?«

Die Hündin setzte sich vor dem Bett auf den Teppich und schaute mit schief gelegtem Kopf dabei zu, was Charlotte tat.

»Was guckst du? Findest du es seltsam, dass Menschen so was machen? Stell dir vor, ich creme fast jeden Abend meine Füße ein und massiere sie dabei. Als kleines Dankeschön, dass sie mich so zuverlässig durchs Leben tragen.«

Ronja wedelte aufgeregt mit dem Schwanz. Zwar verstand sie nicht, was hier vor sich ging, aber die Ansprache tat ihr offensichtlich gut.

Während es sich die Hündin bald vor dem Bett bequem machte, schlüpfte Charlotte unter die Decke, konnte aber nicht einschlafen. Ihre Gedanken kamen nicht zur Ruhe. Sie kreisten um den Mann, der allein in einer Zelle eingesperrt war. Wahrscheinlich sehnte er sich genauso nach ihr wie umgekehrt.

Eine Berührung an der Schulter veranlasste Charlotte, sich von der rechten auf die linke Seite zu drehen. Im Licht der LED-Laterne, die sie für die neue Mitbewohnerin als Orientierungshilfe eingeschaltet hatte, saß Ronja auf den Hinterbeinen. Eine Vorderpfote lag auf der Matratze, mit der anderen stieß sie Charlotte etwas unbeholfen an. Offenbar spürte die Hündin ihre bedrückte Stimmung und wollte sie trösten.

»Du bist ja eine Liebe.« Gerührt strich Charlotte über Ronjas Kopf und kraulte sie zwischen den Ohren. »Leg dich wieder hin«, sagte sie nach einer Weile. »Wir müssen schlafen. Morgen haben wir viel zu tun.«

KAPITEL 18

Auch dieser Tag begann für Hund und Mensch mit einem Spaziergang. Nach dem Frühstück zog sich Charlotte mit ihrem Notebook ins Stiftungsbüro zurück. Es dauerte nicht lange, bis Anneliese erschien und sich ihr gegenüber an den Schreibtisch setzte. Dabei entschlüpfte ihr ein leises Stöhnen.

»Alles okay?«

»Mir macht heute mein rechtes Knie zu schaffen.«

»Materialermüdung?«

Amüsiert verzog die Strick-Liesel das Gesicht.

»So könnte man es durchaus bezeichnen. Fortgeschrittene Arthrose, würde der Medizinmann sagen. Wahrscheinlich haben meine Gelenke das Mindesthaltbarkeitsdatum längst überschritten. Es ist eben nichts für die Ewigkeit.« Unternehmungslustig schaute sie die Freundin an. »Was kann ich tun?«

»Wir fangen mit dem zeitlichen Ablauf an.« Sie reichte der Freundin einen USB-Stick hinüber. »Darauf habe ich Philipps Mail-Dateien gespeichert. Gib mir einfach Datum, Uhrzeit, Art der Nachricht und den Text an. Ich trage alles in eine Excel-Tabelle ein. Die habe ich eben vorbereitet.«

»Alles klar.«

Anneliese fuhr den PC hoch und stöpselte den Stick in einen der Ports. In ihrem früheren Beruf als Leiterin eines Heims für auffällig gewordene Kinder oblag ihr die Verwaltungsarbeit, sodass sie sich mit dem Computer gut auskannte. Sie öffnete die Dateien und verkleinerte die Ansicht der Dokumente, damit sie nebeneinander auf den Monitor passten.

»Ich bin so weit.«

»Dann mal los.«

»21. November – 10.25 Uhr – SMS – Du wirst noch oft an mich denken.«

Charlotte tippte die Infos in die Tabelle. Auf diese Weise füllte sie sich nach und nach mit den Nachrichten des Stalkers.

»Das ist ja krass«, sagte die Strick-Liesel nach dem Lesen der letzten Mail. »Heute war's dein Schwesterlein, wer wird es wohl morgen sein?« Fragend schaute sie zu Charlotte hinüber. »Hast du davon gewusst?«

»Philipp hat es mir am Morgen seiner Festnahme erzählt. Er war in der Nacht aufgestanden, weil er nicht schlafen konnte, und hat das Back-up gemacht. Dabei hat er die Mail gelesen. Ursprünglich wollte er nach dem Frühstück damit zur Polizei. Immerhin ist der Spruch ein Hinweis darauf, dass der Stalker hinter dem Anschlag auf Sophia stecken könnte. – Es sei denn, der hat von dem Unfall erfahren und sich das zunutze gemacht.«

Wie aufs Stichwort erschien – begleitet von einem Signalton – ein kleines Fenster am unteren Rand ihres Laptopmonitors, das den Eingang einer E-Mail anzeigte. Mit einem Mausklick wechselte Charlotte zu ihrem Postfach. Sie öffnete die Nachricht, in der Axel schrieb, dass sie bei Durchsicht der Überwachungsvideos auf eine verdächtige Gestalt gestoßen seien. Er hätte die Aufnahmen bereits an die Polizei weitergeleitet. Charlotte würde sie im Anhang finden.

Bevor sie das Video anschaute, kopierte sie es in den Ordner, den sie für die Ermittlungen angelegt hatte.

»Kommst du mal bitte zu mir rüber? Axel hat die Aufnahmen der Überwachungskameras der Baustelle geschickt.«

Sofort stand Anneliese auf und trat hinter die Freundin, die daraufhin das Video startete. Die ersten Bilder zeigten normales Baustellengeschehen. Bagger, die auf dem Gelände rangierten, Arbeiter in signalgrünen Jacken hasteten in den Erfassungsradius der Kamera und verließen ihn wieder.

»Hier!« Charlotte tippte auf den Monitor, als am rechten Bildrand eine Gestalt auftauchte, die sich im Schatten eines Lastwagens langsam vorwärtsbewegte. Sie hatte einen dunklen Rucksack geschultert, war schlank und ganz in Schwarz gekleidet. Den Kopf bedeckte die Kapuze eines Hoodys. Als der Mann hinter dem LKW auf die Seite des Neubaus wechselte, blitzte im hellen Sonnenlicht für einen Sekundenbruchteil etwas an seinem Rücken auf.

»Was war das?«

»Wahrscheinlich das Metall vom Reißverschluss des Rucksacks«, vermutete Charlotte, wobei sie den Blick nicht vom Monitor nahm. Sie sahen, wie die Gestalt in Richtung einer Türöffnung des Neubaus schlich, bevor sie aus dem Bild verschwand.

»Du hattest den richtigen Riecher«, sagte die Strick-Liesel anerkennend. »Nun zweifelt wohl niemand mehr daran, dass das ein Anschlag auf Sophia war.«

»Das Video ist aber leider nur ein Indiz. Es könnte sich genauso gut um einen Dieb handeln oder um einen Aktivisten, dem das Bauprojekt nicht in den Kram passt. Dass der Typ mit dem Stalker identisch sein könnte, ist reine Spekulation.«

Enttäuscht setzte sich Anneliese an ihren PC.

»Was schlägst du vor?«

»Das Video hilft uns erst mal nicht weiter. Wir brauchen hieb- und stichfeste Beweise.«

Später heftete Charlotte alle wichtigen Informationen und Zeitungsartikel über den Fall sowie kleine Zettel mit ihren Notizen an die Stellwand, die sie künftig mit neuen Erkenntnissen ergänzen würde. Diese Vorgehensweise hatte sich in der Vergangenheit bewährt.

Obwohl es der Staatsanwalt nach der Verhaftung seines Hauptverdächtigen für unnötig hielt, ermittelten Hannes und sein Team weiterhin in alle Richtungen. Ganz oben auf ihrer Liste stand Tom Vellner, der ehemalige Freund der Ermordeten. Der junge Mann saß dem Hauptkommissar und seiner Kollegin sichtlich nervös im Vernehmungsraum gegenüber.

»Sie waren fast drei Jahre mit Sandra Helmke liiert«, sagte Hannes mit ruhiger Stimme. »Wann haben Sie sich getrennt?«

»Am Sonntag, den 25. Oktober.«

»Aus welchem Grund?«

»Wir wollten am Abend davor in einen Club. Als Sandra hörte, dass ein Freund von mir mitkommt, hatte sie plötzlich keine Lust mehr, weil sie Sven nicht abkonnte. Wir haben mitten auf der Straße gestritten – und ich bin allein hingegangen.« Der junge Mann zuckte die Schultern. »Ich war immer noch sauer und habe mir ordentlich die Kante gegeben.«

»War das so schlimm, dass sie sich von Ihnen getrennt hat?«

Verlegen senkte er den Blick.

»Als ich am nächsten Morgen aufgewacht bin, lag eine nackte Frau neben mir. Wir wussten beide nicht, wie das passieren konnte. Immerhin kannten wir uns nicht.«

»Ist Sandra dahintergekommen?«

»Sie stand plötzlich vor meinem Bett.«

»Besaß sie einen Wohnungsschlüssel?«

»Ich lebe in einer Studenten-WG. Einer meiner Kumpel hat sie reingelassen.«

»Und das war es dann«, vollendete Pia. »Sie hat Ihnen den Fehltritt nicht verziehen und Sie zum Teufel gejagt.«

»So ungefähr.«

»Damit konnten Sie sich nicht abfinden.«

»Natürlich nicht. Ich wollte für immer mit ihr zusammen sein, irgendwann eine Familie gründen …«

»Davon wollte sie nach dieser Nacht nichts mehr wissen«, übernahm Hannes und schlug die vor ihm liegende Akte auf. »Laut der Verbindungsdaten Ihres Mobiltelefons haben Sie Sandra Helmke in den letzten vier Wochen 57-mal angerufen und ihr 84 Nachrichten geschickt.«

»Kann sein.«

»Sie haben sie jedes Mal angefleht, Ihnen noch eine Chance zu geben, aber sie ließ sich nicht erweichen.«

»Ich habe alles versucht, aber sie wollte mich nicht mehr.«

Pia fixierte ihn scharf, ihre Stimme wurde hart.

»Als Sie erfuhren, dass sie jemanden kennengelernt hat, sind Sie ausgerastet! Rasend vor Eifersucht sind Sie zu ihr gefahren und haben sie zur Rede gestellt! Es kam zu einem heftigen Streit! Sie haben die Kontrolle verloren, nach dem erstbesten Gegenstand gegriffen und damit zugeschlagen!«

»Das stimmt nicht! Ich könnte ihr nie was antun. Ich habe sie geliebt!«

»Sie konnten es nicht ertragen, dass sie sich einem anderen zugewandt hat. Deshalb musste sie sterben.«

»Nein!«

KAPITEL 19

Zeitig an diesem Morgen erreichte Charlotte ein Anruf von Julia Jacobs, die ihr mitteilte, dass ihr Besuchsantrag abgelehnt worden sei.

»Mit welcher Begründung?«

»Normalerweise werden Besuche durch Angehörige und nahestehende Personen grundsätzlich genehmigt. Es sei denn, dies würde eine Gefährdung für das Verfahren bedeuten.«

»Demnach sieht jemand eine Gefahr in mir? Warum?«

»Von einer Gefährdung wird ausgegangen, wenn der Besucher beispielsweise Mitbeschuldigter oder Zeuge im Ermittlungsverfahren ist. Wahrscheinlich betrachtet Sie der Staatsanwalt als wichtige Zeugin.«

»Wofür?«

»Vielleicht für Philipps Rückkehr nach Hause am Tag des Mordes.«

»Dafür gibt es vier weitere Zeugen. Außerdem kann ich als Philipps Lebensgefährtin von meinem Zeugnisverweigerungsrecht Gebrauch machen.«

»Sie kennen sich gut aus.« Das klang anerkennend. »Möglicherweise wird Fink Sie zu anderen Punkten befragen wollen. Deshalb möchte er natürlich vermeiden, dass Sie sich vorher mit Philipp absprechen können. Das würde Verdunklungsgefahr bedeuten. Der Staatsanwalt will verhindern, dass Sie in Philipps Auftrag Beweismittel vernichten oder auf Zeugen unlauter einwirken können.«

»Das alles leuchtet mir nicht ein. Ich glaube eher, dass Fink mir eins auswischen will, weil ich es gewagt habe, ihm zu widersprechen. Aber so leicht gebe ich mich nicht geschlagen. Darf ich Sie bitten, noch einen Besuchsantrag für mich zu stellen?«

»Damit habe ich gerechnet. Deshalb habe ich ihn bereits vorbereitet.«

»Danke.«

Beim Frühstück tauchte die Frage auf, wann Charlotte zur JVA fahren würde, um Philipp zu besuchen. Daraufhin erzählte sie den Freunden vom Anruf der Anwältin.

»Jetzt muss ich erst mal abwarten. Wenn der zweite Antrag abgelehnt wird, fahre ich hin und rede selbst mit dem Richter.«

»Wie oft darf überhaupt jemand zu ihm?«, fragte Elisabeth. »Oder gibt es da keine Beschränkungen?«

»Das habe ich vorhin recherchiert. Normalerweise dürfte er im Monat vier Stunden Besuch bekommen. Jeweils mindestens eine halbe Stunde. Falls der zuständige Richter nicht etwas anderes bestimmt.«

»Nur vier Stunden? Das ist wenig, wenn man bedenkt, wie einsam er sich hinter Gittern fühlen muss.«

»Wir sind immerhin zu fünft«, meinte Conrad lapidar. »Jeder von uns könnte einen Besuchsantrag stellen – für 30 Minuten. Dazu seine Schwester und sein Schwager. Damit könnten wir ein paar Tage überbrücken. Wenn seine Anwältin einen ordentlichen Job macht, sollte Philipp ohnehin spätestens Ende der Woche wieder bei uns sein.«

Marlene Biber saß in ihrem kleinen Büro im Verlagsgebäude im Stadtteil Bemerode am Schreibtisch. Vor ihr lag eine Einladung für Medienvertreter zu einer gemeinsamen Pressekonferenz der Staatsanwaltschaft Hannover und der Hannoverschen Polizei, die im Polizeipräsidium stattfinden sollte. Angeblich gab es neue Erkenntnisse im Mordfall Sandra H., die bereits zu einer Festnahme geführt hatten. Über die Verhaftung hatten die Zeitungen zwar berichtet, aber Einzelheiten waren von den Ermittlern bislang nicht an die Öffentlichkeit weitergegeben worden. Das sollte sich heute offenbar ändern. Da inhaltliche Auskünfte vorab nicht erteilt wurden, musste die HAZ-Redakteurin dorthin fahren.

Bei ihrer Ankunft waren zahlreiche Kollegen vor Ort: Fotografen, Journalisten, Kameraleute verschiedener Fernsehsender.

Marlene ergatterte einen Platz in der ersten Reihe neben Peter Schulze, einem Kollegen von der Boulevardzeitung mit den vier Großbuchstaben. Ein angenehmer Mann, den sie von früheren Veranstaltungen dieser Art kannte.

»Hallo, Peter.«

Merklich erfreut musterte er sie.

»Schön, dich zu sehen. Bist du auch gespannt auf die Neuigkeiten, obwohl es auf der Hand liegt, wer in den bisherigen Meldungen mit Professor T. gemeint ist? Möglicherweise hat er inzwischen ein Geständnis abgelegt.«

»Das glaube ich nicht.«

»Warum nicht?«

»Denk mal nach. Professor Thaler ist gar nicht der Typ für Gewaltanwendung.«

»Kennst du ihn so gut? Jeder rastet mal aus.«

»Na klar«, spottete sie. »Und jemand, der mit Polizeiarbeit vertraut ist, hinterlässt so eindeutige Spuren, dass man ihn nach ein paar Tagen verhaftet? Das passt nicht zusammen.«

Da einige Herren unter Blitzlichtgewitter hereinkamen und sich vorn an die vorbereiteten langen Tische setzten, konzentrierte sich die Journalistin auf das Geschehen vor ihr.

Auf der linken Seite entdeckte sie den Leiter der Mordkommission Hauptkommissar Hannes Bremer, der ihr kurz zunickte, bevor seine Augen weiterschweiften. Rechts von ihm nahm ein kleinerer Mann Platz. Auf dem Namensschild vor ihm war zu lesen, dass es sich bei ihm um Ansgar Roderick Fink von der Staatsanwaltschaft Hannover handelte. Direkt daneben saß Benno Winkler, der Chef der Kriminaltechnik, den Marlene erst kürzlich in Aktion erlebt hatte. Vor den Männern waren zahlreiche Mikrofone verschiedener Sender aufgebaut. Ein Gewirr aus Kabeln hing von der Tischkante herab.

»Nachdem wir tagelang mit Hochdruck nach dem Täter gesucht haben, können wir Ihnen heute einen Durchbruch in unseren Ermittlungen mitteilen«, sagte der Staatsanwalt nach der Begrüßung. »Seit Montagmittag befindet sich ein Mann in Gewahrsam, der im dringenden Verdacht steht, das Tötungsdelikt zum Nachteil der 23-jährigen Sandra H. begangen zu haben. Die Studentin wurde am letzten Mittwoch, also vor sechs Tagen, in ihrer Wohnung in Hannover tot aufgefunden. Die Obduktion der jungen Frau hat ergeben, dass sie Opfer eines Gewaltverbrechens wurde.«

Durch einen Blick gab er das Wort an Benno Winkler weiter.

»Am Fundort der Leiche wurden durch die Kriminaltechnik Spurensicherungsmaßnahmen durchgeführt. Es stellte sich schnell eine komplexe Spurenlage heraus. Als Folge wurde eine Vielzahl von Sachbeweisen im Kriminaltechnischen Institut analysiert und inzwischen abschließend ausgewertet. So wurde beispielsweise mutmaßliche Täter-DNA an der Kleidung des Opfers gefunden. Aus einem sichergestellten Haar konnte DNA aus der Haarwurzel extrahiert werden.«

Fink nickte und übernahm die weiteren Ausführungen.

»Auf Grundlage eines von der hannoverschen Staatsanwaltschaft beim Amtsgericht Hannover erwirkten Beschlusses wurde vom Tatverdächtigen eine DNA-Probe erhoben. Diese DNA stimmt mit den DNA-Spuren überein, die am Leichenfundort gesichert wurden und dem mutmaßlichen Täter zugeordnet werden konnten. Wegen des schweren Tatverdachts des Mordes wurde der Tatverdächtige gestern in Untersuchungshaft genommen. Es handelt sich um einen 66-jährigen Deutschen.«

»Wusste ich es doch«, flüsterte Peter Schulze der Kollegin zu, wobei er sich etwas zu ihr hinüberbeugte. »Jeder ist fähig, einen Mord zu begehen.«

Marlene war nicht davon überzeugt. Da die Journalisten nun Fragen stellen durften, machte sie sich weiterhin Notizen.

»Was sagt der Tatverdächtige zu den Beschuldigungen?«, wollte ein Reporter vom Staatsanwalt wissen. »Rechnen Sie mit einem Geständnis?«

»Bislang hat der mutmaßliche Täter die Tat nicht eingeräumt. Aufgrund der eindeutigen Beweislage gehe ich aber davon aus, dass er bald geständig sein wird.«

»Was war das Motiv des Täters?«

»Zum Motiv können wir derzeit nichts sagen.«

Ein anderer Journalist wandte sich an den Chef der Kriminaltechnik:

»Haben sich bei der Hausdurchsuchung Hinweise auf die Tat ergeben? Wie genau wurde die Studentin ermordet?«

»Die beschlagnahmten Gegenstände werden derzeit ausgewertet. Deshalb kann ich dazu keine konkrete Aussage machen.«

Gegen Ende der Pressekonferenz meldete sich die HAZ-Redakteurin zu Wort, wobei sie den Hauptkommissar anschaute.

»Herr Bremer, Sie haben in der Vergangenheit gelegentlich mit dem Beschuldigten zusammengearbeitet. Was ist das für ein Gefühl, diesmal gegen ihn zu ermitteln?«

Mit unbewegter Miene erwiderte er ihren Blick.

»Dazu möchte ich mich nicht äußern.«

»Hätten Sie ihm jemals einen Mord zugetraut?«

»Kein Kommentar.«

KAPITEL 20

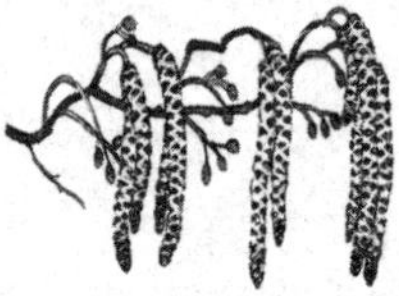

Die Freundinnen saßen am Nachmittag im Stiftungsbüro. Während Charlotte die ausgedruckten Listen mit den Nachrichten des Stalkers studierte, beschäftigte sich Anneliese mit der eingegangenen Stiftungspost. Nach einer Weile legte sie die Briefe beiseite.

»Bist du auf irgendwas gestoßen?«

»Eine SMS … vom ersten Tag.«

»Welche?«

»*Warum schläfst du nicht*?« Abermals überprüfte Charlotte die Uhrzeit. »Sie ist nachts um kurz vor zwei angekommen.«

»Ist das so ungewöhnlich? Vielleicht hat der Stalker Schlafstörungen.«

»Fällt dir kein anderer Grund ein?«

Nachdenklich krauste die Strick-Liesel die Stirn.

»Hilf mir bitte mal auf die Sprünge.«

»Wieso weiß der Stalker, dass Philipp nicht schläft?«

»Weil … Weil in seinem Schlafzimmer Licht eingeschaltet ist?«

»Woher hat er diese Info?«

»Er steht draußen vor dem Tor und beobachtet das Haus.«

»Gut möglich.«

»Viel kann er von dort aber nicht sehen.«

»Lichtschein ist im Dunkeln von Weitem erkennbar.«

»Stimmt«, gab Anneliese ihr recht. »Aber woher weiß er, welches Fenster zu Philipps Schlafzimmer gehört?«

»Vielleicht war er mal im Haus oder auf dem Grundstück. Oder er steht öfter irgendwo da draußen mit einem Fernglas und hat Philipp abends an seinem Schlafzimmerfenster gesehen.«

»Hilft uns das weiter?«

»Erst mal nicht.« Betrübt lehnte sich Charlotte zurück. »Andere Auffälligkeiten habe ich leider nicht entdeckt.«

»Was für welche hätten das denn sein können?«

»Beispielsweise, ob der Stalker die Nachrichten immer zu den gleichen Zeiten verschickt hat.«

»Und wenn? Was könnte man daraus schließen?«

»Eventuell bekäme man durch so ein Muster Einblick in seinen Tagesablauf.« Als Anneliese sie nur ratlos anschaute, beugte sich Charlotte zu ihr hinüber. »Angenommen, er verschickt die Nachrichten nur morgens vor 8 Uhr und abends ab 19 Uhr. Das würde darauf hinweisen, dass er in der Zeit dazwischen arbeitet und dabei Kollegen in der Nähe sind, sodass er sein Handy nicht unbeobachtet benutzen kann. Würde ein anonymer Anruf, eine Mail oder SMS zusätzlich nur in der Mittagszeit eintreffen, deutet das auf eine Arbeitspause hin.«

»Und wenn die Nachrichten zu völlig verschiedenen Tages- und Nachtzeiten eintrudeln?«

»Möglicherweise könnte das bedeuten, dass der Absender arbeitslos ist – oder ein Ruheständler.«

»Oder jemand mit einem Haufen Kohle, für den Arbeit ein Fremdwort ist.«

»Richtig. Auf diese Weise kann man die vorhandenen Infos mit den Lebensumständen des Tatverdächtigen abgleichen.«

»Wir haben aber keinen Tatverdächtigen.«

»Eben. Deshalb müssen wir woanders ansetzen. Möglicherweise hat der Stalker tatsächlich nichts mit dem Mord zu tun. Vielleicht sollte ich mir mal Sandras Umfeld vornehmen. Außerdem will ich wissen, was in den Ermittlungsakten steht. Mit etwas Glück stoße ich auf einen Hinweis, der uns weiterbringt.« Entschlossen erhob sie sich. »Ich fahre zu Frau Jacobs.«

Bevor sie diese Absicht in die Tat umsetzte, rief sie in der Kanzlei an, um zu hören, ob der Rechtsanwältin ein Besuch recht sei.

Eine halbe Stunde später erreichte Charlotte in ihrem Golf den Messeschnellweg. Um sich den in den Verkehrsnachrichten gemeldeten Stau am Pferdeturm zu ersparen, wechselte sie rechtzeitig auf den Bischofsholer Damm und fuhr stetig geradeaus bis ins Zooviertel, Hannovers exklusivstem Stadtteil. Sie fand einen Stellplatz in der noch nicht umbenannten Hindenburgstraße quer zu der ersten Baumreihe des nördlichsten Teils der Eilenriede. Die wenigen Schritte bis in die Nebenstraße legte Charlotte zu Fuß zurück. Vor Hausnummer 7 blieb sie stehen. Eine dichte mannshohe Kirschlorbeerhecke schirmte das Grundstück vor neugierigen Blicken ab. An einem der Betonpfeiler der Pforte wies ein schlichtes Messingschild auf die Kanzlei hin. Charlotte drückte den Klingelknopf, worauf sich eine weibliche Stimme über die Gegensprechanlage meldete.

»Ja, bitte?«

»Charlotte Stern. Ich habe einen Termin bei Frau Dr. Jacobs.«

»Kommen Sie bitte herein.«

Der Summer ertönte und gab den Weg zur dreistöckigen weißen Gründerzeitvilla frei. Einige Treppenstufen führten hinauf zur Eingangstür, wo Charlotte von einer jungen Frau erwartet wurde, die sie zum Empfangsbereich führte und um einen Moment Geduld bat. Nachdem sie auf einem der beiden cremefarbenen Ledersofas Platz genommen hatte, schaute sich die Besucherin interessiert um. Durch die drei hohen Fenster des halbrunden Erkers floss viel Licht in den großzügigen Raum. Zwei Blumenkübel mit üppigen Grünpflanzen bildeten den einzigen Farbkontrast zur hellen Möblierung. Sogar der riesige Kronleuchter erstrahlte in unschuldigem Weiß.

Nach wenigen Minuten Wartezeit wurde Charlotte in das Arbeitszimmer der Rechtsanwältin geführt. Frau Dr. Jacobs kam ihr entgegen und reichte ihr die Hand, bevor sie in Richtung ihres Schreibtisches deutete, vor dem zwei Besuchersessel standen.

»Bitte setzen Sie sich, Frau Stern.«

Beide nahmen Platz, der Arbeitstisch zwischen ihnen. Nachdem Charlotte den angebotenen Kaffee abgelehnt hatte, kam die Rechtsanwältin auf den Grund des Besuchs zu sprechen.

»Sie sagten am Telefon, dass Sie mit der Suche nach dem Stalker nicht weiterkommen.«

Charlotte berichtete von ihren Schlussfolgerungen und dass sie im Grunde kaum etwas herausgefunden hatte.

»Vielleicht hätte ich nicht davon ausgehen sollen, dass der Stalker mit dem Mörder von Sandra identisch ist.«

»Das liegt aber nahe.«

»Deshalb muss es nicht stimmen.«

»Genau wie im Mordfall Sandra Helmke. Aufgrund der Indizien scheint Philipp zweifelsfrei der Täter zu sein. Trotzdem ist das ein Trugschluss.«

In banger Erwartung blickte Charlotte ihr Gegenüber an. »Ist die Aktenlage so niederschmetternd?«

»Bislang habe ich leider gar nichts, womit ich Philipps Unschuld beweisen könnte.« Sie griff nach einem prall gefüllten Aktendeckel und schob ihn über die Schreibtischplatte zu Charlotte hinüber. »Jetzt sind Sie dran. Meine Angestellte hat alles, was wir haben, digitalisiert und für Sie ausgedruckt.«

»Danke, ich werde mich zu Hause gleich damit beschäftigen.« Sie beneidete die Anwältin darum, dass sie ihre Mandanten jederzeit in der JVA besuchen durfte. »Fahren Sie heute zu Philipp?«

»Wahrscheinlich gegen Abend.«

»Darf ich fragen, wie lange Sie sich kennen?«

»Lange«, erwiderte die Rechtsanwältin und lehnte sich lächelnd zurück. »Er und der Cousin meines Vaters waren Jugendfreunde. Dadurch kannte ich ihn zunächst nur vom Hörensagen. Manchmal hat mein Onkel seine Schwester damit aufgezogen, dass sie als junges Mädchen unsterblich in Philipp verknallt war. Meine Tante war damals ein Teenager und untröstlich, dass sich ein junger Mann von Anfang 20 nicht für eine Fünfzehnjährige interessierte. Es hat ihr das Herz gebrochen, als er später geheiratet hat.«

»Hoffentlich ist sie bald über ihren Kummer hinweggekommen.«

»Sie hat sich ein paar Jahre später selbst getraut. Inzwischen ist sie verwitwet und bewohnt hier im Haus mit Hildegard die erste Etage.«

»Ist das ihre Tochter?«

»Nein, ihr Dackel.«

Unwillkürlich musste Charlotte lachen.

»Man gewöhnt sich an diesen ungewöhnlichen Hundenamen«, kommentierte Julia Jacobs sichtlich amüsiert. »Übrigens habe ich Philipp vor einigen Jahren näher kennengelernt. Ich hatte ihn engagiert, um ein Gutachten über einen Mandanten zu erstellen. Damals haben wir uns angefreundet und seitdem immer mal zusammengearbeitet.«

Sie erörterten noch einige juristische Dinge. Danach verabschiedete sich Charlotte mit der Bitte, Philipp ganz herzlich von ihr und ihren Mitbewohnern zu grüßen.

Beim Verlassen der imposanten Villa kam ein Kurzhaardackel um das Haus herumgeflitzt. Hildegard, dachte Charlotte, als der Hund an ihr vorbei in den Vorgarten lief. Eine brünette Frau, die einen eleganten hellen Mantel trug, folgte dem Hund. Sie war etwas rundlich und schätzungsweise Ende 50. Vermutlich die Tante. Als sie die Besucherin bemerkte, blieb sie in einiger Entfernung stehen und musterte sie. Charlotte nickte ihr freundlich zu und setzte ihren Weg fort. Den interessierten Blick in ihrem Rücken spürte sie noch, als sie das Grundstück verließ.

Mit ihrem Mantel über dem Arm betrat Maja-Maria Neuhaus in der Kanzlei das Arbeitszimmer ihrer Nichte und blieb vor dem Schreibtisch stehen.

»Wer war denn die Dame?«

Vorwurfsvoll schaute Julia sie an.

»Tantchen …«

»Nenn mich nicht immer *Tantchen*.«

»Muss ich dich daran erinnern, dass ich nicht über meine Besucher sprechen darf?«

»Ist sie denn eine Klientin? Oder nur eine Angehörige?«

»Warum interessiert dich das?«

Ihre Tante zuckte die Schultern.

»Ich nehme an, dass du dich voll und ganz auf dein neues Mandat konzentrieren musst. Da wirst du kaum Zeit haben, nebenbei einen anderen Fall zu bearbeiten.«

»Wovon sprichst du?«

»Dreimal darfst du raten«, lautete die etwas ungehaltene Antwort. »Philipp Thaler hat dich engagiert, damit du ihn verteidigst. Jedenfalls wäre er schön dumm, wenn er es nicht getan hätte. Er braucht die Beste – und das bist du.«

»Was du nicht alles weißt.«

»Und? Habe ich recht?«

»Kein Kommentar.«

»Es stimmt also. Dieser Fall wird eine Menge Aufsehen erregen. Immerhin zählen die Thalers zur Prominenz der Stadt.«

Julia ergriff die Gelegenheit und drehte den Spieß um.

»Wieso hattest du eigentlich all die Jahre keinen Kontakt zu Philipp?«

»Wir haben uns damals nach seiner Heirat aus den Augen verloren. Außerdem war er nicht mein Freund, sondern der meines Bruders. Ich bin Philipp erst bei der Beisetzung von Regina und Arthur vor fünf Jahren wiederbegegnet.«

»Hätte das nicht der Anfang einer wunderbaren Freundschaft werden können? Du warst verwitwet, er geschieden. Warum hast du diese Chance nicht genutzt? Er ist immer noch ein fescher Mann.«

Ein versonnenes Lächeln huschte über ihr Gesicht.

»Ja, das ist er tatsächlich.« Unwillig winkte sie ab. »Wir haben damals nur kurz miteinander gesprochen. Ich habe vorgeschlagen, dass wir uns mal auf einen Kaffee treffen könnten. Wahrscheinlich hat er nur aus Höflichkeit zugestimmt. Jedenfalls hat er sich nie gemeldet.«

»Warum hast du ihn nicht einfach angerufen?«

»Ich laufe bestimmt keinem Mann hinterher, den ich ungefähr 40 Jahre nicht gesehen habe – und über den ich so gut wie nichts weiß. Ab und zu stand was über ihn in der Zeitung. Das hatte aber ausschließlich mit seinem Beruf zu tun. Und du hast nie viel von ihm erzählt, obwohl ihr euch angefreundet hattet.« Ihre Augen waren mit fragendem Blick auf ihre Nichte gerichtet. »Hat der Herr Professor eigentlich nie versucht, bei dir zu landen?«

»Philipp hat sich mir gegenüber stets als Gentleman verhalten.«

»Wahrscheinlich hat er eine Freundin, oder?« Sie deutete zur Tür. »War sie das eben? Groß, schlank, gut aussehend. Würde zu ihm passen.«

»Du kannst es einfach nicht lassen.« Julia erhob sich, nahm einige Papiere vom Tisch und steckte sie in ihre Aktentasche. »Ich habe gleich einen Termin. Wir sehen uns später, Tantchen.«

»Grüß Philipp von mir.«

Niedergeschlagen saß Philipp auf der Matratze und schaute sich um. Seine Zelle umfasste ungefähr zehn Quadratmeter. Außer einem Bett, einem Stuhl und einem kleinen Tisch zählte ein Wandregal zur Ausstattung. Sonst nichts. Ein winziger Sanitärbereich mit WC und Waschbecken verbarg sich hinter einer schmalen Tür.

Das Geschehen der letzten Tage erschien Philipp unwirklich: seine Festnahme, die Vorführung beim Haftrichter und die Überstellung in die Justizvollzugsanstalt. Er hatte Fragen zu seiner Person beantworten und seine Taschen leeren müssen. Außerdem wurde er einer Aufnahmeuntersuchung unterzogen. Das Tragen seiner eigenen Kleidung hatte man ihm gestattet. Seine Habseligkeiten waren aufgelistet und einbehalten worden. Nur ein Foto aus seiner Brieftasche hatte man ihm großzügig gelassen. Es zeigte Charlotte im herbstlichen Georgengarten. Sie lehnte am reich verzierten Geländer der Augustenbrücke und lächelte dem Fotografen liebevoll zu. Philipp hatte das Bild vor wenigen Wochen bei einem Spaziergang mit seinen WG-lern aufgenommen. Zuvor hatte er sein Sternchen zu dem umstrickten Pfahl mit dem Schild ›Liebespaare bitte hier küssen‹ geführt und war dieser Aufforderung sofort gefolgt.

Er streckte die Hand aus und griff nach dem Foto, das neben der Hausordnung auf dem Tisch lag. Gedankenverloren betrachtete er die Frau, die er liebte. Er erinnerte sich genau an ihre erste Begegnung in der Seniorenresidenz Eichengrund. Sandra hatte ihn dort besucht, sodass er sich zur Kaffeerunde verspätet hatte. Als er aus dem Park über die Veranda in den Wintergarten kam, war sein Blick auf die reizende Unbekannte gefallen. Ihr schlagfertiger Humor hatte ihn genauso beeindruckt wie ihre klugen Bemerkungen. Nach wenigen Tagen war es bereits um ihn geschehen gewesen. Dennoch hatte es etwa ein halbes Jahr gedauert, bis Charlotte sich ihre Gefühle für ihn eingestanden hatte und sie ein Paar wurden. Seitdem hatten sie einige dramatische Situationen zusammen durchgestanden, wodurch ihre Verbundenheit enger wurde. Er durfte gar nicht daran denken, was passieren würde, wenn es nicht gelang, Beweise für seine Unschuld zu finden.

Ständig fragte er sich, wer ihn so sehr hassen könnte, um ihm einen Mord anzuhängen. Dafür würde er mindestens 15 Jahre hinter Gitter wandern. Frühestens mit Anfang 80 könnte er auf Bewährung hoffen. Dann wäre er ein alter Mann. Wenn es wirklich so weit käme, würde Charlotte zu ihm halten. Dessen war er sich sicher. Deshalb musste er im Falle einer Verurteilung einen Grund finden, sich von ihr zu trennen. Unmöglich konnte er ihr zumuten, jahrelang auf ihn zu warten. Das war kein Leben für sie. Sie hatte etwas Besseres verdient.

Ehe Philipp weiter darüber nachdenken konnte, wurde die Zellentür aufgeschlossen. Ein Justizvollzugsbeamter blieb an der Schwelle stehen.

»Sie haben Besuch von Ihrer Anwältin.«

Der Untersuchungshäftling steckte das Foto in die Jackentasche und folgte dem Mann. Sie passierten einige Sicherheitstüren, bis sie in den Besprechungsraum gelangten.

Die Juristin saß bereits am Tisch. Philipp setzte sich ihr gegenüber.

»Hallo, Julia.«

Sie musterte ihn besorgt. Er wirkte müde und war unrasiert.

»Du siehst schrecklich aus.«

»Als meine Anwältin solltest du mich eigentlich aufbauen.«

»Entschuldige.«

»Schon gut. Ich habe mein Äußeres nur meinem inneren Zustand angepasst.« Aufmerksam schaute er sie an. »Bringst du Neuigkeiten?«

Sie öffnete ihre Tasche und entnahm einige Unterlagen. In der nächsten Stunde sprachen sie über einzelne Ermittlungsergebnisse von Polizei und Staatsanwaltschaft. Die Rechtsanwältin notierte sich Philipps Stellungnahme zu den verschiedenen Punkten.

»Siehst du eine Möglichkeit, mich bald hier rauszuholen?«

Bedauernd erwiderte sie seinen erwartungsvollen Blick.

»Ganz so schnell geht das leider nicht. Wir brauchen etwas Handfestes, das dich entlastet. Vorher möchte ich nur ungern eine mündliche Haftprüfung beantragen. Frau Stern war heute bei mir in der Kanzlei. Ihre Spürnase wird uns hoffentlich weiterhelfen.«

»Wenn sie es nicht schafft, kann ich mir gleich einen Strick nehmen.«

Eindringlich schaute sie ihn an.

»So was darfst du nicht sagen! Zusammen finden wir einen Weg, deine Unschuld zu beweisen.«

Philipps Augen konzentrierten sich auf das vergitterte Fenster.

»Warum lernt man seine Freiheit erst schätzen, wenn man Gefahr läuft, sie für Jahre zu verlieren?«

»So weit ist es noch lange nicht. Deine Charlotte liebt dich. Sie wird nichts unversucht lassen, deine Unschuld zu beweisen.«

»Ich weiß.« Er bemühte sich, die düsteren Gedanken abzuschütteln. »Sie fehlt mir.«

»Wenn ihr Besuchsantrag erneut abgelehnt wird, lege ich Beschwerde ein.«

*

Irgendwo in Hannover klingelte spätabends ein Telefon.

»Läuft alles nach Plan?«

»Sieht so aus.«

»Er hat eine gute Anwältin. Könnte die ein Problem werden?«

»Sie hat nichts in der Hand, was ihn entlasten könnte.«

»Und wenn doch?«

»Dann hätte sie längst einen Antrag auf Haftprüfung gestellt.«

»Ich traue dem Frieden nicht. Wir sind so nah dran. Ich will keine Überraschung erleben. Es kann nicht schaden, ihren Computer zu checken – und ihr Telefon.«

»Das ist zu gefährlich. Wenn das rauskommt …«

»Vergiss nicht, dass ich genial bin. Bislang hat nie einer gemerkt, wenn ich ihn gehackt habe.«

»Als Anwältin hat die bestimmt ein teures Sicherheitssystem.«

»Und wenn schon. Das knacke ich im Schlaf.«

»Warte trotzdem damit. Wir sollten unseren Trumpf vorsichtshalber nicht zu früh ausspielen.«

KAPITEL 21

Charlotte saß im Stiftungsbüro. Vor ihr auf dem Besprechungstisch lag die Ermittlungsakte. Konzentriert las sie Seite um Seite. Bald wurde ihr klar, dass die Indizien erdrückend waren. Wenn es sich um einen fremden Tatverdächtigen handeln würde, hätte sie keinen Zweifel an dessen Schuld. Hier betraf es jedoch den Mann, den sie liebte. Den Mann, der beständig für seine Mitmenschen da war. Nicht nur einmal hatte sie mit angesehen, dass er unermüdlich bis an den Rand der eigenen Erschöpfung half, wo es nötig war. Dabei blieb er stets ruhig und ausgeglichen. Aggressiv hatte sie ihn nie erlebt. Das würde ohnehin nicht zu seinem Wesen passen. Philipp genoss außerdem einen guten Ruf und war beliebt. Charlotte drängte sich die Frage auf, weshalb es anscheinend dennoch jemanden gab, der ihn so sehr hasste, dass er ihn zerstören wollte. Der nicht davor zurückschreckte, einen Mord zu begehen. Damit aber nicht genug. Der eiskalte Anschlag auf Sophia ging gewiss ebenfalls auf das Konto dieses Verbrechers.

Unwillkürlich fragte sie sich wieder, ob es sich bei dem Täter nicht doch um den Stalker handeln könnte. Oder war es Zufall, dass sich all das in so kurzem zeitlichem Abstand ereignet hatte? Zuerst waren es Mails, anonyme Anrufe und Handynachrichten. Nicht zu vergessen: die tote Ratte.

Wenige Tage später gipfelten die Ereignisse im Mord an Sandra und dem Attentat auf Philipps Schwester. Warum sollte der Stalker plötzlich Ruhe geben, während unabhängig von ihm ein anderer Jagd auf Menschen machte, die Philipp viel bedeuteten? Das ergab keinen Sinn. Oder doch? Je länger sie darüber nachdachte, umso mehr gelangte sie zu der Überzeugung, dass ein und dieselbe Person dahinterstecken musste.

Mit dieser Vermutung widmete sie sich der Ermittlungsakte.

Erst als Anneliese hereinkam, blickte Charlotte auf. Die Freundin blieb am Tisch stehen und deutete auf die Unterlagen.

»Wie sieht es aus?«

»Frag mich lieber nicht.«

»So schlimm?«

»Schlimmer.«

Betroffen setzte sich die Strick-Liesel.

»Was spricht konkret aus Sicht der Polizei dafür, dass nur Philipp der Mörder von Sandra sein könnte? – Außer seinen Fingerabdrücken in ihrer Wohnung und den DNA-Spuren an der Bluse, von denen Herr Bremer neulich gesprochen hat?«

»Sie haben ein Haar von Philipp an der Leiche gefunden. Außerdem wurde der Polizei ein Foto zugespielt …« Charlotte zog es zwischen den Seiten hervor und schob es zu Anneliese hinüber. Es zeigte Philipp in inniger Umarmung mit der Studentin.

»Na und?« Anneliese konnte daran nichts Ungewöhnliches entdecken. »Sie war sein Patenkind. Da umarmt man sich schon mal. Bei dieser Gelegenheit könnte ein Haar von ihm an ihr hängen geblieben sein.«

»Wahrscheinlich war das so, aber der kleine Staatsanwalt mit dem großen Ego interpretiert das leider anders. Er geht davon aus, dass Philipp ein Verhältnis mit Sandra hatte.«

»Der hat nicht alle Nadeln an der Tanne.« Mit zwei Fingern bugsierte sie das Foto zu Charlotte zurück. »Was haben die sonst noch gegen Philipp in der Hand?«

»Sie behaupten, dass er von keiner Verkehrskamera erfasst wurde, weil er auf dem Rückweg entgegen seiner Angaben den Messeschnellweg genommen hat.«

»Soll heißen?«

»Der Weg durch die Stadt dauert erheblich länger – noch dazu bei Starkregen. Sollte er den Schnellweg genommen haben, wäre er trotz des Unwetters nicht so lange unterwegs gewesen. In der dadurch gewonnenen Zeit hätte er den Mord begehen können. Diese angenommene Viertelstunde fehlt ihm bei seinem Alibi.«

»Aber sie können nicht beweisen, dass er die Unwahrheit gesagt hat.« Fragend schaute sie die Freundin an. »Spricht sonst noch was gegen ihn?«

»Sie haben seine Kontobewegungen geprüft. Von einem seiner Konten hat er Sandra Anfang Oktober 500 Euro überwiesen. Anscheinend nicht das erste Mal. Der Staatsanwalt geht davon aus, dass er ihr öfter was zukommen ließ – als Gegenleistung für Liebesdienste.«

»Als ob Philipp das nötig hätte«, empörte sich die Strick-Liesel. »Ein Mann wie er hat Chancen ohne Ende. Davon kann dieser farblose Vogel nur träumen.« Sie griff nach einer der kleinen Wasserflaschen, die auf einem Tablett standen, und schraubte sie auf. »Wie hat Philipp das denn erklärt?«

»Bislang gar nicht. An dieser Stelle hat er die Aussage verweigert.«

»Warum?«

Charlotte zuckte die Schultern.

»Möglicherweise wollte er ohne seine Anwältin keine Fragen mehr beantworten.«

»Weil er sich sonst selbst belastet hätte?«

Charlotte hob abermals die Schultern, ließ sie niedergeschlagen sinken. Sie wusste nicht, was sie davon halten sollte, dass Philipp ausgerechnet an dieser Stelle des Verhörs dichtgemacht hatte. Sie wollte keine weiteren Vermutungen darüber anstellen. Philipp würde es erklären können.

Da der Klingelton ihres Handys ertönte, griff sie nach dem Telefon. Im Display erschien als Anrufer der Name des Internats. Alarmiert nahm sie das Gespräch an. War Anton etwas zugestoßen?

»Stern.«

»Brandt«, gab sich die Internatssekretärin zu erkennen. »Hoffentlich störe ich nicht.«

»Kein Problem, Ingrid. Rufen Sie wegen Anton an? Ist er krank?«

»Das nicht, aber ... Charlotte, ich soll Sie darüber informieren, dass er sich heute mit einem Achtklässler geprügelt hat und ...«

»Was?« Bislang hatte sich ihr Pflegesohn niemals gewalttätig verhalten. »Wie konnte das passieren?«

»Der Schüler hat ihn wohl damit gepiesackt, dass sein Pflegevater ein Mörder ist. Leider hat es sich bis zu uns rumgesprochen, was mit der Studentin passiert ist. Die Zeitungen sind ja heute voll davon. Einige Kinder haben erzählt, dass Anton den Professor zuerst nur mit Worten verteidigt hat, aber als der andere Junge nicht lockerließ und ausfallend wurde, ist er auf ihn losgegangen. Die beiden haben sich so lange geprügelt, bis Sportlehrer Kramer die Streithähne getrennt hat.«

Charlotte warf Anneliese einen fassungslosen Blick zu.

»Ist Anton verletzt?«

»Er ist mit ein paar blauen Flecken davongekommen – und musste sich eine Standpauke bei der Internatsleitung abholen.«

»Zu Recht. Er muss lernen, Verantwortung für sein Verhalten zu übernehmen. Ich werde ihn nach dem Unterricht anrufen und mit ihm über den Vorfall sprechen.«

»Das geht nicht, weil … weil er nicht mehr hier ist.«

Unwillkürlich sprang Charlotte auf.

»Wie bitte? Was bedeutet das?«

Die Sekretärin berichtete, dass Dr. Peters dem Jungen gesagt hätte, er würde in Rabeneck keine Gewalt dulden – und dass die Schlägerei Konsequenzen haben würde. Laut Antons Mitbewohner hätte der Junge befürchtet, dass die Internatsleitung das Jugendamt informiert.

»Verstehe. – Haben Sie die Polizei eingeschaltet?«

»Die sucht bereits nach ihm.«

»Kann ich irgendetwas tun?«

»Wir sollen uns erst mal ruhig verhalten. Ich rufe Sie an, sobald es Neuigkeiten gibt.«

»Danke, Ingrid.«

»Eines sollen Sie wissen: Wir alle sind davon überzeugt, dass der Herr Professor unschuldig ist. Sagen Sie ihm das bitte, wenn Sie ihn sehen.«

»Mach ich. Bis bald.«

Charlotte beendete das Gespräch und legte das Telefon auf den Tisch zurück.

Die mitgehörten Gesprächsfetzen beunruhigten Anneliese, sodass sie wissen wollte, was genau passiert sei. Charlotte sank auf ihren Stuhl zurück und erzählte der Freundin, was sie von der Internatssekretärin erfahren hatte.

»Der arme Junge. Ich kann mir vorstellen, was in ihm vorgeht.«

»Seine Ängste sitzen immer noch tief«, sagte Charlotte. »Obwohl Philipp mit ihm als Fachmann daran arbeitet, das Trauma zu überwinden.«

»Es ist beeindruckend, das an den Wochenenden mitzuerleben, wenn Anton hier ist. Es wirkt nie wie eine Therapiestunde, wenn Philipp sich mit Anton beschäftigt. Und dass er sogar zum Internat fährt, um Zeit mit ihm zu verbringen, finde ich toll. – Obwohl ich nicht weiß, was die beiden dort machen.«

»Meistens streifen sie zusammen durch den Wald und reden. Philipp hat mir erzählt, wie wichtig es ist, Vertrauen aufzubauen – und dadurch bestenfalls Ängste abzubauen. So etwas dauert. Anscheinend ist Anton noch viel verunsicherter, als ich dachte.«

»Dir und Philipp vertraut er bestimmt – und uns anderen Gruftis inzwischen wohl auch. Mit der Zeit wird ihm bewusst, dass der Rest der Menschheit da draußen nicht gegen ihn ist.«

Da Hannes am Abend zuvor angerufen und sie gebeten hatte, ins Präsidium zu kommen, um ihre Aussage über Philipps Rückkehr am Mordabend zu Protokoll zu geben, war Charlotte im Auto Richtung Schützenplatz unterwegs. Unter einem der kahlen Bäume in der Waterloostraße fand sie einen Parkplatz.

Nachdem der Pförtner sie auf das Gelände gelassen hatte, betrat sie den Gebäudeteil, in dem das Büro des Hauptkommissars untergebracht war. Der diensthabende Beamte im Empfangsbereich begrüßte die Zeugin freundlich und meldete sie telefonisch beim Kollegen Bremer an. Es dauerte nicht lange, bis Hannes erschien, um Charlotte abzuholen. Mit dem Lift fuhren sie in die vierte Etage. Nach einer halben Stunde waren die Formalitäten erledigt.

Danach saßen sich die Freunde im Dienstzimmer des Polizisten gegenüber. Zunächst erzählte Charlotte, was im Internat passiert war.

»Diese Sache nimmt dich verständlicherweise zusätzlich mit, nicht wahr?«

»Was glaubst du wohl?«

»Ich kann mir vorstellen, wie dir zumute ist.«

Ein verzagter Blick traf ihn.

»Manchmal kommt leider alles zusammen. Eigentlich wollte ich mich ausschließlich mit der Suche nach Beweisen für Philipps Unschuld beschäftigen. Wie soll ich mich darauf konzentrieren, wenn ich mir Sorgen um den Jungen mache? Vor ein paar Tagen stand in der HAZ, dass landesweit mehr als 100 Kinder unter 14 Jahren vermisst werden. Anton ist ganz allein irgendwo da draußen in der Kälte, hat Angst und wahrscheinlich Hunger. Ich habe ein paar Mal versucht, ihn auf dem Handy zu erreichen, aber es kommt immer die Ansage, dass der Teilnehmer nicht erreichbar ist. Leider ist die Mailbox nicht aktiviert.«

»Entweder hat er das Handy nicht mitgenommen oder es ist ausgeschaltet«, überlegte Hannes. »Er könnte es genauso gut verloren haben oder es wurde ihm geklaut.« Entschlossen nahm er ein kleines Blatt aus dem Zettelkasten und griff zum Kugelschreiber. »Gib mir mal seine Handynummer. Ich muss nachher sowieso zur Kriminaltechnik.«

Charlotte verstand. Hannes würde Benno Winkler bitten, Antons Handy zu orten. Sie holte ihr Smartphone hervor und öffnete die Kontaktliste. Vom Display las sie die Nummer ihres Pflegesohns vor.

»Danke dir.«

»Wir melden uns sofort, wenn wir was wissen.«

»Habt ihr inzwischen irgendwas gefunden, das Philipp helfen könnte?«

Bedauernd schüttelte er den Kopf.

»Wir sind dran, aber ich habe das Gefühl, wir drehen uns ständig im Kreis. Bis gestern habe ich auf die Auswertung des Navis in seinem Mercedes gehofft.«

»Soviel ich weiß, ist das seit einer Weile kaputt. Philipp wollte es bei der nächsten Inspektion reparieren lassen.«

»Hätte er das früher gemacht, könnten wir vielleicht nachweisen, welche Strecke er von Sandra aus nach Hause gefahren ist, und ihn dadurch entlasten. Im Grunde spielt der Zufall dem Täter an dieser Stelle in die Hände.«

Daran hatte Charlotte überhaupt nicht gedacht. Zu ändern war es aber ohnehin nicht mehr.

»Bei der Suche nach dem Stalker seid ihr bislang vermutlich auch nicht weitergekommen.«

»Leider nicht. Unsere IT-Spezialisten sagen, dass der Kerl ein Meister darin ist, seine Identität zu verschleiern. Der hat seine Nachrichten weltweit über verschiedene Server geleitet und verschickt. Unmöglich, das nachzuverfolgen.«

»So was habe ich befürchtet. Ich weiß überhaupt nicht, wo ich ansetzen könnte.« Entschlossen erhob sie sich. »Aber ich gebe nicht auf.«

Hannes ließ es sich nicht nehmen, Charlotte bis zu ihrem Wagen zu begleiten. Dort schloss er sie in die Arme.

»Versprich mir, dass du vorsichtig bist. Und melde dich, wenn du Unterstützung brauchst.«

»Versprochen. Danke, Hannes.«

Da schau her, dachte der Mann, der auf der anderen Straßenseite auf einem der Parkplätze quer zur Fahrbahn in seiner schwarzen Limousine saß. Der Hauptkommissar und die Freundin des Professors. Die beiden wirkten sehr vertraut. Ob sie etwas miteinander hatten? Unmöglich erschien ihm das nicht. Die Frau war nicht mehr jung, aber sehr attraktiv. Das war nicht zu übersehen. Vielleicht hatte sie mit beiden Männern was am Laufen? Diese Information könnte ihm möglicherweise irgendwann nützlich sein.

KAPITEL 22

Vom Präsidium aus fuhr Charlotte auf direktem Weg zum Institut für Rechtsmedizin. Sie erhoffte sich von Horst Fleischmann Antworten auf einige Fragen, die sich bei der Lektüre des Obduktionsberichts ergeben hatten.

Mit Betreten des Gebäudes stellte sich wie stets dieses beklemmende Gefühl bei Charlotte ein, das sie bei jedem ihrer bisherigen Besuche dort empfunden hatte. Dieser Ort roch nicht nur nach Desinfektionsmittel, sondern nach Tod. Sie kam nicht gern hierher, suchte den Freund nur im äußersten Notfall an seinem Arbeitsplatz auf. In der Hoffnung, dass er nicht in einem der Obduktionssäle zu tun hatte, ging sie den Flur entlang zu seinem Dienstzimmer. Behutsam klopfte sie an die Tür.

»Herein!«, erklang eine sonore Stimme, worauf sie die Klinke herunterdrückte und eintrat.

»Charlotte!« Ein strahlendes Lächeln breitete sich auf dem feisten Gesicht des Arztes aus. Mit einer Behändigkeit, die man ihm im Hinblick auf seinen Leibesumfang nicht zutrauen würde, sprang er auf und kam um den Schreibtisch herum. »Schön, dich zu sehen, meine Liebe.« Er nahm ihr die warme Jacke ab, hängte sie an einen altmodischen Garderobenständer und bot seinem Gast einen Stuhl an. Er selbst setzte sich hinter seinen Schreibtisch. Gespannt schaute er Charlotte an. »Was führt dich hierher?«

»Bevor ich dir das sage, möchte ich wissen, ob du Philipp für schuldig am Tod von Sandra Helmke hältst. – Ich erwarte eine ehrliche Antwort, ohne Rücksicht auf unsere Freundschaft.«

»Eine andere Antwort hast du nie von mir bekommen. Ich schreibe es mal den besonderen Umständen zu, dass du so was überhaupt in Erwägung ziehst.«

»Entschuldige«, bat sie zerknirscht, worauf er verständnisvoll reagierte. Er beugte sich etwas vor, legte die Arme auf die Schreibtischplatte und verschränkte die Finger ineinander.

»Da ich Philipp lange genug kenne, kann ich guten Gewissens sagen, dass ich ihn nicht für fähig halte, einen Mord zu begehen. Er löst Konflikte nicht mit Gewalt, sondern mit Worten.«

Innerlich atmete Charlotte auf.

»Offenbar sind wir einer Meinung.« Ihr war klar, dass das, was sie von ihm wollte, am Rande der Legalität angesiedelt war. Als Rechtsmediziner, der das Mordopfer obduziert hatte, war er Teil des Ermittlungsteams. Es war ihm nicht erlaubt, Außenstehenden gegenüber Angaben zu seinen Untersuchungsergebnissen zu machen. Schon gar nicht während laufender Ermittlungen. »Darf ich dir ein paar Fragen stellen?«

»Zum Tod der Studentin? Das ist nicht dein Ernst.«

Sie wusste, dass es nicht fair war, dennoch griff sie zu diesem bewährten Mittel: Mit einem bittenden Blick schaute sie ihm in die Augen. Dem hatte er noch nie widerstehen können.

»Betrachte meine Fragen als rein hypothetisch.«

»Charlotte Stern, du bringst mich irgendwann in Teufels Küche.«

»Kein Mensch wird jemals von diesem Gespräch erfahren.«

Mit einem Seufzer gab er nach.

»Wenn es denn unbedingt sein muss: Sag mir, was du wissen willst, bevor ich es mir anders überlege.«

»Danke.« Sie dachte kurz nach. »Angenommen, in einem Obduktionsbericht steht, dass ein Mensch durch stumpfe Gewalt gegen den Schädel starb. Wahrscheinlich durch einen Hammer. Wie kann sich der Rechtsmediziner darüber sicher sein? Es könnte genauso gut ein Unfallgeschehen dahinterstecken. Beispielsweise ein unglücklicher Sturz, bei dem der Betreffende mit dem Kopf …«

»Nein«, fiel er ihr ins Wort. »Außer einigen anderen Faktoren – wie beispielsweise winzige Metallpartikel in der Wunde – spricht oft von Anfang an die Hutkrempenregel dafür, dass …«

Diesmal unterbrach sie ihn.

»Was ist das?«

Der Rechtsmediziner griff zu einem Notizblock und fertigte zum besseren Verständnis eine Skizze an, die er vervollständigte, während er weitersprach.

»Die sogenannte Hutkrempenregel besagt, dass Kopfverletzungen, die sich oberhalb der Linie einer gedachten Hutkrempe befinden, zumeist auf einen Schlag zurückzuführen sind.«

Er schob den Block zu Charlotte hinüber und tippte mit dem Stift auf einen Punkt seiner Zeichnung.

»Die Weichgewebsverletzungen und das Frakturmuster sprechen in einem solchen Fall dafür. Zusätzlich wird ein CT angefertigt, das Verletzungen der inneren Hirnstrukturen offenlegt. Das wird die vorherigen Ergebnisse eines schweren stumpfen Schädel-Hirn-Traumas bestätigen.«

»Das Frakturmuster«, wiederholte Charlotte, »ist typisch für einen Schlag mit einem Hammer?«

»Darauf lässt die Form des Schädelbruchs schließen – ja.«

Nachdenklich blickte sie auf die Skizze.

»Kann man von der Fraktur ableiten, aus welchem Winkel der Täter zugeschlagen hat? Ob er größer als das Opfer war?«

»Fast immer liefert die Fraktur zumindest Anhaltspunkte für die Rekonstruktion hinsichtlich Angriffspunkt, Art und Richtung der Gewalteinwirkung«, bestätigte Horst. »In unserem angenommenen Fall hilft dir das leider nicht wirklich weiter.«

»Warum nicht?«

»Nach Winkel und Wucht des Schlages zu urteilen, misst unser hypothetischer Täter mindestens 1,75 Meter.«

Charlotte war klar, was das bedeutete. Sie konnte ihre Enttäuschung nicht verbergen.

»Wie groß ist Philipp? Etwa 1,90 Meter, oder?« Und als sie das bestätigte: »Leider können wir ihn über seine Größe als Täter nicht ausschließen.«

Das wäre ja auch zu schön gewesen, dachte sie.

»Trotzdem danke ich dir. Dadurch weiß ich wenigstens, dass ich woanders ansetzen muss.«

Im Laufe des Abends versuchte Charlotte mehrmals vergeblich, Anton zu erreichen. Sie telefonierte mit Ingrid Brandt und ließ sich die Nummer des zuständigen Polizeikommissariats in Rabenau geben. Aber dort gab es keine Neuigkeiten über den Verbleib des Jungen. Irgendwann rief Hannes an und teilte ihr mit, dass das Mobiltelefon ihres Pflegesohns ausgeschaltet und deshalb nicht zu orten sei.

Trotz allem nahm sich Charlotte abermals die Ermittlungsakte vor, konnte sich aber nicht darauf konzentrieren. Sie vermisste Philipp, seine Nähe und seine ruhige, besonnene Art, mit der er Probleme anging. Er wüsste bestimmt einen Rat. Aber er war nicht da. Eingesperrt in einer Zelle, wartete er auf Beweise für seine Unschuld. Dabei setzte er seine Hoffnung bestimmt auch auf das kriminalistische Gespür seines Sternchens.

Charlotte durfte ihn nicht enttäuschen. Es musste eine Spur existieren, die zum Mörder führte. Irgendetwas gab es immer. Und sei es nur eine Kleinigkeit, bei der man ansetzen konnte. Selbst wenn ein Täter so strukturiert vorging, wie dieser es offenbar tat, musste sie etwas finden, das er nicht bedacht hatte. Seine Handlungsweise war nicht perfekt. Das bezeugte das Video von der Baustelle. Wäre der Täter besser vorbereitet und vorsichtiger gewesen, gäbe es keine Aufnahme von ihm auf dem Baugelände. Außerdem musste eine Verbindung zwischen ihm und Philipp bestehen. Niemand stalkte einen wildfremden Menschen und machte sich die Mühe, ihm einen Mord anzuhängen. Nur ein triftiger Grund rechtfertigte diesen ganzen Aufwand. Jedenfalls aus Sicht des Verbrechers.

Da sie den privaten Bereich vor einiger Zeit ausgeschlossen hatten, blieb nur das berufliche Umfeld des Professors. Dort musste Charlotte suchen. Ihr fiel die Festplatte aus Philipps Arbeitszimmer ein. Möglicherweise waren darauf Dateien gespeichert, die mit seinen Studenten zu tun hatten – obwohl er seit Anfang des Jahres pensioniert war. Immerhin übernahm er trotz Ruhestands weiterhin Aufgaben in der Uni.

Nach mehrmaligem Gähnen beschloss Charlotte, sich am nächsten Morgen damit zu befassen. Vorher musste sie dringend den versäumten Schlaf der vergangenen Nächte nachholen. Wenn sie übermüdet war, funktionierte ihre Spürnase nicht zuverlässig.

Anneliese und Conrad hatten sich beim Abendessen noch einmal bereit erklärt, die letzte Gassirunde mit Ronja zu übernehmen, sodass Charlotte nach einem Abstecher ins Bad das Licht in ihrem Wohnzimmer löschte. Im Vorbeigehen griff sie nach ihrem Smartphone und dem kleinen Teddy, den Philipp ihr kürzlich auf dem Oktoberfest geschenkt hatte. Sogar eine gestandene Frau brauchte manchmal einen Nestwärmer.

Irgendwann in der Nacht schreckte Charlotte hoch. Ihre Hand tastete zum Schalter der Nachttischlampe, die den Raum in gedämpftes Licht tauchte. Irritiert blickte sie sich um. Was hatte sie geweckt? Ronja war nicht zu sehen. Automatisch nahm sie ihr Telefon vom Nachttisch. Um jederzeit erreichbar zu sein, hatte sie es nicht wie gewöhnlich vor dem Zubettgehen auf den Lautlos-Modus eingestellt. Sie wischte mit dem Finger übers dunkle Display, worauf der Startbildschirm erschien, auf dem der Eingang zweier WhatsApp-Nachrichten angezeigt wurde. Rasch öffnete sie den Messenger und sah, dass Antons Name gekennzeichnet war.

»Gott sei Dank.«

Gleich darauf stellte sie fest, dass es sich um Sprachnachrichten handelte, und tippte auf den Pfeil, der die erste Aufnahme startete.

»Du weißt bestimmt, was passiert ist«, hörte sie Antons traurige Stimme. »Wenn Herr Peters das dem Jugendamt meldet, stecken die mich ins Heim. Da kannst du nichts gegen machen. Deshalb bin ich abgehauen … Tut mir leid, dass ich es verbockt habe. Ich wollte dich nie enttäuschen – und die anderen auch nicht. Ihr seid doch … wart doch meine Familie …« Mit einem leisen Schluchzen brach die Aufnahme ab.

Voller Mitgefühl für den Jungen tippte Charlotte auf die zweite Sprachnachricht.

»Ich hab' dich lieb.«

Charlotte konnte nicht verhindern, dass Tränen in ihre Augen stiegen.

»Ich dich auch«, flüsterte sie. »Wir werden dich finden. Dann wird alles gut.«

KAPITEL 23

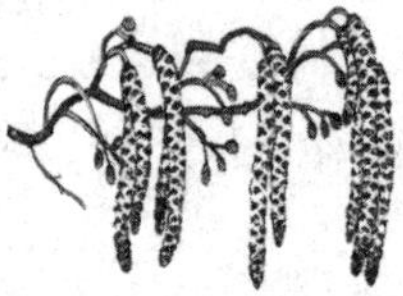

Gewöhnlich saßen die WG-ler morgens bei einem ausgedehnten Frühstück um den Küchentisch herum und besprachen den Tagesablauf, nötige Einkäufe oder gemeinsame Unternehmungen.

An diesem Morgen drehte sich das Gespräch zunächst um das Foto in der aktuellen Tageszeitung, das Philipp in inniger Umarmung mit dem Mordopfer zeigte. Irgendjemand musste es der Presse zugespielt haben. Es lag nahe, dass derjenige damit in der Öffentlichkeit Stimmung gegen den Professor machen wollte. Das glich einer Vorverurteilung.

Charlotte war der Appetit vergangen. Sie begnügte sich mit einem halben Marmeladenbrötchen und einer Tasse Kaffee. Dabei informierte sie die Freunde über die bislang ergebnislose Suche nach ihrem Pflegesohn und ließ sie die nächtlichen Sprachnachrichten anhören.

»Anton ist ein guter Mensch«, sagte Elisabeth sichtlich gerührt. »Niemand kann ihm vorwerfen, dass er den Mann verteidigt hat, der ihm in der kurzen Zeit mehr Vater war als sein Erzeuger in all den Jahren davor.«

Die anderen schlossen sich Ellis Worten an. Alle waren beunruhigt über das Verschwinden des Jungen, der ihnen ans Herz gewachsen war.

»Ausgerechnet jetzt musste das passieren«, sagte der General, wobei er Charlotte ansah. »Du hast genug mit der Suche nach Beweisen für Philipps Unschuld zu tun. Folglich ist es eine zusätzliche Belastung für dich, dass Anton ausgerissen ist. Wie willst du das alles bewältigen? Können wir irgendetwas tun, um dich zu unterstützen?«

»Das ist lieb von euch, aber ich weiß im Moment gar nicht, was ich zuerst tun soll. Eigentlich wollte ich heute Philipps berufliches Umfeld abklopfen, weil ich es für wahrscheinlich halte, dass der Stalker dort zu finden ist. Andererseits kann ich mich nicht richtig darauf konzentrieren, solange Anton verschwunden ist.«

»Also müssen wir zuerst nach dem Jungen suchen«, sagte Anneliese resolut. »Lasst uns mal logisch vorgehen. Wohin könnte er geflüchtet sein?«

»Irgendwohin, wo er sich auskennt«, schlug Conrad vor. »Hannover ist seine Heimatstadt. Er wird versuchen, sich hierher durchzuschlagen.«

»Keine gute Strategie«, widersprach Albert. »Wenn ich untertauchen will, gehe ich dorthin, wo mich keiner kennt. Wo ich nicht auffalle. Wo man nicht nach mir sucht.«

»Das könnte überall sein«, meinte die Strick-Liesel und beugte sich zu Charlotte hinüber. »Hat er dir nicht erzählt, dass er früher mal per Anhalter unterwegs war?«

»Ein LKW-Fahrer hatte ihn bis nach Amsterdam mitgenommen«, erinnerte sie sich. »Aber da hat es ihm nicht gefallen. Er ist von dort …« Sie unterbrach sich, als ihr Telefon läutete, das neben ihrem Teller lag. Sie nahm das Gerät vom Tisch und las den Namen des Chefs der Kriminaltechnik auf dem Display.

»Benno«, meldete sie sich. »Gibt es was Neues?«

»Moin, Lotti.« Nur er durfte sie so nennen, ohne dass sie allzu allergisch reagierte. »Das Mobiltelefon des Jungen war heute Nacht gegen 3 Uhr kurz eingeschaltet. Leider hat die Zeit nicht gereicht, es genau zu orten.«

»Und ungenau?«

»Das Handy hat sich bei einem Funkmast in einem kleinen Ort mit dem Namen Lenthe eingeloggt.«

»Bedeutet das, Anton war dort?«

»Nicht unbedingt direkt im Dorf. Eine Funkzelle hat in ländlichen Gebieten eine größere Reichweite als in der Großstadt – der Radius kann bis zu 30 Kilometer betragen. Da das Telefon nach einer knappen halben Minute ausgeschaltet wurde, kann ich nicht sagen, in welche Richtung sich der Junge von dort aus bewegt hat. Aber ich bleibe dran.«

»Danke, Benno.«

Sie beendete das Gespräch und informierte die Freunde. Anneliese stand auf und nahm ihr Tablett von der Anrichte.

»Wie heißt das Kaff?«, fragte sie und setzte sich neben Charlotte, die ihr Frühstücksgeschirr beiseiteschob.

»Lenthe.«

Geschickt tippte die Strick-Liesel auf dem Display herum, öffnete die Suchmaschine und gab den Namen der Ortschaft ein. Von der Trefferliste wechselte sie zur Kartenansicht.

»Hier haben wir es. Wenn man im Stadtteil Badenstedt am Friedhof vorbeifährt und danach immer geradeaus, landet man in Lenthe.«

»Lass mich mal sehen.« Charlotte beugte sich zu ihr hinüber. »Das ist die grobe Richtung zum Internat.«

»Wichtig ist, ob sich Anton von Rabeneck erst mal ziellos auf die Socken gemacht hat oder tatsächlich nach Hannover will.«

»Kannst du bitte mal zur Satellitenansicht wechseln?«

Eine Berührung auf dem Display genügte, und es waren Landschaftsdetails und Straßen zu sehen.

»In der Nähe von diesem Dorf ist nichts – außer einem bewaldeten Gebiet und Feldern«, erkannte Anneliese. »Wieso war der Junge mitten in der Nacht irgendwo in der Walachei unterwegs? Warum hat er sich bei der Kälte keinen Unterschlupf gesucht?«

Nachdenklich betrachtete Charlotte das Satellitenbild. Die Umgebung kam ihr bekannt vor. Der Wald hieß ›Großes Holz‹. Vielleicht ... Sogar der Verlauf der B 65 passte zu ihrer Vermutung.

»Darf ich?« Sie zog das Tablet zu sich heran und aktivierte den Routenplaner. »Von Lenthe bis zu diesem Waldstück sind es knapp drei Kilometer. Anton kennt sich in der Gegend aus. Er hat uns auf der Flucht vor den Verbrechern in der Dunkelheit über einen schmalen Forstweg geführt. Irgendwo in der Nähe des Waldes muss die alte Gärtnerei liegen.« Mit zwei Fingern zog sie das Bild auf dem Display größer. Auf der Luftaufnahme erkannte sie Gewächshäuser. Leider war es nicht möglich, das Gebiet weiter heranzuzoomen. »Das ist sie. Anton hat hier öfter übernachtet.« Sie zögerte. »Würde er ausgerechnet dort hingehen – nach allem, was er in dieser schrecklichen Wohnung erlebt hat?«

»Immerhin hat er dich da kennengelernt. Du warst seine Rettung – in jeder Hinsicht.«

»Zumindest besteht eine geringe Chance, dass er sich dort versteckt.«

»Worauf warten wir?« Flink war die Strick-Liesel auf den Beinen. »Du willst da bestimmt hin. Ich komme mit.«

Eine Viertelstunde später fuhren die Frauen vom Grundstück. Anneliese schaute sich die Route auf dem Tablet an.

»Am schnellsten geht es, wenn du an den Kiesteichen vorbeifährst, über den Ricklinger Kreisel und von da aus auf die B 65.«

»Okay.« Bis dorthin brauchte Charlotte kein Navi. Erst als sie der Bundesstraße folgten, war sie auf Hilfe angewiesen. Liesel lotste sie bis zu einem unbefestigten Pfad.

»Hier musst du abbiegen. Wenn ich das richtig sehe, endet dieser Weg an der Gärtnerei.«

Charlotte fuhr wieder an. Von Weitem erkannte sie die hohen Bäume des Waldes, der direkt dahinter lag. Sie lenkte den Wagen mit mäßiger Geschwindigkeit über den holprigen Feldweg. Vor einem rostigen Metalltor endete die Fahrt. Sie stiegen aus und sahen die Eisenkette mit dem großen Vorhängeschloss, die den Zugang verwehrte.

»Das Gelände ist gut gesichert«, sagte Anneliese enttäuscht und schaute nach oben, wo an der Oberkante des Tores dicht an dicht massive Metallstäbe wie Pfeilspitzen in den Himmel ragten. »Drüber klettern kann man da nicht. Das schafft nicht mal Anton. Ich fürchte, diese Fahrt hätten wir uns sparen können.«

»Es gibt noch eine andere Möglichkeit, auf das Grundstück zu gelangen«, widersprach Charlotte und wandte sich nach rechts.

Die Freundin folgte ihr durch kniehohes Unkraut an der Umzäunung entlang bis zu einer Stelle, an der das Gestrüpp dichter war und dadurch das Loch im Zaun teilweise verdeckte.

»Hier sind wir bei unserer Flucht rausgekommen.« Charlotte drehte sich herum und deutete nach links. »Wir sind da drüben über den Graben gesprungen und in den Wald gelaufen.«

Skeptisch begutachtete Anneliese den schmalen Durchlass. »Das ist ein Eingang für Magersüchtige. Da passe ich nie und nimmer durch.«

»Stell dich nicht so an.«

Charlotte drückte den Wildwuchs beiseite und setzte sich vor das Loch. Sie schob die Beine hindurch, rutschte so weit wie möglich nach vorn, um zuerst die rechte Schulter und danach halb liegend den Rest ihres Körpers durch die Öffnung zu schieben. Auf der anderen Seite des Zauns stand sie auf und klopfte flüchtig den Dreck von ihrer Kleidung.

»Was ist?«, wandte sie sich an die Freundin. »Du kannst auch hier auf mich warten.«

»Willst du mich an diesem gottverlassenen Ort etwa allein lassen?« Anneliese ließ sich auf alle Viere nieder und kämpfte sich mit dem Kopf voran durch das Loch. Zweimal blieb sie stecken, worauf Charlotte an ihr zog und zerrte, um sie zu befreien. Mit einem schiefen Grinsen richtete sich die Strick-Liesel auf.

»Langweilig wird es nie, wenn man mit dir unterwegs ist.«

»Bist du nicht mitgekommen, um was zu erleben?«

Charlotte zwinkerte ihr zu und marschierte los. Sie passierten Gewächshäuser, die ohne Verglasung wie Skelette wirkten, und Beete, die so verwahrlost waren, dass nicht mehr erkennbar war, welche Pflanzen hier einst wuchsen. An einem alten, halb verfallenen Schuppen hatten Wind und Wetter zerstörerische Spuren hinterlassen. Ein trostloser Anblick.

Vorbei an einer Gruppe kahler Pappeln erreichten sie das Haupthaus, das ebenfalls bessere Zeiten gesehen hatte. Die Fassade zierten lange Risse, von den vergitterten Fenstern blätterte die Farbe an den Rahmen ab. Das Holz der Veranda war ebenso verwittert wie das der Eingangstür.

»Das ist ganz schön gruselig hier. Wie kann man das alles nur so verfallen lassen?« Missbilligend legte Anneliese die Hand auf die Klinke. »Abgeschlossen.«

Charlotte deutete auf das Polizeisiegel, das jemand an einer Seite vom Türschloss gerissen hatte.

»Es muss aber in der letzten Zeit jemand hier gewesen sein.«

»Derjenige ist aber längst über alle Berge.« Sie wandte sich zum Gehen. »Wir kommen da jedenfalls nicht ohne Schlüssel rein.«

»Warte!« Charlotte erinnerte sich, dass Anton ihr damals anvertraut hatte, wo ein Schlüssel versteckt war. Mit der Stiefelspitze klopfte sie die Verandadielen neben der Haustür ab. Das vierte Brett gab ein wenig nach. Sie ging in die Hocke und drückte dagegen, sodass es sich etwas anheben ließ. Mit zwei Fingern fischte sie einen Schlüssel darunter hervor. Triumphierend zeigte sie ihn ihrer Begleiterin, bevor sie ihn ins Schloss steckte.

»Machen wir uns nicht strafbar, weil die Hütte versiegelt ist?«

»So what?«, erwiderte Charlotte achselzuckend. »Außerdem war das Siegel vorher schon beschädigt.« Sie warf der Freundin einen fragenden Blick zu. »Wenn du Bedenken hast, gehe ich allein rein und du kannst …«

»Ich komme mit«, wurde sie von Anneliese unterbrochen. »Bislang kenne ich diesen Ort nur aus deinen Erzählungen. Ich bin gespannt, wie es in den Räumen aussieht, wo ihr gefangen gehalten wurdet.«

Charlotte entriegelte das Schloss, steckte den Schlüssel in ihre Jackentasche und drückte mit beiden Händen die schwere Tür auf. Im muffig riechenden Treppenhaus führte eine schmale Stiege hinunter zur Kellerwohnung. Die zerkratzte, helle Metalltür war nicht abgesperrt.

Ein beklemmendes Gefühl drohte Charlotte die Luft zum Atmen zu nehmen. Hier wäre sie vor einigen Wochen fast ermordet worden. Sie atmete tief durch und betrat den Flur, von dem vier weitere Türen zu den übrigen Räumen führten.

»Nicht sehr einladend«, meinte Anneliese, während sie sich umschaute. Sie konnte dem Siebziger-Jahre-Charme mit Pril-Blumen auf den Küchenfliesen und dem kompletten mattgrünen Bad nichts abgewinnen.

In einem der beiden Zimmer standen zwei Holzbetten und ein altes Sofa. Durch die kleinen, dreckigen Fenster, die sich in ungefähr drei Metern Höhe befanden, fiel nur wenig Licht. Die vergilbte, mit Gräsern bedruckte Tapete löste sich an einigen Stellen.

»Hier haben die Kinder geschlafen.«

Charlotte ließ den Blick durch den Raum schweifen. Nichts deutete darauf hin, dass kürzlich jemand dort gewesen sein könnte. Spontan stützte sie sich mit einer Hand auf der linken Matratze ab und beugte sich tief nach unten. Aus Furcht vor Entdeckung hatte sich der Junge stets ein Lager unter dem Bett eingerichtet. Außer einer Staubschicht war aber nichts zu sehen. Was nicht bedeuten musste, dass er nicht hier gewesen war. Um keine Spuren zu hinterlassen, hatte er immer alles ordentlich an den ursprünglichen Platz zurückgelegt.

Charlotte richtete sich auf und ging in das Schlafzimmer mit der Blümchentapete hinüber. Das altmodische Ehebett war tagelang ihr Schlafplatz gewesen. Gründlich schaute sie sich um.

»Wonach suchst du eigentlich?«

»Nach irgendeinem Hinweis, ob Anton hier war.«

Mit diesen Worten kniete sie sich vors Bett und schaute darunter. Auf dieser Seite konnte sie in dem dort herrschenden Halbdunkel außer herumwirbelnden Wollmäusen kaum etwas erkennen. Deshalb zog sie ihr Smartphone hervor und aktivierte die Taschenlampenfunktion. Mit dem Telefon in der Hand sank sie flach auf den Boden und leuchtete unters Bett. Weit hinten, wo das hölzerne Kopfteil gegen die Wand stieß, lag etwas Längliches. Sie rutschte näher heran und streckte den Arm aus. Mit den Fingerspitzen berührte sie den Gegenstand, bekam ihn zu fassen und brachte ihn ans Tageslicht. Bestürzt blickte sie auf das silbern schimmernde Instrument in ihrer Hand.

»Die gehört Anton.« Sie rappelte sich hoch und setzte sich auf die Matratze. »Wahrscheinlich hat er in der letzten Nacht unter dem Bett geschlafen und die Mundharmonika beim Zusammenpacken verloren.« Ihr wurde klar, was das bedeutete. »Die Musik ist seine einzige Einnahmequelle, wenn er auf der Straße lebt. Er wird verhungern oder erfrieren – oder beides.«

Anneliese setzte sich zu ihr und legte tröstend den Arm um ihre Schultern.

»Mach dich nicht verrückt. Sie werden ihn finden.«

»Hoffentlich.«

»Bestimmt. Lass uns von hier verschwinden.«

Sie verließen das Haus, schlossen die Tür ab und deponierten den Schlüssel unter dem losen Verandabrett. Als sie an den zerrupften Beeten vorbeiliefen, wurde der Stick-Liesel klar, dass sie sich abermals durch das Loch zwängen musste. Diesmal wandte sie die gleiche Technik wie die Freundin an, sodass sie die andere Seite des Zauns einigermaßen unbeschadet erreichte.

Im Wagen entschied Charlotte, zunächst zur Polizeistation nach Rabenau und anschließend zum Internat zu fahren. Anneliese informierte Conrad per WhatsApp darüber.

Obwohl er seit Jahren pensioniert war, interessierte sich der General immer noch für alles, was mit seinem früheren Arbeitgeber zu tun hatte. Deshalb hatte er einige Zeitschriften abonniert oder verfolgte aktuelle Berichte auf Online-Portalen. Das einmal monatlich erscheinende Mitgliedermagazin des Deutschen Bundeswehr-Verbands las er besonders gern. In seinem Bücherschrank befanden sich zudem Werke über Militärgeschichte und alte ›Y-Magazine‹.

An diesem Vormittag blätterte er in der Zeitschrift ›Im Visier‹, während Grönemeyer auf der niedrigen Fensterbank neben der Terrassentür lag und die Wintersonne genoss. Dabei beobachtete der Stubentiger Meisen und andere Gartenvögel, die unermüdlich zum Futterhäuschen flogen, das Elli beinah täglich mit einer bunten Mischung befüllte. Zuweilen kam ein Eichhörnchen, das sich aus dem kulinarischen Angebot Nüsse heraussuchte.

Seit sich der kleine Kater krank und halb verhungert zu Albert verirrt hatte, blieb er im Haus. Selbst wenn die Terrassentür weit offen stand, wagte er sich nicht hinaus. Offenbar hatte ihn die Erfahrung gelehrt, dass es draußen zu gefährlich war. Dennoch schien ihn das Treiben im Garten zu faszinieren.

Plötzlich erfüllte ein Summen die Luft. Vor dem Fenster erschien ein riesiges Insekt. Mit einem Angstschrei sprang Grönemeyer auf den Parkettfußboden und verschwand wie der Blitz unter dem Sofa.

Albert war weniger erschrocken als erstaunt. Er kannte diese Drohnen. Erst vor ein paar Tagen war ihm ein solches Flugobjekt über dem Grundstück aufgefallen. Allerdings nicht so nah am Haus. Es wirkte, als würde das Gerät den Mann im Rollstuhl durch die Scheibe anstarren. Entschlossen, dem Spuk ein Ende zu bereiten, lenkte der General seinen fahrbaren Untersatz an die Terrassentür und öffnete sie.

»Verschwinde!«, rief er und wedelte mit der Hand. Tatsächlich drehte die Drohne kurz darauf ab, flog einmal um die Villa herum und entfernte sich Richtung Tor.

Als Charlotte und Anneliese zurückkehrten, saßen die Freunde in der Küche. Sie hatten mit dem Mittagessen auf ihre Mitbewohnerinnen gewartet. Der Tisch war bereits gedeckt, sodass Conrad den Rosenkohl-Kassler-Auflauf nur aus dem Backofen nehmen und auf den Tisch stellen musste. Bei diesem leckeren Essen berichteten Charlotte und Anneliese, was sie herausgefunden hatten.

»Trotz allem dürft ihr euch nicht so viele Sorgen machen«, meinte der General. »Der Junge taucht bestimmt bald auf. Bis dahin weiß er sich durchzuschlagen.« Er warf dem Kater, der auf einen der freien Stühle sprang, einen wohlwollenden Blick zu. »Na, Grönemeyer, hast du dich beruhigt?«

»Was war denn mit ihm?«, fragte Elli und griff nach ihrem Wasserglas. »Hat er sich mit Ronja gezankt? Ich dachte, die zwei verstehen sich mittlerweile prächtig.«

»Zwischen den beiden gibt es keine Probleme.« Er berichtete, was den Kater erschreckt hatte. »Ich habe dann in der Bundeswehrzeitung nach einem Artikel über ›Micro Air Vehicle‹ gesucht. Das sind diese kleinen Drohnen, die vom Militär für Spionagezwecke eingesetzt werden.«

»Es gibt auch meteorologische Drohnen«, warf Conrad ein. »Die sogenannte ›UAV‹ wird zur Messung von Temperatur, Luftfeuchtigkeit, Luftdruck, Windgeschwindigkeit, Windrichtung und der Analyse der Luftqualität eingesetzt. Ein teurer Spaß. So ein Teil kostet mehr als 30.000 Euro.«

»Seltsam«, sagte Charlotte. »Ich weiß nicht, ob die einfach so in der Gegend rumfliegen dürfen, noch dazu über Privatgrundstücke. Es sei denn, es handelt sich um eine dieser Polizeidrohnen, wie sie manchmal zur Verfolgung von Kriminellen benutzt werden. Allerdings habe ich irgendwo gelesen, dass es in Niedersachsen zurzeit erst drei davon gibt.«

»Das sah nicht nach einem offiziellen Einsatz aus. Ich bin raus auf die Terrasse. Die Drohne ist einmal ums Haus geflogen, bevor sie abdrehte und Richtung Straße verschwand.«

»Diese Dinger sind mit einer Kamera ausgerüstet«, überlegte Charlotte. »Fotografen benutzen sie gern für spektakuläre Luftaufnahmen.«

»Und Stalker, um ihr Opfer auszuspionieren?« Aller Augen richteten sich auf Anneliese. »Was? Findet ihr das so absurd? Das Grundstück ist zu groß, um das Haus von der Straße aus genauer zu beobachten.« Ihr fiel etwas ein, sodass sie sich direkt an Charlotte wandte: »Erinnerst du dich an die SMS: *Warum schläfst du nicht?* Mit Hilfe eines Fliegers könnte man das Haus nachts problemlos ins Visier nehmen.«

»Wie ich vorhin gelesen habe, herrscht in Niedersachsen generelles Nachtflugverbot für private Drohen«, wandte der General ein. »Daran wird sich ein Verbrecher aber vermutlich nicht halten.«

»Das ist zu befürchten«, sagte Charlotte. »Wir sollten auf alle Fälle darauf achten, ob das Ding hier noch mal auftaucht.«

Bald nach dem Mittagessen verschwand Charlotte im Stiftungsbüro, weil sie dort einen Schreibtisch zur Verfügung hatte. Sie schloss die externe Festplatte über einen USB-Port an den Computer an, der das neue Gerät problemlos erkannte und anzeigte. Nach einem Mausklick erschien der Inhalt auf dem Monitor.

Charlotte war von der übersichtlichen Struktur beeindruckt. Die Ordner waren alphabetisch sortiert: *Bank*, *Buchprojekte*, *Familie*, *Fotos*, *Gutachten*, *Immobilien*, *Patienten*, *Recherche*, *Stalker*, *Thaler-Bau*, *Universität*, *Versicherungen*, *Vorträge*.

Könnte es sich bei dem Stalker um einen von Philipps ehemaligen Patienten handeln? Oder um jemanden, den er begutachtet hatte? Beides war möglich. Dennoch folgte sie ihrer ersten Eingebung, dass die Taten mit seiner Lehrtätigkeit zusammenhingen. Durch Sandra war eine Verbindung zur Universität naheliegend. Deshalb öffnete Charlotte diesen Ordner zuerst und stellte fest, dass sich darin 178 Unterordner befanden, in denen wiederum zahlreiche Dateien abgelegt waren. Das alles durchzusehen, bedeutete eine Menge Arbeit – zumal sie nicht wusste, wonach sie suchen sollte. Nach Auffälligkeiten – aber in welcher Hinsicht?

Während sie darüber nachdachte, trommelte sie mit den Fingerspitzen auf dem Rand der Tastatur. Wenn der Stalker tatsächlich zu Philipps beruflichem Umfeld gehörte, handelte es sich entweder um einen Studierenden oder um einen Kollegen. Mitarbeiter schloss sie jedoch zunächst einmal aus. Ein unzufriedener Student erschien ihr wahrscheinlicher. Vielleicht fühlte er sich falsch beurteilt? Oder er war durch eine Prüfung gerauscht – möglicherweise sogar mehrmals? Letzteres bedeutete in der Regel, dass sich der Betreffende von diesem Studiengang verabschieden musste. Er wäre gezwungen, sich umzuorientieren oder das Studieren ganz aufzugeben.

Andere Gründe könnten sein: kein Geld, keine Lust, kein Talent. Das Psychologiestudium war gewiss kein Zuckerschlecken. Möglicherweise war der Täter überfordert, hatte versagt und seinen Professor dafür verantwortlich gemacht?

Diese Überlegungen bestärkten Charlotte, sich zuerst mit den Studenten und Prüfungen zu befassen – und zwar mit denen im letzten Semester vor Philipps Pensionierung.

Am späten Nachmittag kam Anneliese mit einem Becher Kaffee herein, den sie der Freundin auf den Schreibtisch stellte.

»Danke. Den kann ich gebrauchen.«

»Hast du was gefunden, das uns weiterhilft?«

»Fehlanzeige. Im letzten Semester saßen so viele Studenten in Philipps Kursen. Bis ich die mitsamt ihren Prüfungen durchgearbeitet habe …« Sie setzte die Tasse an die Lippen und trank von dem wohltuenden Gebräu. »Und wenn ich Pech habe, bin ich damit auf einer völlig falschen Fährte.«

»Mm.«

»Was meinst du damit?«

»Ach, mir kam da so ein Gedanke, als ihr uns von diesen seltsamen Kurznachrichten erzählt habt.«

»Lass hören.«

»Das war am Morgen nach Antons Heimfahrtswochenende.«

»Worauf willst du hinaus?«

»Na ja, im ersten Moment hielt ich es für möglich, dass vielleicht einer deiner Verehrer dahinterstecken könnte. Einer, der Philipp loswerden will, um bei dir freie Bahn zu haben.«

Charlotte ahnte, worauf die Freundin anspielte.

»Dabei dachtest du an Maurice de Vellot?«

»Zum Beispiel. Oder an den Anwalt Onno von Kleist. Der war ganz schön hartnäckig hinter dir her.«

»Ich glaube kaum, dass einer der beiden ausgerechnet meinetwegen einen Mord begehen würde.«

»Manche Menschen tun die seltsamsten Dinge aus Liebe«, meinte die Strick-Liesel. »Allerdings hat mich spätestens die tote Ratte davon überzeugt, dass es hier um etwas anderes geht.«

»Um Hass. Und zwar um abgrundtiefen Hass. Anders zu erklären ist das alles nicht.«

Nach dem Abendessen beschäftigte sich Charlotte weiterhin mit den Studenten, stieß aber auf nichts Auffälliges. Als die Buchstaben irgendwann vor ihren Augen tanzten, lehnte sie sich erschöpft zurück. Sie spürte die Anstrengung in ihrem schmerzenden Nacken, sodass sie den Computer ausschaltete. Trotz der stundenlangen Arbeit hatte sie erst einen Bruchteil der Dateien überprüft. Am nächsten Morgen würde sie weitermachen.

Sie stand auf und streckte sich. Langsam ließ sie den Kopf kreisen. Das brachte aber keine Linderung. Philipp würde bei solchen Beschwerden den Schmerz mit seinen sanften Händen wegmassieren. Bis zu seiner Rückkehr musste sie allein damit zurechtkommen.

Vor dem Zubettgehen blickte sie ein letztes Mal auf das Smartphone. Anton hatte sich nicht gemeldet. Von Benno Winkler war ebenfalls keine Nachricht eingetroffen. Demnach war das Handy des Jungen immer noch ausgeschaltet.

Da die Mailbox nicht aktiviert war, beschloss Charlotte, es mit einer Sprachnachricht per WhatsApp zu versuchen. Sowie er das Telefon einschaltete, würde er den Eingang dieser Nachricht bemerken.

»Anton, wo steckst du? Ich habe mit Herrn Peters gesprochen. Er hatte nie vor, das Jugendamt über die Auseinandersetzung zu informieren. Du hast nichts zu befürchten. Komm bitte nach Hause. Oder ruf mich an, dann hole ich dich – egal von wo. Bitte melde dich! Ich hab' dich lieb!«

KAPITEL 24

Bald nach dem Frühstück rief Julia Jacobs an und teilte Charlotte mit, dass sie Kontakt mit dem Staatsanwalt und dem zuständigen Haftrichter aufgenommen hätte, um mit ihnen die Möglichkeit zu besprechen, den Haftbefehl gegen Philipp aufzuheben oder wenigstens außer Vollzug zu setzen. Leider war beides abgelehnt worden. Der zweite Besuchsantrag für seine Lebensgefährtin wurde genauso wenig genehmigt. Damit wollte sich Charlotte nicht abfinden. Sie ließ sich den Namen des Haftrichters geben, erfuhr, dass es sich um einen erfahrenen Mann Ende 50 handelte und wo er zu finden sei.

Nach dem Telefongespräch schaltete sie den Computer im Stiftungsbüro aus und ging hinauf in ihre Räume. Zuerst betrat sie das Bad. Obwohl sie ihr Gesicht nur zu besonderen Anlässen mit Farbe und Pinsel bearbeitete, schminkte sie sich sorgfältig. Make-up, Rouge und Mascara kamen genauso zum Einsatz wie der Lippenstift. Im Schlafzimmer tauschte Charlotte die bequemen schwarzen Jeggins und den weiten lachsfarbenen Pullover gegen ein cyanblaues Kostüm, das ihre schlanke Figur betonte. Schwarze Velourlederpumps vervollständigten das elegante Outfit.

Anneliese, Conrad und Albert standen in der Wohnhalle und diskutierten über einen späteren Spaziergang, als Charlotte die Treppe hinunterschritt.

»Heiliges Kanonenrohr!«, entfuhr es dem General bei ihrem Anblick. »Das hier ist eine Senioren-WG. Wo kommt das junge Gemüse her?«

Seine Bemerkung ließ Charlotte erleichtert lächeln. Albert hatte beim Frühstück über Schmerzen geklagt und deprimiert gewirkt. Anscheinend hatte er sich gefangen.

»Wenn sich Damen so rausputzen, führen sie etwas im Schilde«, bemerkte Conrad grinsend, worauf ihn die Strick-Liesel anstupste.

»Woher hast du denn diese Weisheit?«

»Das sind Erfahrungswerte.«

»Da schau her«, neckte sie ihn, bevor sie Charlotte anerkennend musterte. »Stimmt die Vorhersage von unserem Wetterfrosch? Was planst du?«

»Ich fahre jetzt zum Gericht und bitte den Haftrichter um eine Besuchserlaubnis.«

»Und da der Herr Richter ein Mann ist, kann es nicht schaden, ihn mit weiblicher Schönheit milde zu stimmen«, kombinierte Albert. »Eine erfolgversprechende Strategie.«

»Die Alternative wären rot geweinte Augen, aber die stehen mir nicht.«

Sie nahm ihren Mantel von der Garderobe und schlüpfte hinein. »Drückt mir bitte die Daumen.«

Die Freunde versprachen, alles zu drücken, was möglich war.

Daraufhin verließ Charlotte das Haus und fuhr Richtung Innenstadt. Sie stellte ihren Wagen im Parkhaus in der Augustenstraße ab und erreichte nach wenigen Minuten das größte Gericht Niedersachsens im Volgersweg. Seit einiger Zeit wurden im Eingangsbereich des Amtsgerichts Kontrollen mit einem Metalldetektor durchgeführt, bei denen jeder Besucher auf gefährliche Gegenstände überprüft wurde. Charlotte musste sich wie alle anderen in die Scanner-Straße einreihen. Dadurch dauerte der Zutritt eine Weile – zumal der Herr vor ihr einer Leibesvisitation unterzogen wurde, weil der Detektorrahmen trotz zweimaliger Überprüfung des Mannes piepte.

Nachdem Charlotte die Kontrolle durchlaufen hatte, blieb sie in der imposanten Eingangshalle des über hundert Jahre alten Bauwerks stehen, um sich zu orientieren. Die Architektur ähnelte den meisten historischen Gerichtsgebäuden mit beeindruckenden Treppenaufgängen, Säulen und Deckenverzierungen.

Im hannoverschen Amtsgericht gab es drei Ermittlungsrichterabteilungen, die insbesondere für den Erlass von Haftbefehlen und Durchsuchungsbeschlüssen in noch nicht zur Anklage gelangten Verfahren zuständig waren.

Von Philipps Rechtsanwältin wusste Charlotte, auf welcher Etage das Zimmer des betreffenden Richters lag. Sie stieg die Treppe hinauf und betrat einen der langen Flure. Vor dem genannten Raum zögerte sie einen Moment, bevor sie an die Tür klopfte. Nichts geschah. Sie hob die Hand, um es erneut zu versuchen, als sie eine tiefe Stimme hinter sich vernahm.

»Wollen Sie zu mir?«

Langsam drehte sich Charlotte herum. Vor ihr stand ein hagerer Mann mit eisgrauem Haar und Oberlippenbart, der sie interessiert musterte.

»Wenn Sie Richter Mühlberg sind – ja.«

»Der bin ich in der Tat.« Er griff an ihr vorbei, schloss die Tür auf und öffnete. »Bitte sehr.«

Galant ließ er ihr den Vortritt, folgte ihr hinein und schloss die Tür von innen.

Das Richterzimmer war funktional mit einem Arbeitsplatz und Regalen voller Fachbücher ausgestattet. Auf fast jeder verfügbaren Stelle stapelten sich Akten.

Der Jurist deutete auf den einzigen Stuhl vor dem Schreibtisch und bat Charlotte, sich zu setzen. Er selbst ließ sich auf der anderen Seite im Chefsessel nieder. Aufmerksam musterte er die Besucherin.

»Wie kann ich Ihnen helfen, Frau …?«

»Stern – Charlotte Stern«, stellte sie sich vor und schlug die Beine dekorativ übereinander. Für genügend Bewegungsfreiheit hatte der Designer den Rock mit einem nicht sehr hohen, aber effektiven seitlichen Schlitz versehen. »Ich möchte Sie um eine Besuchserlaubnis bei einem Untersuchungshäftling bitten, Herr Richter.«

»Um wen handelt es sich dabei?«

»Um Philipp Thaler.«

Seine buschigen Brauen ruckten überrascht in die Höhe. »Sie sind die Frau, die der Staatsanwalt als bedrohlich für die laufenden Ermittlungen eingestuft hat? Von der angeblich Verdunklungsgefahr ausgeht?«

»Das muss ein Irrtum des Staatsanwalts sein. Ich bin die Frau, die jahrzehntelang bei der Polizei das Kriminalarchiv geleitet hat. – Und die Frau, die ihre ehemaligen Kollegen gelegentlich heute noch unterstützt. Außerdem bin ich die Lebensgefährtin von Professor Thaler.«

»Nicht nur seine Mitbewohnerin? Ich habe den Staatsanwalt so verstanden, dass Sie und einige Leute in seinem Haus in einer Art WG zusammen wohnen – mit einem rechtsgültigen Mietvertrag und lebenslangem Wohnrecht.«

»Dadurch sind alle Bewohner abgesichert, falls dem

Hauseigentümer etwas zustoßen sollte. Das schließt aber nicht aus, dass vier von uns nicht nur zusammen leben, sondern zusammenleben. Wir Bewohner sind zwei Paare und zwei Solisten.«

Er fragte sich, ob Staatsanwalt Fink ihn absichtlich unzureichend über die Verhältnisse in der WG aufgeklärt hatte.

»Halten Sie Professor Thaler für unschuldig?«

»Mein Mann *ist* unschuldig.«

Nicht nur diese Formulierung, sondern ihr gesamtes Auftreten beeindruckte den Richter. Er betrachtete die elegante Besucherin mit einer Mischung aus Bewunderung und Respekt. Sie war wegen der Besuchserlaubnis einfach bei ihm aufgetaucht. Das war zwar unüblich, zeugte aber von Entschlossenheit. Wortlos holte er ein Antragsformular aus der Schreibtischschublade und reichte es Charlotte mitsamt einem Kugelschreiber.

»Füllen Sie das bitte mal aus, Frau Stern.«

Es handelte sich um das gleiche Formular, das sie in doppelter Ausführung von Julia Jacobs bekommen hatte. Während sie ihre persönlichen Daten und den Namen des Untersuchungshäftlings eintrug, sichtete er die Unterlagen auf seinem Schreibtisch und zog einen Aktendeckel hervor. Inzwischen war Charlotte fertig und gab ihm das Antragsformular zurück.

Der Richter ergänzte unter anderem die Geschäftsnummer.

»Haben Sie Ihren Personalausweis dabei?«

Sie nickte und nahm die Plastikkarte aus ihrer Brieftasche. Der Richter verglich sie mit der Kopie in seinen Unterlagen und gab Charlotte den Ausweis zurück.

Anschließend zog er ein kleineres Formular aus einer dreistöckigen Ablage, in das er fein säuberlich die erforderlichen Angaben schrieb.

Schwungvoll setzte er seinen Namen darunter und griff zu seinem Dienstsiegel.

»Erkundigen Sie sich vor dem Besuch telefonisch nach einem Termin. Und seien Sie eine halbe Stunde vorher dort, weil Sie einige Sicherheitskontrollen durchlaufen müssen.« Er reichte ihr den Sprechschein. »Außerdem werden Sie anhand Ihres Personalausweises identifiziert. Den dürfen Sie nicht vergessen.«

Sie verwahrte das Formular in ihrer Tasche und erhob sich lächelnd.

»Vielen Dank, Herr Richter.«

»Es war mir ein Vergnügen, Frau Stern.«

Zufrieden verließ Charlotte das Gerichtsgebäude. Die Aussicht, Philipp besuchen zu dürfen, gab ihr Auftrieb.

Auf dem Heimweg stoppte sie in der Leinstraße, hielt nach einem Stellplatz Ausschau und entdeckte eine Lücke auf dem Parkplatz Köbelinger Markt. Charlotte lenkte ihren Golf hinein, zog am Automaten einen Parkschein und betrat bald die Markthalle, um einige Spezialitäten einzukaufen.

Bei ihrer Rückkehr in die Villa streifte sie zuerst die Pumps von den Füßen und hängte den Mantel an die Garderobe. In der Küche traf sie nur Ronja und Elisabeth an, die den Tisch deckte. Die zierliche Seniorin brauchte immer etwas zu tun und beschäftigte sich tagsüber gern in Haus und Garten – und neuerdings mit der kleinen Hündin.

»Was bringst du denn da Schönes mit?«, fragte sie, als Charlotte drei Tragetaschen auf die Anrichte stellte. An der

Aufschrift erkannte sie, wo die Freundin eingekauft hatte. »Du warst in der Markthalle?«

»Man gönnt sich ja sonst nichts.« Wie immer wusch sich Charlotte zuerst die Hände. Nacheinander beförderte sie eine Seite norwegischen Wildlachs, französischen Käse, italienische Schinken- und Wurstspezialitäten sowie einige Töpfchen mit Antipasti ans Tageslicht. Es folgten Baguette, Ciabatta und Zwiebelbrot, Papiertüten gefüllt mit grünen und roten Trauben, Kirschtomaten und buntem Paprika. Zuletzt stellte sie zwei Flaschen Rotwein dazu.

Elisabeth setzte zu einem Kommentar an, als ein lauter Knall sie zusammenzucken ließ.

»Was war das?«

»Das klang wie ein Schuss!«

Alarmiert lief Charlotte in die Halle. Die alte Armeepistole des Generals war die einzige Schusswaffe im Haus. Dafür besaß er zwar eine ordnungsgemäße Waffenbesitzkarte, aber …

Charlotte blieb abrupt stehen, als Anneliese und Conrad aufgeregt die Treppe heruntergelaufen kamen. Allerdings wartete sie nicht, bis die beiden unten ankamen. Sie wirbelte herum und hastete zu Alberts Räumen. Ohne anzuklopfen, stürmte sie in sein Wohnzimmer. Ihr Blick erfasste die weit geöffnete Terrassentür. Mit gesenktem Kopf saß der General auf der Veranda in seinem Rollstuhl und rührte sich nicht. Sein rechter Arm baumelte seitlich herunter. Die Pistole in seiner Hand war deutlich zu erkennen.

»Albert!«

KAPITEL 25

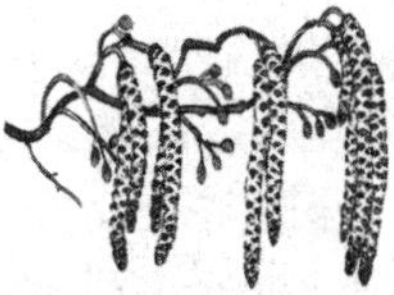

Philipp war aus der JVA Hannover abgeholt und zu einem weiteren Verhör ins Polizeipräsidium gebracht worden. Dort saß er an der Seite seiner Rechtsanwältin im Vernehmungsraum. Ihnen gegenüber hatten Staatsanwalt Fink und Kommissar Martin Drews Platz genommen.

Auf der anderen Seite der verspiegelten Scheibe verfolgten Pia und Hannes das Geschehen vom Nebenraum aus. Der Vorteil ihrer Position lag eindeutig darin, die agierenden Personen und ihre Reaktionen genau zu beobachten, ohne selbst gesehen zu werden oder durch das Anstarren des Gegenübers unhöflich zu wirken.

Der Hauptkommissar ärgerte sich darüber, dass Fink ihm ständig dazwischenfunkte und alle Ermittlungsabläufe bestimmte. So etwas geschah normalerweise nur in ganz besonderen Fällen. Gewöhnlich wurde Verbrechensaufklärung im Auftrag der Staatsanwaltschaft von der Polizei oder anderen Ermittlungsbehörden durchgeführt. Es schien, als würde der Staatsanwalt an den Fähigkeiten des Leiters der Mordkommission zweifeln oder er traute ihm nicht. – Vielleicht beides. Außerdem lag für Hannes der Verdacht nahe, dass Fink mit seiner Einmischung einen bestimmten, möglicherweise persönlichen Zweck verfolgte. Handelte es sich nur um Geltungsbedürfnis – oder steckte mehr dahinter?

Der Blick des Polizeibeamten wechselte zum Tatverdächtigen. Der Professor wirkte relativ ruhig. Anscheinend hatte er sich gut unter Kontrolle. Hinter der Fassade sah es angesichts des schweren Tatvorwurfs gewiss anders aus. Er war angeschlagen, aber noch nicht angezählt. Sein gepflegtes Äußeres hatte seit der Verhaftung etwas gelitten. Der Dreitagebart war so weiß wie sein Haarschopf; unter seinen Augen lagen Schatten – ein Zeichen von Schlafmangel. Wahrscheinlich machte ihm zusätzlich das strikte Besuchsverbot zu schaffen. Wer würde sich in solch einer Situation nicht nach einem geliebten Menschen sehnen?

»Herr Thaler«, wandte sich der Staatsanwalt an den Professor. »Sie haben zu Protokoll gegeben, dass Sandra Helmke am Abend ihres Todes noch einmal zu Ihnen ins Auto gestiegen ist, um Ihnen von einer Nachricht ihres Freundes zu erzählen. Angeblich hätte dieser Sascha das Treffen kurz vorher abgesagt, weil er länger arbeiten müsste. Er würde sich später melden.«

»Das ist korrekt.«

»Seltsamerweise ist seit dem Mittag keine Nachricht auf ihrem Handy eingegangen.«

»Haben Sie ihr Telefon gefunden?«

Fink schlug einen Aktendeckel auf und legte eine Liste auf den Tisch.

»Das sind die Verbindungsdaten, die wir vom Provider bekommen haben. Seit dem Nachmittag wurde das Telefon nicht benutzt. Das bedeutet, Sie haben gelogen!«

»Eventuell hatte sie ein zweites Handy«, schaltete sich Philipps Anwältin ein. »Haben Sie daran schon mal gedacht?«

»Das ist völlig absurd!«

»Aber nicht hundertprozentig auszuschließen.«

»Mit Spitzfindigkeiten kommen wir nicht weiter.«

»Mit haltlosen Verdächtigungen schon gar nicht.«

»Sie sollten Ihrem Mandanten raten, zu kooperieren, Frau Jacobs«, ruderte Fink mit säuerlicher Miene etwas zurück, aber nur, um abermals zum Angriff überzugehen. »Sie haben dem Opfer mehrmals eine dreistellige Summe überwiesen, Herr Thaler. Wofür haben Sie die junge Frau bezahlt? Für Sex?«

Philipp wechselte einen fragenden Blick mit seiner Anwältin, die zustimmend nickte.

»Das Geld stammt von einem Treuhandkonto, auf dem sich ungefähr 40.000 Euro aus dem Erbe von Sandras Eltern befinden. Sie hat mich damals gebeten, es zu verwalten. Zweimal im Jahr habe ich ihr von diesem Konto die Semestergebühren überwiesen. Den Rest des Geldes wollte sie sparen, um irgendwann eine eigene Praxis zu eröffnen.«

»Dazu wird es nicht mehr kommen. Was passiert nach ihrem Tod mit dem Geld? Da Frau Helmke keine Angehörigen mehr hatte, fällt es wahrscheinlich an Sie als Patenonkel.« Triumphierend blitzte es in seinen Augen auf. »Damit haben wir ein eindeutiges Mordmo…«

»Moment!«, fiel Julia ihm scharf ins Wort. »Haben Sie Ihre Hausaufgaben etwa nicht gemacht, Herr Kollege? Sonst wären Sie über die finanziellen Verhältnisse von Professor Thaler informiert. Erstens bezieht er eine üppige Pension. Zweitens besitzt er mehrere Immobilien. Und drittens ist er Teilhaber der Firma Thaler-Bau. Die 40.000 Euro auf dem Treuhandkonto sind Peanuts für ihn.«

Einzig die geröteten Ohren des Staatsanwalts verrieten, wie sehr ihm diese Belehrung zusetzte.

»Wir werden das überprüfen.«

»Tun Sie das. Außerdem hat mein Mandant damals darauf bestanden, ein Schreiben bei einem Notar zu hinterlegen, aus dem hervorgeht, dass Sandra Helmke Eigentümerin des Geldes auf diesem Konto ist. Gleichzeitig hat sie verfügt, was damit im Falle ihres Todes geschehen soll. Es wird einer sozialen Einrichtung zugutekommen.«

Auf seinem Beobachtungsposten rieb sich Hannes innerlich die Hände. Schadenfreude war eigentlich nicht sein Ding. In diesem Fall konnte er eine gewisse Genugtuung nicht leugnen. Fink hätte nur einen aus dem von ihm für unfähig gehaltenen Ermittlungsteam fragen müssen. Dadurch hätte er im Vorfeld erfahren, wie gut es um die Finanzen des Professors bestellt war, dass er keine Schulden hatte und brav seine Steuern zahlte.

Für Fink stand Philipp Thaler als Täter von vornherein fest. Er schien den Professor unter allen Umständen hinter Gitter bringen zu wollen. Die Kommissare sollten sein ganzes Leben durchleuchten, irgendetwas finden, das seine angebliche Gewaltbereitschaft untermauerte. Ermittlungen in andere Richtungen hielt der Staatsanwalt weiterhin für Zeitverschwendung. Deshalb taten Hannes und seine beiden engsten Kollegen das mehr oder weniger heimlich – obwohl es zu ihren Pflichten zählte.

Der Leiter der Mordkommission steckte seit Beginn der Ermittlungen in einem Konflikt. Durch seine Freundschaft mit Charlotte sowie durch seine Sympathie für den Professor könnte man ihm Befangenheit vorwerfen und ihn womöglich von dem Fall abziehen. Fink würde ihm unterstellen, was er selbst tat: die Ermittlungen zu behindern oder zu beeinflussen. Hannes war nicht der Mensch, der andere anschwärzte. Er löste Probleme auf Augenhöhe. Bei Fink handelte es sich quasi um so etwas wie einen Vorgesetzten, der leider beratungsresistent war. Laut Gesetz waren dem Staatsanwalt alle wichtigen Entscheidungen in einem Fall vorbehalten. Es gab nur eine Möglichkeit, die Suche nach dem wirklichen Täter voranzutreiben: ein Gespräch mit dem Oberstaatsanwalt. Das hätte aber zur Folge, dass er selbst aus dem Fall raus wäre. Außerdem war Frau Dr. Pauli im verdienten Urlaub. Er müsste sich an ihren Stellvertreter wenden. Nur aus diesen Gründen hielt Hannes die Füße vorerst still.

KAPITEL 26

Nach einer Schrecksekunde stürzte Charlotte in der Villa auf die Terrasse. Während sie sich Vorwürfe machte, sich nicht genug um Albert gekümmert zu haben, wagte sie kaum, ihn anzusehen. Auf das Schlimmste gefasst, wandte sie sich ihm zu. – Die aristokratischen Züge des Generals verzogen sich zu einem Siegerlächeln.

»Ein Schuss, ein Treffer!«

Verständnislos starrte Charlotte ihn an. Daraufhin deutete er mit der Pistole vor seinen fahrbaren Untersatz. Dort lag eine Drohne wie ein großes Insekt in den letzten Zügen. Einer der Propeller drehte sich wie in Zeitlupe, bis er für immer stillstand.

»Leg sofort das Ding weg«, verlangte Charlotte zwischen Lachen und Weinen, worauf er die Waffe unter seiner Wolldecke verschwinden ließ. Charlotte beachtete die Freunde nicht, die sich um sie scharten.

»Was hast du dir nur dabei gedacht?« Mit strenger Miene schaute sie den General an, umarmte ihn spontan. »Du hast mir eine Riesenangst eingejagt.«

Zuerst verstand er nicht. Nach einem Moment ging ihm ein Licht auf.

»Du dachtest …? Keine Sorge, meine Liebe. Ich habe in meinem Leben an vielen Fronten gekämpft und überlebt. Da werde ich bei meinem letzten Einsatz nicht desertieren.«

Die Strick-Liesel legte kurz die Hand auf die Schulter des Generals.

»Das nächste Mal warnst du uns, bevor du hier rumballerst.« Mit der Fußspitze stieß sie leicht gegen die Drohnenleiche. »Hast du das Ding echt vom Himmel geholt?«

»Das musste sein. Grönemeyer ist fast traumatisiert, weil dieses Flugobjekt ihn schon ein paarmal erschreckt hat.«

»Hoffentlich gibt das keinen Ärger. Wenn der Besitzer Anzeige erstattet …«

»Soll er doch«, meinte der General leichthin. »Ich habe nichts Illegales getan.«

»Sicher?«, zweifelte Conrad. »Immerhin handelt es sich hier um fremdes Eigentum.«

»Na und?« Vorwurfsvoll blickte Albert von einem zum anderen. »Für wie unfähig haltet ihr mich eigentlich? Wenn ein Offizier einen Schlachtplan ausarbeitet, berücksichtigt er alle Möglichkeiten. Ich habe mich vorher selbstverständlich schlaugemacht. Nach § 228 Strafgesetzbuch durfte ich die Drohne abschießen, weil wir uns durch sie belästigt gefühlt haben.«

Conrad war beeindruckt. Er bückte sich und hob den Trümmerhaufen auf.

»Was machen wir damit?«

»Entsorgen«, schlug Charlotte vor und nahm die kleine Kamera in Augenschein. »Aber vorher …« Sie hantierte an dem Gerät und entfernte die Speicherkarte. »Später sehen wir uns an, was an unserer Rentner-WG so interessant ist, dass der Besitzer das Teil immer ums Haus fliegen ließ. Jetzt ist erst mal Zeit fürs Mittagessen.«

»Ach, du Schreck«, murmelte Conrad. »Ich habe völlig vergessen, die Kartoffeln aufzusetzen – und die Schnitzel sind noch nicht paniert.«

»Was haltet ihr davon, wenn wir das Kochen heute Mittag ausfallen lassen? Ich habe uns was Leckeres aus der Markthalle mitgebracht. Das war zwar fürs Abendessen gedacht, aber wir können es ja mal umgekehrt machen.«

Damit erklärten sich alle einverstanden. Das Drohnenwrack wurde auf der Terrasse deponiert, bevor die Freunde in die Küche gingen.

Conrad und Elisabeth legten die Speisen auf Teller und in Schälchen, Anneliese schnitt das Brot.

»Was hat eigentlich der Haftrichter gesagt?«, fragte sie dabei. »Wie ich das sehe, hast du diese Leckereien gekauft, weil du den Mann überzeugen konntest, oder?«

Charlotte griff in ihre Handtasche, holte den Sprechschein heraus und wedelte triumphierend damit herum.

»Etwas anderes hätte mich sehr gewundert«, meinte Conrad. »Warum bist du nicht sofort zu Philipp gefahren?«

»Dafür bin ich nicht richtig angezogen.«

Er musterte sie wohlgefällig.

»Was ist daran falsch? Du siehst umwerfend aus – zauberhaft und todschick.«

»Das verstehst du nicht«, sagte die Strick-Liesel und legte das Brot in Körbchen. »Für Philipp ist es schwer genug, unschuldig eingesperrt zu sein. Was glaubst du, wie er sich fühlt, wenn seine Frau wie das blühende Leben in der JVA erscheint.«

Ihm war anzusehen, dass er erst darüber nachdenken musste, wie das gemeint war.

»Man muss sowieso vorher einen Termin machen«, sagte Charlotte und wandte sich zur Tür. »Ich ziehe mich rasch um.«

Am frühen Nachmittag saß Charlotte im Stiftungsbüro. Zunächst rief sie in der JVA an, um einen Termin zu vereinbaren. Laut Besucherverordnung musste man das mindestens zehn Tage vor dem gewünschten Termin tun. Da es sich jedoch um ihren ersten Besuch handelte, war das kurzfristig möglich. So konnte sie für den nächsten Tag, einem Samstag, eine Zeit zwischen 8.30 Uhr und 14 Uhr wählen. Anschließend schickte sie der Rechtsanwältin eine WhatsApp, um sie davon zu unterrichten.

Danach widmete sie sich den Universitätsdateien. Ihr lief die Zeit davon. Sie musste irgendeine Spur finden. Womöglich hing Philipps Zukunft von ihren Ermittlungsergebnissen ab. Was sollte sie ihm bei ihrem Besuch sagen? Dass sie kläglich gescheitert war? Dass ihre Spürnase ausgerechnet nicht funktionierte, wenn ihr Partner sie brauchte? Sie fühlte sich wie bei einem Marathonlauf, aber ohne zu wissen, wie lang die Strecke war und wo sich das Ziel befand. Beinah verbissen machte sie sich an die Arbeit.

Da Charlotte wieder nicht zum Nachmittagskaffee erschienen war, kam Anneliese mit einer Tasse und einem Kuchenteller herunter. Beides stellte sie auf dem Schreibtisch ab. Sie wusste, dass Charlotte unter enormem Druck stand. Die Freundin musste dringend etwas finden, das Philipp vom Mordvorwurf entlastete – und sie sorgte sich um ihren Pflegesohn.

»Mach wenigstens mal eine kurze Pause.«

Gehorsam lehnte sich Charlotte zurück und streckte sich.

»Das bringt alles sowieso nichts. Vermutlich vergeude ich nur unnötig Zeit.«

»Wie weit bist du denn gekommen?«

»Die Studentendateien sind alphabetisch nach Namen abgelegt. Ich bin bei M, habe also erst etwa die Hälfte gelesen. Am Ende stellt sich raus, dass alles umsonst war.«

»Seit wann bist du so pessimistisch?«

Charlotte zuckte die Schultern, nahm das Smartphone vom Tisch und schaute aufs Display. Anneliese ahnte, worauf sie wartete.

»Immer noch keine Nachricht von Anton?«

Niedergeschlagen schüttelte die Freundin den Kopf.

»Vielleicht hat er sein Handy verloren – wie die Mundharmonika.«

»Und wenn nicht? Ich habe Angst, dass ihm was passiert ist. Womöglich wurde er überfallen und gequält und liegt irgendwo hilflos in der Kälte.«

»Das glaube ich nicht. Er kennt das Leben auf der Straße. Deshalb ist er vorsichtig.«

»Trotzdem kann ihm etwas zugestoßen sein. Anton ist ein Kind, ein elf Jahre alter Junge. Wie soll er sich gegen einen Erwachsenen oder gegen eine Gruppe aggressiver Jugendlicher wehren?« Sie nahm die Tasse und nippte an dem heißen Getränk. »Wahrscheinlich habe ich mit meinem blöden Helfer-Syndrom alles falsch gemacht. Obwohl er mir ans Herz gewachsen ist, hätte ich nicht die Pflegschaft für ihn übernehmen dürfen. Zu allem Überfluss dachte ich, es wäre gut für ihn, wenn er nicht nur unter uns Alten ist, sondern unter Gleichaltrigen. Für ihn fühlt es sich bestimmt so an, als hätte ich ihn ins Internat abgeschoben. Woanders wäre er sicher besser aufgehoben gewesen. In einer Familie mit Kindern oder …«

»Rede dir nicht so einen Unsinn ein!«, unterbrach Anneliese sie vorwurfsvoll. »Die Chance, für ein Kind in seinem Alter eine Pflegefamilie zu finden, ist minimal. Das weißt du so gut wie ich. Er wäre in ein Heim gekommen. Dort hätte er es nicht lange ausgehalten, wäre weggelaufen und würde längst wieder auf der Straße leben.« Eindringlich schaute sie die Freundin an. »Du hast alles richtig gemacht, hast ihm ein Zuhause gegeben, Liebe und Geborgenheit – und uns Gruftis als Familie dazu. Der Junge war seit Jahren das erste Mal glücklich. Ich habe lange genug mit Kindern gearbeitet, um das beurteilen zu können.«

»Aber er vertraut mir nicht. Sonst wäre er nicht abgehauen.«

»Ich fürchte, so einfach ist das nicht. Wenn Anton zu Hause ist, wird er es uns erklären.« Sie deutete auf den Teller. »Iss Elli zuliebe den Kuchen und sag mir, wie ich dir bei der Recherche helfen kann.«

Sie fing Charlottes dankbaren Blick auf. Während die Freundin nach dem Teller griff und sich das Stück Apfelkuchen schmecken ließ, fuhr die Strick-Liesel ihren PC hoch und wartete auf Anweisungen.

»Was soll ich tun?«

»Falls ich bei den Studenten nichts Auffälliges finde, muss ich mir alles, was mit dem Mord zu tun hat, genauer ansehen. Du könntest vorab zusammentragen, was du darüber im Internet findest: Zeitungsberichte, Fotos, Kommentare, auch in den sozialen Netzwerken.«

»Alles klar.«

Von Charlotte hatte sie gelernt, zuerst einen Ordner anzulegen, in dem die Informationen gesammelt wurden. Das tat sie sogleich. Anschließend öffnete sie die Suchmaschine. Nach kurzem Überlegen tippte sie drei Begriffe ein.

9.544 Ergebnisse wurden daraufhin angezeigt. Nach einer Weile fluchte Anneliese leise, als sie erkannte, dass nicht alle den Mord an Sandra Helmke betrafen.

Charlotte schaute über ihren Bildschirm hinweg zu ihr hinüber.

»Alles okay?«

»Ja, aber ich muss die Suche weiter eingrenzen. Das ist hier mit dem Suizid bunt gemischt.«

»Muss ich das verstehen?«

»Vor ein paar Wochen hat sich eine Studentin vom Parkhausdach gestürzt. Diese Berichte muss ich aussortieren, sonst ergibt das ein heilloses Durcheinander.«

Während Anneliese weiterarbeitete, hielt Charlotte inne. Irgendetwas ließ sie stutzen, aber sie bekam es nicht zu fassen.

»Warte mal«, bat sie und erhob sich. Seit Stunden klebte sie auf diesem Schreibtischstuhl. Ihr fehlte genügend Bewegung, um klar denken zu können. Sie ging ein paar Schritte auf und ab. Abrupt blieb sie am Konferenztisch stehen. Ihr Blick konzentrierte sich auf das Adventsgesteck mit der dicken roten Kerze. »Was genau hast du gegoogelt?«

»Hannover, Psychologiestudentin und tot. – Warum fragst du?«

»Ich erinnere mich, dass wir beim letzten Stammtisch kurz über die Selbstmörderin gesprochen haben. Borderline, Essstörungen, Depressionen, Psychiatrie … Aber ich wusste nicht, dass sie Psychologie studiert hat.«

»Du glaubst, da gibt es einen Zusammenhang?«

Nachdenklich trat Charlotte hinter sie.

»Zurzeit können wir nichts ausschließen. – Steht da irgendwo, wie alt sie war?«

»Moment.« Anneliese tippte auf der Tastatur und öffnete einen Bericht. »23.«

»Zwei Psychologiestudentinnen, beide aus Hannover, beide 23 Jahre alt, beide tot.« Sie legte die Hand auf die Schulter der Freundin. »Hältst du das für einen Zufall?«

»Schwer zu sagen. Die eine hat sich selbst umgebracht, die andere wurde ermordet. – Also gibt es nur ein Verbrechen und einen Täter.«

Das klang einleuchtend. Gedankenverloren bewegte sich Charlotte ein paar Schritte, blieb stehen und blickte auf das gerahmte Gemälde an der Wand, das die verstorbene Opernsängerin Christa Bernhardt zeigte. Als enge Freundin hatte die Sopranistin Anneliese in ihrem Testament mit der Gründung einer Stiftung betraut, die mittellose Künstler unterstützen und Stipendien vergeben sollte. Philipp hatte dafür dieses Büro zur Verfügung gestellt. Die Operndiva hatte sterben müssen, weil … Abrupt drehte sich Charlotte herum.

»Und wenn die eine ermordet wurde, weil sich die andere vom Dach gestürzt hat? Das spräche für eine Verbindung zwischen den beiden toten Studentinnen.«

»Wenn man es so betrachtet. Andererseits: Was hat das alles mit Philipp zu tun?«

»Genau das muss ich rausfinden.« Die Möglichkeit, auf etwas gestoßen zu sein, das sie vielleicht weiterbrachte, wirkte wie ein Aufputschmittel auf Charlotte. »Ich brauche den Namen der Selbstmörderin. Steht der in einem der Artikel?«

Während sie sich setzte, sichtete Anneliese die Berichte.

»Hier ist immer nur von Amelie Z. die Rede. Den vollständigen Namen dürfen Journalisten wohl nicht schreiben – vor allem nicht, wenn, wenn es sich um einen unnatürlichen Tod handelt. Zum Schutz der Privatsphäre oder weil es gegen das Persönlichkeitsrecht verstößt.«

»Das reicht möglicherwiese.« Charlotte schloss den Ordner mit dem Buchstaben M und wechselte zu Z. Dort existierten nur zwei Unterordner. Der eine trug den Namen: Jonas Zacharias, der andere: Amelie Zander.

»Ich habe sie gefunden. Sie war Philipps Studentin.« Sie öffnete den Ordner, in dem sich zahlreiche Dateien befanden. »Hier sind eine Menge Unterlagen abgelegt, die ich erst mal durchgehen muss.«

»Soll ich trotzdem weitermachen?«

»Sei so gut. Möglicherweise sind in den Berichten Hinweise, die wir später verwenden können.«

Von nun an arbeiteten sie schweigend. Erst als Elisabeth sie zum Abendessen heraufrief, schalteten sie die Computer aus.

Conrad hatte sich am Nachmittag mit der Reparatur der Sauna im Souterrain beschäftigt und später in der Küche die Schnitzel gebraten, die ursprünglich als Mittagsmahlzeit vorgesehen waren. Dazu servierte er Kartoffelgratin und einen bunten Salat. Wie immer schmeckte es den WGlern ausgezeichnet.

Das Tischgespräch drehte sich zunächst um den zielgenauen Abschuss der Drohne. Von allen Seiten wurde der General für seine Schießkünste gelobt.

»Schade, dass sich der Besitzer nicht gemeldet hat«, sagte er. »Sonst wüssten wir, ob das einfach nur ein Spanner ist oder der Stalker.«

»Ich tippe auf den Stalker«, verkündete Conrad. »So ein fliegendes Ding kostet. Wenn es mir abhandenkommt, forsche ich nach, wo es abgestürzt ist. Es könnte ja zu reparieren sein. Und wenn nicht, würde ich zumindest die Kamera oder die Speicherkarte retten wollen.«

»Wenn ich aber einen Grund habe, nicht in Erscheinung zu treten, nehme ich den Verlust stillschweigend in Kauf«, vollendete Elisabeth, was ihr einige erstaunte Blicke einbrachte. Etwas verlegen schaute sie in die Runde. »Anscheinend übernehme ich schon eure Denkweise.«

»Wer hätte das gedacht?«, neckte Charlotte sie, bevor sie erzählte, was sie herausgefunden hatten. »Offenbar hatte Amelie diese enormen psychischen Probleme schon sehr lange«, fasste sie zusammen. »Morgen werde ich Philipp auf sie ansprechen. Außerdem muss ich Hannes anrufen. Bis sich herausgestellt hat, dass es Suizid war, hat die Kripo ermittelt. Vielleicht steht in der Akte etwas über die Lebensumstände der Studentin. Außer der Uni muss es noch eine andere Verbindung zu Sandra geben.«

Charlotte war sich im Klaren darüber, dass sie diese Spur erst weiterverfolgen sollte, wenn sie mit Philipp gesprochen hätte. Am liebsten wäre sie eine Runde gelaufen, um den Kopf frei zu bekommen, aber das war in der Dunkelheit nicht ratsam, solange der Stalker sich irgendwo draußen herumtrieb. Sollte sie ins Fitnessstudio fahren? Dort war sie seit Philipps Verhaftung nicht mehr gewesen. Allerdings verspürte sie keine Lust, um diese Zeit durch die halbe Stadt zu fahren. Deshalb stimmte sie Annelieses Vorschlag zu, mit ihr zusammen den Freitagskrimi anzusehen. Aus Rücksicht auf die anderen Bewohner taten sie das in der oberen Etage, auf der die beiden Räume von Liesel und Conrad lagen.

Kaum hatten es sich die Freundinnen im Kerzenlicht des Adventsgestecks auf dem Sofa bequem gemacht, kam der Wetterfrosch mit einem kleinen Tablett herein, das er auf dem Tisch abstellte.

»Ich bringe euch eine ›Tote Tante‹. Die wird euch guttun.«

Mit einem liebevollen Lächeln schaute seine Lebensgefährtin ihn an.

»Danke, du bist ein Schatz.«

Er zwinkerte ihr zu und ließ die Damen allein.

»Tote Tante?« Charlotte hatte noch nie davon gehört. »Was ist das?«

»Ein Zaubertrank.« Anneliese schob eine der großen Tassen in ihre Reichweite. »Der Kakao wird aus heißer Milch, frisch geschmolzener Zartbitterschokolade und ganz viel Liebe zusammengerührt. Es kommt ein ordentlicher Schuss Rum dazu und ein dickes Sahnehäubchen obendrauf.« Sie legte eine Serviette neben die Tasse. »Getrunken wird diese Kalorienbombe durch die Sahne. Umrühren verboten.«

»Klingt gut.«

Nach dem spannenden Krimi verabschiedete sich Charlotte. Sie wechselte über die Galerie zur anderen Haushälfte. Auf dieser Etage lag Philipps Schlafzimmer, das seit Tagen verwaist war. Schräg gegenüber davon führten wenige Stufen hinauf zu Antons Reich, das sie ihm im Dachstudio eingerichtet hatten. Als Charlotte daran dachte, wie sehr sich der Junge über sein erstes eigenes Zimmer gefreut hatte, wurde es ihr schwer ums Herz. Es war ihr zwar gelungen, ihre Sorge für kurze Zeit zu verdrängen, aber nun war sie wieder sehr präsent. Betrübt wandte sie sich ab und lief die Treppe hinunter. Kaum hatte sie die Deckenlampe in ihrer Wohnstube eingeschaltet, blieb sie abrupt stehen. Im hellen Licht war das Chaos im Raum nicht zu übersehen. Wie stets, wenn sie etwas stark beschäftigte, ließ sie alles Mögliche achtlos herumliegen. Kleidungsstücke, Zeitungen, Handtücher … In Bad und Schlafzimmer sah es nicht besser aus. Sie hasste diese Unordnung – und sie schämte sich regelmäßig dafür. So sehr sie sich bemühte, immer alles sofort ordentlich an seinen Platz zu bringen, so wenig erfolgreich setzte sie diese Vorhaben um. Irgendwie kam immer etwas dazwischen, das ihre guten Vorsätze torpedierte. Darüber nachzudenken half leider nicht; sie musste dringend aufräumen. Aber nicht mehr um diese Uhrzeit. Dazu war sie zu müde.

Sie ging ins Bad und entkleidete sich. Als sie die Jeans auf den Wäschehaufen werfen wollte, fiel ihr die Speicherkarte der Drohne ein, die sie in die Hosentasche gesteckt hatte. Sie fischte sie heraus und legte sie auf die Ablage unter dem Spiegel. Später nahm sie die Karte und ihr Netbook mit ins Bett, um sich die Aufnahmen anzusehen. Obwohl sie nur mit einigen Fotos der WG-ler gerechnet hatte, war sie überrascht über die Vielzahl der Aufnahmen und Videos. Anscheinend waren die Senioren bereits seit Wochen aus der Luft observiert worden. Die Aufnahmen zeigten die WG-ler auf dem Grundstück oder im Auto. Auf mehreren Fotos waren die Freunde jeweils an den Fenstern ihrer Zimmer zu sehen, sodass kaum ein Zweifel daran bestand, wo genau wer von ihnen wohnte. Von Conrad gab es eine Aufnahme in Unterhemd und Boxershorts bei gymnastischen Übungen vor geöffnetem Fenster. Charlotte selbst war auf einem Foto in BH und Slip zu sehen, das offenbar durch die Scheibe ihrer Balkontür geschossen wurde. Anneliese hatte es im Nachthemd beim Zuziehen der Vorhänge erwischt. Die anderen Bewohner waren in ähnlichen Situationen geknipst worden. Sogar Anton war auf einigen Bildern. Das beunruhigte sie zusätzlich. Zum ersten Mal fragte sie sich, ob er dem Stalker in die Arme gelaufen und von ihm entführt worden sein könnte.

Charlotte beschloss, den Freunden am nächsten Morgen davon zu erzählen und auch noch einmal mit Hannes über ihre Befürchtung zu sprechen.

Die Memory Card würde sie sicher aufbewahren. Möglicherweise könnte sie ein wertvolles Beweisstück sein, wenn der Stalker endlich gefasst wäre.

Gähnend klappte sie den kleinen Computer zu und schob ihn auf die freie Seite des Bettes, bevor sie das Licht löschte und die Decke über ihre Schulter zog. Das Smartphone lag griffbereit auf dem Nachttisch. Ihr letzter Gedanke galt Anton, bevor sie in einen tiefen Schlaf fiel.

KAPITEL 27

Bislang kannte Charlotte die gelblichen Bauten der Justizvollzugsanstalt im Stadtteil Hainholz nur aus der Entfernung, wenn sie auf der Schulenburger Landstraße gefahren war. Nach Philipps Verhaftung hatte sie recherchiert, um sich ein genaueres Bild anhand von Berichten und Fotos zu machen. Bald nach der Eröffnung vor mehr als 50 Jahren wurde das Gefängnis wegen der Nähe zu einem Gasometer scherzhaft ›Hotel zur Kugel‹ genannt. In einschlägigen Kreisen hieß es heute noch so. Die hannoversche JVA beherbergte mittlerweile die größte Untersuchungshaftabteilung Niedersachsens.

Da Charlotte im Internet keinen Hinweis auf einen Besucherparkplatz gefunden hatte, stellte sie ihren Golf in der Friedenauer Straße zwischen geparkten Wagen parallel zu den Straßenbahnschienen ab. Die letzten 300 Meter bis zur Pforte ging sie zu Fuß – vorbei am sechs Meter hohen Sicherheitszaun mit Stacheldrahtkrone.

Im Bereich der Außenpforte wurde die Besucherin von einer freundlichen Vollzugsbeamtin in Empfang genommen. Zuerst musste sie den Sprechschein und ihren Personalausweis vorzeigen. Aus Sicherheitsgründen wurde sie anschließend auf unerlaubte Gegenstände durchsucht und darauf hingewiesen, dass es Vorschrift war, ihre Tasche in einem Wertschließfach zu deponieren. Charlotte erhielt ein kleines Besucherschild, das sie gut sichtbar an ihrer Kleidung befestigen sollte.

Anschließend wurde sie zum Besucherraum geführt.

Bei ihrem Eintreten sprang Philipp auf. An einigen besetzten Tischen vorbei lief Charlotte auf ihn zu. Sie wusste nicht, ob sie ihn umarmen durfte; sie tat es einfach. Sie küsste ihn sogar auf den Mund.

»Setzen Sie sich bitte«, sagte der anwesende Vollzugsbeamte in einem ruhigen, aber nachdrücklichen Ton. Sofort kamen sie dieser Aufforderung nach. Auf der quadratischen gläsernen Tischplatte stand ein Schild mit der Nummer 1. Graue Schwingstühle passten genau zwischen die Abtrennungen unter der Platte, sodass es unmöglich war, einander darunter zu berühren oder sich etwas zuzustecken.

Aufmerksam schaute Charlotte ihren Lebensgefährten an. Durch den ungewohnten Bartwuchs wirkte sein Gesicht etwas fremd, seine Augen blickten resigniert.

»Wie geht es dir?«

Er zuckte die Schultern.

»Ich weiß, wie schwer das für dich sein muss, hier eingesperrt zu sein. Wenn du irgendwas brauchst …«

»Julia hat sich um alles gekümmert: Fernsehgerät, Lesestoff. Nur was mir am meisten fehlt, konnte sie mir nicht besorgen.«

Was sollte sie dazu sagen? Sie sehnte sich genauso sehr nach ihm wie umgekehrt. Oder meinte er damit einfach nur seine Freiheit?

»Ich soll dich herzlich von unseren Mitbewohnern grüßen – und von Sophia und Axel.«

»Danke.«

»Außerdem hat mich heute Morgen dein Kumpel Ron aus dem Musikladen angerufen und seine Hilfe angeboten.«

»Er soll sich raushalten. Zurzeit könnte es lebensgefährlich werden, mein Freund zu sein.«

Seine Worte klangen völlig emotionslos. Charlotte spürte förmlich, dass er sie auf Distanz halten wollte.

»Soll ich deine Tochter informieren?«

»Sophia soll das machen – aber erst, wenn feststeht, dass ich nicht freikomme.«

»Okay.«

Das leuchtete ihr ein. Für seine Tochter Christina war sie eine Unbekannte. Ihr Kennenlernen war für Weihnachten geplant.

Charlotte sah den Beamten in der Nähe stehen, der problemlos mithören konnte. Sie wusste, dass es ihr nicht erlaubt war, mit Philipp über den Tatvorwurf zu sprechen. Wenn sie schnell an Informationen gelangen wollte, musste sie das geschickt anstellen. Ihr stand nur eine halbe Stunde Besuchszeit zur Verfügung. Der Umweg über seine Anwältin würde nur unnötig viel Zeit kosten.

»Erinnerst du dich an Amelie Zander?«

Diese Frage versetzte ihn in Erstaunen.

»Natürlich.«

»Wann hast du sie das letzte Mal gesehen?«

»Etwa vor einem Jahr.«

»Wie ich hörte, hat sie das Studium damals abgebrochen. Wir haben uns nach dem Grund gefragt.«

»Ich habe ihr dazu geraten.«

»Warum?«

»Sie brachte nicht die nötigen Fähigkeiten mit. Weder für das Studium noch für den Beruf. Ihre psychische Verfassung war bedenklich.« Allmählich schien er zu begreifen. »Du hast meine Beurteilung gelesen.«

»Wie hat sie reagiert, als ihr klar wurde, dass ihr Berufswunsch zerplatzt?« Eindringlich schaute sie ihm in die Augen. »Sie hat versucht, das zu verhindern – mit allen Mitteln. Richtig?«

»Zuerst mit eindeutigen Angeboten. Als das nicht fruchtete, hat sie mit allem Möglichen gedroht – zuletzt mit Suizid. Ich habe ihr Hilfe bei der Suche nach einem geeigneten Therapieplatz angeboten, aber sie hat abgelehnt. Soviel ich weiß, war sie dennoch in der Psychiatrie – und ich wurde pensioniert. Seitdem habe ich nichts mehr von ihr gehört.«

»Hatte sie einen Freund?«

»Das entzieht sich meiner Kenntnis.«

Charlotte machte sich in Gedanken eine Notiz, das schnellstmöglich herauszufinden. Sie sah, dass der Vollzugsbeamte das Geschehen am Nebentisch ins Visier nahm.

»Das könnte eine Spur sein«, sagte sie leise. »Wir haben übrigens eine neue Mitbewohnerin«, fügte sie in normaler Lautstärke hinzu. »Seit ein paar Tagen wohnt Ronja bei uns.«

»Die kleine Hündin von ... Hat Frau Rodloff sie gebracht?«

»Sie sagte, dass du dich um eine Unterkunft für die Fellnase kümmern wolltest.«

»Das habe ich getan. Ronja wird demnächst in Schweden ein neues Zuhause bekommen.«

»Bei deiner Tochter?«

»Wenn alles gut geht.«

Charlotte fasste nach Philipps Hand, die auf dem Tisch lag, und drückte sie ein wenig. Selbstvergessen strich er mit dem Daumen über ihr Handgelenk, bevor er sich besann und sich fast bis an die Heizung hinter ihm zurücklehnte. Der vertraute Moment zerriss.

»Wie verkraftet Anton die Situation?«, wechselte er das Thema. »Das alles macht ihm bestimmt zu schaffen.«

Charlotte hatte auf der Fahrt zur JVA beschlossen, Philipp nicht mit dem Verschwinden des Jungen zu belasten.

»Ich hatte bislang keine Zeit, mit ihm darüber zu sprechen.«

Sein zunächst ungläubiger Blick wurde zu einem vorwurfsvollen Ausdruck in seinen Augen.

»Das ist nicht dein Ernst. Weißt du nicht, dass er dich gerade jetzt dringend braucht? Du bist der wichtigste Mensch in seinem Leben. Warum kümmerst du dich nicht um ihn?«

Im ersten Augenblick war sie zu perplex, um zu reagieren. Allerdings ahnte sie, dass seine Worte zu einer Strategie gehörten. Aber zu welcher?

Ehe sie darüber nachdenken konnte, wurde ihnen das Ende der Besuchszeit mitgeteilt. Beide standen auf. Philipp warf ihr einen kurzen, schmerzerfüllten Blick zu, wandte sich um und ließ sich grußlos hinausführen.

Kaum war er allein in seiner Zelle, wurde ihm klar, was er getan hatte. Nach stundenlangem Nachdenken, wie er Charlotte eine mögliche Trennung leichter machen könnte, hatte sich ihm unerwartet eine Chance geboten. Ohne zu überlegen, hatte er sie ergriffen und sein Sternchen dadurch vor den Kopf gestoßen. Wie sehr seine Worte sie verletzt hatten, war deutlich in ihren Augen zu lesen gewesen. Mit welchem Recht hatte er ihr Vorhaltungen gemacht? Wahrscheinlich suchte sie beinah rund um die Uhr nach einem Beweis für seine Unschuld. Wie sollte sie sich nebenher um Anton kümmern? Der Junge war im Internat gut aufgehoben.

Wie ein Tier im Käfig tigerte er auf den wenigen freien Quadratmetern durch seinen Kerker. Abrupt blieb er stehen. Er war ein Idiot! Ein unsensibler Depp! Mit der Faust schlug er gegen die weiß getünchte Wand. Immer wieder.

KAPITEL 28

Wie auf Autopilot verließ Charlotte die JVA. Philipps merkwürdiges Verhalten war ihr ein Rätsel. Es war beinah wie zu der Zeit, als er die Nachrichten des Stalkers vor ihr verbergen wollte. Was bezweckte er diesmal? War es einfach nur Scham, dass er ihr zumutete, ihn im Gefängnis zu besuchen? Wollte er vermeiden, bemitleidet zu werden? Oder war er davon überzeugt, dass sie ihn anhand der Beweise, die gegen ihn sprachen, inzwischen für schuldig hielt? Womöglich beurteilte er seine Lage mittlerweile als aussichtslos und hatte resigniert? Wäre das nicht verständlich? Immerhin wusste sie, wie das ablief: Untersuchungshäftlinge wurden ständig zur Vernehmung abgeholt, hörten immer dieselben Fragen, dieselben Theorien zum Tathergang. Diese Taktik sollte sie mürbe machen – bis sie ein Geständnis ablegten. Das konnte sogar einer gefestigten Persönlichkeit wie Philipp arg zusetzen.

Charlottes Sorge um ihn wuchs. Sie musste mit Julia Jacobs sprechen! Und zwar so schnell wie möglich.

Anstatt über die B 3 nach Hause zu fahren, nahm Charlotte den Umweg über das Zooviertel in Kauf. Knapp 20 Minuten später erreichte sie ihr Ziel. Auf ihr Klingeln rührte sich nichts. Das war nicht verwunderlich. Auch eine vielbeschäftigte Anwältin hatte ein Recht auf ein freies Wochenende.

Insgeheim tadelte sich Charlotte dafür, das nicht bedacht zu haben. Sie drehte sich herum, um zu ihrem Auto zurückzugehen, als sie Hundegebell aus dem Garten hörte.

Sollte sie sich bemerkbar machen? Das Tier nahm ihr die Entscheidung ab, da es sich inzwischen offenbar hinter der Hecke auf gleicher Höhe mit ihr befand. Charlotte stieg auf das niedrige Mäuerchen, das den Kirschlorbeer vom Fußweg abgrenzte, und beugte sich etwas hinüber. Dackel Hildegard blickte zu ihr hinauf und veranstaltete einen Mordslärm. Wie peinlich! Rasch trat Charlotte den Rückzug an. Sie hatte ihr Auto noch nicht erreicht, als die Gartenpforte von innen geöffnet wurde. In der brünetten Frau erkannte sie die Tante der Rechtsanwältin.

»Wollten Sie zu uns?«

Zögernd drehte sich Charlotte um und ging auf sie zu.

»Entschuldigen Sie, ich wollte eigentlich zu Frau Jacobs, aber ich möchte sie am Wochenende nicht behelligen.«

»Darf ich fragen, wer Sie sind?«

»Charlotte Stern.«

»Neuhaus. Julia ist meine Nichte. Samstags ist Bauernmarkt an der Friedenskirche. Dort kauft sie immer ein. Sie müsste aber jeden Moment zurück sein.« Sie beschrieb eine einladende Geste. »Kommen Sie rein.«

»Ich möchte wirklich nicht stören.«

»Das tun Sie nicht.«

Wenn sie nicht unhöflich erscheinen wollte, blieb ihr keine Wahl. Sie betrat das Grundstück und weckte sogleich das Interesse der Hündin. Während die Frau die Pforte schloss, ging Charlotte in die Hocke und hielt der Dackeldame ihre Hand hin, die sie ausgiebig beschnüffelte. Danach wurden ihre hohen Lederstiefel einem Geruchstest unterzogen. Anscheinend haftete Ronjas Duft daran, denn Hildegard war nicht zu bremsen.

»Genug!«, sagte Frau Neuhaus in strengem Ton, worauf die Hündin den Kopf hob. »Rein mit dir!«

Auf ihren kurzen Beinen flitzte die Dackeldame die wenigen Stufen hinauf zur Eingangstür und wartete schwanzwedelnd, bis ihr Frauchen öffnete. Wie der Blitz verschwand sie im Inneren des Hauses.

Die Tante der Rechtsanwältin führte Charlotte zum Wartebereich und bat sie, Platz zunehmen. Sie selbst streifte ihren Kamelhaarmantel ab und setzte sich auf das zweite Ledersofa. Ungeniert musterte sie ihr Gegenüber.

»Sie sind die Freundin von Professor Thaler, nicht wahr? Leben Sie zusammen?«

Charlotte wusste, dass die Dame vor Jahren für Philipp geschwärmt hatte, wahrscheinlich sogar in ihn verliebt gewesen war. Trotz dieser Verbindung schien sich ihre Nichte professionell an ihre Schweigepflicht gehalten zu haben.

»Wir sind sechs Freunde und ein Kater, die zusammen in einer Wohngemeinschaft leben.«

»Ich weiß nicht, ob ich das könnte. Meine Privatsphäre ist mir sehr wichtig.«

»Wir bewohnen jeweils zwei Zimmer und haben jeder ein eigenes Bad, sodass wir uns nicht in die Quere kommen.« Bequem lehnte sich Charlotte zurück und öffnete den Reißverschluss ihrer Jacke. »Vor ein paar Wochen bin ich probehalber dort eingezogen, um zu testen, ob ich WG-tauglich bin. Mit zunehmendem Alter hat man ja so seine Macken und liebgewordene Gewohnheiten.«

»Das ist wohl wahr.« Interessiert beugte sie sich etwas vor. »Werden Sie bleiben?«

»Inzwischen habe ich den Mietvertrag unterschrieben.«

»Offen gestanden, hätte ich nicht erwartet, dass Philipp die alte Villa umfunktionieren würde. Immerhin ist das der Familiensitz der Thalers.« Ein versonnenes Lächeln erschien auf ihrem Gesicht. »Sie müssen wissen, dass Philipp und ich … Wir kennen uns seit unserer Jugend.«

»Wie schön.« Charlotte tat ahnungslos. »Davon hat er uns gar nichts erzählt.«

»Das ist ja auch sehr privat.«

»Stimmt. Mitbewohner müssen nicht alles wissen – selbst wenn sie sich gut verstehen. Ein paar Geheimnisse hat jeder von uns.«

»Was tun Sie denn, wenn Philipp verurteilt werden sollte? Vermutlich müssen Sie sich bald eine neue Unterkunft suchen.«

»Wir sind davon überzeugt, dass er unschuldig ist.«

Charlotte war erleichtert, als die Haustür geöffnet wurde und Julia Jacobs eintrat. Unter ihrem linken Arm klemmte ein üppiger Blumenstrauß, in der rechten Hand trug sie einen großen Weidenkorb. Als sie die Damen im Wartebereich bemerkte, stellte sie den Korb vor dem Empfangstresen ab und legte den Strauß auf die blank polierte Platte. Ein vorwurfsvoller Blick traf ihre Tante.

»Du hast Besuch«, sagte Frau Neuhaus und stand rasch auf. »Ich habe der Dame nur einen Moment Gesellschaft geleistet.«

Anscheinend sah es ihre Nichte nicht gern, wenn sich ihre Tante mit Mandanten unterhielt.

Die rundliche Frau griff nach ihrem Mantel, nickte Charlotte freundlich zu und rief nach ihrem Hund.

Kopfschüttelnd blickte die Rechtsanwältin ihr nach, bis ihre Verwandte im Treppenhaus verschwunden war.

Inzwischen kam Charlotte näher.

»Verzeihen Sie, dass ich hier einfach reingeplatzt bin. – Noch dazu an einem Samstag.«

»Kein Problem.« Sie führte ihren Gast ins Arbeitszimmer und schloss die Tür. »Waren Sie bei Philipp?«

»Ja.« Gedankenverloren fixierte sie einen imaginären Punkt an der Wand. »Er hat sich seltsam verhalten. Bei der Begrüßung hat er zugelassen, dass ich ihn umarme, aber plötzlich war er … distanziert, hat einsilbig geantwortet. Ich bin noch nicht dahintergekommen, was er damit bezweckt.« Entschlossen straffte sie die Schultern. »Egal, was es ist, er wird nicht verhindern können, dass ich für ihn da bin. – Und wenn er mir hundertmal vorwirft, dass ich mich nicht genug um Anton kümmere.«

»Das ist Ihr Pflegekind, oder? Philipp hat mir seine Geschichte erzählt – und wie sehr der Junge an Ihnen hängt.«

»Und an Philipp. Er ist seine wichtigste männliche Bezugsperson.«

Sie berichtete, was er alles tat, um dem Kind zu helfen, sein Trauma zu überwinden, und wie sehr Anton ihn bewunderte. Die jüngsten Ereignisse ließ sie ebenfalls nicht aus.

»Davon haben Sie Philipp nichts gesagt?«

»Wie hätte ich das können? Er wirkte so niedergeschlagen. Soll er sich zusätzlich Sorgen um den Jungen machen?«

Julia lehnte sich gegen ihren Schreibtisch und lächelte.

»Ihr seid wirklich ein besonderes Paar.«

»Wieso?«

»Einer will dem anderen unter allen Umständen Kummer ersparen.«

»Das verstehe ich nicht.«

»Ich verrate Ihnen mal was unter dem Siegel der Verschwiegenheit: Philipp hat mir anvertraut, dass er kaum noch damit rechnet, freizukommen. Sie sollen sich nicht an ihn gebunden fühlen, wenn er verurteilt wird.«

Allmählich begriff sie sein Verhalten.

»Er will mich vergraulen? Ich soll fröhlich weiterleben, als hätte es all das, was uns verbindet, nie gegeben?« Empört schnappte sie nach Luft. »Wenn Sie das nächste Mal zu ihm fahren, bestellen Sie ihm bitte, dass er mich nicht so einfach loswird – egal, was er sich einfallen lässt.«

Auf dem Heimweg waren Charlottes Gedanken mit dem Besuch bei Philipp beschäftigt. Dennoch vergaß sie nicht, bei Stichweh zu halten, um einige Kleidungsstücke in die Reinigung zu geben. An der nächsten roten Ampel verfiel sie erneut ins Grübeln. Erst das Hupen hinter ihr schreckte sie auf.

»Ja, ja.« Sie gab Gas, was im dritten Gang nicht sehr effektiv war. Der Wagen machte einen Satz nach vorn und blieb mucksmäuschenstill stehen. Abermals wurde gehupt. Im Rückspiegel erkannte sie einen Autofahrer, der wild gestikulierte.

»Typisch Frau am Steuer, ich weiß«, murmelte sie, nahm den Gang raus und startete. Beim zweiten Versuch sprang der Motor an. Nur keine Hektik. In wenigen Minuten würde sie zu Hause sein. Sie bog in eine Nebenstraße ein und fuhr in der 30er-Zone langsam auf eine Kreuzung zu. Ein Blick nach rechts, kein Fahrzeug in Sicht, sodass sie beschleunigte. Kaum hatte sie die Einmündung passiert, trat sie hart auf die Bremse. Hatte der Junge mit dem Rucksack, den sie flüchtig gesehen hatte, nicht Ähnlichkeit mit Anton? Oder sah sie Gespenster? Wahrscheinlich, dachte sie. Er war viel zu weit weg. Außerdem hatte er ihr den Rücken zugekehrt.

Charlotte zögerte nur einen Moment. Entschlossen legte sie den Rückwärtsgang ein. Sie überzeugte sich, dass die

Straße hinter ihr frei war, und setzte mit Blick in die Außenspiegel zurück, bis sie in die Querstraße einbiegen konnte. Ein großes blaues Schild wies einen verkehrsberuhigten Bereich aus. Ihr blieb nichts anderes übrig, als Schrittgeschwindigkeit zu fahren. Weit vor sich auf dem rechten Bürgersteig sah sie das Kind mit dem Rucksack auf dem Rücken, das ungewöhnlich langsam unterwegs war.

Auf dem linken Gehweg bewegte sich dicht an der Häuserzeile eine schlanke, dunkel gekleidete Gestalt, die ebenfalls einen Rucksack bei sich hatte. Die Hände in den Taschen eines Kapuzenpullovers vergraben, wandte der Typ mehrmals den Kopf in Richtung des Kindes, das schräg hinter sich offenbar niemanden bemerkte. War das ein Verfolger oder nur ein Passant?

Sah der Kerl nicht aus wie der Attentäter auf dem Baustellenvideo? Oder bildete sie sich das nur ein?

Ohne die beiden aus den Augen zu lassen, fuhr sie weiter. Außer ihnen war kein Mensch auf der Straße. Obwohl die Szene friedlich wirkte, witterte Charlotte Gefahr. Sie spürte förmlich, wie Adrenalin ihren Körper flutete. Ihre Finger umspannten das Lenkrad fester. Sie kannte diese Gegend vom Joggen und wusste, dass das Kind gleich die Kita erreichen würde. Dahinter führte ein Weg zu den Kleingärten, ein anderer schlängelte sich zur Leine. Dort würde sie mit dem Auto nicht weiterkommen. Sie musste … Unwillkürlich hielt sie den Atem an, als der Schwarzgekleidete plötzlich zum Sprint über die Straße ansetzte. Mit langen Schritten erreichte er das Kind und packte es an der Schulter.

KAPITEL 29

Für Charlotte war der Angriff auf den Jungen wie ein Startschuss. Sie trat das Gaspedal durch, worauf der Golf nach vorn schoss. Gleichzeitig schlug sie mit der flachen Hand mehrmals auf die Hupe. Sie beobachtete, dass der Kapuzenträger innehielt und in ihre Richtung sah. Unvermittelt stieß er das Kind von sich, sodass es stürzte. Er trat nach dem Jungen, der die Arme schützend über den Kopf hielt. Mit Blick auf den herannahenden Wagen drehte sich der Typ weg und rannte neben der Kita auf den Schotterweg, der durch Poller für den Autoverkehr gesperrt war. Während Charlotte bremste, verschluckten Büsche und Bäume der angrenzenden Leinemasch den Angreifer. Sofort stieg Charlotte aus und lief zu dem bäuchlings auf den Steinplatten liegenden Jungen. Obwohl sie sein Gesicht nicht sehen konnte, wusste sie, dass ihr Instinkt sie nicht getäuscht hatte. Sie kniete sich neben ihn.

»Anton? Ich bin es.«

Ruckartig ließ er die Arme sinken und drehte sich etwas.

»Charly!« Seine Augen füllten sich mit Tränen, während er sich aufsetzte. »Woher weißt du, wo ich bin?«

»Lass uns später reden. Bist du verletzt?«

»Nein, ich glaube nicht.«

»Gott sei Dank.«

Ihr fiel ein Stein vom Herzen. Behutsam umarmte sie den Jungen und drückte ihn an sich. Selten war sie so erleichtert gewesen. Der kalte Wind, der staubige Gehweg, all das nahm sie nicht wahr. In diesem Moment fühlte sie wie jede andere Mutter, die ihr Kind nach sorgenvollen Stunden unversehrt in die Arme schließen durfte.

»Brauchen Sie Hilfe?«, vernahm sie eine Stimme, worauf sie sich ihrer Umgebung bewusst wurde. Ein älterer Herr mit Gehstock schaute beunruhigt auf sie herab. »Wurden Sie überfallen? Soll ich die Polizei rufen?«

Rasch kam sie auf die Beine.

»Das ist nicht nötig. Vielen Dank.«

Er musterte den Jungen, der sich langsam aufrichtete.

»Und was ist mit Ihrem Enkel? Ist er verletzt?«

Ihr Blick wechselte zu Anton. Seine Jeans war am linken Hosenbein in Kniehöhe zerrissen. Die Wunde darunter war offensichtlich nur oberflächlich.

»Mein Sohn hat nur eine Schramme.« Sie griff nach Antons Hand. »Die versorgen wir zu Hause.« Freundlich lächelte sie dem Herrn zu. »Danke für Ihre Hilfsbereitschaft.«

Ehe der Mann etwas erwidern konnte, zog sie den Jungen mit sich zu ihrem Wagen. Dabei bemerkte sie sein Sträuben.

»Was ist?«

Beschämt senkte er den Blick auf seine Sneakers, worauf sie die Beifahrertür öffnete.

»Kommst du mit, oder willst du lieber auf der Straße erfrieren? – Deine Entscheidung.«

Ohne eine Antwort abzuwarten, stieg sie auf der anderen Seite ein und legte den Gurt an. Demonstrativ startete sie den Motor. Insgeheim zählte sie langsam bis zehn, dann bis elf … Bei zwölf rutschte Anton auf den Sitz, stellte seinen Rucksack in den Fußraum und schloss die Autotür. Wie ein Häufchen Unglück kauerte er auf dem Polster.

»Schnall dich bitte an.«

Kommentarlos legte der Junge den Sicherheitsgurt an. Daraufhin beugte sie sich etwas zu ihm hinüber und öffnete das Handschuhfach. Sie kramte darin, fand den Müsliriegel und gab ihn dem Jungen, der ihn sofort aufriss und hineinbiss. Als er das Papier in die Jackentasche steckte, nahm Charlotte die kleine Wasserflasche aus dem Getränkehalter der Mittelkonsole und reichte sie an ihn weiter. Anton schraubte sie auf und trank in durstigen Zügen.

Auf der kurzen Fahrt bis zum Grundstück herrschte Schweigen. Charlotte fuhr den Wagen direkt in die Garage. Dort zog sie den Zündschlüssel ab, löste den Gurt, stieg aber nicht aus.

Abwartend schaute sie den Jungen an. Er schien mit sich zu ringen. Anscheinend suchte er nach den richtigen Worten.

»Es tut mir leid«, sagte er zerknirscht. »Ein paar Jungs haben gehört, dass Philipp verhaftet wurde. Ich habe das nicht geglaubt und wollte in mein Zimmer gehen, um dich anzurufen. Linus hat mich aber nicht durchgelassen. Ich wollte mich nicht mit ihm prügeln, aber er hat nicht aufgehört, so gemein über Philipp zu reden. Da bin ich ausgerastet.«

»Und was ist danach passiert?«

Mit leiser Stimme erzählte Anton von der Standpauke des Internatsleiters.

»Du hast befürchtet, dass er den Vorfall dem Jugendamt meldet. Das hätte er aber nicht getan. Ich bin seine Ansprechpartnerin. Wenn es Probleme gibt, werde nur ich informiert.« Sie legte zwei Finger unter sein Kinn und hob es etwas an, um ihm in die Augen schauen zu können. »Von dir hätte ich dasselbe erwartet. Warum hast du mich später nicht angerufen? Wovor hattest du Angst?«

Abermals wich er ihrem Blick aus.

»Dass du nicht mehr meine Pflegemutter sein willst, weil … weil ich genauso ein Mistkerl bin wie mein Vater. Der hat auch immer gleich zugeschlagen.«

»Kennst du mich so wenig? Glaubst du wirklich, ich würde dich weggeben, nur weil du etwas falsch gemacht hast? – Wozu es nur gekommen ist, weil du ein Familienmitglied verteidigt hast? Wir alle machen Fehler – jeden Tag. Man muss dafür geradestehen – und am besten mit jemandem darüber sprechen. So wie wir jetzt. Das ist sehr wichtig. Viele schlimme Dinge auf der Welt wären nicht passiert, wenn die Menschen miteinander geredet hätten.« Fragend hob sie die Brauen. »Hast du das verstanden?«

»Ja.«

»Wirst du dich daran erinnern, wenn es noch mal ein Problem geben sollte?«

»Versprochen.« Verlegen drehte er die fast leere Wasserflasche zwischen den Fingern. »Bist du sehr sauer auf mich?«

»Das war ich nie.«

Ihre Antwort schien ihn zu erstaunen, aber er sagte nichts dazu. Etwas anderes war dringlicher.

»Können wir bitte reingehen? Ich muss mal.«

Ein Lächeln unterdrückend, nickte sie.

Als sie die Villa betraten, war niemand zu sehen. Nach den Geräuschen zu urteilen, hielten sich die Freunde in der Küche auf. Was Charlotte nicht wunderte. Es war kurz vor eins.

»Beeil dich«, sagte sie zu Anton, als sie ihm Rucksack und Jacke abnahm. »Das Mittagessen ist fertig.«

Während der Junge in Richtung Gästebad verschwand, ging sie in die Küche.

»Was hast du denn so lange in der JVA gemacht?«, sprach Anneliese sie mit zwei Salatschüsseln in den Händen an. »Wir haben schon befürchtet, dass sie dich dabehalten haben.«

»Eine Frau im Männerknast?«, sponn Conrad den Faden weiter. »Noch dazu eine so bezaubernde Lady? Das würde bestimmt für eine Menge Aufregung sorgen.«

Mit stoischer Gelassenheit wusch sich Charlotte die Hände, bevor sie einen Teller und ein Glas aus dem Schrank nahm. Beides stellte sie an einen der freien Plätze auf den Tisch, was Elisabeth wunderte.

»Habe ich ein Gedeck vergessen?«

»Es kommt gleich jemand, der bestimmt einen Bärenhunger hat.« Sie trat zu Conrad, der eben den Herd ausschaltete. »Was gibt es denn Schönes?«

»Spaghetti mit Bolognese, geriebenem Parmesan und Gemsa.«

»Gemsa? Was ist das?«

»Gemischter Salat.« Er achtete stets darauf, als Vitaminbeilage entweder frisches Gemüse oder Salat auf den Tisch zu bringen. »Ist das okay?«

»Perfekt.«

Charlotte legte Verzehrwerkzeug und eine Serviette zu dem Gedeck.

Unterdessen dachte Anneliese an das Nächstliegende.

»Sag bloß, du hast Philipp zur Flucht verholfen.«

»Das hatte ich mir fest vorgenommen, aber mich hat der Mut verlassen. – Ich erzähle euch später von meinem Besuch bei ihm«, fügte sie hinzu, als sie eine Bewegung an der Tür bemerkte. Mit zwei Schritten war sie bei Anton, legte die Hand auf seinen Rücken und schob ihn in die Küche.

Mit großem Hallo wurde der Junge begrüßt. Nacheinander umarmten ihn die Bewohner. Beim Essen verschonten sie ihn zunächst mit Fragen.

»Warst du etwa per Anhalter unterwegs?« Besorgt schaute Elisabeth das Kind nach einer Weile an. »Man liest immer, wie gefährlich das ist.«

»Ich bin die meiste Zeit gelaufen. Das sind nur schlappe 30 Kilometer.« Geschickt wickelte er die Nudeln mit Hilfe des Löffels um die Gabel. »Nur als ich gestern in Hannover angekommen bin, habe ich den Bus bis nach Wülfel genommen. Mir haben die Füße wehgetan.«

»Warum bist du nicht sofort nach Hause gekommen?«

»Ich habe mich nicht getraut, aber ich wollte euch wenigstens mal sehen. Deshalb habe ich mich gegenüber vom Tor in den Büschen versteckt. Da habe ich diesen Typen mit der Drohne gesehen.«

Charlotte ließ die Gabel mit der aufgespießten kleinen Kirschtomate auf halber Strecke zum Mund sinken.

»Du hast den Kerl gesehen? Kannst du ihn beschreiben?«

»Schwarze Jeans und schwarzer Hoody. Darüber hatte er eine dicke Weste an – genauso schwarz.«

»Was ist mit seinem Gesicht?«

Anton zuckte die Schultern.

»Der hatte so einen Motorradschal um, den man bis über die Nase ziehen kann. Und die Kapuze hatte er auf.« Er warf seiner Pflegemutter einen kurzen Blick zu. »Du hast ihn vorhin selbst gesehen.«

»Aber leider nur von Weitem. Durch die Kapuze konnte ich überhaupt nichts von seinem Gesicht erkennen.«

»Ich auch nicht.«

Mit dem Löffel kratzte er den letzten Rest Soße vom Teller. Wahrscheinlich hätte er ihn nach dem spärlichen Nahrungsangebot der letzten Tage am liebsten abgeleckt.

Das Kind warf einen sehnsüchtigen Blick zur Spaghettischüssel. Daraufhin griff Anneliese nach der Porzellanschale, um sich mit der Nudelzange ein kleines Häufchen aufzutun, obwohl sie eigentlich fertig war. Ihr fragender Blick schweifte in die Runde. »Wer opfert sich?« Sie schob die Schüssel zu Anton hinüber. »Tu mir den Gefallen. Wir können nicht immer sämtliche Reste aufheben.«

Der Junge grinste und füllte seinen Teller erneut. Sogar die Soße reichte für beide. Zum Dessert gab es danach eine von Elli zubereitete heiße Vanillecreme, die nicht nur bei Anton großen Anklang fand.

Während Elisabeth und Anneliese später den Tisch abräumten, schaute sich Charlotte das verletzte Knie ihres Pflegesohns an.

»Das ist nur eine Abschürfung. Da kleben wir ein Pflaster drauf. Zuerst solltest du aber duschen.« Forschend musterte sie ihn. »Ich habe gesehen, dass der Kerl nach dir getreten hat. Wo hat er dich erwischt?«

Anton zeigte auf seinen linken Oberschenkel.

»Tut das weh?«

»Nur ein bisschen.«

»Darf ich mir das nachher anschauen?«

Während er zustimmte, setzte sich Anneliese auf den Stuhl neben ihn.

»Du hast vorhin gesagt, dass du den Mann in der Nähe des Grundstücks gesehen hast. Was genau hat er mit der Drohne gemacht?«

»Er hatte eine große Fernbedienung und hat sie fliegen lassen. Ich wollte ein Foto machen, aber der Akku von meinem Handy war doch leer.«

Das erklärte, warum Anton nicht auf hinterlassene Nachrichten reagiert hatte.

»Wohin ist das Ding geflogen?«

»Übers Tor. Danach konnte ich sie nicht mehr sehen. Aber es hat plötzlich laut geknallt.«

»Das war Albert«, sagte Charlotte. »Er hat die Drohne abgeschossen.«

Der General erntete einen bewundernden Blick aus dunkelbraunen Kinderaugen.

»Krass.«

»Was ist draußen noch passiert?«

»Er war wütend und hat sich umgedreht. Dabei hat er mich im Gebüsch entdeckt. Da bin ich schnell abgehauen. Ich habe gesehen, dass da noch eine kleinere Drohne war. Die war die ganze Zeit über mir, aber ich habe mich in der Leinemasch versteckt. Als es dunkel wurde, bin ich zum Teichhus gelaufen. Heute bin erst spät losgegangen. Ich dachte, der sucht mich nicht mehr. Vorsichtshalber bin ich nicht auf Hauptstraßen gegangen, aber er hat mich trotzdem gefunden.«

Den Rest der Ereignisse erzählte Charlotte. Dabei wurde ihr klar, dass der Junge weiterhin in Gefahr schwebte. Er durfte vorläufig nicht ins Internat zurück. Dort war er nicht sicher. Sein Verfolger wusste, dass Anton zur Familie gehörte. Auf der Speicherkarte befanden sich Fotos von ihm. Außerdem war er Zeuge des Drohnenangriffs.

»Ich habe eine Idee.« Charlotte legte dem Jungen die Hand auf die Schulter. »Was hältst du davon, hierzubleiben? Die Weihnachtsferien fangen im Internat sowieso in zwei Wochen an. Ich könnte dich bis dahin beurlauben lassen.«

»Echt jetzt?« Die Freude stand ihm deutlich ins Gesicht geschrieben. »Mega!«

»Allerdings würde ich deine Lehrer bitten, dir Aufgaben per Mail zu schicken, damit du nicht den Anschluss verlierst. – Ist das okay?«

»Schon.« Ein Schatten flog über sein Gesicht. »Das klappt trotzdem nicht. Ich habe keine Bücher hier.«

»Die hole ich mit Liesel«, bot Conrad spontan an. »Mein Wagen muss mal richtig bewegt werden, damit sich die Batterie auflädt.«

Anton strahlte.

»Das wäre geklärt.« Zufrieden nickte Charlotte dem Freund zu. »Ich rufe gleich im Internat an. Mit der Polizei in Rabenau muss ich danach telefonieren, damit sie die Suche nach Anton einstellen. Außerdem muss ich Benno Bescheid geben, dass die Handyortung nicht mehr nötig ist.« Sie griff nach Antons Hand. »Du kannst inzwischen duschen. Ich komme nachher zu dir rauf.«

Gemeinsam verließen sie die Küche.

Der Junge holte seinen Rucksack aus der Diele und stiefelte an der Seite seiner Pflegemutter die Treppe hinauf. Charlotte verschwand in ihren Räumen in der ersten Etage, Anton stieg hoch bis zum Dachstudio. Während er bald in Philipps Bad unter der Dusche stand, erledigte Charlotte die Anrufe vorsichtshalber übers Festnetz. Alle Teilnehmer reagierten erleichtert darüber, dass der Junge wohlbehalten zu Hause gelandet war. Philipps Rechtsanwältin informierte sie ebenfalls. Zuletzt rief sie Hannes an, der seinen freien Samstag damit verbrachte, am heimischen Küchentisch Akten zu studieren. Nur ihm erzählte sie ausführlich von den Umständen, unter denen sie Anton zufällig entdeckt hatte.

»Jetzt kann ich mich ganz auf die Ermittlungen konzentrieren«, schloss sie. »Inzwischen habe ich den Verdacht, dass der Mord an Sandra mit dem Suizid der Studentin zusammenhängt, die vom Parkhausdach gesprungen ist.«

»Wie kommst du denn darauf?«

Mit wenigen Worten erläuterte sie es ihm.

»Ich bräuchte dringend Einblick in die Akte über den Selbstmord. Eure Vorarbeit erspart mir unter Umständen viel Zeit.«

»Wenn Fink davon erfährt, stellt er mich kalt.«

Sofort regte sich ihr Gewissen. Zwar handelte es sich um einen abgeschlossenen Fall, der durch den Suizid im Grunde gar keiner für die Mordkommission war, dennoch …

»Sorry, ich hätte dich nicht danach fragen dürfen. Vergiss es einfach. Irgendwie finde ich raus, welche Verbindung zwischen den beiden besteht.«

Einen Moment lang war es still am anderen Ende der Leitung.

»Mir fällt gerade ein, dass wir lange keinen Kaffee zusammen getrunken haben. Hast du nicht Lust, mich am Montagmorgen auf ein Tässchen im Büro zu besuchen?«

»Sicher?«

»Du könntest Brötchen mitbringen.«

»Gerne. Danke, Hannes.«

Nach dem Anklopfen betrat Charlotte Antons Zimmer. Bis auf die Hose saß er fast fertig angezogen auf dem Bett. Neben ihm auf dem Sideboard lag sein Mobiltelefon, das durch das Ladekabel mit der Steckdose verbunden war.

Charlotte setzte sich zu ihm. Außer einer kleinen Pflasterbox hatte sie seinen wertvollsten Besitz mitgebracht. Mit einem Lächeln reichte sie ihm das Instrument.

»Meine Mundharmonika!« Behutsam strich er mit den Fingerspitzen über das Metall. »Ich habe erst gestern Abend gemerkt, dass ich sie verloren habe. Wo hast du sie gefunden?«

»In der alten Gärtnerei.« Sie erzählte dem staunenden Kind, wie es dazu gekommen war.

»Du bist extra wegen mir da hingefahren?«

»Dachtest du, ich mache mir keine Sorgen, wenn du ganz allein unterwegs bist – und das bei dieser eisigen Kälte?« Sie bemühte sich, ihre Worte nicht vorwurfsvoll klingen zu lassen. »Anneliese war dabei. Du hättest sie sehen sollen, als sie in dem Loch im Zaun stecken geblieben ist.«

Während er sich das anscheinend vorstellte und lachte, öffnete Charlotte die kleine Blechdose und nahm ein passendes Pflaster heraus, das sie dem Jungen auf die Schürfwunde klebte. Danach begutachtete sie die bläuliche Verfärbung an seinem Oberschenkel.

»Wenn das nachher noch wehtut, legen wir ein Kühlkissen drauf. – Okay?«

Anton nickte, nahm die lange Sporthose vom Bett und schlüpfe hinein, bevor er sich im Schneidersitz auf die Matratze setzte.

»Als ich weggelaufen bin, habe ich dir abends die Nachricht aus meinem Versteck geschickt. Danach wollte ich googeln, warum Philipp verhaftet wurde, aber plötzlich war mein Akku leer. Ich konnte ihn nicht aufladen, weil kein Strom in der Gärtnerei war.« In banger Erwartung schaute er sie an. »Philipp ist nicht böse. Bitte sag mir, warum die Polizei trotzdem glaubt, dass er … ein Mörder ist.«

Wie sollte sie das einem Elfjährigen begreiflich machen, ohne ihn in Angst und Schrecken zu versetzen? Sie musste behutsam vorgehen.

»Weißt du, was ein Stalker ist?«

Kopfschütteln.

Anhand eines simplen Beispiels erklärte sie es ihm. Anton erfuhr, wer Sandra war und dass sie zuletzt mit Philipp zusammen gesehen wurde, wodurch er unter Verdacht geriet.

»Hannes ist doch dein Freund – und er ist Chefkommissar bei der Polizei. Warum sagst du ihm nicht, dass er Philipp rauslassen soll?«

»So einfach ist das leider nicht. Über die Freilassung entscheidet ein Richter. Der will Beweise für Philipps Unschuld sehen. Philipp hat die beste Anwältin der Stadt. Ich unterstütze sie, so gut ich kann.«

»Das will ich auch.«

»Das ist lieb von dir, aber im Moment kannst du nichts tun.« Sie wollte ihn nicht enttäuschen. »Wenn du helfen kannst, sage ich dir Bescheid. Wichtig ist, dass du vorläufig im Haus bleibst.«

»Du denkst, dass der Typ mit der Drohne der Stalker ist?«

Seine gute Kombinationsgabe sprach für seine Intelligenz.

»Möglicherweise. Fakt ist, dass er dich heute angegriffen hat. Deshalb müssen wir wachsam sein.«

»Alles klar. Ich passe auf, ob er noch mal auftaucht.« Er deutete zum Fenster. »Von hier oben kann ich alles sehen.«

Charlotte beantwortete Anton viele Fragen. Später gingen sie zusammen hinunter. Auf dem zweiten Treppenabsatz saß Grönemeyer. Beim Anblick des Jungen kam der Kater in Erwartung von Streicheleinheiten sofort angelaufen. Anton setzte sich auf eine Treppenstufe und beschäftigte sich mit dem Stubentiger. Seine Pflegemutter schaute ihnen dabei ans Geländer gelehnt zu. Es dauerte nicht lange, bis Ronja aus Ellis Räumen kam. Aufgeregt mit dem Schwanz wedelnd blieb sie bei ihnen stehen. Charlotte erzählte dem Kind, dass die Hündin bis Weihnachten Gast im Haus sei und nach den Feiertagen nach Schweden umziehen würde.

Für den Rest des Tages spielte der Junge mit beiden Tieren.

Nachdem sie Anton am Abend zu Bett gebracht hatte, kehrte Charlotte ins Wohnzimmer zurück.

Anneliese schenkte für jeden Rotwein ein. Mit dem Glas in der Hand schaute sie Charlotte gespannt an.

»Wir war es denn nun im Knast?«

»Beklemmend – wenn man Stacheldraht, Metalldetektoren, Sicherheitsschleusen und Überwachungskameras nicht gewohnt ist. Die Tische im Besuchsraum haben Abtrennungen unter der Platte, sodass man sich nicht mal mit den Knien berühren kann.«

Elisabeth war die Besorgnis deutlich anzusehen.

»Wie geht es Philipp? Bestimmt leidet er sehr unter der Situation.«

»Offenbar glaubt er inzwischen, dass der Täter ganze Arbeit geleistet hat.« Sie verschwieg den Freunden, wie Philipp sich ihr gegenüber verhalten hatte. Stattdessen berichtete sie von seinen Plänen für Ronja.

Vor dem Einschlafen dachte Charlotte lange über ihren Besuch bei Philipp nach. Deshalb war sie wach, als die Tür leise geöffnet wurde. Trotz der Dunkelheit sah sie die Gestalt, die lautlos näherkam.

KAPITEL 30

Am Montagvormittag verließ Charlotte mit Anneliese und Conrad das Haus. Die Freunde wurden im Internat Rabeneck erwartet; Charlotte war mit Hannes verabredet. Zuerst rollte das fast 50 Jahre alte Opel Rekord Cabrio mit dem Wetterfrosch und der Strick-Liesel an Bord vom Grundstück.

Charlotte folgte ihnen in ihrem schwarzen Golf, bevor sie das Tor per Funk hinter sich schloss. Auf der Fahrt Richtung Schützenplatz stoppte sie bei einem Bäcker und suchte eine Auswahl belegter Brötchen aus. Wie bei jedem Besuch meldete sie sich im Präsidium beim diensthabenden Beamten im Eingangsbereich an.

»Guten Morgen, Herr Welsch. Ich möchte zu Hauptkommissar Bremer.«

»Er hat Sie bereits avisiert, Frau Stern. Ich sage ihm Bescheid.«

Während er telefonierte, stellte Charlotte den großen quadratischen Karton aus der Bäckerei auf den Tresen, nahm den warmen Loopschal ab und öffnete den Reißverschluss ihrer Daunenjacke.

»Herr Bremer holt Sie gleich ab«, sagte der Mann nach dem kurzen Telefonat und deutete zum Fenster. »Ganz schön ungemütlich da draußen.«

»Da sagen Sie was. Der Wind ist heute eisig.«

»Ich freue mich auf den Frühling. Der Winter ist nicht meine Jahreszeit.«

»Meine auch nicht.« Spontan hob sie den Deckel der Kiste an. »Wie wäre es mit einer Stärkung? Bedienen Sie sich.«

»Die sehen ja lecker aus.« Unbefangen griff er nach einem Schinken-Ei-Brötchen. »Danke schön.«

»Lassen Sie es sich schmecken.« Sie klappte den Karton zu, als sie Hannes aus dem Fahrstuhl kommen sah.

Nach der Begrüßung nahm er ihr das große Paket ab.

In seinem Büro standen die gefüllten Kaffeebecher bereit, für die Pia gesorgt hatte. Zu viert widmeten sie sich dem zweiten Frühstück. Danach scheuchte der Hauptkommissar die beiden jüngeren Kollegen hinaus. Erst als sie die Verbindungstür geschlossen hatten, kam er auf den Grund von Charlottes Besuch zu sprechen.

»Ich habe mir die Ermittlungsakte über den Suizid vorhin noch mal angesehen. Viel steht nicht drin.« Er schaltete den Monitor seines Computers an. Auf dem Bildschirm erschien die betreffende Datei. »Gib mir bitte mal dein Handy.«

Obwohl ihr nicht klar war, was er vorhatte, zog sie es aus der Tasche und reichte es ihm. Als er es mittels eines USB-Kabels mit seinem Rechner verband, verstand sie. Hannes überspielte die Daten auf ihr Telefon. Dadurch war gegebenenfalls nicht so leicht nachzuweisen, auf welche Weise sie an die Informationen gelangt war.

Wortlos gab er ihr das Smartphone zurück.

»Danke.«

»Wie geht es Anton?«, wechselte er das Thema. »Hat er den Angriff einigermaßen überstanden?«

»Wir haben am Wochenende ausführlich darüber gesprochen, was passiert ist. Mehr als der Überfall scheint ihm zu schaffen zu machen, dass sein Vorbild in U-Haft sitzt. Dadurch wurden seine Verlustängste wieder stärker. Deshalb hatte er in den letzten beiden Nächten Albträume und ist zu mir ins Bett gekrabbelt.«

»Bei dir fühlt er sich sicher und geborgen, obwohl ihr euch erst wenige Wochen kennt. Ich glaube, der Junge ist trotz der Ereignisse auf einem guten Weg.« Mit wenigen Klicks verschwand die Datei von seinem Desktop. »Hast du eigentlich Anzeige erstattet?«

»Was soll das bringen?«

»Vorsichtshalber sollte der Vorfall dokumentiert werden. Genau wie die Sache mit der Drohne. Möglicherweise könnte das für die Verteidigung des Professors wichtig sein.«

»Okay, ich fahre gleich zum Kommissariat in die Kastanienallee.« Charlotte erhob sich und schlüpfte in ihre warme Jacke. »Danke für den Rat.«

»Warte einen Moment, ich komme mit.« Hannes öffnete die Verbindungstür und informierte seine beiden Kollegen. »Ich bin drüben bei der KTU.« Er nahm seine Steppjacke vom Haken und streifte sie über. Anschließend griff er am Schreibtisch nach einem grünen Aktendeckel.

Nachdem Charlotte Anzeige erstattet hatte, war sie von Döhren aus nach Hause unterwegs. In langsamer Fahrt näherte sie sich dem Grundstück und setzte den Blinker. Beim Einbiegen sah sie die dunkel gekleidete Gestalt, die einen Rucksack trug und sich am Tor zu schaffen machte. Abrupt bremste sie ab. War das der Typ, der Anton angegriffen hatte? Was wollte er? War er so unverfroren, seine Drohne abzuholen?

Ihren ersten Impuls, das CS-Verteidigungsspray aus dem Ablagefach der Fahrertür zu nehmen und auszusteigen, um den Mann zur Rede zu stellen, verwarf sie sofort. Sollte sie das Spray benutzen müssen, wäre die Wirkung bei dem herrschenden Wind unberechenbar. So fuhr sie an und stoppte erst dicht vor dem Tor. Bei laufendem Motor öffnete sie die Tür und stieg aus – den Wagen zwischen sich und dem Fremden. Sie legte eine Hand auf den Türrahmen – bereit, jederzeit sofort ins Auto zu springen.

»Was tun Sie da?«

»Hier wohnt doch Professor Thaler.« Seine Stimme klang gedämpft, da ein schwarzer Schal seine untere Gesichtshälfte verdeckte. Außerdem trug er eine Wollmütze und darüber die Kapuze seiner Jacke. »Ich muss mit seiner Freundin sprechen.«

»Warum?«

»Das sage ich ihr lieber selbst.«

»Dann mal los.«

In seine Augen trat ein erstaunter Ausdruck, während er näherkam.

»Sie sind Frau Stern?«

»Bleiben Sie bitte stehen. Und sagen Sie mir, wer Sie sind.«

Er rührte sich nicht mehr von der Stelle. Ihm schien bewusst zu werden, dass seine Vermummung beängstigend wirkte. Er schob die Kapuze zurück und zog den Schal bis unters Kinn.

»Ich bin Tom Vellner.«

Diesen Namen kannte sie aus der Akte, die Julia Jacobs ihr zur Verfügung gestellt hatte. Ein verlassener Partner entpuppte sich nicht selten als gesuchter Täter.

»Sie sind der Exfreund von Sandra Helmke, oder? Soviel ich weiß, zählen Sie zum Kreis der Verdächtigen. Deshalb werde ich nicht mit Ihnen reden. Sie sollten gehen.«

»Bitte geben Sie mir eine Minute, Frau Stern«, hielt er sie zurück, als sie Anstalten machte, in ihren Wagen zu steigen. »Die Polizei hat mein Alibi inzwischen gecheckt und mich als Täter ausgeschlossen. Fragen Sie Kommissar Bremer. Der wird Ihnen das bestätigen.«

Charlotte zögerte. Sollte sie ihm glauben? Vielleicht war er ein geschickter Lügner? Andererseits war seine Behauptung leicht nachzuprüfen. Forschend musterte sie ihn. Dabei fiel ihr auf, dass er größer als der Kerl mit der Drohne war – mindestens 1,85 Meter. Der Angreifer war schätzungsweise 1,75 Meter gewesen. So hatte sie ihn vor einer halben Stunde bei der Polizei beschrieben. Oder irrte sie sich hinsichtlich der Größe? Immerhin war das alles sehr schnell gegangen.

»Was wollen Sie von mir?«

»Ich bin überzeugt, dass der Professor genauso wenig mit Sandras Tod zu tun hat wie ich. Sie war wie eine Tochter für ihn. Er hätte ihr nie was antun können.«

»Das erklärt aber nicht, weshalb Sie hier sind.«

»Weil ich Sandra geliebt habe – obwohl wir nicht mehr zusammen waren. Ich muss ihren Mörder finden. Das bin ich ihr schuldig.« Langsam kam er näher. »Dasselbe wollen Sie doch auch.«

»Wie kommen Sie darauf?«

»Ich war heute Morgen in der Rechtsmedizin, weil ich Sandra noch mal sehen wollte. Doc Fleischmann wollte mich nicht zu ihr lassen. Erst als ich ihn angefleht habe, Kommissar Bremer zu fragen, ob das okay ist, hat er nachgegeben und ihn angerufen.« Seine Stimme klang belegt. »Danach durfte ich mich von Sandra verabschieden. Sie hat sonst niemanden.« Es schien ihn Mühe zu kosten, nicht die Fassung zu verlieren. »Ich war ziemlich fertig. Da hat mich der Doc auf einen Kaffee eingeladen und mir zugehört. Als ich geschworen habe, dass ich das Schwein finden werde, das Sandra auf dem Gewissen hat, gab er mir den Tipp, mich mit Ihnen in Verbindung zu setzen.«

Horst hatte ihn geschickt?

»Er hat Ihnen meine Adresse gegeben?«

»Das war nicht nötig. Früher war ich ein paarmal mit Sandra hier.«

Das klang alles plausibel. Charlotte beschloss, ihm zu glauben. Sie deutete auf sein Fahrrad, das am Tor lehnte.

»Nehmen Sie mal Ihren Drahtesel zur Seite, damit ich reinfahren kann. Wir reden drinnen weiter.«

Sichtlich erleichtert kam er ihrer Aufforderung nach, worauf sie in ihren Wagen stieg.

Wenige Minuten später stellte Charlotte den jungen Mann ihren Mitbewohnern vor.

»Dürfen wir das Stiftungsbüro benutzen?«, wandte sie sich an die Strick-Liesel. »Dort hätten wir genug Platz zum Arbeiten.«

»Selbstverständlich. Ich helfe euch.«

Auf halbem Weg ins Untergeschoss kam die Hündin die Treppe heruntergeflitzt. Sie sprang an dem Besucher hoch, wobei ihr Schwanz wie ein Propeller rotierte.

»Ronja!« Tom Vellner ging in die Hocke und kraulte das Tier. »Was machst du denn hier?«

Während die beiden das Wiedersehen genossen, erklärte Charlotte, auf welche Weise die Fellnase ins Haus gekommen war.

Sie bat Anton, sich um den Hund zu kümmern, und ging ins Souterrain voraus. Im Büro deutete sie zum Konferenztisch.

»Setzen Sie sich, Herr Vellner.«

»Tom«, bat er und hockte sich auf einen der Polsterstühle. »Einfach nur Tom.« Seinen Rucksack ließ er neben sich auf den Boden gleiten. Die Freundinnen nahmen ihm gegenüber Platz.

»Sie sagten vorhin, dass Sie Sandras Mörder suchen wollen. Haben Sie irgendeine Idee dazu?«

»Noch nicht«, gab er zu. »Ich dachte, Sie … Doc Fleischmann hat angedeutet, dass Sie einen besonderen Spürsinn haben. Er meinte, dass Sie so was wie Miss Marple sind. Sie würden mit einem Mix aus Logik, Intuition und Wissen auf Spurensuche gehen – und damit ziemlich erfolgreich sein.«

Es erstaunte sie immer noch, dass sie Toms Besuch ausgerechnet Horst verdankte, der stets Angst um sie hatte, wenn sie ermittelte. Allerdings war er mit Philipp freundschaftlich verbunden und wünschte seine baldige Freilassung.

»Erzählen Sie uns ein bisschen von sich«, forderte Anneliese ihn auf. »Was machen Sie denn beruflich?«

»Ich studiere Informatik – im achten Semester. Den Bachelor habe ich in der Tasche. In zwei Jahren mache ich meinen Master.«

»Sie kennen sich also mit Computerprogrammen aus«, sagte Charlotte nachdenklich. »Können Sie Mails zum Absender zurückverfolgen?«

Er grinste.

»Das wollte Doc Fleischmann auch wissen.«

Die Strick-Liesel warf der Freundin einen amüsierten Seitenblick zu.

»Dein Horstilein ist ein pfiffiges Kerlchen.«

»Darauf kannst du wetten.« Sie wandte sich an Tom. »Was haben Sie ihm geantwortet?«

»Dass ich Mitglied im CCC bin.«

»Geil«, rutschte es ihr heraus. »Das hat mein Freund

Horst aber nicht gesagt«, fügte sie lächelnd hinzu. »Eher so was wie: großartig.«

Sein Grinsen wurde breiter, während er nickte. Nur Anneliese war ratlos.

»Was bedeutet CCC?«

»Chaos Computer Club.«

Nun verstand sie.

»Ist das nicht dieser Hacker-Verein, der Daten klaut und Computer lahmlegt?«

»Mit denen werden wir leider viel zu oft verwechselt. Wir suchen nach Schwachstellen in Sicherheitssystemen. Nicht, um sie auszunutzen, sondern um sie zu schließen, damit Kriminelle nicht eindringen können.«

»Das wusste ich nicht.«

»Kein Problem.« Erwartungsvoll schaute er Charlotte an. »Was sind das für Mails, die zurückverfolgt werden sollen?«

Sie erzählte ihm von den Nachrichten des Stalkers und dass sie ihn für den Mörder seiner Exfreundin hielt.

Voller Tatendrang zeigte er zu den Schreibtischen.

»Welcher Computer gehört dem Prof?«

»Keiner von beiden. Die Polizei hat Philipps Laptop mitgenommen. Ohne den können Sie nichts machen, oder?«

»Im Grunde brauche ich nur den Zugang zu seinem Mail-Account. Aber ohne das Passwort haben wir sowieso keine Chance, die vollständigen Mails und ihre Header zu öffnen.« Er dachte kurz nach. »Die Polizei hat Spezialisten für Internetkriminalität. Wenn die den Absender nicht identifizieren konnten, hat er seine Spuren optimal verwischt. Das spricht für einen Freak, der sich gut auskennt. Den würde ich wahrscheinlich nicht aufspüren können. Jedenfalls nicht über die Mails.«

»Wie ich hörte, hat er sie weltweit über verschiedene Server verschickt. Trotzdem habe ich gehofft, dass Sie vielleicht …« Kopfschüttelnd brach sie ab. »Aber was ist mit den Kurznachrichten auf dem Handy? Könnte man die zu einer Telefonnummer zurückverfolgen?«

»Möglicherweise über den Provider. Das müsste ich checken. Dazu bräuchte ich allerdings das Handy.«

Erleichtert stand Charlotte auf.

»Das liegt oben bei mir. Ich hole es rasch.«

Bei ihrer Rückkehr standen Anneliese und Tom vor der großen, mobilen Stellwand, an der sich auf der einen Seite gesammelte Informationen befanden – auf der anderen hing ein großer Stadtplan der Leinemetropole.

Charlotte legte Smartphone, Speicherkarte und Ladekabel auf den Tisch und trat zu den beiden.

»Sie haben die Strecke markiert, die der Prof an dem Abend gefahren ist«, erkannte Tom anhand der Markierungen auf dem Stadtplan. Mit dem Zeigefinger fuhr er die Route entlang. »Von der Uni nach Linden und von dort hierher.« Über den drei gekennzeichneten Haltepunkten waren Klebezettel mit Zahlen gepinnt. »Was bedeuten die?«

»Mit Hilfe von Maps habe ich die Zeiten und Entfernungen berechnet. Von der Uni zu Sandra braucht man am frühen Abend etwa 15 Minuten. Ungefähr genauso lange hat sich Philipp dort aufgehalten. Für die rund zehn Kilometer bis hierher habe ich wegen des Starkregens die doppelte Zeit geschätzt: etwa 60 Minuten. Insgesamt sind das anderthalb Stunden, wenn man die B 6 und den Südschnellweg meidet. An der Uni sind sie etwa um 18.20 Uhr gestartet. Philipp hätte gegen Viertel vor acht zu Hause sein müssen. Im Wagen hat er seine Anrufe und Mails durchgesehen, hat sich danach im Bad frisch gemacht und erschien um kurz vor acht zum Abendessen in der Küche. Passt also zu seinen Angaben. Über die Schnellwege hätte er möglicherweise 10 bis 15 Minuten eingespart. Und genau die fehlen bei seinem Alibi und hätten nach Aussage des Staatsanwalts für den Mord ausgereicht.«

»Saubere Arbeit«, sagte Tom beeindruckt. »Warum hat man sein Navi nicht ausgelesen? Damit kann man problemlos nachweisen, welche Strecke er gefahren ist.«

»Das Ding ist leider seit Wochen defekt.« Sie zeigte auf die Karte. »Die Verkehrskameras haben ihn nicht aufgezeichnet. Das ist trotz der schlechten Qualität der Bilder zu erkennen. – Außerdem ist Philipp laut Ermittlungsakte hin und wieder auf eine Nebenstraße ausgewichen, wenn sich der Verkehr auf der Route staute.«

»Hat man auch andere Kameras überprüft?«

»Welche meinen Sie?«

»Firmen, Läden und Geldautomaten haben heutzutage Videoüberwachung. Auch Privatgrundstücke werden oft auf diese Weise gesichert – so wie bei Ihnen draußen am Tor. Dazu müsste man allerdings die ganze Strecke nach Kameras absuchen und hoffen, dass die Aufnahmen lange genug gespeichert wurden. Meistens werden die Bilder nach 24 Stunden gelöscht.«

»Daran habe ich gar nicht gedacht«, gab sie zu. »Eigentlich wollte ich mich heute mit der Toten vom Parkhausdach beschäftigen.« Sie hatte das Gefühl, dass ihr das alles über den Kopf wuchs. »Wir bräuchten dringend ein paar Leute zur Unterstützung, sonst kommen wir nur im Schritttempo weiter.«

»Du hast immer noch deine Hilfssheriffs«, erinnerte Anneliese die Freundin. »Ich könnte mit Conrad auf die Suche nach den Kameras gehen.«

»Glaubst du wirklich, dass du ihn dazu überreden kannst?«

»Das lass nur meine Sorge sein. Ich frage ihn gleich mal.« Rasch verschwand sie nach draußen.

»Und ich kümmere mich um die Nachrichten auf dem Handy.«

Tom nahm das Telefon vom Tisch. Geschickt setzte er die SIM-Karte ein, bevor er seinen Laptop und einige Kabel aus dem Rucksack holte. Er schaltete den Computer und das Smartphone ein und verband beide Geräte über USB. Nach einem Moment startete das Betriebssystem des Telefons.

»Kennen Sie die PIN-Nummer?«

»Leider nicht.«

»Ich könnte versuchen, den Code zu knacken, aber das dauert.«

Charlotte wurde klar, dass sie ohne die vierstellige Zahl in der nächsten Sackgasse landen würden. Natürlich könnte sie Julia Jacobs bitten, Philipp bei ihrem nächsten Besuch danach zu fragen. Allerdings würden sie dadurch viel Zeit verlieren. Nachdenklich blickte sie auf das Display und las: PIN eingeben. Noch drei Versuche. Sie nahm das Telefon samt Kabel und tippte Philipps Geburtsdatum ein. Falsche PIN! Noch zwei verbleibende Versuche.

»Schiet.«

»Es gibt exakt zehntausend Möglichkeiten, die Ziffern 0 bis 9 zu einer vierstelligen PIN zu kombinieren«, bemerkte Tom. »Wenn Sie den Code dreimal falsch eingeben, wird die SIM-Karte gesperrt. Um sie freizuschalten, muss man die PUK-Nummer kennen.«

Als langjährige Handynutzerin wusste Charlotte, dass die Karte nach drei Fehlversuchen gesperrt wurde. Während sie weiter überlegte, rief Tom auf seinem Computer eine Liste auf. Bevor er seine Gastgeberin darauf aufmerksam machen konnte, hatte sie sich für eine simple Variante entschieden: 1 – 2 – 3 – 4. Falsche PIN! Noch ein verbleibender Versuch.

»Verflixt!«

Entmutigt legte sie das Smartphone auf den Tisch zurück. Daraufhin zeigte der junge Mann ihr eine Aufstellung mit den 20 beliebtesten Vierer-Kombinationen. Nach einem Blick auf den Monitor lachte sie über ihre Naivität.

»Da habe ich die Nummer 1 auf der Liste ja zielsicher getroffen.« Sie schüttelte über sich selbst den Kopf. So einfallslos war Philipp nicht. Bestimmt hatte er eine Kombination gewählt, die für andere nicht so einfach zu erraten war, die er sich aber trotzdem leicht merken konnte.

»Moment mal.«

Einer Eingebung folgend, setzte sie sich an den Schreibtisch. Dort schaltete sie das Notebook ein, an das die externe Festplatte angeschlossen war. Sie griff darauf zu und öffnete den Ordner: Familie, danach die Datei: Geburtstage. Erfreut stellte Charlotte fest, dass die Daten der WG-ler mit Tag und Geburtsjahr bereits eingetragen waren. Nach kurzem Suchen fand sie im Monat Juli den Namen von Philipps einziger Tochter. Charlotte ging zu Tom hinüber und nahm das Mobiltelefon zur Hand. Unter seinem skeptischen Blick tippte sie eine Zahlenfolge: 3781. Sie zögerte kurz, dann berührte sie das Feld: ok.

Der Startbildschirm erschien. Lächelnd legte sie das Handy neben den Laptop.

»Voilà.«

»Wie haben Sie den Code rausgefunden? War der irgendwo gespeichert?«

»Nein – aber Denken hilft.« Sie schaute ihm über die Schulter und sah, dass er ein Programm startete.

»Die Nachrichten sind als SMS verschickt worden.«

»Dazu komme ich gleich. Zuerst lasse ich vorsichtshalber den Virenscanner drüber laufen.«

»Ist das nötig?«

»Offensichtlich.« Auf dem Bildschirm erschienen die ersten Meldungen. »Das habe ich befürchtet.«

Charlotte konnte mit den Zahlen und Buchstabenreihen, die in schneller Folge über den Monitor huschten, nichts anfangen.

Tom hämmerte in einem schwindelerregenden Tempo auf der Tastatur herum.

»Da hält sich jemand für besonders schlau.«

Charlotte störte ihn nicht. Sie setzte sich neben ihn und ließ ihn arbeiten. Dabei wechselte ihr Blick zwischen dem Monitor und ihrem Gast. Mit seinem zerzausten Blondschopf und den Sommersprossen auf der Nase wirkte er jungenhaft. Außerdem war er sympathisch.

Nach einer Weile kamen seine Finger zur Ruhe und er lehnte sich zurück.

Gespannt beugte sich Charlotte etwas vor.

»Wie lautet Ihre Diagnose?«

»Dieses Telefon wurde gehackt. Hier läuft eine versteckte App im Hintergrund. Dadurch kann der Hacker alle Nachrichten fleißig mitlesen. Vielleicht sogar mehr. Anscheinend hat er sich eine bekannte Sicherheitslücke bei diesem Modell zunutze gemacht. Ich kann versuchen, mehr rauszufinden. Mit etwas Glück kann ich sie schließen. Soll ich?«

Spontan wollte Charlotte zustimmen, zögerte aber.

»Vielleicht sollten wir damit warten.«

»Warum?«

»Falls es irgendwann nötig wird, ihn in die Irre zu führen oder ihn in eine Falle zu locken.«

Anerkennend schaute er sie an.

»Sie haben es echt drauf. Das hat der Doc richtig gecheckt. Der ist ein Riesenfan von Ihnen.«

Charlotte unterdrückte ein Lächeln.

»Auf jeden Fall zählt er zu meinen ältesten Freunden.« Sie wandte sich halb um, als Anneliese zurückkam. »Was hat Conrad gesagt?«

»Er geht gern mit mir auf Kamerasuche.«

»Du musstest ihn nicht überreden?«

»Na ja, ich habe ihn vor die Wahl gestellt: Entweder fährt er mit mir die Strecke ab oder leiht mir sein Auto. Ich muss mal darüber nachdenken, was ich von seiner schnellen Zustimmung halten soll. Ist er gern mit mir unterwegs oder misstraut er einfach nur meinen Fahrkünsten?«

»Das solltest du besser nicht hinterfragen«, riet Charlotte ihr amüsiert. »Männer und ihr Auto – eine unendliche Geschichte.«

»Wahrscheinlich hast du recht. Wir können das aber erst morgen machen, weil heute Nachmittag die Sicherheitsfirma wegen der Alarmanlage kommt. Lasst uns jetzt erst mal raufgehen. Das Mittagessen ist fertig.«

Tom war freudig überrascht, als Anneliese erklärte, dass er selbstverständlich eingeladen sei.

Bald saßen sie um den Küchentisch herum und genossen gut gewürzte Frikadellen, Kaisergemüse und Kartoffelspalten.

»Lecker.« Anton liebte Conrads Buletten. »Die schmecken viel besser als im Internat.«

»Danke, mein Junge. Wenn man bedenkt, dass sie dort Profis in der Küche haben und ich nur ein einfacher Hobbykoch bin, ist das ein schönes Kompliment.«

»Du bist ein Meister am Herd«, betonte seine Lebensgefährtin. »So viel Talent hätte ich gern. Leider habe ich das nie richtig gelernt.« Fragend schaute sie Tom an. »Können Sie kochen?«

»Nicht wirklich. Aber ich schaffe es, ohne Verletzungen eine Dose Ravioli aufzumachen oder den Pizza-Bringdienst anzurufen.«

»Das reicht, um nicht zu verhungern«, meinte Anton und spießte ein Kartoffelstück auf die Gabel. »Anneliese hat vorhin gesagt, dass du ein Computergenie bist. Stimmt das?«

»Ne, aber ich kann ganz gut damit umgehen. Mit zwölf habe ich mein erstes Programm geschrieben.« Er musterte den Jungen neugierig. »Und du? Hast du keine Schule? Bist du deshalb bei Oma und Opa zu Besuch? Deine Eltern müssen wohl beide arbeiten.«

»Meine Eltern sind tot.« Es klang nicht bedauernd. »Charly ist jetzt meine Mutter, meine Pflegemutter.«

Erstaunt wechselte Toms Blick zwischen Charlotte und Anton.

»Und der Prof ist dein Pflegevater?«

»Irgendwie schon. – Und er ist kein durchgeknallter Mörder.«

»Wer sagt so was?«

»Ein Junge aus meinem Internat. Der hat gesagt, dass Philipp genauso ein Psycho ist wie der Professor T. aus dem Fernsehkrimi.«

»So ein Bullshit. Wir werden beweisen, dass er unschuldig ist.«

Nach dem Essen löste Anton die Aufgaben, die ihm von seinem Lehrer geschickt worden waren. Unterdessen versuchte Tom herauszufinden, auf welche Weise der Hacker in Philipps Smartphone gelangt war und mit welcher Schadsoftware er arbeitete.

Charlotte saß mit ihm im Stiftungsbüro und holte die Informationen über den Suizid von Amelie Zander vom Handy auf ihr Notebook. Viel gab die Akte nicht her. Der Obduktionsbericht von Horst Fleischmann ließ keinen Zweifel an der Selbsttötung aufkommen. Anhand eines psychiatrischen Gutachtens aus der Wohnung der Lebensmüden war der Umfang der psychischen Erkrankung ersichtlich. Das Protokoll von der Befragung der Vermieterin gab wenig Aufschluss über die Lebensumstände der Studentin.

Charlotte überlegte, ob sie selbst mit der Frau sprechen sollte, als das Nachrichtensignal von Philipps Telefon erklang.

Sie tauschte einen überraschten Blick mit Tom, stand auf und trat hinter ihn.

Mit wenigen Fingertipps holte er die Nachricht auf das Display: *Mischst du in mein Spiel dich ein, könnte das dein Ende sein …*

*

Irgendwo in Hannover klingelte spätabends ein Telefon.

»Dieser Chaos-Hacker ist wieder aufgetaucht. Er treibt sich bei den Alten rum.«

»Was bedeutet das?«

»Er hat den Hack des Handys entdeckt.«

»Fuck! Du hast gesagt, das lässt sich nicht zurückverfolgen.«

»Verlass dich drauf. Ich bin kein Anfänger. Außerdem war bei denen eine Sicherheitsfirma wegen einer Alarmanlage. Den Gruftis geht anscheinend der Arsch auf Grundeis.«

»Und was ist mit dem Bengel?«

»Dem habe ich ordentlich Angst eingejagt. Wenn der Prof davon erfährt, legt er vielleicht ein Geständnis ab, um seine Familie aus der Schusslinie zu holen.«

»Ich kümmere mich darum.«

KAPITEL 31

Während Anneliese und Conrad nach Kameras Ausschau hielten, die Philipps Nachhauseweg dokumentiert haben könnten, verließ Charlotte das Haus. Sie achtete darauf, ob ihr jemand folgte, konnte aber kein verdächtiges Fahrzeug entdecken. Im Rückspiegel sah sie wechselnde Pkw oder Transporter, manchmal ein Motorrad. Bald war sie unterwegs ins Märchenviertel. Dort waren die Straßen nach Figuren aus den Geschichten der Brüder Grimm benannt. So gab es einen Königskinder-, Rotkäppchen- oder Schneewittchenweg. In einer kleinen Grünanlage flanierten Spaziergänger gern um den Märchensee. Charlotte sah es als gutes Zeichen an, dass ihr Ziel im Sterntalerweg lag. Vor einem weiß verputzten Einfamilienhaus aus der Nachkriegszeit stoppte sie. Hier hatte die Studentin in einer kleinen möblierten Wohnung gelebt.

Ein niedriger Jägerzaun mit einer Pforte umgrenzte ein gepflegtes Grundstück. Charlotte drückte das kleine Gartentor auf und ging über den Plattenweg an einigen Koniferen vorbei zum Hauseingang. Um sich keine Notizen machen zu müssen, stellte sie an ihrem Smartphone den Rekorder an und ließ es in die Manteltasche gleiten, bevor sie läutete.

Kurz darauf öffnete eine Frau. Sie war schätzungsweise Mitte 50 und trug ein kleines Mädchen auf dem Arm.

»Ja, bitte?«

»Guten Tag, Frau Brunner. Entschuldigen Sie, dass ich unangemeldet komme. Mein Name ist Charlotte Stern. Ich habe ein paar Fragen zu Ihrer früheren Mieterin Amelie Zander.«

»Polizei?«

»Nach jahrzehntelanger Arbeit im Kriminalarchiv sammele ich heute fehlende Informationen«, antwortete sie ausweichend. »In diesem Fall brauche ich noch einige Angaben. Ich wäre Ihnen sehr dankbar, wenn Sie ein paar Minuten für mich hätten.«

»Viel Zeit habe ich nicht.« Die Kleine auf ihrem Arm zappelte; im Hintergrund rief ein Kind nach Oma. »Ich betreue heute meine Enkel.«

»Es dauert wirklich nicht lange.«

Die Frau seufzte ergeben.

»Wenn es denn sein muss, kommen Sie meinetwegen rein.«

Sie ging voraus, ohne darauf zu achten, ob Charlotte ihr folgte.

Durch einen verwinkelten Flur erreichten sie das Wohnzimmer. Auf dem Parkettfußboden saß ein von buntem Spielzeug umgebener kleiner Junge. Die Kekstüte zwischen seinen Beinchen und das schokoladenverschmierte Gesicht verrieten, womit er sich beschäftigt hatte.

»Oh, nein!«, rief Frau Brunner erschrocken aus. Resigniert zuckte sie die Schultern und setzte das Mädchen zu seinem Bruder. Anscheinend handelte es sich um Zwillinge. Sie deutete auf einen Sessel, worauf Charlotte ihre Umhängetasche abstellte und Platz nahm. Ihre Gastgeberin setzte sich auf die Sofakante.

»Was wollen Sie wissen?«

»Amelie Zander hat drei Jahre bei Ihnen gewohnt. In ihrer Akte steht nichts von einem Freund. Wissen Sie, ob es jemanden in ihrem Leben gab?«

»Sie hatte niemanden. – Weder Eltern noch Geschwister. Nur eine entfernte Tante.«

»Freunde?«

Ratlos zuckte Frau Brunner die Achseln.

»Ich weiß nur von einer, die sie bei der Therapie kennengelernt hat. Die beiden hatten sich wohl angefreundet. Gesehen habe ich sie aber nur ein einziges Mal. Die war genauso dünn wie Amelie und ein bisschen unheimlich.«

»Können Sie diesen Eindruck näher erklären?«

»Kurze pechschwarze Haare, die zu allen Seiten abstanden, blasses Gesicht, schwarz umrandete Augen, schwarzer Lippenstift. – Alles an ihr wirkte düster und furchterregend.«

Charlotte fiel ein, dass sie vor einigen Jahren etwas über die Gothic-Bewegung gelesen hatte. Die Beschreibung passte dazu.

»Erinnern Sie sich zufällig an den Namen?«

»Irgendwas mit M… Mia … Mila … Mika, glaube ich. Den Nachnamen weiß ich nicht.«

»Schade«, bedauerte Charlotte. »Ich hätte mich gern mal mit ihr unterhalten. In welcher Klinik sie zusammen waren, wissen Sie nicht zufällig?«

Kopfschütteln.

»Sie könnten aber mal bei ihren Sachen nachgucken.«

»Die sind noch hier?«

»Die Tante von Amelie wohnt im Saarland. Sie kann erst nach den Weihnachtsfeiertagen kommen und die Sachen abholen. Die Miete ist bis Ende des Jahres bezahlt. Deshalb habe ich erst mal alles so gelassen, wie es war.«

Das kam Charlotte sehr entgegen.

»Was ist eigentlich mit der Bestattung?«

»Amelie wurde verbrannt. Ihre Tante kümmert sich um die Urnenbeisetzung. Ob eine Trauerfeier geplant ist, weiß ich nicht.«

»Darf ich kurz nachschauen, ob ich den Namen der Klinik finde?«

Frau Brunner warf einen Blick zu den Kindern, zwischen denen sich ein lautstarker Streit um die Kekstüte anbahnte.

»Sie sehen ja, was hier los ist. Gehen Sie einfach den Flur bis zum Ende entlang. Die rechte Tür führt in den Keller, die linke in die Einliegerwohnung. Der Schlüssel steckt.«

»Danke.«

Während Charlotte hinausging, hörte sie das wütende Geschrei des kleinen Jungen hinter sich.

Der Weg in die Studentenunterkunft war nicht schwer zu finden. Nach einem Blick ins winzige Bad betrat sie das große Zimmer. Es wirkte sehr aufgeräumt, fast steril. Diese penible Ordnung könnte ein Zeichen für einen zwanghaften Gegensatz zum chaotischen Inneren der jungen Frau bedeuten. Die Bücher standen nach Größe sortiert in den Regalen; auf dem Schreibtisch schien jeder Gegenstand seinen unverrückbaren Platz zu haben.

Charlotte nahm den Aktenordner mit der Aufschrift ›Therapie‹ zur Hand und öffnete ihn. Nach kurzem Durchblättern zog sie ihr Telefon aus der Tasche, beendete die Gesprächsaufnahme und tippte auf die Kamerafunktion. In rascher Folge schoss sie Fotos der aktuellsten Berichte und Gutachten.

Abermals schaute sie sich um. In diesem Raum fehlte fast jegliche Dekoration. Die meisten Menschen umgaben sich mit Erinnerungsstücken, mit Bildern, Reiseandenken,

Kunst oder Kitsch. Auf der Fensterbank lag ein faustgroßer, glänzender schwarzer Stein neben einem kleinen Topf, in dem ein runder Kaktus sein stacheliges Dasein fristete.

In der Hoffnung, etwas Konkretes zu finden, warf sie einen Blick in den Kleiderschrank und in Schubladen, entdeckte jedoch keinen Hinweis auf die Freundin der Toten. Das wunderte Charlotte. Wenn nur ein Mensch existierte, dem man vertraute, der einem ein wenig Halt gab, der einem vielleicht ein Zusammengehörigkeitsgefühl vermittelte, bewahrte man von demjenigen nicht etwas Sichtbares auf, ein Erinnerungsstück, dass man sich nicht ganz allein durch dieses Leben kämpfen musste?

In Charlotte stieg Mitgefühl auf. Wie traurig musste das Dasein eines jungen Menschen sein, ohne Familie, ohne nennenswerte Sozialkontakte, ohne schöne Erinnerungen? Depressionen oder andere psychische Erkrankungen waren da nicht verwunderlich.

Sie entdeckte nur einen persönlichen Gegenstand: Auf dem Bett neben dem Kopfkissen lehnte eine alte Stoffpuppe an der Wand. Das Haar war verfilzt, die Gesichtszüge verblasst, das rosa Strickkleidchen verwaschen und ausgeleiert.

Nachdenklich griff Charlotte danach und begutachtete das zottelige Etwas. Das war viel mehr als nur ein Spielzeug. Es symbolisierte vermutlich alles: Halt, Familie, Heimat, Geborgenheit, Erinnerung … Das einzig Vertraute in einer Welt voller Ängste und Zweifel war ein Begleiter aus der Kindheit. Musste es nicht auch etwas Greifbares geben, das an die Verbundenheit mit einem Menschen aus der Gegenwart erinnerte?

Abermals ließ sie ihren Blick durch den Raum schweifen. Könnte es sich dabei um den schwarzen Stein handeln? Frau Brunner hatte von der Freundin als dunkle, unheimliche Gestalt gesprochen. Sie legte die Puppe zurück und trat an die Fensterbank. Mit der rechten Hand nahm sie den Stein und legte ihn auf ihre linke Handfläche. Mit den Fingerspitzen strich sie über die kühle, glatte Oberfläche, die wie poliert wirkte. Von unten fühlte sich der Stein jedoch merkwürdig uneben an. Deshalb drehte sie ihn herum – und entdeckte den Grund dafür.

»Ein Geheimfach!« Mit dem Daumen schob sie die Abdeckung zurück. Innen lag ein kleiner Schlüssel. Sie fischte ihn heraus und betrachtete ihn. Wozu mochte er passen? Für ein Türschloss war er zu kurz. Für eine Kassette erschien er ihr zu fragil. Vor ihrem geistigen Auge tauchten Bilder von der Suche nach dem Tagebuchschlüssel ihrer pubertierenden Tochter auf. Damals hatten sie das ganze Haus auf den Kopf gestellt und den Schlüssel nach Stunden im Staubsaugerbeutel gefunden.

Sogleich nahm sie das Regal genauer in Augenschein. Zwischen den Büchern, die so akkurat in Reih und Glied standen, war nichts zu finden. Hatte die Polizei es für ihre Ermittlungen mitgenommen? Nein. Für eine groß angelegte Hausdurchsuchung hatte es keinen Grund gegeben, solange kein Hinweis auf ein Verbrechen vorlag. Sonst wäre das außerdem in der Akte vermerkt worden. Das Tagebuch musste hier irgendwo versteckt sein. Aber wo? Sie hatte alles durchforstet. Bis auf … Ihr Blick schweifte zum Bett zurück. Mit zwei Schritten stand sie davor und hob die Matratze an. Bingo! Auf dem Lattenrost lag weit hinten etwas unter einem Tuch. Charlotte zog es zu sich heran. Es entpuppte sich als ein mit einer Schnalle und einem kleinen Schloss gesichertes pralles Buch. Der Schlüssel passte.

Als sie Schritte von draußen hörte, verschwand beides wie von Geisterhand in ihrer Umhängetasche.

KAPITEL 32

Vom Märchenviertel aus fuhr Charlotte zum Fitnessstudio. Sie hatte das Training mehrmals ausfallen lassen. Die regelmäßige Bewegung fehlte ihr sehr. Wiederholt blickte sie in den Rückspiegel. War das dunkle Motorrad nicht seit ihrer Abfahrt im Sterntalerweg hinter ihr? Konnte das Zufall sein, oder wurde sie observiert? Durch die schwarze Motorradkombi und den geschlossenen Integralhelm, den der Fahrer trug, war es unmöglich, sein Gesicht zu erkennen. Als sie auf den Parkplatz des Studios einbog, sah sie das Zweirad weiter geradeaus fahren. Das erleichterte sie. Wahrscheinlich litt sie allmählich an Verfolgungswahn.

Nach einer Stunde intensiver Übungen fühlte sich Charlotte besser. Um die Mittagszeit kehrte sie in die Villa zurück. Sie hängte ihre Jacke an die Garderobe und stellte die Sporttasche neben der Treppe ab. Die Stimmen aus der Küche verrieten, wohin sie sich wenden musste. Ronja kam ihr freudig mit dem Schwanz wedelnd entgegen. Charlotte ging in die Hocke und kraulte das Tier, bevor sie die Küche betrat und sich die Hände wusch.

Elli, die an diesem Tag das Kochen übernommen hatte, stand am Herd und beaufsichtigte ihren Helfer Anton, der in einem Topf rührte. Anneliese und Conrad lehnten – beide mit einem Glas Wasser in der Hand – an der Anrichte. Anscheinend waren sie gerade erst nach Hause gekommen.

»War eure Mission erfolgreich?«

»Wir haben ein paar Kameras entdeckt«, erzählte die Strick-Liesel und deutete auf den kleinen Notizblock auf dem Tisch. »Die genauen Standorte habe ich aufgeschrieben – und von jeder Kamera habe ich ein Foto gemacht. Da war tatsächlich auf fast jeder so ein Aufkleber von einer Sicherheitsfirma. Genau wie Tom gesagt hat.«

»Hoffentlich kann er was damit anfangen«, meinte ihr Lebensgefährte. »Recherchieren ist ganz schön anstrengend. Wir mussten immer erst einen Parkplatz finden, dann die Häuser nach Kameras absuchen, zurück zum Auto, in der nächsten Straße dasselbe. Und das über eine Strecke von rund zehn Kilometern.«

»Du hättest mir eben doch deinen Wagen leihen sollen«, neckte Anneliese ihn. »Dadurch hättest du dir diese Tortur erspart.«

»Ne, ne, passt schon.«

Während die Freundinnen einen bedeutungsvollen Blick tauschten, stellte er sein Glas ab und verließ die Küche.

»Und bei dir, Miss Bond? Hast du von der Vermieterin ein paar verwendbare Infos bekommen?«

»Möglicherweise bin ich auf etwas gestoßen, was uns weiterbringt«, formulierte sie vorsichtig mit Blick auf den Jungen. Sie wollte in seiner Gegenwart nicht über die Selbstmörderin sprechen, da seine leibliche Mutter Suizid begangen hatte. Anneliese verstand offenbar, da sie nickte.

»Wie war es denn im Sterntalerweg?«, fragte Anton prompt und gab den Kochlöffel an Elisabeth weiter. Beim

Frühstück hatten sie über diesen zu Charlotte und Philipp passenden Straßennamen gescherzt. »Warst du da in einer Hütte oder in einem Spukschloss am Märchensee?«

»In einem stinknormalen Haus – und in einem Zimmer, das blitzblank und super ordentlich war. Absolut nichts lag herum. Ich habe mich kaum getraut, etwas anzufassen.«

Ein schelmisches Grinsen erschien auf seinem Gesicht, während er vor seiner Pflegemutter stehen blieb.

»Das war bestimmt ganz schrecklich für dich.«

Sie unterdrückte ein Lächeln.

»Was willst du denn damit andeuten?«

»Ich … eh … nichts.« Sein Grinsen verstärkte sich. »Man muss ja nicht jeden Tag aufräumen.«

»Du bist ganz schön frech.« Amüsiert wuselte sie durch seine Locken. »Um das Chaos perfekt zu machen, ziehe ich mich erst mal um.«

Das tat sie fast immer, wenn sie nach Hause kam. In bequemen Klamotten fühlte sie sich am wohlsten.

Von der Uni aus radelte Tom am frühen Nachmittag nach Wülfel. Vor ein paar Tagen hatte er befürchtet, bei der Suche nach Sandras Mörder ganz auf sich allein gestellt zu sein. Und plötzlich war er Teil eines Senioren-Ermittlungsteams. Er mochte die WG-ler, die ihn wie einen alten Bekannten in ihren Reihen aufgenommen hatten.

Nachdem der Wettermann ihn ins Haus gelassen hatte, kam Anton die Treppe herunter.

»Hallo, Tom. Du bist spät.«

»Ich hatte Vorlesung.« Er nahm seinen Rucksack ab und kramte darin. »Du hast gestern gesagt, dass du einen Laptop hast – und gut in Mathe bist.« Eine CD wechselte den Besitzer. »Hier hast du was zum Knobeln.«

»Cool. Danke. Die gucke ich mir nachher an. Erst mal backe ich mit Elli Plätzchen.«

»Viel Spaß dabei. Ist deine Mam unten?«

Nach kurzem Zögern strahlte der Junge über das ganze Gesicht.

»Ja, mit Anneliese.«

Tom kannte den Weg, wandte sich nach rechts und nahm die Treppe ins Souterrain. Die Tür zum Stiftungsbüro stand offen. Der junge Mann klopfte an den Rahmen, bevor er eintrat.

»Immer hereinspaziert.« Anneliese saß am Tisch und winkte ihn heran. »Ich bin total gespannt, ob Sie mit unserer Ausbeute was anfangen können.«

»Das gucke ich mir gleich mal an.« Er schaute zu Charlotte hinüber, die in ein Buch vertieft war. »Hallo, Frau Stern.«

»Moin, Tom. Schön, dass Sie an Bord sind. Meine Hilfssheriffs haben bis an den Rand der Erschöpfung alles gegeben, um Kameras aufzuspüren.«

Er schlüpfte aus der warmen Jacke und hängte sie über eine Stuhllehne.

»Waren Sie bei Amelies Vermieterin erfolgreich?«

Charlotte wiederholte, was sie Anneliese vor einer halben Stunde von ihrem Besuch dort erzählt hatte. Sie deutete auf das vor ihr liegende Buch.

»Nach dem Lesen der ersten Seiten scheint das eine Mischung aus Tagebuch und Angstfantasien zu sein, die mit düsteren Skizzen garniert sind. Ich muss das alles erst mal durcharbeiten. Vielleicht stoße ich auf eine Verbindung zu Sandra. Bislang weiß ich nur, dass beide Philipps Studentinnen waren. Allerdings werde ich das Gefühl nicht los, dass es da noch andere Berührungspunkte gibt.«

»Anscheinend ist deine Spürnase aktiviert«, meinte Anneliese. »Das ist ein gutes Zeichen.«

»Hoffentlich. Wir müssen endlich was Handfestes finden.«

Während sich Charlotte am Schreibtisch der Lektüre widmete, beschäftigten sich Anneliese und Tom mit den Informationen zu den Kameras. Bei vier von den sechs Standorten an Geschäften war es am einfachsten, dort anzurufen und nachzufragen, wie lange die Aufzeichnungen gespeichert würden.

Diesen Part übernahm die Strick-Liesel. Sie behauptete, jemand hätte ihren Wagen touchiert und Fahrerflucht begangen, sodass sie nach Aufnahmen des Unfallversuchers suchen würde. Leider konnte ihr keiner der Ladeninhaber weiterhelfen, da die Aufnahmen dort nur bis zu 48 Stunden gespeichert wurden.

Die fünfte Kamera entlarvte Tom als täuschend echt aussehende Attrappe mit Bewegungssensor und Signal-LED.

Blieb eine übrig, auf die sie ihre ganze Hoffnung setzten. Diese Überwachungskamera war oberhalb einer Toreinfahrt montiert. Am Gebäude wies ein großes Schild auf eine Tischlerei im Hinterhof hin. Seitlich an der Kamera war ein silberner Aufkleber einer Sicherheitsfirma angebracht, den Anneliese gestochen scharf abgelichtet hatte. Mit einem Mausklick vergrößerte Tom das Schild.

»Mist.«

»Was ist?«, fragte Anneliese, die jeden seiner Schritte am Laptop mit den Augen verfolgte. »Stimmt was nicht?«

»Diese Security-Firma kenne ich. Die geben keine Auskünfte. Wegen Datenschutz und so.«

Enttäuscht lehnte sie sich zurück.

»Also war alles umsonst. – Das ist wirklich Mist!«

Verschwörerisch zwinkerte er ihr zu.

»So schnell geben wir nicht auf, Frau Grothe.«

»Dann mach hinne, Junge. – Und sag Anneliese zu mir.«

Er schmunzelte und begann auf seiner Tastatur zu hämmern.

»Wir schicken dem Laden eine Mail mit einer Anfrage. Wenn sie den Anhang öffnen, haben wir gewonnen.«

Er suchte im Netz nach einem passenden Objekt, für das er ein Angebot für eine Überwachung einholen würde. Dafür wählte er das Foto von einem Gebäudekomplex in London, was er natürlich verschwieg. Er spekulierte darauf, dass die Firma diesem Großauftrag nicht widerstehen könnte. Nach einem kurzen Blickwechsel mit Anneliese klickte er auf ›Senden‹.

Nach wenigen Minuten öffneten sich auf dem Monitor mehrere schwarze Fenster mit grünen Buchstaben- und Zahlenkolonnen, die so schnell wechselten, dass ein Mitlesen unmöglich war. Fasziniert beobachtete die Strick-Liesel das Geschehen auf dem Bildschirm, bevor sie Tom fragend ansah, der triumphierend nickte.

»Wir sind drin.«

Es dauerte eine Weile, bis sich die Ansicht durch ein neu geöffnetes Fenster änderte.

Aus einer Liste suchte Tom die Datei der betreffenden Kamera heraus. Anneliese nannte ihm noch einmal das Datum der gewünschten Aufnahme. Tatsächlich erschien kurz darauf ein Video auf dem Monitor. Von der Toreinfahrt bis zur gegenüberliegenden Straßenseite reichte der Aufnahmeradius.

»Super!«

Anerkennend hob Anneliese die Hand zum Abklatschen. Ohne zu zögern, schlug Tom leicht dagegen.

»Wir müssen die Uhrzeit prüfen«, sagte er und spulte die Aufnahme vor. Gegen 18 Uhr sahen sie die ersten Tropfen fallen. Passanten eilten im leichten Regen den Gehweg entlang, um einigermaßen trocken nach Hause zu kommen. Der Autoverkehr war überschaubar. Tom ließ den Film eine Stunde vorlaufen. Nun waren Leute mit Schirmen zu sehen, die wegen der heftiger gewordenen Niederschläge hastig unterwegs waren. Durch Regen und Dunkelheit litt die Bildqualität. Dennoch waren die vereinzelt passierenden Fahrzeuge im Licht der Straßenlaternen gut erkennbar. Tom ließ die Aufnahmen in doppelter Geschwindigkeit laufen, wobei sie vergeblich nach Philipps silberfarbenem Mercedes Ausschau hielten. Eine Weile tat sich nichts. Endlich kam wieder ein Auto ins Bild. Der klobige SUV pflügte durch das auf der Straße stehende Wasser, sodass es zu beiden Seiten fast wie bei einer Bugwelle hochspritzte.

Anneliese war erstaunt.

»Wie schnell das plötzlich ging. Die Straße hat sich ratzfatz in einen See verwandelt.«

Erst diese Bemerkung ließ Tom stutzen.

»Moment.« Mit einem Blick überprüfte er die Aufnahmezeit: 20.09 Uhr. »Das ist ja ein Ding. Anscheinend bin ich nicht der Erste, der sich die Überwachungsvideos vorgenommen hat.«

»Wie meinst du das?«

Er deutete auf den Bildrand und spulte die Aufnahme ein Stück zurück.

»Achte auf die Uhrzeit.«

»18.56 Uhr.« Wie gebannt blickte sie auf die weiterlaufenden Zahlen. Sechs Minuten später zuckte sie zurück. »20.02 Uhr! Wie ist das möglich?«

»Da hat jemand ungefähr eine Stunde geklaut – einfach rausgeschnitten.«

»Ausgerechnet die Zeit, die nötig ist, um ...« Allmählich begriff sie. »Du meinst, das war der Dreckskerl, hinter dem wir her sind?«

»Fällt dir sonst jemand ein?«

»Ne.«

Mit dem Buch in der Hand trat Charlotte zu den beiden.

»Gibt es ein Problem?«

Anneliese erklärte, was sie herausgefunden hatten. Inzwischen lokalisierte Tom die Schnittstelle.

»Genau ab hier fehlt die Aufnahmezeit.«

Charlotte blickte sekundenlang auf den Bildschirm.

»Das kann nur bedeuten, dass Philipps Wagen tatsächlich von dieser Kamera erfasst wurde.«

Zustimmend nickte Tom. Mit wenigen Klicks speicherte er das Video und verschwand durch eine Hintertür aus dem Computer der Überwachungsfirma. Sicherheitshalber ließ er die Aufnahme durch ein spezielles Programm laufen, um zu prüfen, ob sie absolut »sauber« war. Mittlerweile traute er dem Verbrecher zu, dass er versuchen würde, sich in sein System zu hacken. Das würde ihm aber nicht gelingen.

»Anscheinend ist uns der Kerl immer einen Schritt voraus.«

Das bereitete auch Charlotte Sorge.

»Er will Philipp um jeden Preis als Mörder abstempeln. Wäre es nicht so abwegig, käme ich auf den Gedanken, dass er mit dem charmanten Herrn Staatsanwalt zusammenarbeitet.«

»Apropos Staatsanwalt: Ich kenne zwar genug Tricks, damit man meine Hacks nicht zu mir zurückverfolgen kann, aber was ich hier mache, ist trotzdem illegal. Deshalb muss das unter uns bleiben.«

»Von uns erfährt niemand etwas.«

»Das beruhigt mich, Frau Stern.«

»Charlotte«, korrigierte sie ihn, sprach aber nicht weiter, als sein Handy den Eingang einer Nachricht signalisierte. Tom nahm es vom Tisch und wischte übers Display.

»Eine SMS.«

Die Freundinnen tauschten einen wissenden Blick. Beide dachten an dasselbe.

Unterdessen öffnete Tom die Nachricht. Grimmig starrte er auf das Telefon.

»Der Typ weiß ganz genau, was wir hier tun.« Er legte das Smartphone auf den Tisch, damit Charlotte und Anneliese die Mitteilung lesen konnten:

Wer hat an der Uhr gedreht? Für Thaler ist es längst zu spät …

KAPITEL 33

Im Besprechungsraum der JVA wartete Philipp auf seinen Rechtsbeistand. Als Julia Jacobs eintrat, stand er auf und begrüßte sie mit ernster Miene.

»Wie geht es dir?«, fragte sie, als sie sich setzten, worauf er nur mit den Schultern zuckte. Was sollte er auch sagen? Er wusste, dass er so mitgenommen aussah, wie er sich fühlte.

»Sag mal, hältst du deine Charlotte eigentlich für intelligent?«

Philipp runzelte die Stirn.

»Wieso fragst du? Sie ist eine intelligente und kluge Frau.«

»Trotzdem hast du erwartet, dass sie dein Verhalten bei ihrem Besuch einfach so hinnehmen würde? Ich soll dir ausrichten, dass es nicht funktioniert – egal, was du dir einfallen lässt.«

»Mir wurde schon klar, wie dumm das war, als ich zurück in meine Zelle kam. Ich dachte … Nein, ich habe überhaupt nicht nachgedacht. Diese aberwitzige Situation bringt mich um den Verstand.«

Eindringlich schaute sie in seine müde blickenden Augen.

»Du musst Geduld haben. Wir werden etwas zu deiner Entlastung finden. Bevor ich herkam, war ich bei dir zu Hause.«

In seine Augen schlich sich ein Hoffnungsschimmer.

»Hat Charlotte etwas entdeckt?«

»Anscheinend ist sie auf einer vielversprechenden Spur. Tom Vellner unterstützt sie.« Sie berichtete, was sie vor einer Stunde erfahren hatte. »Um mir das alles zu erzählen, hatte sie mich zu sich gebeten. Ab sofort werden wir nichts mehr per Telefon besprechen. Laut Tom muss sich der Täter so gut auskennen, dass weitere erfolgreiche Hackerangriffe von ihm nicht auszuschließen sind. Tom ist dabei, sämtliche Computer- und Sicherheitssysteme bei euch im Haus zu prüfen und gegebenenfalls mit dem bestmöglichen Schutz aufzurüsten. Ich soll dich übrigens von allen herzlich grüßen. – Besonders von Anton.«

Das wunderte Philipp nicht nur, es beunruhigte ihn.

»Wieso ist der Junge mitten in der Woche zu Hause? Was ist passiert? Ist er krank?«

Julia informierte ihn über die Ereignisse im Internat und was daraus resultierte.

»Nach allem, was geschehen ist, hat Charlotte ihn vom Unterricht beurlaubt. In Rabeneck ist Anton womöglich nicht sicher, solange der Täter frei herumläuft.«

Einerseits war Philipp gerührt, dass Anton sich für ihn eingesetzt hatte, andererseits wuchs seine Sorge. Und er schämte sich dafür, dass er Charlotte vorgehalten hatte, sich nicht genug um den Jungen zu kümmern, während sie große Angst um ihn ausgestanden hatte.

»Erschreckend, was für Kreise diese ganze Sache inzwischen zieht. Wohin soll das noch führen?«

»Bestenfalls zur Verhaftung des wirklichen Täters.« Sie legte einige Unterlagen auf den Tisch. »Übrigens soll ich dich von Charlotte nach den Zugangsdaten für dein E-Mail-Postfach fragen. Vielleicht gelingt Tom, was die Polizei nicht geschafft hat.«

Seit dem Besuch der Rechtsanwältin war im Stiftungsbüro weiter gearbeitet worden. Der Informatikstudent tauchte mit Hilfe eines selbst geschriebenen Programms und seiner Fachkenntnis in die Tiefen sämtlicher Mobiltelefone der WG-ler ein. Dabei stellte sich heraus, dass die installierte Sicherheitssoftware auf Charlottes Telefon einem Cyberangriff nicht standgehalten hatte. Da sie mit ihrem Smartphone weder Online-Banking betrieb noch Zahlungen per Kreditkartendaten veranlasste, war davon auszugehen, dass der Hacker allenfalls Telefonate mitgehört und Nachrichten gelesen hatte. Tom schloss das Schlupfloch, durch das der Zugriff erfolgt war, und ersetzte das Schadprogramm durch einen von ihm entwickelten Schutz. Auf die Telefone der anderen Bewohner war kein Zugriff erfolgt. Dennoch stattete Tom sie mit dem bestmöglichen Abwehrsystem aus. Genauso verfuhr er mit den Computern im Haus. Danach verabschiedete er sich, da er noch für eine Klausur lernen musste.

Bald nachdem er die Villa verlassen hatte, versammelten sich die anderen zum Abendessen in der Küche. Dabei erörterten sie die Ereignisse des Tages. Anton machte seiner Familie klar, dass sie in seiner Anwesenheit nicht um den heißen Brei herumreden sollte. Immerhin sei er kein Baby mehr. Seitdem sprachen sie offen, aber ohne den Elfjährigen zu überfordern.

Der Junge fand es toll, dass der Student sogar seine Geräte überprüft und aufgerüstet hatte.

»Tom hat echt was drauf«, sagte er begeistert, worauf Anneliese nickte.

»Wir können froh sein, dass wir ihn in unserem Team haben, sonst würde uns dieser Stalker immer noch auf der Nase rumtanzen.«

»Endlich haben wir die Chance, Informationen über

ihn zu sammeln«, stimmte Charlotte der Freundin zu und beugte sich zur Anrichte hinüber, auf der ihr Smartphone vibrierte. Sie griff danach und warf einen Blick aufs Display. »Entschuldigt.« Mit dem Telefon in der Hand stand sie auf und ging hinaus. In der vom Plätzchenduft erfüllten Wohnhalle nahm sie das Gespräch entgegen.

»Hallo, Pia. Gibt es Neuigkeiten?«

»Das kann man wohl sagen. Allerdings keine guten: Hannes wurde beurlaubt.«

»Warum? Hat er Fink eins auf die Nuss gegeben?«

»Dazu ist es leider nicht mehr gekommen. Der Staatsanwalt hat ihn bei unserem Chef angeschwärzt. Und der hat Hannes aus dem Verkehr gezogen.«

Charlotte kannte den Ersten Polizeihauptkommissar und Dienststellenleiter. Wenn Olaf Hauck seinen besten Mann zurückpfiff, musste etwas Gravierendes dahinterstecken.

»Wo ist Hannes jetzt?«

»Er hat sich gefügt und ist ziemlich wütend nach Hause gefahren. Martin und ich haben Dienst, sonst …«

»Ich kümmere mich um ihn.«

»Das habe ich gehofft.«

»Danke für den Anruf, Pia. Bis bald.«

In der Küche setzte sich Charlotte an den Tisch, um wenigstens ihre Scheibe Fleischsalatbrot aufzuessen. Die Freunde stellten keine Fragen.

»Leider muss ich noch mal weg«, teilte sie ihnen mit und griff nach der Teetasse. »Ich fahre zu Hannes. Pia sagte, dass er beurlaubt wurde, aber ich weiß nicht genau, warum das passiert ist.« Ihr Blick schweifte zu ihrem Pflegesohn. »Es könnte später werden. Heute musst du allein ins Bett gehen. Du kennst die Zeit, wann Schicht im Schacht ist.«

»Du kannst dich auf mich verlassen.«

»Ich weiß«, sagte sie lächelnd und erhob sich. In ihrem Schlafzimmer zog sie die Leggings aus und die Jeans an. Dabei ignorierte sie das herrschende Chaos und die himalayaartigen Klamottenberge. Ihr katastrophaler Ordnungssinn war nebensächlich. Der Freund brauchte sie.

Normalerweise hätte Charlotte die anderthalb Kilometer nach Döhren mit dem Fahrrad zurückgelegt. Im leichten Regen bei Dunkelheit bevorzugte sie das Auto. Das war nicht nur bequemer, sondern sicherer. Immerhin war nicht auszuschließen, dass sich der Verbrecher in der Nähe herumtrieb. Deshalb achtete sie bei der Fahrt ins Flussviertel auf mögliche Verfolger, konnte aber keinen entdecken.

Nach einigem Suchen fand sie einen Parkplatz in der Donaustraße. Sie musste nur wenige Meter bis zur Straßenkreuzung zurückgehen. Seit sie Hannes kannte, wohnte er in dem vierstöckigen Eckhaus mit den kleinen Balkons. Auf ihr Klingeln reagierte er nicht. Sie trat einige Schritte zurück und schaute an der Fassade empor. Durch die Scheibe von Hannes' Küchenfenster in der zweiten Etage war warmer Lichtschein zu sehen. Demnach war er zu Hause. Sie klingelte abermals, diesmal mehrfach, aber nichts geschah. Entschlossen kramte sie in ihrer Umhängetasche nach dem Smartphone, als die Eingangstür von innen geöffnet wurde. Ein Pulk junger Leute strömte an Charlotte vorbei ins Freie. Sie nutzte die Gelegenheit und schlüpfte ins Gebäude, bevor die Tür zufiel.

Im Treppenhaus empfing sie eine Geruchsmischung aus frühlingsfrischem Putzmittel und Bratkartoffeln. Sie stieg die Stufen hinauf und blieb vor der lindgrün gestrichenen Wohnungstür des Hauptkommissars stehen. Die laute Musik aus seinen Räumen war nicht zu überhören. Charlotte ahnte, was das bedeutete. Wenn Peter Maffay die Hütte rockte, war Johnnie Walker nicht weit. Sie ersparte sich erneutes Klingeln und klopfte energisch, bis die Tür aufgerissen wurde.

»Wer zum Teu…« Verwundert hielt Hannes inne. »Charly! Was willst du denn hier?«

Obwohl das nicht besonders freundlich klang, lächelte sie.

»Ich freue mich auch, dich zu sehen. Lässt du mich rein?«

»Wer hat dich geschickt?«

»Hältst du es nicht für möglich, dass ich allein entscheiden kann, ob ich einen Freund besuche?«

Kommentarlos gab er die Tür frei. Während Charlotte in der Diele die Daunenjacke abstreifte, ging Hannes auf Socken ins Wohnzimmer voraus.

Beim Eintreten sah sie ihre Vermutung bestätigt: Hannes saß auf dem Sofa, seine Füße ruhten auf dem Couchtisch. Die goldbraune Flüssigkeit in seinem Glas stammte aus einer rechteckigen Flasche. Auf dem Etikett war ein schreitender Mann mit roter Jacke unterwegs.

»Wurdest du meinetwegen beurlaubt, weil du mir die Unterlagen über den Suizid überspielt hast?«

Hannes zuckte die Schultern.

»Ich kann dich nicht verstehen; die Musik ist so laut.«

Ohne mit der Wimper zu zucken, ging sie zur Stereoanlage hinüber und schaltete den hochmodernen Plattenspieler aus. Kommentarlos setzte sie sich in einen Sessel und wiederholte ihre Frage.

Hannes schüttelte den Kopf und trank einen Schluck. Die Eiswürfel klirrten leise, als er das Glas abstellte und nach seinem Handy griff. Er suchte ein Foto heraus, nahm die Füße vom Tisch und schob das Telefon zu Charlotte hinüber. Die Aufnahme zeigte sie mit Hannes vor dem Präsidium bei der scheinbaren Übergabe einer grünen Handakte.

»Das war gestern …« Sie erinnerte sich, dass er sie nach unten begleitet hatte, weil er zu den Kriminaltechnikern wollte. Auf dem Gehweg wäre er fast über das Schnürband seiner Sneakers gestolpert. Deshalb hatte er Charlotte die Akte übergeben, den Schuh zugebunden und die Akte wieder in Empfang genommen. Offenbar hatte jemand genau im richtigen Moment ein Foto geschossen, um den Anschein zu erwecken, Hannes hätte ihr Ermittlungsunterlagen ausgehändigt.

»Wo kommt das Foto her?«

»Irgendjemand hat es Fink geschickt. Der ist damit zu meinem Vorgesetzten und hat Konsequenzen gefordert. Olaf hat mich zu sich gerufen und mich mit sofortiger Wirkung von unserem Mordfall abgezogen.«

»Hast du ihm nicht erklärt, wie es wirklich war?«

»Sicher. – Und dass du auf mich als Informationsquelle nicht angewiesen bist, weil du alle Ermittlungsergebnisse von der Anwältin des Professors bekommen kannst. Das leuchtete ihm zwar ein, aber er wollte mich aus der Schusslinie haben, damit Fink Ruhe gibt. Weil dazu der Vorwurf der Befangenheit im Raum stand, hätte Olaf mich ohnehin abziehen müssen. Deshalb hat er mich überredet, meinen Resturlaub zu nehmen.«

Abermals griff er nach dem Glas und vernichtete den meistverkauften Scotch Whisky der Welt, um sofort aus der Flasche nachzuschenken.

»Möchtest du?«

»Ich bin mit dem Auto gekommen.«

»Warum übernachtest du nicht hier? Angeblich haben wir eine heiße Affäre.«

»Wie nett, dass ich mal was über mein abwechslungsreiches Liebesleben erfahre. Wer hat denn dieses schmeichelhafte Gerücht in die Welt gesetzt?«

»Wer wohl? Fink hat Olaf ein zweites Foto überlassen, auf dem wir beide uns umarmen. Damit konnte der Herr Staatsanwalt aber nicht punkten, weil das halbe Präsidium weiß, dass wir seit Jahren befreundet sind.«

Amüsiert zwinkerte sie ihm zu.

»Eigentlich schade.«

»Finde ich auch. Für mich wäre das jedenfalls ein großes Kompliment. – Jetzt hole ich dir aber erst mal was Alkoholfreies.«

Er stand auf und tappte in die Küche. Bei seiner Rückkehr hielt er ein Glas in der Hand, das eine Flüssigkeit enthielt, die der in der Whiskyflasche ähnelte.

»Wasser ist aus. Trinkst du Apfelsaft?«

»Danke, gern.«

Er reichte ihr das Getränk und ließ sich aufs Sofa plumpsen. Diesmal behielt er die Füße unter dem Tisch.

»Was fange ich denn nun mit der unerwarteten Freizeit an?«

»Du könntest einen Last-Minute-Trip in die Sonne buchen oder …«

»Oder was?«

»Ist das so schwer zu erraten? Endlich hast du Zeit, dein Liebesleben in Schwung zu bringen. Und da ich leider vergeben bin, solltest du bei Marlene einen zweiten Anlauf nehmen.«

»Glaubst du nicht, dass sie mich längst abgeschrieben hat?«

»Finde es heraus.«

»Mmm …« Während er überlegte, ertönte die Türklingel.

»Das ist hier heute wie in der Londoner U-Bahn zur Rushhour«, brummte er, stand auf und ging hinaus. Mit dem Rechtsmediziner im Schlepptau kehrte er zurück. Die Anwesenheit der gemeinsamen Freundin hatte Horst nicht erwartet.

»Charlotte – was für eine Überraschung.«

»N'Abend, Horst.«

»Da hatten wir wohl den gleichen Gedanken.« Er ließ sich so schwungvoll in einen Sessel fallen, dass zu befürchten war, das gute Stück würde unter der Belastung bersten. Erstaunlicherweise hielt es dem beachtlichen Gewicht des Mediziners stand. »Tauscht ihr hier heimlich Ermittlungsergebnisse aus?«

»Nie und nimmer«, gab Hannes ihm Auskunft. Da der Freund so gut wie nie Alkohol zu sich nahm, bot Hannes ihm keinen destillierten Gerstendrink an. Er ging in die Küche und brachte ein Glas sowie die Apfelsaftflasche mit. Beides reichte er seinem Gast, bevor er sich an Charlotte wandte.

»Konntest du was mit den Infos über die Selbstmörderin anfangen?«

Bereitwillig berichtete sie von ihrem Besuch bei der Vermieterin und vom Fund des Tagebuchs.

»Bei der Suche habe ich weitere Gutachten entdeckt. Vielleicht kann ich über die Klinik herausfinden, mit wem sie engeren Kontakt hatte.«

»Sie war bei Professor Neuhaus in Behandlung«, erinnerte sich der Rechtsmediziner. »Ein fähiger Psychiater. Ist vor ein paar Jahren an einem geplatzten Aneurysma gestorben.«

Diesen Namen hatte Charlotte erst kürzlich gehört. So hieß die Tante von Julia Jacobs.

»Kanntest du den Mann?«

»Kaum. Man läuft sich bei medizinischen Veranstaltungen über den Weg. Mehr nicht. Neuhaus hatte Patienten in der Landwehrklinik und eine gut gehende Praxis. Seit seinem Tod führt seine Frau sie allein weiter. Sie ist Heilpraktikerin mit Zusatzausbildung Psychotherapie.«

»Möglicherweise hat sie Amelie Zander therapiert. Ich sollte sie mal ansprechen.«

»Das kannst du dir sparen.« Hannes griff nach seinem Glas und schwenkte es ein wenig. »Martin war bei ihr, aber ohne richterlichen Beschluss wollte sie ihm partout keine Auskünfte geben. Der war dann allerdings nicht mehr nötig, weil Horst mit seinem Obduktionsbericht schneller war und die Ermittlungen eingestellt wurden.«

KAPITEL 34

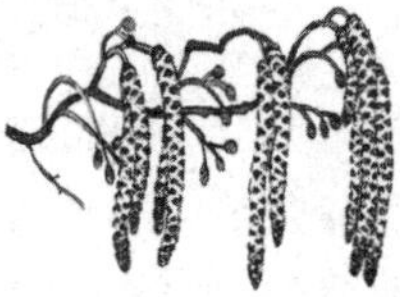

Der Druck auf Charlotte wuchs von Tag zu Tag. Mittlerweile befand sich Philipp seit einer Woche in Untersuchungshaft, und sie hatte nichts zu seiner Entlastung herausgefunden. Das machte ihr zu schaffen. Im Stiftungsbüro arbeitete sie sich durch das Tagebuch. Die Eintragungen waren in kleiner Schrift erfolgt, häufig unverständlich und oftmals schlecht zu entziffern. Wahrscheinlich waren diese zum Teil unter dem Einfluss von Psychopharmaka entstanden. Darauf deuteten die merkwürdigen Gewaltskizzen hin, die düster und erschreckend auf den Betrachter wirkten. Andere Notizen wirkten klar und gut durchdacht. So fragte sich Amelie, ob sie gegen die negative Bewertung ihres Professors Beschwerde einlegen sollte, verwarf diesen Gedanken aber, weil sie keine Chance auf Erfolg für sich sah.

Für einen Außenstehenden war es schwierig, zwischen wahren Erlebnissen und Fantasien der jungen Frau zu unterscheiden. Zwischen den handschriftlichen Aufzeichnungen befanden sich eingeklebte Eintrittskarten, Bilder, kurze wirre Gedichte und Zeitungsfragmente.

Irgendwann stieß Charlotte auf ein Foto von Philipp, das anscheinend aus einem Vortragsflyer der Uni stammte. Ein furchtbarer Anblick waren die herausgekratzten Augen. Der Text darunter war genauso beängstigend:

Du solltest alles für mich sein: Lehrer, Vater, Freund, Geliebter. Warum hast du nie bemerkt, was ich für dich empfinde? Du hast mich nicht ernst genommen, hast mein Leben und meine Zukunft zerstört. Dafür hasse ich dich!

Dieser abrupte Sinneswandel wunderte Charlotte. Einige Seiten davor hatte die Studentin bewundernd und voller Respekt über ihren Professor geschrieben, geradezu von ihm geschwärmt. Die Eintragungen waren leider nicht datiert, sodass nicht ersichtlich war, in welchen Zeitabständen sie entstanden waren.

Hin und wieder wurde Sandra erwähnt. Amelie war offenbar eifersüchtig auf die Kommilitonin, die durchweg gute Noten und ein besonderes Verhältnis zu Philipp hatte. An einer Stelle wünschte Amelie der Mitstudentin gar den Tod. Darunter befand sich eine Zeichnung einer am Boden liegenden Gestalt, aus deren Brust ein Messer ragte. Diese Gewaltfantasie sprach für sich.

Auf drei weitere Personen war Charlotte in den Notizen gestoßen: Bienchen, Mika, Rodi. Zunächst wurde überwiegend im Zusammenhang mit einer Therapie von ihnen berichtet. Danach war von Treffen in der Stadt die Rede, von Freundschaft und gegenseitiger Unterstützung im Wechsel mit Verzweiflung, Hass und Lebensüberdruss. Diese drei Personen schienen für Amelie enorm wichtig gewesen zu sein. Wahrscheinlich quälten die Mitpatienten ähnliche Probleme. Sie vertrauten einander ihre Ängste und Nöte an.

Dadurch wussten die anderen drei, wen die Studentin für ihr Leid verantwortlich machte. War es möglich, dass einer ihrer Freunde ihren Tod rächen wollte? Oder war dieser Gedanke zu weit hergeholt?

Charlotte war klar, dass sie das nur ergründen konnte, wenn sie die Identität der drei kannte. Nach allem, was Hannes in Whiskylaune erzählt hatte, würde Frau Neuhaus aufgrund der Verschwiegenheitspflicht keine Patientennamen herausrücken. Schon gar nicht gegenüber einer Frau, die keinerlei Befugnisse hatte. Jemand musste einen richterlichen Beschluss besorgen. Aber wer? Fink würde sich weigern, so viel war klar. Sollte sie Pia und Martin ansprechen? Das wäre vermutlich sinnlos. Die beiden kamen ebenso wenig an dem aufgeblasenen Vogel vorbei. Außerdem wollte Charlotte sie nicht in einen Konflikt bringen. Hannes schied ebenfalls aus. Julia Jacobs auch. Wer blieb noch? Ihr fiel nur eine Person ein, die allerdings im wohlverdienten Urlaub weilte. Es widerstrebte ihr, die Erholung zu stören. Dennoch griff sie nach längerem Nachdenken zu ihrem Mobiltelefon. Die Verbindung kam schnell zustande.

»Hallo, Frau Stern«, hörte sie die überrascht klingende Stimme der kürzlich ernannten Oberstaatsanwältin. »Wo brennt es denn?«

»Wie kommen Sie darauf, dass …«

»Sonst würden Sie mich nicht auf La Palma anrufen. Was ist passiert?«

Kurz und präzise berichtete Charlotte von den Ereignissen.

»Ich bin überzeugt, dass ich auf eine vielversprechende Spur gestoßen bin«, schloss sie. »Deshalb hoffe ich auf Ihren Rat. Irgendwie muss ich an die Namen der Mitpatienten kommen, weiß aber nicht, wie.«

»Ich nehme den nächsten Flieger und unterstütze Sie.«

»Um Himmels willen, Sie dürfen Ihren Urlaub nicht abbrechen, weil ich …«

»Sie und der Professor haben uns mehrfach aus der Patsche geholfen. Da ist es selbstverständlich, dass ich mich revanchiere. Außerdem habe ich inzwischen die ganze Insel erkundet und fange an, mich zu langweilen. Ich brauche dringend was zu tun. Deshalb komme ich eben zwei Tage früher nach Hause.«

»Sie meinen das ernst, oder?«

Benita Pauli lachte leise.

»Darauf können Sie wetten. Ich erkundige mich gleich nach einem Flug. Nach der Landung melde ich mich. Und dann will ich alles sehen, was wir haben: Beweise, Hinweise – alles.«

»Ich bereite die Unterlagen vor. – Danke, Frau Dr. Pauli.«

»Dafür nicht. Bis bald.«

Erleichtert legte Charlotte das Telefon beiseite. Die Staatsanwältin war eine Frau schneller Entschlüsse. Und sie schätzte Philipp sehr. Nicht nur seine fachlichen Qualitäten, auch die menschlichen. Deshalb stand für sie außer Frage zu helfen.

Auf der Suche nach Tom verließ Charlotte das Stiftungsbüro. Da sie ihm vor etwa einer halben Stunde von der Drohne erzählt hatte, vermutete sie ihn bei Albert. Im Erdgeschoss wandte sie sich zu den Räumen des Generals. Die Tür zu seinem Wohnzimmer stand offen. Von der Terrasse her waren Stimmen zu hören.

»Für eine optimale Hinderniserkennung sorgen während des Fluges Sensoren auf allen Seiten«, erklärte Tom mit dem Wrack in der Hand. »Das Advanced Pilot Assistance System ermöglicht aktive Ausweichmanöver.« Er schaute auf, als Charlotte ins Freie trat. »Du fotografierst doch viel. Diese erstklassige schwedische Hasselblad-Kamera macht hochaufgelöste, gestochen scharfe Bilder.«

»Anscheinend kennst du dich damit aus.«

»Na ja, ich bin halt ein Technik-Freak. Meine Drohne ist viel kleiner und die Kamera nicht so hochwertig. Macht aber trotzdem gute Fotos. Du hast doch die Speicherkarte. Bekomme ich eine Kopie? Ich würde mir gern mal die Aufnahmen ansehen.«

Vor ihrem geistigen Auge erschienen die Fotos der Freunde in Nachtwäsche und das von ihr in BH und Slip.

»Lieber nicht. Darauf sind einige von uns leicht bekleidet zu sehen.«

»Das macht mir nichts aus.«

»Aber mir.«

»Warum? Du bist doch super in Form – so als junge Mutter.«

Anneliese stieß die Freundin leicht am Arm an.

»Merkst du was? Der Grünschnabel flirtet mit dir.«

»Vielleicht sollte er mal einen Spezialisten aufsuchen. Das ist bestimmt heilbar.«

»Sehr witzig«, kommentierte er. »Ihr seid jedenfalls eine mega coole Truppe. Eine Senioren-WG hatte ich mir ganz anders vorgestellt.«

»Alte Leute, die den ganzen Tag über ihre Wehwehchen jammern«, bemerkte Anneliese trocken. »Und behaupten, dass früher alles besser war.«

Jungenhaft lachte er und schaute Charlotte an.

»Davon seid ihr meilenweit entfernt.«

»Welch ein Glück.«

»Deshalb kannst du mir eine Kopie vom Speicherchip geben. Meinetwegen lösch vorher die nicht jugendfreien Fotos. Vielleicht finde ich auf den anderen Hinweise auf den Stalker.«

»Okay.« Sie deutete auf das Flugobjekt. »Weißt du, was so ein Ding kostet?«

»Ungefähr zwei Riesen musst du für dieses Modell hinlegen.«

»2.000 Euro?«, wiederholte Anneliese erstaunt. »Also muss der Stalker ziemlich viel Kohle verdienen. Immerhin hat er noch so einen Flieger, mit dem er Anton verfolgt hat. Die Drohne war zwar kleiner, kostet aber bestimmt auch ein hübsches Sümmchen.«

»Davon kann man ausgehen«, kommentierte Conrad. »Was ist denn mit der Seriennummer?«

Tom deutete auf das Schild am Akkufach.

»Herstellernummer, Typenbezeichnung, maximales Startgewicht, Seriennummer. Alles vorhanden. Wenn wir Glück haben, können wir das Teil damit bis zu seinem Besitzer zurückverfolgen. Heutzutage sind teure Geräte immer öfter registriert. – Wenn nicht, bringen uns vielleicht die Fotos weiter.«

»Lasst uns reingehen«, schlug Albert vor und wendete seinen Rolli. Ohne Jacke war es im Freien zu kalt. »Ein heißer Kaffee wäre jetzt gut.«

Elisabeth hatte in der Küche alles vorbereitet. Der Tisch war gedeckt, der Kaffee in der Kanne, der selbst gebackene Adventsstollen ruhte geschnitten auf zwei Porzellanplatten. Eine Schale mit verschiedenen Weihnachtsplätzchen stand dazwischen.

Charlotte rief nach Anton, der irgendwo im Haus mit den Tieren spielte. Prompt trotteten Hund und Katze hinter ihm in die Küche. Elli nahm den Kakao vom Herd und füllte ihn in einen Becher mit Weihnachtsmannmotiv.

»Übrigens werden wir bald kompetente Hilfe haben«, sagte Charlotte und griff nach einer Kokosmakrone. »Vielleicht schon morgen.«

Sechs Augenpaare richteten sich gespannt auf sie. Sofort begann das Rätselraten. Die Freunde tippten auf Hannes oder auf seine Teamkollegen Pia und Martin. Conrad brachte den Namen der Journalistin Marlene Biber ins Spiel, aber Charlotte schüttelte den Kopf, während sie an ihrem Gebäck knabberte.

»Von Kriminalfällen und Ermittlungen verstehe ich so gut wie gar nichts«, sagte Elisabeth und schenkte dem General Kaffee nach. »Aber ich höre immer aufmerksam zu, wenn ihr darüber sprecht.« Etwas verlegen schaute sie in die Runde. »Deshalb kommt für mich nur eine Person infrage. Charlotte hat Frau Dr. Pauli an ihrem Urlaubsort angerufen.«

»Du bist wirklich erstaunlich«, sagte die Freundin beeindruckt. »Wenn wir nicht mehr weiterwissen, fragen wir in Zukunft einfach dich. Anscheinend schlummern in dir ungeahnte Talente.«

Anneliese war genauso überrascht. Über Elisabeths Kombinationsgabe und über Charlottes Handeln.

»Du hast sie wirklich angerufen? Hattest du nicht mit Bremer abgesprochen, sie da rauszuhalten?«

»Eigentlich wollte ich nur einen Rat von ihr.« Sie dachte kurz nach, zuckte die Schultern. »Unbewusst habe ich wahrscheinlich auf ihre schnelle Rückkehr gehofft. Immerhin hat Frau Pauli viel bessere Möglichkeiten, an Informationen zu kommen.«

»Das ist die Staatsanwältin, mit der ich mal gesprochen habe«, erklärte Anton auf Toms Nachfrage. »Die ist voll nett.«

»Du kennst ja interessante Leute.«

»Ich war mal ein wichtiger Zeuge.«

Damit schien das Thema für ihn erledigt. Dieses Erlebnis und viele andere schreckliche Dinge in seinem Leben gehörten der Vergangenheit an. Seit er Charlotte kannte, war alles gut. Manchmal betete er abends im Bett, dass sich das niemals ändern würde.

Tom fragte nicht weiter nach und wechselte das Thema. »Hast du dir eigentlich mal die CD angesehen?«

»Die ist echt stark. Da sind nicht nur Matheaufgaben drauf. Auch so Quizfragen von Erdkunde oder Geschichte. Sogar welche über Märchen.« Erwartungsvoll wandte er sich an Anneliese. »Du warst doch früher Boss in einem Kinderheim. Kennst du viele Märchen?«

»Einige.«

»Auch Rapunzel?«

»Das ist von den Brüdern Grimm, in dem ein Mädchen von einer Zauberin in einen Turm ohne Tür eingesperrt wird. Willst du zu ihr gelangen, rufst du: *Rapunzel, lass dein Haar herunter.* Wenn sie das tut, kletterst du an ihrem langen Zopf zu ihr hinauf.«

»Weißt du, wie die Zauberin heißt?«

Ein feines Lächeln legte sich um ihre Lippen. Dennoch schüttelte die Strick-Liesel den Kopf. Sie wollte dem Kind den Spaß nicht verderben.

Anton gab die Frage an die anderen am Tisch weiter, aber keiner konnte sie beantworten.

»Spann uns nicht auf die Folter«, forderte Charlotte ihren Pflegesohn auf, worauf er triumphierend strahlte.

»Die Zauberin heißt … Frau Grothe!«

»Wirklich? Wer hätte das gedacht? Ein bisschen Hokuspokus könnte uns die lästige Suche nach dem Stalker erleichtern. Mit einer Zauberin im Team dürfte das eigentlich kein Problem sein.«

»Aber mit einer im Ruhestand«, konterte Anneliese Grothe. »Die magischen Kräfte sind verbraucht und der Zauberstab so morsch wie die alten Knochen.«

KAPITEL 35

Am Vormittag fuhr Charlotte zur Kanzlei von Julia Jacobs, um sich über ihren Besuch bei Philipp zu erkundigen und sie über den neuesten Stand ihrer Ermittlungen zu unterrichten.

»Darf ich dich etwas Persönliches fragen?« Sie waren spontan zum Du übergegangen. »Über Frau Neuhaus.«

»Über Tante Maja?« Das schien sie zu überraschen. »In welchem Zusammenhang?«

»Sie war die Therapeutin von Amelie Zander. Hat sie mal über sie gesprochen?«

»Nein, nie.«

»Hat sie jemals den Suizid einer ihrer Patientinnen erwähnt?«

»Nein, aber ich erinnere mich, dass sie vor einiger Zeit sehr niedergeschlagen nach Hause kam. Als ich sie nach dem Grund fragte, sagte sie nur, sie hätte kläglich versagt und dadurch Mitschuld am Tod einer jungen Frau.«

»Mehr nicht?«

Julia schüttelte den Kopf.

»Hat sie mal von Mika, Rodi oder Bienchen gesprochen?«

»Leider nicht.«

Julia erzählte von der Vereinbarung, dass sie weder über die Patienten ihrer Tante noch über ihre eigenen Klienten sprechen würden. Im Grunde wäre das trotz beidseitiger

Schweigepflicht möglich, solange die Betreffenden anonym blieben. Sie hätten sich dennoch darauf geeinigt, Berufliches außen vor zu lassen.

»Das klappt sehr gut.« Ein nachsichtiges Lächeln erschien auf ihrem Gesicht. »Nur wenn es sich um Philipp handelt, fällt es ihr schwer, sich an unsere Absprache zu halten.«

»Wenn es sich um die erste Liebe dreht, möchte man wohl informiert bleiben.«

»Ihr war natürlich klar, dass er mich als Rechtsbeistand engagieren würde, aber ich habe das ihr gegenüber nie bestätigt. Erst als es vor ein paar Tagen in der Zeitung stand, konnte ich es nicht mehr leugnen.« Plötzlich hielt sie inne. »Hast du eben nach Bienchen gefragt? Das ist Tantchens Spitzname. Woher weißt du davon?«

»Aus dem Tagebuch von Amelie. Sie hat diesen Namen oft genannt. Ihre Meinung war ihr anscheinend sehr wichtig. Kein Wunder, wenn es sich um ihre Therapeutin handelte. Ich glaube, wir müssen dringend mit deiner Tante sprechen. Sie kannte Amelie offenbar am besten. – Und die beiden Mitpatienten.«

»Ohne einen richterlichen Beschluss werdet ihr bei ihr kein Glück haben. Darum müsste sich Frau Dr. Pauli nach ihrer Rückkehr kümmern.«

»Deswegen habe ich sie unter anderem angerufen.«

Charlotte verabschiedete sich bald. Mit dem Passwort für Philipps Mail-Postfach in der Tasche verließ sie die Kanzlei, um nach Hause zu fahren.

Unterwegs überdachte sie das Gespräch.

Julia hatte erzählt, wie niedergeschlagen Philipp bei ihrem Besuch gewirkt hatte. Das wunderte sie nicht. Er empfand sich in einer ausweglosen Situation. Daran hatte sich nichts geändert. Diese ständige Warterei auf einen Lichtblick in seiner kleinen Zelle musste zermürbend sein. Wie gern hätte sie ihn tröstend in den Arm genommen und ihm versprochen, dass alles gut würde. Aber das konnte sie nicht. Sie musste sich auf ihren Instinkt verlassen, dass sie auf der richtigen Spur war. Sollte es sich erneut um eine Sackgasse handeln … Sie wagte nicht, sich auszumalen, was das nach sich ziehen würde. Deshalb lenkte sie ihre Gedanken zu dem, was Julia über Amelies Therapeutin gesagt hatte. Sie hieß Maja, deshalb wurde sie Bienchen genannt. Nach der Biene Maja. Darauf musste man erst mal kommen. Das Buch mit den Abenteuern der frechen Biene kannte Charlotte aus ihrer Kindheit. Jahre später hatten ihre Tochter und ihr Sohn glücklich vor dem Fernseher gesessen, wenn die Zeichentrickfilme mit Maja und Willi über den Bildschirm flimmerten. Inzwischen liebten sogar ihre Enkel diese Geschichten.

Maja Neuhaus könnte der Schlüssel zur Lösung des Falles sein. Sie hatte zu allen Personen in Amelies Tagebuch Kontakt. – Und sie kannte Philipp. War das Zufall? Oder war es möglich, dass viel mehr dahintersteckte? Sollte sie nach all den Jahren immer noch unter seiner Zurückweisung leiden? Dazu die Tatsache, dass sie Amelie nicht helfen konnte. Wenn sie Philipp die Schuld am Tod ihrer Patientin gab?

»Das ist absurd«, murmelte Charlotte, aber dieser Verdacht setzte sich in ihrem Kopf fest. Dadurch vergaß sie, darauf zu achten, ob sie verfolgt wurde …

Unterdessen kam Maja Neuhaus in der Villa im Zooviertel mit Dackel Hildegard an der Leine die Treppe herunter. Julia, die an der Rezeption stand, ging zu ihr hinüber.

»Guten Morgen, Tantchen. Du bist heute spät dran.«

»Nenn mich nicht immer Tantchen. – Im Übrigen habe ich erst in einer Stunde den ersten Patiententermin.« Sie kramte in ihrer Handtasche nach dem Autoschlüssel. »Beim Lüften habe ich Frau Stern kommen sehen. Was wollte sie denn so früh hier?«

»Ach, Tantchen …«

»Ja, ja, ich weiß. Es ist sowieso nicht schwer zu erraten, dass sie Philipp helfen will. Aber ob ihr das gelingt? Vielleicht überschätzt sich die Gute ein wenig.«

Aufmerksam blickte Julia sie an. War da so etwas wie Missbilligung in ihrer Stimme gewesen? Oder war ihre Tante nach wie vor eifersüchtig auf jede Frau an Philipps Seite – obwohl so viele Jahre vergangen waren?

»Hältst du ihn eigentlich für schuldig?«

»Nach allem, was in der Zeitung stand, sieht es jedenfalls danach aus.«

»Du denkst doch nicht wirklich, dass Philipp ein Mörder ist.«

»Unter gewissen Voraussetzungen kann jeder Mensch die Kontrolle verlieren. Dir muss ich nicht erklären, was eine Affekthandlung ist. Ein einziger äußerlicher Anlass oder ein kurzzeitiger psychischer Ausnahmezustand genügt manchmal für eine völlig unkontrollierte Reaktion.«

Natürlich kannte die Rechtsanwältin dieses mentale Phänomen, das eine Situation von einer Sekunde zur anderen eskalieren lassen konnte. Dennoch glaubte sie nicht, dass Philipp ausgerastet war und dadurch den Tod von Sandra Helmke verursacht hatte.

Im Stiftungsbüro räumte Charlotte ihren Schreibtisch frei, um der Oberstaatsanwältin Platz zum Arbeiten zu verschaffen. Das Notebook wanderte samt Zubehör auf den Konferenztisch. Dafür legte sie sämtliche Unterlagen über den Fall bereit: polizeiliche Ermittlungsergebnisse, eigene Recherche und Erkenntnisse. Die Stellwand mit den übrigen Informationen rückte sie in Sichtweite.

Frau Dr. Pauli hatte ihr am Abend eine Nachricht geschickt. Der zufolge würde sie gegen Mittag in Frankfurt landen und etwa zwei Stunden später in Hannover sein. Nach einem Abstecher in ihre Wohnung würde sie am frühen Nachmittag in der Villa eintreffen.

So geschah es. An der Haustür wurde sie von Charlotte freundschaftlich begrüßt.

»Herzlich willkommen. Danke, dass Sie Ihren Urlaub abgebrochen haben.«

»Ich helfe gern, Frau Stern.«

Charlotte nahm ihr den Mantel ab und hängte ihn an die Garderobe.

»Unser Büro ist im Souterrain. Wir können gleich runter gehen. Oder kann ich Ihnen vorher etwas anbieten? Haben Sie überhaupt schon was gegessen?«

»Im *Käfer's* bei der Zwischenlandung in Frankfurt.« Sie drehte sich herum, als sich schnelle Schritte nährten. »Hallo, Anton.«

»Hallo, Frau Pauli.« Brav gab er ihr die Hand. »Sie sind ja richtig braun geworden. Wo waren Sie denn im Urlaub?«

»Auf La Palma. Das ist eine wunderbare kanarische Insel.«

»Ich bin froh, dass Sie uns helfen. Philipp ist kein Mörder.«

»Das weiß ich, mein Junge. Wir werden alles tun, um das zu beweisen. Dazu muss ich mir aber erst mal einen Überblick verschaffen.«

Anton nickte zufrieden und trollte sich.

Anneliese und Tom saßen vor drei Bildschirmen. Sie hatte den jungen Mann im Golf der Freundin mit seinem Equipment abgeholt, das er zum schnelleren Arbeiten benötigte. Dadurch wirkte der Raum mit den über die Monitore laufenden Zahlenreihen wie eine Kommandozentrale. Auf einem davon war eine Weltkarte, auf der zu sehen war, dass Tom im Vier-Sekunden-Rhythmus seine Position änderte, damit er nicht zurückverfolgt werden konnte.

Die Strick-Liesel stand auf und empfing die Juristin mit einem Lächeln. Seit den dramatischen Ereignissen im Fall Uhlenbrock kannten sie einander.

»Wie geht es Ihnen, Frau Grothe?«, fragte Benita Pauli nach der Begrüßung. »Haben Sie ein wenig Abstand zu all dem Schrecklichen gewonnen?«

»Meine großartige Familie hier hat mich aufgefangen. Dafür bin ich sehr dankbar. Wenn Sie irgendwann einmal vor der Entscheidung stehen sollten: Altersheim oder Senioren-WG, kann ich Ihnen nur zu Letzterem raten.«

»Eine so tolle Gemeinschaft wie diese ist wahrscheinlich einzigartig.«

»Das glaube ich auch«, meinte der Informatikstudent und streckte ihr die Hand entgegen. »Tom Vellner.« Mit wenigen Worten erklärte er, was ihn bewogen hatte, Charlotte seine Unterstützung anzubieten. »Jetzt bin ich für die Technik zuständig.«

»Ein Fachmann im Team kann nicht schaden«, sagte sie mit Blick auf die Monitore. »Wo darf ich mich hinsetzen?«

Charlotte zeigte ihr den vorbereiteten Schreibtisch und bot ihr an, sie allein zu lassen, falls sie beim Durcharbeiten der Akten absolute Ruhe bräuchte. Das erwies sich aber als nicht nötig.

Während sich die Oberstaatsanwältin in die Unterlagen vertiefte, setzte sich Charlotte an die freie Seite des Konferenztisches und klappte ihr Notebook auf. Sie öffnete Philipps Webmailer und meldete sich mit den von Julia erhaltenen Benutzerdaten an. Auf dem Bildschirm erschien das geöffnete Postfach. 212 neue Nachrichten wurden angezeigt. Routiniert löschte sie die eindeutige Werbung von Reiseveranstaltern und Klamottenshops. Die Mails der Anbieter von erotischen Hilfsmitteln wie Viagra & Co landeten ebenfalls im Spamordner. Damit war bei Philipp definitiv kein Geld zu verdienen. Einen Moment lang sah sie das Bild des allzeit bereiten Seniorenresidenzbewohners Josef Pippich vor sich und musste unwillkürlich lächeln, besann sich aber und widmete sich den übrig gebliebenen 98 elektronischen Briefen. Charlotte wusste, dass der Stalker seine Mails jedes Mal unter einem anderen Pseudonym versandt hatte. Deshalb arbeitete sie sich konzentriert durch die Liste der restlichen Absender. Dabei stieß sie auf einen Namen, der sie stutzen ließ: Unikiller 02 – eingetroffen am Tag von Philipps Verhaftung. Normalerweise würde sie keine Post öffnen, die nicht an sie adressiert war, aber hier war sie sicher, dass sie vom Stalker stammte, und klickte auf die Nachricht. Der Text war unmissverständlich: *Thaler, Thaler, du musst wandern, von dem einen Knast zum andern.*

Rasch suchte sie nach einer weiteren Nachricht, aber danach war keine mehr eingetroffen. Wozu auch? Der Stalker wusste genau, dass Philipp seitdem in U-Haft war. Niemand würde seine Mails lesen. Dachte er. Vielleicht war das eine Chance, ihn zu enttarnen?

»Tom? Kannst du dir das bitte mal ansehen?«

Der junge Mann stand auf und kam um den Tisch herum. Interessiert schaute er über Charlottes Schulter auf den Monitor.

»Strange«, sagte er nach dem Lesen. »Soll ich versuchen, die Mail zurückzuverfolgen?«

»Bitte.«

»Dazu müsstest du mir die Zugangsdaten geben – oder deinen Laptop.«

»Du kannst gleich hier weiterarbeiten.« Sie machte ihm Platz und wandte sich an die Strick-Liesel. »Darf ich deinen PC benutzen?«

Die Freundin nickte. Sie hatte zurzeit ohnehin nichts anderes zu tun, als Toms Aktionen zu verfolgen – was sie fasziniert tat.

So setzte sich Charlotte an den zweiten Schreibtisch und fuhr den Computer hoch. Anneliese hatte ihr bei früherer Gelegenheit das Passwort verraten, das leicht zu merken war: Sonnenhof. Dort hatte Anneliese fast ihr ganzes Leben verbracht. Nach dem Tod ihrer Eltern war sie dort aufgewachsen, hatte später Sozialpädagogik studiert und war auf den Sonnenhof zurückgekehrt. Bis zu ihrer Pensionierung war sie Leiterin des Kinderheims gewesen, das sie weiterhin unterstützte. Sie sammelte Spenden und handarbeitete für das Sommerfest oder den Weihnachtsbasar. Spätestens abends, wenn sie mit ihren Mitbewohnern zusammensaß, klapperte sie mit ihren Stricknadeln.

Charlotte öffnete die Suchmaschine und gab den Namen Maja Neuhaus ein. 1.580.000 Ergebnisse wurden angezeigt. Um die Suche einzugrenzen, fügte sie ›Hannover‹ und ›Therapeutin‹ hinzu. Das Resultat war überschaubarer. Charlotte las einige Einträge. Sie erfuhr, dass die Therapeutin mit vollständigem Vornamen Maja-Maria hieß und mit ihrem verstorbenen Mann Bernhard Neuhaus eine Gemeinschaftspraxis geführt hatte. In der Landwehrklinik hatten sie ebenfalls zusammengearbeitet.

Professor Neuhaus wurde als Koryphäe für Depressionen und Phobien bezeichnet. Seine Frau behandelte als Psychotherapeutin zusätzlich Patienten mit Essstörungen und Zwängen. Das passte zu den Diagnosen, die Charlotte in den Gutachten in Amelies Zimmer gefunden hatte: Depressionen, Borderline, Essstörungen. Außerdem selbst verletzendes Verhalten. Häufig steckte ein verdrängtes Kindheitstrauma dahinter, das wie eine tickende Zeitbombe wirkte. Für den sich ständig aufbauenden Druck wurde ein Ventil benötigt. Der Schmerz beim Ritzen in die eigene Haut mit einem Messer löste die Anspannung – wenigstens für eine Weile. Die zurückbleibenden Narben waren für immer sichtbare Zeichen, unter welchem inneren Druck Betroffene standen.

Davon machte sich Charlotte einige Notizen. Bei ihrer weiteren Recherche stieß sie auf mehrere medizinische Veröffentlichungen des Ehepaars Neuhaus und landete bald auf der Homepage der Praxis. Sie klickte von Patienteninformationen über das Leistungsspektrum und Pressemitteilungen bis hin zu Selbsthilfegruppen. Zuletzt besuchte sie die Seite der Weißen Liste, in der alle niedergelassenen Ärzte verzeichnet waren und die auf wissenschaftlichen Erhebungen basierte. Die Bewertungen dort dokumentierten 96 Prozent Zufriedenheit der Neuhaus-Patienten. Das alles war beeindruckend.

Elisabeth kam herunter und versorgte die Gruppe mit Kaffee und Plätzchen. Sie stellte zusätzlich eine Schale mit – wie sie es nannte – Grundnahrungsmitteln dazu: Brot und Kartoffeln aus Marzipan.

Unterdessen las die Staatsanwältin konzentriert sämtliche Unterlagen. Auf einen kleinen Block schrieb sie alles, was sie hinterfragen wollte. Zuletzt widmete sie sich der Stellwand und ließ sich die Zusammenhänge einiger daran befestigter Vermerke erklären. Mit einem Kaffeebecher in der Hand lehnte sie sich danach gegen die Schreibtischkante.

Gespannt schaute Charlotte sie an.

»Wie ist Ihr Eindruck?«

»Gehen wir mal davon aus, dass es sich bei dem Stalker und dem Mörder um ein und dieselbe Person handelt. Dann stellt sich folgende Frage: War der Mord geplant oder war es eine Zufallstat?«

»Wie meinen Sie das?«

»Der Stalker ist sehr organisiert vorgegangen. Hätte er den Mord an der Studentin genauso gründlich geplant, müsste er schon länger gewusst haben, dass der Professor an dem Tag bereits morgens in der Uni ist. Wenn man jemandem einen Mord anhängen will, muss das sorgfältig vorbereitet werden. Dagegen spricht einerseits, dass der Professor erst am Abend vorher um die Vertretung des Kollegen gebeten wurde. Andererseits konnte der Stalker nicht wissen, dass der Professor Sandra nach Hause fahren würde. Demnach musste er improvisieren.«

»Möglicherweise hatte er alles gut vorbereitet und nur auf einen geeigneten Moment gewartet.«

»Wie passt dieser junge Mann ins Bild, mit dem Sandra verabredet war? Hat sich dieser Sascha nach ihrem Tod eigentlich bei der Polizei gemeldet?«

»Nein.« Nachdenklich blickte Charlotte auf die Stellwand. »Vielleicht sollten wir einen Aufruf in der Presse starten, dass wir ihn als Zeugen suchen.«

»Das bringt nichts.« Tom, der interessiert zugehört hatte, stand auf. »Er existiert nicht.«

»Wie kommst du darauf? Sandra hat Philipp doch von ihm erzählt.«

»Das erste Mal habe ich von dem Typen gehört, als mich die Polizei befragt hat. Dass Sandra sich mit einem anderen treffen wollte, hat mir keine Ruhe gelassen. Ich wollte wissen, was das für einer ist. Deshalb habe ich gestern in der Uni ein bisschen rumgefragt. Eine Studentin aus Sandras Kurs meinte, sie hätte wohl jemanden im Psychologie-Forum kennengelernt.«

Charlotte ahnte, was er getan hatte.

»Du hast dich da reingehackt – richtig? Was hast du rausgefunden?«

Tom berichtete, wie harmlos und sachlich der Kontakt zunächst gewesen war. Nach einiger Zeit waren sie auf Saschas Vorschlag hin in einen privaten Chatroom gewechselt. Dort wurde die Unterhaltung lockerer.

»Bis er sie so richtig angeflirtet hat.«

»Wie hat Sandra darauf reagiert?«

»Zurückhaltend. Sie hat ihm erzählt, dass sie gerade eine unschöne Trennung hinter sich hätte.« Seine Stimme klang spöttisch. »Der hat sofort auf verständnisvoll umgeschaltet. Das ist bei ihr natürlich gut angekommen.«

»Von dieser ganzen Technik habe ich keine Ahnung«, bemerkte die Staatsanwältin. »Mich wundert nur, dass Sie so leicht in diesen Chat eindringen konnten, obwohl sich der Stalker ansonsten nicht zurückverfolgen lässt. Können Sie das so erklären, damit es ein Laie wie ich versteht?«

»Einfach war das ganz sicher nicht. Ich habe fast die ganze letzte Nacht am Rechner gesessen, um das rauszukriegen.« Er überlegte kurz. In einfachen Worten erläuterte er, dass der Betreiber von einem Chatservice einige Daten wie den Zeitstempel und die IP-Adresse des Nutzers in seiner Server-Log-Datei speicherte. Möglicherweise außerdem die Chats und gesendete Bilder. Falls sich dabei illegale Aktivitäten ergeben sollten, würde die Staatsanwaltschaft die Daten vom Provider anfordern können, der sie eine Zeit lang aufbewahren musste.

Der Student vergewisserte sich durch einen Blick, dass er verstanden wurde, was Frau Pauli durch ein Nicken bestätigte.

»Auch wenn man seinen Internetverkehr durch einen VPN-Tunnel leitet und beispielsweise das Tor-Netzwerk nutzt, ist es nicht unmöglich, demjenigen auf die Spur zu kommen – aber wesentlich schwieriger.«

»Und das hat dieser Sascha getan?«

»Richtig. Er hat über Tor gechattet. Dort ist man eben nicht hundertprozentig anonym. Und da Sandra ganz normal über ihren Browser im Chatroom war, ist es mir gelungen, den Verlauf einzusehen. Ich habe ihn vorsichtshalber kopiert und ausgedruckt.«

Irritiert schaltete sich Anneliese in das Gespräch ein.

»Aber du hast vorhin gesagt, dass dieser Sascha nicht existiert.«

»Genau. Er hat seine Identität genauso verschleiert wie der Stalker. Ich habe ihn um die halbe Welt verfolgt – bis die Suche ins Leere lief. Exakt wie bei den Mails des Stalkers. Das brachte mich darauf, dass dieser Sascha ein Fake ist.«

»Aber wozu war das nötig?«

»Das habe ich mich bestimmt hundertmal gefragt. Der erste Kontakt im Forum war, kurz nachdem sich Sandra von mir getrennt hatte.«

Charlotte folgte seinem Gedankengang. Was sie vermutete, schien zu einem gut durchdachten Plan zu passen.

»Du glaubst, dass es da einen Zusammenhang gibt, oder?«

»Vielleicht bin ich paranoid, aber was ist, wenn er sich nur an Sandra rangemacht hat, weil sie dem Professor nahestand? Wenn er von Anfang an geplant hat, ihr was anzutun? Wie Frau Pauli vorhin gesagt hat, wollte er ihn damit entweder treffen oder ihm einen Mord in die Schuhe schieben. – Und ich war dabei im Weg. Deshalb musste sie sich von mir trennen.«

Die Strick-Liesel sponn den Faden weiter.

»Er hat dich beobachtet und euren Streit mitbekommen. Unbemerkt ist er dir in den Club gefolgt und hat gesehen, dass du dich ordentlich von innen desinfiziert hast. Das war die Gelegenheit, dir ein flottes Mädel ins Bett zu legen. Wahrscheinlich hat er die Kleine sogar für den Job bezahlt. Er musste nur noch dafür sorgen, dass Sandra davon erfährt.«

»So ungefähr.« Fragend blickte er in die Runde. »Oder klingt das völlig verrückt?«

Die Staatsanwältin stellte ihre Tasse auf dem Tisch ab.

»Wir sollten zunächst davon ausgehen, dass alles möglich ist. Offiziell bin ich noch im Urlaub. Ich werde aber einiges vorbereiten, damit wir den Professor so schnell wie möglich aus der U-Haft holen können.«

KAPITEL 36

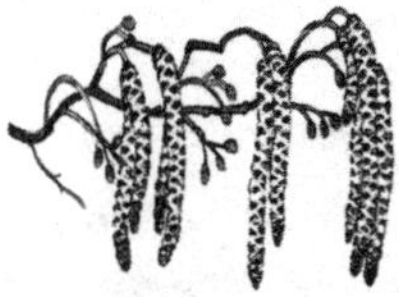

Auf dem kleinen Übertragungsmonitor sah Elisabeth, dass der Hauptkommissar geläutet hatte, und ließ ihn das Tor zum Grundstück passieren. Sie mochte diesen Kriminalbeamten, der sie durch seine ruhige und besonnene, manchmal auch energische Art an ihren viel zu früh verstorbenen Mann erinnerte. Mit strahlendem Lächeln öffnete sie die Haustür.

»Schön, dass Sie mal wieder den Weg zu uns gefunden haben, Herr Wachtmeister.«

»Welch nette Begrüßung von meiner Lieblingsseniorin.« Schmunzelnd blickte er ihr in die Augen. »Wenn ich ein paar Jahre jünger wäre, würde ich Ihnen glatt den Hof machen.«

Seine Worte zauberten eine leichte Röte auf ihr schmales Gesicht.

»Sie sind ein Schmeichler. Vergessen Sie nicht, dass es da eine reizende Journalistin gibt, die viel besser zu Ihnen passt – und die auf ein Zeichen von Ihnen wartet. Sie müssen sich nur trauen.«

Er beugte sich zu der zierlichen WG-Bewohnerin hinunter.

»Soll ich Ihnen mal ein Geheimnis verraten? Ich habe mich schon gestern Abend getraut.« Er hauchte Elli einen

Kuss auf die faltige Wange und richtete sich zu seiner vollen Größe auf. »Ist unsere Superdetektivin zu Hause?«

»Charlotte sitzt fast rund um die Uhr im Stiftungsbüro. Gestern hat sie bis weit nach Mitternacht da unten gearbeitet.«

»Ich schaue mal nach ihr.«

Hannes kannte den Weg. Er hatte die Treppe zum Untergeschoss fast erreicht, als Anton mit dem Kater auf dem Arm heraufkam. Diesmal hatte es sich Grönemeyer in Annelieses Wäschekorb gemütlich gemacht. Wenn sie nicht aufpassten, würde der kleine Kater irgendwann einmal in der Maschine landen. So bekäme die Bezeichnung Katzenwäsche eine ganz neue Bedeutung.

»Hallo, Hannes.«

»Na, mein Freund. Wie sieht es aus?«

»Geht so. Willst du Charly endlich helfen, den Mörder zu finden?«

»Deshalb bin ich hier.«

»Gut.«

Der Junge wollte an Hannes vorbei, aber der ließ ihn nicht gehen.

»Tust du mir einen Gefallen, Anton? Hau nie wieder einfach ab, okay? Du hast eine Familie und damit Verantwortung.«

»Ich weiß, das war blöd von mir. Kommt echt nicht mehr vor.«

»Versprochen?«

»Versprochen.«

Zufrieden trat Hannes beiseite und strebte auf die Treppe zu.

Nachdenklich stand Charlotte im Stiftungsbüro an einem

der hoch gelegenen Fenster und schaute durch die Scheibe einem Eichelhäher zu, der sich fast auf Augenhöhe mit ihr befand und im feuchten Gras pickte.

Als jemand an die offen stehende Tür klopfte, wandte sie sich um.

»Wer kommt denn da?«

»Die Polizei – dein Freund und Helfer.« Hannes trat näher und umarmte sie kurz, bevor er sie musterte. »Du siehst müde aus. Anscheinend schläfst du zu wenig. Damit hilfst du niemandem.«

»Nachts bin ich aber besonders gut«, scherzte sie, wurde jedoch gleich wieder ernst. »Solange Philipp eingesperrt ist, finde ich sowieso kaum Ruhe.« Sie deutete zum Konferenztisch. »Du kennst Tom Vellner?«

Der Hauptkommissar nickte dem Studenten zu.

»Ich habe schon gehört, dass Sie hier mitmischen.«

Hannes wusste nicht so recht, was er davon halten sollte. Trotz seines Alibis könnte der junge Mann in der Sache mit drinstecken. Sollte er einen Komplizen haben, der den Mord begangen hatte, wäre es ein kluger Schachzug, sich im Hause des Professors einzuschleichen und dadurch stets auf dem neuesten Informationsstand zu sein. Hannes würde ihn auf alle Fälle im Auge behalten. Freundschaftlich legte er den Arm um Charlottes Schultern.

»Ab sofort unterstütze ich dich.«

»Danke, Hannes, aber in deiner Situation ist es bestimmt nicht klug, der Gegenseite zu helfen. Fink wird das zu deinen Ungunsten auslegen und …«

»Dieser entlaufene Gartenzwerg kann mir mal den Buckel runterrutschen.« Triumphierend blitzte es in seinen Augen auf. »Ich war unterwegs hierher, als mich Frau Dr. Pauli anrief.« Er berichtete, was er von der Staatsanwältin erfahren hatte. »Sie leitet alles in die Wege, um den Fall selbst zu übernehmen. – Und sie hält es für eine gute Idee, dass ich mich inzwischen bei dir nützlich machen will. Also gib mir mal ein Update.«

Unter diesen Umständen wurde der Hauptkommissar mit allen nötigen Informationen von ihr versorgt. Tom sprach von seinen neusten Erkenntnissen und bedauerte, dass sich der Versuch, den Besitzer der Drohne über die Seriennummer zu ermitteln, als Sackgasse erwiesen hatte. Die Herstellerfirma lieferte europaweit an zahlreiche Zwischenhändler, die diese Nummern beim Verkauf ihren Kunden nicht zuordneten. Bei Reklamationen genügte die Rechnung als Kaufbeleg. Meist wurden Seriennummern ohnehin nur verlangt, wenn man das Fluggerät versichern lassen wollte.

Im Gegensatz zu Tom hatte Hannes Erfreulicheres zu berichten.

»Seit gestern Abend gibt es etwas, das uns möglicherweise weiterbringt: Ein Obdachloser hat auf der Suche nach Pfandflaschen Sandras Handy in einem Mülleimer gefunden. Der alte Mann konnte nichts damit anfangen, deshalb hat er es auf der Wache abgegeben.«

»Woher weißt du das? Du bist doch beurlaubt.«

»Mann hat so seine Quellen.«

»Frau auch.« Erwartungsvoll hob Charlotte die Brauen. »Bringt uns das Handy irgendwie weiter?«

»Die WhatsApp des Professors, die er am Vorabend der Vorlesung an Sandra geschrieben hat, stimmt mit seinen Angaben überein. Eine halbe Stunde später erhielt sie eine Nachricht von diesem Sascha mit einer Einladung für den nächsten Abend. Gesendet von einem Prepaid-Handy.«

»Nicht zurückverfolgbar«, fügte Tom hinzu. »Das passt zu meiner Annahme, dass er der Stalker ist.«

Charlotte dachte an das Nächstliegende.

»Hat er sich abends gemeldet, um die Verabredung abzusagen?«

Hannes verneinte.

»Kein Anruf, keine Nachricht.«

»Sicher?« Der Zweifel in Toms Stimme war nicht zu überhören. »Der Typ kennt sich aus. Er könnte die Nachricht oder den Anruf von der Liste gelöscht haben. Es ist gar nicht so schwer, das alles wiederherzustellen.«

»Genau das haben unsere Spezialisten getan. Zwei Minuten vor sieben ist ein Anruf eingegangen. Überraschenderweise von besagtem Prepaid-Handy, das aber nicht aktiv ist.«

Tom war klar, was das bedeutete.

»Also war Sandras Telefon gehackt. Dadurch konnte der Typ mitlesen und sofort auf die Nachricht des Professors reagieren.«

»Und weil er Philipp schon länger beobachtet hat, wusste er, dass er Sandra nach der Uni meistens nach Hause fährt«, fügte Charlotte hinzu. »Er hatte bis zum nächsten Abend Zeit, den Mord an Sandra vorzubereiten.«

»Davon ist auszugehen.« Der Blick des Hauptkommissars wechselte zu Tom. »Unsere IT-Leute haben eine zweite gelöschte Nachricht von Ende Oktober gefunden. – Von einem Wegwerfhandy. Jemand hat Sandra geschrieben, dass ihr Freund sich gerade mit einer anderen im Bett vergnügt.«

Erbost sprang Tom auf.

»Ich wusste es! Dieser Mistkerl hat das eingefädelt. Sandra sollte sich von mir trennen, damit er freie Bahn bei ihr hat!«

»Das würde bedeuten, dass der Stalker sein Vorgehen von langer Hand geplant hat.« Nachdenklich fixierte Charlotte einen imaginären Punkt an der Wand. »Wahrscheinlich hat Amelies Suizid Rachegedanken geschürt. Er hat sich genau überlegt, womit er Philipp am härtesten treffen kann: mit dem Tod eines ihm nahestehenden Menschen, was den Mord an Sandra erklärt. Aber damit nicht genug. Es sollte noch jemand sterben, der ihm viel bedeutet: Sophia. Außerdem sollte derjenige, der am meisten unter all dem leidet, als Mörder verurteilt werden: Philipp.«

Hannes stimmte der Freundin zu.

»Das klingt plausibel.«

»Aber wir machen ihm einen Strich durch die Rechnung.« Eine wilde Entschlossenheit lag auf Toms Gesicht. »Wenn ich die Frau aus meinem Bett finde, wird sie mir sagen, wer sie beauftragt hat. Dafür sorge ich. Und dann kriegen wir diesen Wahnsinnigen!«

KAPITEL 37

Benita Pauli hatte den Staatsanwalt bereits vom Fenster ihres Dienstzimmers aus gesehen. Um ihn nicht zu verpassen, öffnete sie die Tür spaltbreit. Als sie kurz darauf Schritte vernahm, trat sie wie zufällig auf den Flur. Fink lief ihr fast in die Arme.

Nach der Begrüßung tauschten sie einige Höflichkeitsfloskeln aus, nach denen Pauli schnell zur Sache kam.

»Wie ich hörte, bearbeiten Sie den Mordfall Sandra Helmke.«

»Das ist richtig.«

»Wie ist der derzeitige Stand der Ermittlungen?«

»Es kristallisiert sich immer mehr heraus, dass es sich bei Professor Thaler um den Täter handelt.«

»Sicher?«

»Vollkommen sicher.«

»Haben Sie ein Geständnis?«

»Nach Indizienlage ist das nicht unbedingt erforderlich.«

»In diesem Fall reicht das nicht. Professor Thaler ist ein bekannter Mann. Und er hat sehr gute Kontakte. Die Presse zerreißt uns in der Luft, wenn wir schlampig arbeiten und sich hinterher rausstellt, dass er unschuldig ist. – Von seiner Anwältin mal abgesehen. Die Jacobs ist dafür bekannt, dass sie Indizien erfolgreich zerpflückt.« Mit Unschuldsmiene schaute sie ihn an. »Ich möchte Einblick in die Ermittlungsakten.«

»Das ist nicht nötig. Ich habe die Sache im Griff.«

»Diese Entscheidung überlassen Sie bitte mir. Ich erwarte die Akten in der nächsten halben Stunde auf meinem Schreibtisch.«

»Aber ...«

»Danke, Herr Fink.«

Ohne eine Antwort abzuwarten, verschwand sie in ihrem Büro.

Seit 18 Monaten war der ehrgeizige Staatsanwalt in ihrer Abteilung. Er war mit einem gewaltigen Ego ausgestattet und schoss gern einmal übers Ziel hinaus. Dazu trug die unrealistische Vorstellung seiner eigenen Wichtigkeit bei. Außerdem erweckte er stets den Eindruck, dass er seine Vorgesetzte nicht ernst nahm. Ob er an ihrer Kompetenz zweifelte oder einfach nur ein Problem damit hatte, sich einer Frau unterzuordnen, konnte sie nicht beurteilen. Wahrscheinlich traf beides zu. Seit jeher hatte er ein Problem damit, sie als Abteilungsleiterin zu akzeptieren. In ihrer jetzigen Position als Oberstaatsanwältin würde es nicht besser werden.

Ihre Vorgehensweise war gut überlegt. Es lag ihr fern, den jungen Kollegen zu bevormunden oder gar bloßzustellen. Nach allem, was sie von Hauptkommissar Bremer oder Charlotte Stern sowie von ihrem Vertreter im Amt erfahren hatte, war Fink bei diesen Ermittlungen ohne Rücksicht auf Verluste vorgeprescht. Offenbar hatte er sich von Anfang an sehr bemüht, diesen Fall zu bekommen. – Zu sehr? Wollte er sich einen Namen machen, indem er einen renommierten Professor hinter Gitter brachte?

Bald lagen die Akten auf dem Schreibtisch der Oberstaatsanwältin. Bis zum Mittag ließ sie sich Zeit für weitere Schritte. Entschlossen suchte sie Fink in seinem Dienstzimmer auf. Seine Nervosität war unübersehbar. Unruhig ging er vor dem Fenster auf und ab. Anscheinend ahnte er, was ihn erwartete. Mit einem fast trotzigen Gesichtsausdruck blieb er dicht vor der schlanken Frau stehen. Seine Vorgesetzte mochte es gar nicht, wenn ihr jemand so nah auf die Pelle rückte, und trat einen Schritt beiseite.

»Um es kurz zu machen, Herr Kollege: Ich habe beschlossen, diesen Fall selbst zu übernehmen.«

»Das ist nicht Ihr Ernst«, erregte er sich. »Mit welcher Begründung wollen Sie mich so kurz vor dem erfolgreichen Abschluss der Ermittlungen ausbooten?«

»Davon kann keine Rede sein. Wie ich vorhin bereits sagte, müssen wir in diesem Fall mit äußerster Sorgfalt arbeiten. Beim Studium der Akten fiel mir auf, wie einseitig Ihr Vorgehen war. Sie haben sich viel zu schnell auf Professor Thaler als Täter festgelegt und kaum Ermittlungen für nötig gehalten, die ihn entlasten könnten. Dazu wären Sie aber verpflichtet gewesen.«

»Von wem haben Sie das? Von Bremer?«

»Es wird Sie wundern, aber so etwas kann ich ohne Hilfe beurteilen. Sie haben völlig unberücksichtigt gelassen, dass der von Ihnen Beschuldigte Opfer eines Stalkers wurde. Was, wenn dieser Kerl hinter dem Mord steckt? Wenn er dem Professor diese Tat anhängen will? Sie hätten zumindest Nachforschungen in diese Richtung anordnen müssen.«

»Das ist bestimmt nicht der wahre Grund!«, fuhr er auf. »Der Professor hat Ihnen ja öfter bei der Lösung komplizierter Fälle geholfen. Eine Hand wäscht die andere, nicht wahr?«

Mit unbewegter Miene fixierte sie den Mann.

»Vorsicht, Herr Fink. Sie bewegen sich auf dünnem Eis. – Auf sehr dünnem Eis.«

Ohne ein weiteres Wort wandte sie sich zur Tür und verließ grußlos den Raum. Laut § 146 im Gerichtsverfassungsgesetz hatten die Beamten der Staatsanwaltschaft den dienstlichen Anweisungen ihres Vorgesetzten nachzukommen. Trotz seiner Verärgerung würde Fink die Füße stillhalten. Staatsanwälte, die solche Weisungen infrage stellten, wurden in der Regel als Querulanten abgestempelt und von den Kollegen gemieden. Das würde er nicht riskieren.

Wie verabredet rief die Oberstaatsanwältin Charlotte auf einem von Tom zur Verfügung gestellten sicheren Handy an.

»Es ist alles wie geplant gelaufen: Ich habe den Fall übernommen. Fink war zwar stocksauer, aber darauf konnte ich keine Rücksicht nehmen. Inzwischen habe ich mich an den zuständigen Richter gewandt, um einen Beschluss zu bekommen, der Frau Neuhaus von der Schweigepflicht entbindet und der außerdem die Herausgabe der Patientenakte von Amelie Zander anordnet.«

»Klingt gut.«

»Ist Herr Bremer bei Ihnen?«

»Ja, er ist hier.«

»Ich erwarte ihn in einer Stunde in meinem Büro. Bis dahin habe ich mit seinem Dienstvorgesetzten gesprochen, damit unser Hauptkommissar ab sofort wieder die Leitung der Ermittlungen übernimmt.«

»Wunderbar. Ich richte es ihm aus.«

»Außerdem können Sie sich mit Frau Jacobs in Verbindung setzen. Jetzt ist ein guter Zeitpunkt, die mündliche Haftprüfung zu beantragen. Der Haftrichter müsste innerhalb von 14 Tagen prüfen, ob die Voraussetzungen für die Untersuchungshaft noch vorliegen.«

Am Nachmittag war Hannes Bremer wieder im Dienst. Während er das weitere Vorgehen mit der Oberstaatsanwältin besprach, brachte eine Justizfachangestellte den richterlichen Beschluss. Damit fuhr er bald zum Präsidium. Pia und Martin freuten sich, dass ihr Chef zurück war. Sie waren ein eingespieltes Team, in dem sich einer auf den anderen verlassen konnte.

Nach einem kurzen Briefing fuhr der Hauptkommissar mit seiner jungen Kollegin nach Kirchrode. Die Praxis der Psychotherapeutin befand sich in der Tiergartenstraße in einem gelb gestrichenen Kaffeemühlenhaus.

Beim Betreten empfing die Polizeibeamten ein modernes helles und freundliches Ambiente. Die Dame an der Rezeption bat die Besucher um etwas Geduld, da sich Frau Neuhaus in einem Patientengespräch befand.

Im Wartebereich lagen nicht nur Tageszeitungen und Journale. Eine chromblitzende Warmhaltekanne mit frisch gebrühten Kaffee, wie ein Schild verriet, kleine Flaschen mit farbigen Erfrischungsgetränken und eine Schale mit Gebäck standen für die Besucher bereit.

Unbefangen schenkte sich Hannes eine Tasse Kaffee ein. Unterdessen griff Pia nach einer Flasche Blutorangenlimonade, was ihr ein vielsagendes Grinsen ihres Vorgesetzen einbrachte.

Nach etwa fünfzehn Minuten bewegten sich die großen weißen Schiebetüren, was ein sattes Rollgeräusch verursachte. Zwei Personen verließen den Raum, bei dem es sich vermutlich um ein Behandlungszimmer handelte. In der älteren Dame, die einen dunklen Rock und einen hellen Wollpullover trug, erkannte Hannes die Therapeutin, von der er Fotos im Internet gesehen hatte. Sie verabschiedete eine sehr schlanke, schwarz gekleidete junge Frau, auf die er aber nur einen kurzen Blick erhaschen konnte.

Die Mitarbeiterin vom Empfang eilte herbei und unterrichtete ihre Chefin über die Besucher, wobei sie zur Wartezone deutete. Nach einem kurzen Wortwechsel verschwand die Therapeutin.

So etwas passierte nicht oft. Pia und Hannes tauschten einen verwunderten Blick. Die meisten Leute waren neugierig, was die Polizei veranlasste, ausgerechnet zu ihnen zu kommen. Bei vielen regte sich schnell das Gewissen. Sie kramten in ihrem Gedächtnis, ob sie sich jüngst etwas haben zuschulden kommen lassen. Nur wenige reagierten, als sei der Besuch der Polizei bei ihnen ein ganz normaler Vorgang. Weil sie damit gerechnet hatten und schnell noch einige Beweise verschwinden lassen wollten?

Unwillkürlich sprang Hannes auf. Ihm war klar, dass es sich bei der Therapeutin bislang weder um eine Tatverdächtige noch um eine Mitwisserin im Mordfall Sandra Helmke handelte. Trotzdem signalisierte ihm sein sechster Sinn, dass etwas mit der Frau nicht stimmen könnte. Er gab Pia ein Zeichen und setzte sich in Bewegung. Die Rezeptionistin kam ihnen jedoch bereits entgegen, um sie zum Sprechzimmer zu führen. Sie öffnete die Schiebetür, ließ die Besucher passieren und schob sie wieder zu.

Maja-Maria Neuhaus erhob sich. Hannes stellte seine Kollegin und sich vor, worauf die Dame des Hauses auf die Stühle vor ihrem Schreibtisch deutete.

Nachdem sie Platz genommen hatten, schaute sie die Kommissare interessiert an.

»Was führt Sie zu mir?«

»Wir sind bei unseren Ermittlungen in einem Mordfall mehrfach auf eine Verbindung zu einer Ihrer Patientinnen gestoßen«, gab Hannes ihr Auskunft. »Sie könnte eine Schlüsselrolle bei der Aufklärung spielen.«

»Um wen handelt es sich?«

Der Hauptkommissar ahnte, dass sie die Antwort kannte, ließ sich aber nichts anmerken.

»Um Amelie Zander.«

Das schien sie tatsächlich nicht zu überraschen.

»Bei Ihren Ermittlungen dürfte Ihnen nicht entgangen sein, dass sie sich das Leben genommen hat.«

»Das ist uns durchaus bekannt.« Hannes ließ sich nicht aus der Ruhe bringen. »Wir brauchen ihre Patientenakte.«

Ihre Haltung und ihre eben noch unverbindliche Miene signalisierten Ablehnung.

»Ausgeschlossen. Es handelt sich um hochsensible Daten. Die Schweigepflicht erlischt nicht mit dem Tod des Patienten.«

»Wir kennen § 203 StGB.« Aus der Jackentasche zog er ein Papier, faltete es auseinander und reichte es über den Schreibtisch. »Das ist ein richterlicher Beschlagnahmebeschluss.«

Die Therapeutin griff nach einer Brille, bevor sie das Dokument genau studierte.

»Da müsste ich mich erst bei meiner Mitarbeiterin erkundigen, inwieweit die Akte hier noch existiert.«

»Gut, dass es auch dafür einen Paragrafen gibt«, bemerkte Pia. »Bestimmt haben Sie davon gehört, dass die Aufbewahrungsfrist der ärztlichen Dokumentation im Bürgerlichen Gesetzbuch geregelt ist. Laut § 630f BGB hat der Arzt die Patientenakte für die Dauer von zehn Jahren nach Abschluss der Behandlung aufzubewahren.«

»Was Sie nicht sagen.« Der Spott in ihrer Stimme war nicht zu überhören. »Es steht aber in keinem Gesetzbuch, dass diese Akten in den Räumen der Praxis gelagert werden müssen.«

Sie griff zum Telefon, rief ihre Mitarbeiterin an und fragte, ob diese Patientenunterlagen ins Archiv verbracht wurden. Nachdem sie einen Moment zugehört hatte, beendete sie das Gespräch.

»Die Patientenakte von Amelie Zander wurde erst vor einigen Tagen abschließend auf Vollständigkeit überprüft und digitalisiert. Deshalb befindet sie sich noch hier. Möchten Sie eine Kopie oder die Datei?«

»Die Unterlagen bitte im Original. Eine zusätzliche Datei wäre hilfreich. Außerdem benötigen wir wie im Beschluss vermerkt sämtliche Audio-Dateien von Therapiesitzungen.«

Die Therapeutin erklärte sich damit einverstanden und begleitete die Besucher hinaus. Hannes bat sie, am nächsten Tag zu einer Befragung ins Präsidium zu kommen.

Von der Rezeptionistin erhielten sie eine Kiste mit Unterlagen und CDs, worauf Pia ein Beschlagnahmeverzeichnis ausfüllte, auf dem sie die herausgegebenen Dokumente und Gegenstände vollständig auflistete.

Im Präsidium setzte Hannes alle verfügbaren Leute daran, in den Unterlagen und den Therapiegesprächen einen Hinweis auf eine Person zu finden, die Amelie Zander so nah gestanden haben könnte, dass sie den Tod der Freundin rächen und für sie sogar einen Mord begehen würde.

*

Irgendwo in Hannover klingelte spätabends ein Telefon.

»Was ist da los? Wieso schnüffeln die Bullen in Amelies Patientenunterlagen rum?«

»Das hat sich die Pauli ausgedacht.«

»Konntest du das nicht verhindern?«

»Sie hat den Fall übernommen.«

»Warum? Hast du einen Fehler gemacht?«

»Ganz sicher nicht. Die ist aus dem Urlaub gekommen und musste sich gleich wichtigmachen. – Und das ist deine Schuld! Hättest du dich an unseren ursprünglichen Plan gehalten, wäre das alles nicht passiert! Aber du hast ja nur deine Rache im Blick! Damit hast du alles versaut!«

»Denk daran: Das ist nicht nur meine Rache. Also mach dich mal locker. Oder hast du plötzlich Schiss, dass sie dahinterkommen, welche Rolle du bei der ganzen Sache spielst?«

»Schwachsinn!«

»Dann reg dich ab. Halt lieber Augen und Ohren offen. Für den Rest sorge ich.«

KAPITEL 38

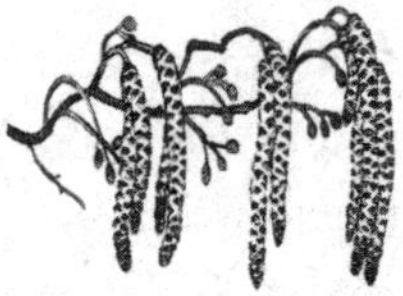

Tom Vellner lebte mit zwei weiteren Studenten und allerlei technischen Spielereien in einer WG zusammen. Jeder bewohnte ein geräumiges Zimmer in dem Altbau. Küche und Bad nutzten sie gemeinsam. Ein großer Balkon zählte auch dazu. Dort war eine Kamera installiert, die an warmen Wochenenden das Treiben auf der Straße aufzeichnete. Verantwortlich dafür war Leon Schmitz, der Mediendesign studierte und davon träumte, irgendwann einen richtigen Film zu drehen, was ihm den Spitznamen Spielberg eingebracht hatte.

Nach der Uni fand Tom den Freund mit einem Joint zwischen den Fingern auf dem Balkon.

»Du kommst nach Hause? Man könnte meinen, die Alten-WG gefällt dir inzwischen besser als unsere.«

»Das ist 'ne geile Truppe, aber die wären mir auf die Dauer zu anstrengend. Bei denen ist anscheinend immer irgendwas los. Die sind so tatkräftig und voller Energie, dagegen komme ich mir uralt vor.«

»Vielleicht sollte ich später mal einen Film mit Oldies drehen. Kommt bei der Generation bestimmt gut an. Die werden ja immer mehr. Da sind hohe Zuschauerzahlen garantiert.«

Während Leon an seinem Glimmstängel sog, grinste Tom.

»Wenn es so weit ist, kann ich dir vielleicht ein paar interessante Darsteller vermitteln. Vorher brauche ich aber deine Hilfe.«

»Wobei?«

Er hielt Tom die Haschisch-Zigarette hin, aber der schüttelte den Kopf.

»Hast du die Videoaufzeichnungen von Ende Oktober noch?«

»Logisch. Das war das letzte warme Wochenende. Da wurde unten noch mal so richtig gelimmert.«

Diese Bezeichnung kannte man nur in Hannover. Abends trafen sich die Menschen in der Limmerstraße. Sie saßen in kleinen Gruppen auf Bänken oder in Schaufensternischen, um Zeit mit Freunden, Bekannten oder Nachbarn zu verbringen. Dabei wurde geredet, getrunken, gegessen und manchmal musiziert.

»Kannst du nachsehen, ob die Kamera mich in der Nacht zum 25. aufgezeichnet hat, als ich mit dieser Frau im Schlepptau nach Hause gekommen bin?«

Der Kommilitone verschränkte die Arme vor der Brust. Ohne Jacke wurde ihm offenbar kalt. Das hinderte ihn aber nicht daran, sein Kraut zu rauchen.

»Klar kann ich das.«

»Gleich?«

»Nur keine Hektik.«

Vorsichtig drückte er die Kippe aus und ließ den kostbaren Rest in einer kleinen Blechschachtel verschwinden.

»Weißt du immer noch nicht, wie sie heißt?«

»Ne. Dieser totale Blackout macht mich wahnsinnig. So was passiert mir bestimmt nicht wieder.«

Zusammen gingen sie hinein. Leon benötigte nicht lange, bis er die betreffende Videodatei gefunden und geöffnet hatte. Sie schauten sich die Aufnahme ab Mitternacht an. Mit der Videobearbeitungssoftware war es relativ einfach, die Abspielgeschwindigkeit der Aufnahme zu beschleunigen. Dadurch erreichten sie die Stelle, an der Tom mit seiner Begleiterin zu sehen war, ziemlich schnell. Die beiden Spätheimkehrer blieben unter einer Straßenlaterne stehen und redeten. Dabei hielt sich Tom am Laternenpfahl fest. Sonst wäre er wohl umgefallen. Allerdings erinnerte er sich nicht daran, worüber gesprochen wurde. Er war abgefüllt bis Oberkante Unterlippe, vermutete aber, dass es bei dem Gespräch darum ging, ob sie mit raufkommen sollte.

Im Nachhinein wurde ihm klar, dass seine Standfestigkeit in jeder Hinsicht mehr als bedenklich gewesen war. In diesem Zustand hätte er als Liebhaber kläglich versagt. Was wiederum bedeutete, dass er Sandra nicht untreu geworden war. Trotzdem hatte er sie verloren – so oder so. Er musste die Frau finden, die ihm und Sandra all das angetan hatte. Ohne diese Szene würde seine große Liebe vielleicht noch leben.

Tom bat den Freund, ein möglichst scharfes Standbild von der Frau zu erstellen. Leon verstand sein Handwerk. Nach einigen Minuten professioneller Bildbearbeitung blickten sie auf ein recht gutes Foto. Er speicherte die Datei auf einem Stick, den er Tom reichte.

»Danke, du hast was gut bei mir.«

In seinem Zimmer zog Tom das Notebook aus dem Rucksack und schaltete es ein. Das Foto vom USB-Stick speicherte er auf dem Desktop. Er betrachtete es lange und überlegte dabei, wie er weiter vorgehen sollte. Hätte er an diesem Abend nicht so viel getrunken, würde er sich wenigstens an den Namen seiner Bekanntschaft erinnern. Das würde ihm vielleicht bei der Suche helfen. Je länger er darüber nachdachte, umso mehr nahm ein bestimmtes Szenario Konturen an. Wenn er davon ausging, dass die Frau engagiert wurde, um seine Beziehung zu Sandra zu zerstören, handelte es sich möglicherweise um eine Professionelle, die ihr Geld damit verdiente, mit Männern ins Bett zu steigen. Wenn der Preis stimmte, verbrachten solche Damen wahrscheinlich eine ganze Nacht mit einem Kunden. Wer kam also dafür infrage? Eine Prostituierte von der Straße? So gewöhnlich hatte sie eigentlich nicht gewirkt, als sie im Club ins Gespräch gekommen waren. Zwar war er zu dem Zeitpunkt nicht mehr nüchtern gewesen, aber daran erinnerte er sich. Der Filmriss setzte erst kurz danach ein – oder nach einigen weiteren Drinks. So sehr er sich bemühte, der Rest des Abends war in einem schwarzen Loch verschwunden. Eventuell hatte sie dazu beigetragen, dass er mehr als sonst gebechert hatte. Normalerweise kannte er seine Schmerzgrenze, trank selten einen über den Durst.

Wenn diese Frau also keine von der Straße war, was wäre die Alternative? Eine Seitensprung-Agentur oder ein Escort-Service? Das wären zumindest Möglichkeiten.

Tom öffnete die Suchmaschine und rief entsprechende Websites auf. Es erstaunte ihn, wie viele es gab, die einen solchen Service in Hannover anboten. Nach kurzem Nachdenken grenzte er die Suche auf Escort-Anbieter ein. Schnell wurde ihm klar, dass er das alles niemals allein durcharbeiten konnte. Rasch erstellte er eine Liste der Webadressen.

Die WG-ler versammelten sich in der Küche zum Abendessen. Der Tee befand sich noch nicht in allen Tassen, als das sichere Handy klingelte. Charlotte murmelte eine Entschuldigung, erhob sich und eilte mit dem Telefon hinaus.

»Hallo?«

»Charlotte, hier ist Tom. Hat alles geklappt?«

»Frau Dr. Pauli hat den Fall übernommen und Hannes Bremer ist wieder mit von der Partie. Bei Frau Neuhaus war er wegen der Patientenakte und den Aufzeichnungen der Therapiegespräche von Amelie Zander. Das alles muss erst mal ausgewertet werden.«

»Hilfst du dabei?«

»Das darf ich als Außenstehende leider nicht, weil es die Ermittlungen gefährden könnte.«

»Würdest du stattdessen mich unterstützen?«

»Wobei?«

Mit wenigen Worten berichtete er von seinen Überlegungen.

»Über diese Frau kommen wir vielleicht an den Täter ran. Das sind eine Menge Webseiten – und nicht auf allen sind die Gesichter der Frauen zu erkennen. Wenn jeder von uns die Hälfte der Anbieter überprüft … Allerdings sind einige Bilder ziemlich gewagt.«

»Kein Problem. Ich bin nicht so zimperlich.«

»Super. Ich schicke dir gleich die halbe Liste und das Vergleichsfoto. Wer sie zuerst entdeckt, meldet sich, okay?«

»So machen wir das.«

»Danke.«

Mit dem Telefon in der Hand kehrte Charlotte in die Küche zurück. Am Tisch blieb sie stehen und griff nach ihrer Teetasse.

»Das war Tom. Er braucht meine Hilfe bei einer Internetrecherche.«

Sie drehte sich herum, aber Albert blockierte mit seinem Rolli blitzschnell den Durchlass.

»Mit leerem Magen kann man nicht arbeiten. Du wirst

immer schmaler. Setz dich bitte und iss was. Dabei kannst du uns erzählen, was genau du für Tom tun sollst.«

Seine Fürsorge rührte sie. Deshalb schluckte sie ihren Protest hinunter und nahm neben Conrad Platz. Flinke Finger rückten alles Nötige in ihre Nähe. Während sie eine Scheibe Vollkornbrot mit Leberwurst bestrich, erfuhren ihre Mitbewohner von der neuen Möglichkeit, dem Täter auf die Spur zu kommen.

»Dabei können wir helfen«, schlug der General vor. »Bis auf Elli hat jeder von uns einen Computer.«

Vergnügt zwinkerte ihm die Strick-Liesel zu.

»Du möchtest dich wohl zur Abwechslung mal an etwas Knackigem erfreuen.«

»Man gönnt sich ja sonst nichts.« Seine Antwort kam wie aus der Pistole geschossen. »Dadurch kann ich endlich mal was Nützliches tun. Seid ihr dabei?«

Wie erwartet, stimmten die anderen zu. Nur Elisabeth wirkte etwas bedrückt.

»Und ich?«

»Wenn du willst, können wir was zusammen machen«, schlug Anton vor. »Ich kann bei der Suche sowieso nicht helfen. Diese Webseiten sind bestimmt auf meinem Laptop gesperrt.«

Lächelnd griff Charlotte nach einer Gewürzgurke.

»Was bist du doch für ein kluger Junge!«

Bald nach dem Abendessen öffnete Charlotte die von Tom geschickte Datei und teilte die Anzahl der aufgeführten Webseiten durch vier. Zusammen mit dem mitgesandten Foto der jungen Frau druckte sie alles aus.

Conrad und Albert arbeiteten im Wohnzimmer daran, Charlotte und Anneliese im Stiftungsbüro.

Unterdessen waren Elli und Anton in der Küche beschäftigt. Vor einigen Tagen hatten sie beschlossen, ein großes Lebkuchenhaus zu backen. Elisabeth hatte Conrad am Vormittag zum Supermarkt begleitet und alle nötigen Zutaten gekauft. Zuerst musste der Teig hergestellt werden.

Zur gleichen Zeit saß Tom an seinem Laptop und klickte durch die Internetseiten, betrachtete Foto für Foto. Obwohl diese Arbeit vergebens sein konnte, gab er nicht auf. Er wollte diese Frau finden. Koste es, was es wolle.

Nach fast zwei Stunden war er nahe daran zu kapitulieren. Seine Augen brannten und sein Nacken schmerzte. Er stand auf, ging in die Küche und öffnete den Kühlschrank. Die Auswahl war überschaubar. Mittags aßen die WG-ler in der Mensa, für Frühstück und Abendbrot sorgte jeder selbst. Zum Monatsende konnte es schon mal eng werden.

In Toms Fach befanden sich außer einem Glas Erdbeermarmelade und einer Tomate eine Dose Fisch und ein Becher Margarine.

Im Bereich darüber lagerten Spielbergs Lebensmittel. Sein Mitbewohner wurde einmal wöchentlich von seiner Mama mit einem Fresspaket bedacht. Angeblich plagte sie ihr Gewissen. Nachdem ihr neuer Freund bei ihr eingezogen war, hatte ihr Sohn sich ein WG-Zimmer gesucht. Seitdem überzeugte sie sich regelmäßig, dass es ihrem Nachwuchs gut ging. Weil auch seine Mitbewohner von der Lebensmittellieferung profitierten, nahm Spielberg die häufigen Besuche seiner Mutter protestlos hin.

So griff Tom unbefangen nach dem Schinkenpäckchen und fischte eine Scheibe heraus, die er gleich in den Mund steckte. Ein kleiner runder Käse mit roter Wachsschicht verschwand vorläufig in der Hosentasche. Danach schenkte er sich ein Glas Milch ein und kehrte in sein Zimmer zurück.

Die nächsten Webseiten brachten nicht das gewünschte Ergebnis. Erneut zweifelte Tom an einer erfolgreichen Suche. Charlotte schien genauso wenig Glück zu haben. Sonst hätte sie sich längst gemeldet. Müde klickte er von einem Foto zum nächsten. Plötzlich hielt er inne. Sein Blick wechselte vom Monitor auf das Bild neben der Tastatur. Blondes Haar, herzförmiges Gesicht, schlanke Figur – Das war sie! Er hatte sie gefunden! Name: Melanie. Echt oder Pseudonym? Hatte sie sich ihm nicht als Mel vorgestellt? Rasch las er das Profil: Alter, Oberweite, Hautfarbe. Buchbar für Haus- und Hotelbesuche. Sogar die Handynummer stand dabei.

»Wow!«, entschlüpfte es ihm, als er das Honorar anklickte. Zwei Buchungsstunden für 430 Euro waren Standard. Tom rechnete kurz nach, wie viel Zeit sie für ihn inklusive Clubbesuch investiert hatte und kam auf etwa acht Stunden, die in der Kostentabelle mit 950 Euro angegeben waren. Ohne Extras. Für so einen Spezialauftrag hatte sie wahrscheinlich einige Scheine mehr kassiert.

Bevor er Melanie anrufen würde, schickte er Charlotte eine Nachricht, dass er die Frau gefunden hätte.

Melanie war intensiv mit einem Kunden beschäftigt. Das Telefon in ihrer Tasche war auf den Lautlos-Modus gestellt, damit kein Anruf störte. Auch der helle Schein des Displays war nicht zu sehen. Die Mailbox sprang an und spielte den aufgesprochenen Text ab:

»Hallo, hier ist Melanie. Ich freue mich über deinen Anruf, kann ihn im Moment aber leider nicht entgegennehmen. Bitte sag mir nach dem Piep, was ich für dich tun kann. Ich freue mich auf dich und rufe dich so schnell wie möglich zurück. Ciao!«

»Hier spricht Tom. Wir haben uns Ende Oktober im Galaxy-Club kennengelernt und die Nacht zusammen verbracht. Ich möchte dich gern wiedersehen. Ruf mich bitte an.«

Der kleine Bildschirm in der Tasche wurde dunkel, sprang jedoch noch einmal an. Wie von Geisterhand wurde die Mailbox geöffnet und die letzte Nachricht gelöscht.

KAPITEL 39

Kaum hatte Hannes das Präsidium betreten, kam Pia ihm auf der Treppe entgegen und blieb auf gleicher Höhe mit ihm stehen.

»Moin, Chef! Leichenfund auf einem Spielplatz in der Südstadt. Fährst du mit?«

»Kann das nicht die Moko 2 übernehmen? Wir haben mit unserem Fall genug zu tun.«

»Horst hat angerufen, dass wir kommen sollen. Das macht er sonst nie. Offenbar ist er auf irgendwas Interessantes gestoßen.«

»Wenn das so ist.« Hannes machte auf dem Absatz kehrt und folgte der Kollegin hinunter zu ihrem Dienstwagen. Für die kurze Strecke verzichtete Pia auf Blaulicht und Martinshorn. Nach zwei Minuten erreichten sie das Nordufer des Maschsees, nach weiteren drei die Meterstraße. Hinter der Polizeiabsperrung stoppte die Kommissarin neben einer Reihe von Einsatzfahrzeugen. Ein uniformierter Kollege ließ sie passieren und wandte sich gleich wieder um. Er musste die Vertreter der Presse und die Schaulustigen im Auge behalten.

In weiße Overalls gekleidete Mitarbeiter der Kriminaltechnik waren im hellen Scheinwerferlicht auf und um den Spielplatz herum mit der Suche nach Spuren beschäftigt. Während Pia mit einem Techniker sprach, blieb Hannes wie stets einen Moment stehen und scannte die Umgebung des Fundorts mit den Augen. Der Spielplatz war von Zäunen und Büschen umgeben und somit vom Fußweg abgegrenzt. Am Eingang war der Zaun versetzt, sodass Kinder nicht ungehindert auf die Straße laufen konnten. In der Nähe des großen Kletterturms entdeckte Hannes den Rechtsmediziner, der durch seine beträchtliche Mittemasse trotz Schutzanzug leicht identifizierbar war. Nicht weit von ihm stand Benno Winkler, der Chef der KT. Dieser gab dem Hauptkommissar durch Handzeichen zu verstehen, dass er den Weg über die linke Seite nehmen sollte, da die Spuren dort offenbar bereits gesichert waren. Hannes winkte ihm zu und ging zu Horst hinüber.

»Moin!«

»Das ging ja schnell.«

»Du hast was für uns?«

»Möglicherweise.« Der Rechtsmediziner streifte Kapuze und Mundschutz ab, bevor er tief durchatmete. »Erst mal die Fakten: weibliche Leiche, Anfang bis Mitte 20, keine Papiere, kein Handy. Die Kriminaltechniker suchen nach ihrer Handtasche.«

»Todesursache?«

»Impressionsfraktur durch einen Schlag mit einem stumpfen Gegenstand – beispielsweise mit einem Hammer. Außerdem war der Oberkörper halb entblößt.« Erwartungsvoll schaute er ihn an. »Klingelt da was bei dir?«

»Mmm.« Hannes wurde schnell klar, worauf der Freund hinauswollte. Es gab zwar Parallelen zum Mordfall Sandra Helmke, aber das konnte Zufall sein. »Was hast du noch?«

»Die Lage der Leiche stimmt weitgehend überein. Bei beiden stand außerdem die Frage im Raum, ob es sich um ein Sexualdelikt handelt. Der einzige Unterschied ist bislang, dass die eine in der Wohnung und die andere im Freien erschlagen wurde.«

»Du glaubst also, dass wir es mit ein und demselben Täter zu tun haben?«

»Das sagt mir mein Bauchgefühl.« Horst klopfte mit beiden Händen auf seinen stattlichen Vorbau. »Und davon habe ich eine Menge.«

»Mmm.«

»Überleg mal, Hannes, was das bedeuten würde: Der Professor könnte als Täter ausgeschlossen werden. Sie müssten Philipp sofort freilassen.«

»Mmm.«

»Anscheinend bist du anderer Meinung. Warten wir ab, was die Obduktion ergibt. Ich wollte dich nur zeitnah über meinen Verdacht unterrichten.«

»Das ist völlig okay.« Sein Blick schweifte zum Feinkostgewölbe des Freundes. »Ein bisschen mehr brauchen wir allerdings. Irgendein handfester Beweis wäre gut.«

»Ich mache meine Arbeit und ihr findet raus, wer das arme Mädchen ist. Mich würde es nicht wundern, wenn sie Studentin wäre.«

Am Nachmittag erschien Maja-Maria Neuhaus im Präsidium. Hannes hatte für die Befragung den Verhörraum gewählt, damit die Oberstaatsanwältin und Martin auf der anderen Seite der Scheibe zeitgleich dabei sein konnten.

Die Therapeutin wurde von Pia der Form halber abermals darauf hingewiesen, dass sie durch den richterlichen Beschluss von ihrer Schweigepflicht entbunden sei.

Zunächst bedankte sich der Hauptkommissar für ihre Bereitschaft zur Kooperation.

»Amelie Zander war jahrelang Ihre Patientin. Sie hat Ihnen blind vertraut. Das geht aus ihren Aufzeichnungen hervor.«

Die Überraschung stand der Frau deutlich ins Gesicht geschrieben.

»Sie haben ihr Tagebuch gefunden?«

»Wundert Sie das?«

»Ja ... Nein ...« Plötzlich schien sie angespannter als zuvor zu sein. »Ich selbst habe ihr damals geraten, sich sozusagen alles von der Seele zu schreiben, was sie bewegt. Einige Wochen vor ihrem Suizid, als es ihr sehr schlecht ging, musste ich ihr versprechen, ihr Tagebuch zu vernichten, falls ihr etwas zustoßen sollte. Sie wollte nicht, dass es in fremde Hände gelangt.«

»Haben Sie danach gesucht?«

»Wenn irgend möglich, pflege ich mein Wort zu halten«, betonte sie. »Deshalb bin ich zu ihrer Vermieterin gefahren. Leider haben wir das Tagebuch in Amelies Wohnung nicht gefunden. Ich dachte, sie hätte es vor ihrer Verzweiflungstat selbst vernichtet.«

Da hatte sich Charlotte geschickter angestellt, dachte Hannes mit einer gewissen Genugtuung. Sonst wären das Tagebuch und damit womöglich wertvolle Hinweise verloren gewesen. Vielleicht hätte es Frau Neuhaus sofort vernichtet. – Nicht nur, weil sie es angeblich versprochen hatte. Es war nicht auszuschließen, dass es ein weiteres Motiv gab. Obwohl kein realer Grund dafür existierte, traute der Hauptkommissar ihr nicht. Auch ein schlanker Mann schenkte manchmal seinem Bauchgefühl Gehör.

Pia fragte, seit wann die Therapeutin die Studentin gekannt hatte, und erfuhr, dass die Mutter der jungen Frau, eine Patientin von Professor Neuhaus, ihre Tochter manchmal zu einem Termin mitgebracht hatte. Amelie musste sich solange im Wartezimmer beschäftigen.

»Wenn sie mich sah, kam sie immer angelaufen und hat mir etwas erzählt. Irgendwann fiel mir ihre häufig depressive Stimmung auf und dass sie sich ritzt. Mein Mann hat daraufhin mit ihrer Mutter gesprochen und eine Therapie eingeleitet.«

Aus der Patientenakte wussten sie, dass die ersten Symptome bei Amelie in der Kindheit aufgetreten waren. So hatte sie sehr darunter gelitten, ohne Vater aufwachsen zu müssen und Ängste entwickelt. Dazu kamen später Essstörungen und selbst verletzende Verhaltensweisen. Selbstmordgedanken und Suizidversuche folgten.

»Trotz allem war Amelie eine gute Schülerin«, bemerkte Pia. »Wie passt das zusammen?«

»Borderline ist eine emotional instabile Persönlichkeitsstörung, die meist mit Selbstabwertung und Versagensgedanken einhergeht. Amelie war wie besessen davon, sich selbst und allen anderen zu beweisen, dass sie ein sehr gutes Abitur hinbekommt. Damit hat sie sich enorm überfordert, aber sie hat ihr hochgestecktes Ziel tatsächlich erreicht. Drei Wochen nach der Abiturentlassungsfeier hat sich ihre Mutter das Leben genommen. Das hat bei Amelie einen Totalzusammenbruch ausgelöst, von dem sie sich nie richtig erholt hat. Trotzdem wollte sie unbedingt studieren. Zuerst schien das zu gelingen, aber als sich die Rückschläge summierten, wurde ihr klar, dass sie es diesmal nicht schaffen würde.«

Nach einem Blick in die vor ihm liegende Akte stellte Hannes die nächsten Fragen.

»Das führte letztlich zu Amelies Suizid. Eine ihrer Kommilitoninnen wurde kürzlich grausam ermordet. Kannten Sie Sandra Helmke?«

»Flüchtig. Ihre Eltern zählten zum Freundeskreis meines Bruders. Wir sind uns vor Jahren ein paarmal begegnet.«

»Und Professor Thaler?«

»Der gehörte damals dazu.«

»Halten Sie ihn für fähig, einen Mord zu begehen?«

Ohne zu zögern, nickte Maja-Maria Neuhaus.

»So wie jeden anderen Menschen.«

»Ich spreche von Mord – nicht von Totschlag. Mord setzt eiskalte Planung voraus. Totschlag ist eher eine Affekthandlung.«

Sie zuckte die Schultern.

»Das kann ich nicht beurteilen. So gut kenne ich den Professor nicht.«

»Hat Amelie Ihnen anvertraut, was sie für ihn empfunden hat?«

»In dem Moment, in dem sie mir das gestanden hat, wusste ich, dass das in einer Katastrophe endet.«

»Warum?«

»Menschen mit einer Borderlinestörung gehen intensive, aber sehr instabile Beziehungen ein, die häufig emotionale Krisen auslösen. Sie haben große Schwierigkeiten in der Regulierung von Nähe und Distanz. Außerdem ging ich davon aus, dass ihre Gefühle für Phil… Professor Thaler aussichtslos waren. Ich habe versucht, ihr das klarzumachen, aber sie wollte nicht auf mich hören.«

»Weil sie in ihn verliebt war.«

»Zuerst hat sie die Vaterfigur in ihm gesehen. Den Vater, den sie nie hatte, aber nach dem sie sich seit ihrer Kindheit sehnte. Überdies war sie zunehmend beeindruckt von seinem Verstand und seinem Humor – und dass er kompli-zierte Vorgänge verständlich erklärte.«

»Wahrscheinlich blieb ihr nicht verborgen, dass er außer-dem ein charismatischer Mann ist«, fügte Pia hinzu. »Der bestimmt von einigen Studentinnen angehimmelt wurde.«

»Bei einer unerfahrenen jungen Frau avanciert so jemand schnell zum Traummann. Er wird idealisiert, wodurch die Enttäuschung umso größer ist, wenn man aus den Träumen in die Realität zurückkatapultiert wird.«

Abermals blätterte Hannes in seinen Notizen.

»Sagt Ihnen der Name Rodi etwas?«

Für einen Sekundenbruchteil hielt sie inne, wirkte fast erschrocken, was dem Hauptkommissar nicht entging.

»Rodi … Ist das nicht so ein aufblasbares Hüpfpferd für kleine Kinder?«

»Möglich«, ging er darauf ein. »Hier handelt es sich aber eher um eine Person, die Amelie aus der Klinik kennt.«

»Dazu kann ich nichts sagen.«

»Wie wäre es mit: Mika? Sie haben Amelie schon in der Klinik therapiert und kennen ihre Mitpatienten.«

Ihre Miene verschloss sich gänzlich.

»Selbst wenn es so wäre, dürfte ich Ihnen darüber keine Auskunft geben. Die Entbindung von der Schweigepflicht betrifft ausschließlich Amelie Zander.« Sie machte Anstal-ten, sich zu erheben. »War es das?«

Notgedrungen ließ Hannes sie gehen.

»Danke für Ihre Hilfe.« Er wandte sich an seine Kollegin. »Pia, begleite Frau Neuhaus bitte nach unten.«

Während die beiden Frauen den Raum verließen, griff der Hauptkommissar nach der Akte und betrat damit den

Nebenraum. Sein Blick konzentrierte sich auf die Oberstaatsanwältin.

»Was denken Sie?«

»Mir schien es, als hätte Frau Neuhaus nur das Nötigste gesagt. Vielleicht fällt es ihr auch ohne Schweigepflicht schwer, offen zu reden – oder sie will jemanden schützen.«

»Diesen Eindruck hatte ich auch. Dabei kann es sich nur um Rodi und Mika handeln.«

Martin schloss sich dieser Vermutung an.

»Außer diesen Namen haben wir nichts über sie. Ich bin noch mal die Krankenakte durchgegangen, die wir nach Amelies Suizid aus der Psychiatrie bekommen haben. Keiner von beiden wird darin erwähnt. Einblick in die Patientendatei der Klinik würde uns bestimmt helfen.«

»Dafür bekomme ich keinen richterlichen Beschluss. Nicht bei dieser dürftigen Indizienlage.« Entschlossen erhob sich Benita Pauli. »Hoffen wir auf das Obduktionsergebnis. Sollte sich Dr. Fleischmanns Verdacht bestätigen, dass es zwischen den ermordeten Frauen eine Verbindung gibt, sieht die Sache anders aus. Wir haben das Foto der Toten von heute Morgen bereits an die Presse gegeben. Sie muss so schnell wie möglich identifiziert werden.«

Die Bewohner der Senioren-WG waren über den Leichenfund auf dem Südstädter Spielplatz durch die Radionachrichten informiert. Diese Mitteilung war bei ihnen allerdings auf kein besonderes Interesse gestoßen. Sie konzentrierten sich auf Toms Bettbekanntschaft. Seit er die junge Frau ausfindig gemacht und angerufen hatte, warteten alle gespannt auf den Rückruf. Tom wollte sich mit ihr verabreden. Für den Fall, dass sie sich nicht darauf einlassen würde, schlug Anneliese einen Plan B vor: Conrad sollte sich als liebesbedürftiger Kunde ausgeben und sich mit Melanie in einem Hotel treffen. Sie würden es so einrichten, dass Tom mit Charlotte und der Strick-Liesel dazustoßen würde, um die junge Frau zum Reden zu bringen. Das behagte dem Wetterfrosch überhaupt nicht. Erst als Albert anbot, zur Not würde er noch einmal sämtliche Geschütze scharfmachen, stimmte Conrad zu, den Freier zu spielen.

Die Hände hinter dem Kopf verschränkt, lag Philipp hellwach auf dem Bett in seiner Zelle und starrte in die Dunkelheit. Seit Julia am Vormittag mit ihm darüber gesprochen hatte, dass sie heute einen Antrag auf Haftprüfung stellen würde, wuchs seine Anspannung. Daran änderten weder die Rückkehr von Frau Pauli noch ihre Übernahme des Falls etwas. Selbst wenn die Oberstaatsanwältin von seiner Unschuld überzeugt wäre, musste sie sich an Recht und Gesetz halten. Sie durfte ihn nicht einfach aus der Untersuchungshaft entlassen. Das konnte nur der Haftrichter bestimmen. Der würde nicht nach Sympathie, sondern nach Aktenlage entscheiden. Und die gestaltete sich trotz des neuen Ermittlungsansatzes als Desaster für Philipp. Er neigte weder dazu, sich etwas vorzumachen, noch zu Selbstmitleid. Realistisch beurteilt, standen seine Chancen auf baldige Freiheit nach wie vor äußerst schlecht. Seit Tagen malte er sich seine Zukunft in den düstersten Farben aus. Eine Verurteilung wäre hart für ihn. Weitaus schlimmer wäre das für seine Familie – und besonders für sein Sternchen. Im Laufe des Prozesses würde bekannt werden, wie sie zueinander standen. Wahrscheinlich würde die Presse Charlotte jagen. Außerdem würde sie sich mit Vorwürfen quälen, dass sie keinen Beweis für seine Unschuld gefunden hatte. Sie würde leiden, Schuldgefühle entwickeln. Und sie würde auf ihn warten – Jahr für Jahr. Dabei würden ihre Empfindungen für ihn mit der Zeit abkühlen. Das würde zwangsläufig geschehen. Liebe ohne Nähe überlebte selten. Vielleicht sollte er sich sogar wünschen, dass sie ihn nach einer Verurteilung für den Mörder hielt. Mit der Zeit würde sie sich von ihm distanzieren und irgendwann ihr gewohntes Leben aufnehmen. Darüber, was das für ihn bedeuten würde, wollte er nicht nachdenken. Als Psychologe wusste er, dass diese Grübelei nicht gut für ihn war. Allerdings konnte er seine Gedanken nicht abstellen wie ein Radio, das in stündlichen Zeitabständen Katastrophenmeldungen sendete.

Er drehte sich auf die Seite und schloss die Augen. Eine Weile wälzte er sich herum, bis er endlich einschlief.

Voller Ungeduld wartete Philipp in der sogenannten Liebeszelle auf Charlotte. Er hatte einen Antrag auf Langzeitbesuch gestellt, der genehmigt worden war. Dieser Raum war wohnlich eingerichtet. Dazu gab es ein kleines Bad, das mit WC und Dusche ausgestattet war. Sogar Hygieneartikel lagen bereit.

Philipp war nervös. Seit Wochen wurde er das erste Mal nicht überwacht, hatte seit Langem wieder so etwas wie eine Intimsphäre. Bei einem solchen Besuch waren die Sicherheitsvorkehrungen besonders hoch. Das alles nahm er in Kauf, um einige Stunden mit Charlotte allein zu sein. Er sehnte sich so sehr nach ihr, dass es schmerzte.

Endlich wurde sie hereingeführt. Sie sah in dem knielangen roten Kleid umwerfend aus. Ihre langen Beine steckten in schwarzen Strümpfen, die Füße in Pumps mit hohen Absätzen.

Der Vollzugsbeamte sagte einige erklärende Worte, schloss die Tür von außen – und sie waren allein.

Philipp fühlte sich seltsam befangen. Charlotte erging es offenbar genauso. Bislang hatte sie kein Wort gesagt. Langsam ging er zu ihr hinüber und schloss sie in die Arme, um sie endlich zu spüren. Ihr Körper versteifte sich, als sei ihr seine Nähe zuwider.

»Ich kann das nicht.« Sie schob ihn von sich und trat einen Schritt zurück. »Alle sind davon überzeugt, dass du Sandra getötet hast. Die Medien sind voll mit Berichten darüber. Ich will nicht bis ans Ende meiner Tage die Geliebte des Killer-Professors genannt werden.«

Mit hängenden Schultern stand er da und blickte sie fassungslos an.

»Inzwischen denkst du also, dass ich schuldig bin.«

»Ich weiß nicht mehr, was ich glauben soll – ob ich dir noch glauben kann. Mir ist aber klar geworden, dass ich mir meinen letzten Lebensabschnitt anders vorgestellt habe. Deshalb werde ich Hannover verlassen.«

Panik stieg in ihm auf.

»Wohin willst du?«

»Nach Frankreich.«

Er wusste, was das bedeutete.

»Also hat Maurice seine Chance genutzt. Er wollte dich ja von Anfang an.«

»Bei ihm fühle ich mich gut aufgehoben – und er liebt mich.«

Sie trat an die Wand und drückte den Notrufknopf. Innerhalb von Sekunden stürmte ein Vollzugsbeamter in den Raum. Charlotte signalisierte ihm, dass alles in Ordnung sei.

»Ich möchte gehen.« Sie warf Philipp einen letzten Blick zu. »Leb wohl.«

Unfähig zu reagieren, sah er sie die Zelle an der Seite des Beamten verlassen.

»Nein!«

Schweißgebadet fuhr Philipp von seinem Lager hoch und schwang die Beine aus dem Bett. Schwer atmend saß er auf der Bettkante. Der kalte Boden unter den bloßen Füßen brachte ihn allmählich zur Besinnung. Das war nur ein schrecklicher Traum! Tief sog er die Luft ein. Die Anspannung schien mit dem Durchatmen aus seinem Körper zu weichen, aber das quälende Verlustgefühl blieb.

KAPITEL 40

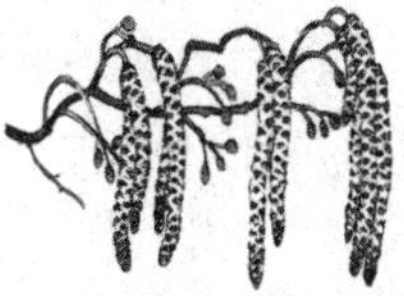

Normalerweise war die Strick-Liesel morgens eine der Ersten, die in der Küche erschien und Elisabeth beim Tischdecken half. An diesem Morgen beantwortete Anneliese vor dem Frühstück einige Mails, da sie in den letzten Tagen nicht dazu gekommen war. Danach warf sie einen Blick in die E-Paper-Ausgabe der HAZ – und erschrak.

Ihre Mitbewohner saßen bereits am Frühstückstisch, als sie mit ihrem Tablet in der Hand aufgeregt hereinkam und sich auf einen Stuhl plumpsen ließ.

»Es wird kein heißes Date in einem Hotelzimmer geben.«

»Warum nicht?« Conrad hatte sich inzwischen an den Gedanken gewöhnt, den Lockvogel zu spielen. »Fürchtest du, dass ich Gefallen daran finden könnte, mich mit jungen Frauen zu verabreden?«

Sie warf ihm einen Blick zu, der zu sagen schien: Übernimm dich nur nicht. Dann drehte sie das Display ihres Tablets so, dass alle es sehen konnten. Nur Anton nicht, der rechts von ihr saß.

»Das ist … das ist die Frau, die gestern auf einem Spielplatz gefunden wurde.«

Charlotte schüttelte fassungslos den Kopf. Sie streckte die Hand aus, worauf ihr die Freundin das Gerät über den

Tisch reichte. Rasch überflog sie den zum Foto veröffentlichten Aufruf.

»Die Polizei bittet um Mithilfe.« Sie gab das Tablet zurück, griff zum Handy und erhob sich. »Ich muss Hannes anrufen.«

In der Wohnhalle stellte sie die Verbindung zum Hauptkommissar her und erzählte ihm, was sie über die Tote wusste. Darüber war er aber bereits informiert.

»Tom Vellner hat sich vorhin gemeldet.« Inzwischen hielt Hannes den Studenten nicht mehr für einen Mittäter. »Er wollte anschließend zu euch kommen.«

Wie aufs Stichwort läutete es.

»Er scheint schon hier zu sein.« Mit wenigen Schritten erreichte sie die Gegensprechanlage. Durch einen Blick auf den Monitor sah sie den jungen Mann mit seinem Fahrrad auf dem Gehweg stehen und ließ ihn aufs Grundstück. »Ja, das ist er.« Per Knopfdruck schloss sie das Tor hinter ihm. »Was habt ihr denn nun vor?«

»Wir versuchen gerade, den Betreiber der Escort-Agentur zu erreichen. Ohne den vollständigen Namen des Opfers kommen wir nicht weiter. Ich melde mich, wenn ich mehr weiß.«

»Okay, bis später.« Sie beendete das Gespräch und öffnete die Haustür. »Moin, Tom. Komm rein.«

Niedergeschlagen folgte er ihr in die Küche und murmelte einen Morgengruß.

»Tut mir leid, dass ich so früh bei euch reinplatze, aber als ich das Foto auf der Facebookseite der Polizei gesehen habe …«

»Darüber unterhalten wir uns später«, fiel Charlotte ihm ins Wort, wobei sie ihm einen warnenden Blick zuwarf und mit dem Kopf in die Richtung ihres Pflegesohns deutete. Anton, der gerade eine Scheibe Wurst für Ronja unterm

Tisch verschwinden ließ, bemerkte es nicht. »Hast du überhaupt schon gefrühstückt?«

»Nein, ich bin sofort los, als …«

»Setz dich.« Rasch holte sie ein Gedeck für ihn herbei, bevor sie Platz nahm.

Während Elisabeth und Albert später in stummem Einvernehmen mit den Freunden in der Küche blieben, um sich mit Anton zu beschäftigen, verschwand Charlotte mit Anneliese, Tom und Conrad im Stiftungsbüro. Sie hatten versucht, sich beim Frühstück nichts anmerken zu lassen, waren aber ziemlich geschockt.

»Das hätte nicht passieren dürfen.« Charlotte blieb am Konferenztisch stehen. »Wir haben einen schrecklichen Fehler gemacht.«

»Ich habe diesen tödlichen Fehler gemacht«, betonte Tom. »Das war meine Idee.«

»Niemand konnte ahnen …«, begann Anneliese, aber er ließ sie nicht ausreden.

»Der Typ hat sich überall problemlos reingehackt. Mir hätte klar sein müssen, dass er ihr Handy überwacht. Er hat meine Nachricht auf der Mailbox abgehört. Er wusste, wenn sie sich mit mir trifft, fliegt er auf.«

»Du glaubst, dass sie ihn kannte?« Conrad war skeptisch. »Genauso gut könnte er sie über ihre Agentur gebucht haben, um dich in die Falle zu locken.«

»Wenn er zufällig über die Webseite auf sie gestoßen ist, musste er sie trotzdem bezahlen. Hätte er eine Kreditkarte benutzt, könnte man die Daten zu ihm zurückverfolgen. So dumm ist er nicht. Wahrscheinlich hat er sich mit ihr vor dem Club getroffen, hat ihr ein Foto von mir gezeigt und ihr das Geld bar auf die Hand gegeben.«

»Demnach hätte sie ihn beschreiben können.« Charlotte war klar, was das bedeutete. »Die Polizei hätte ein Phantombild erstellt und veröffentlicht. Irgendjemand hätte ihn erkannt: ein Nachbar, ein Freund, ein Arbeitskollege. Das durfte er nicht riskieren. Deshalb hat er Melanie zum Schweigen gebracht.«

»Und wenn die Polizei ihr Handy überprüft, stößt sie auf Toms Nachricht.« Anneliese dachte ein Stück weiter. »Falls sie davon ausgehen, dass die beiden sich gestern Nacht getroffen haben, gerät er womöglich unter Tatverdacht. Immerhin war Melanie mitschuldig daran, dass Sandra ihn verlassen hat und umgebracht wurde. Das wäre ein klares Mordmotiv.«

»Das habe ich ja großartig hingekriegt.« Enttäuscht sank Tom auf einen Stuhl. »Wir hinken diesem miesen Typen immer hinterher.«

Später saß der junge Mann mit Anneliese am Computer, aber er konnte sich nicht recht konzentrieren. Daraufhin schlug sie ihm einen Spaziergang auf dem Grundstück vor, um den Kopf freizubekommen. Seite an Seite gingen sie durch den Garten. Sie erkundigte sich nach seiner Familie und erfuhr, dass seine Eltern bei einem Verkehrsunfall starben, als er 13 Jahre alt war. Zunächst kam er zu seinen Großeltern, aber sie waren fast 80 und mit dem Jungen überfordert, sodass er zuerst in einem Heim und bald darauf in einer Jugendwohngruppe untergebracht wurde. Mit Beginn des Studiums war er in eine WG umgezogen. Seine laufenden Kosten finanzierte er überwiegend aus der Lebensversicherung seiner Eltern. Das Geld würde bis zum Ende seines Studiums reichen, wenn er sich weiterhin einschränkte. Gelegentlich übernahm er kleinere Jobs im IT-Bereich.

Anneliese hatte ihm aufmerksam zugehört, bevor sie ihm

erzählte, dass es ihr ähnlich ergangen war. Wie Tom hatte sie ihre Eltern durch einen Unfall verloren und war im Heim aufgewachsen. Sie hatten ein ähnliches Schicksal. So etwas verband. Außerdem mochten sie sich. Die Strick-Liesel beschloss, den jungen Mann ein wenig unter ihre Fittiche zu nehmen.

Am frühen Nachmittag erschien Hannes bei den WG-lern.

Da Anton bei Elli im Wohnzimmer über seinen Hausaufgaben saß, konnte der Hauptkommissar im Stiftungsbüro offen sprechen.

»Frau Jacobs wurde bereits informiert, deshalb plaudere ich hier keine Geheimnisse aus: Horst hatte den richtigen Riecher. Neben anderen Übereinstimmungen hat sich bei der Obduktion herausgestellt, dass die Metallteilchen in der Kopfwunde des Opfers mit den bei Sandra Helmke sichergestellten Partikeln identisch sind. Demnach handelt es sich um dieselbe Tatwaffe – wahrscheinlich um einen Hammer, wie man ihn in jedem Baumarkt kaufen kann.«

Augenblicklich wurde Charlotte klar, was das bedeutete. Zwar bedauerte sie, dass noch ein Mensch sterben musste, damit Philipp entlastet würde, aber sie verspürte auch große Erleichterung.

Anneliese schien ebenfalls zu verstehen. Nur Conrad, der kaum Erfahrungen mit Ermittlungen vorweisen konnte, blickte Hannes ratlos an.

»Ist Tom damit aus dem Schneider?«

»Nicht nur er. Die Oberstaatsanwältin hat sich sofort mit dem Haftrichter und mit Frau Jacobs in Verbindung gesetzt. Wie ich das beurteile …« Er brach ab, als das Handy klingelte, das in Charlottes Reichweite auf dem Tisch lag. Sie griff danach und meldete sich.

»Hallo?«

»Charlotte, hier spricht Julia. Ich habe gute Neuigkeiten.«

»Davon habe ich gerade gehört.«

»Du weißt aber nicht, dass der Haftrichter soeben den Haftbefehl aufgehoben und Philipps sofortige Entlassung angeordnet hat. Ich dachte, du möchtest ihn vielleicht selbst abholen.«

»Unbedingt.« Mehr brachte sie nicht heraus.

»Wir müssen vorher ein paar Formalitäten erledigen. Kannst du in einer Stunde an der JVA sein?«

»Nichts kann mich davon abhalten.«

»Gut. Bis nachher.«

»Danke, Julia.«

Mit einem Lächeln legte sie das Telefon auf den Tisch zurück.

»Entschuldigt, ich muss noch mal weg.«

Hannes legte den Arm um ihre Schultern und begleitete sie zur Tür. Er war lange genug Polizist, um zu wissen, wohin sie wollte.

»Vergiss nicht: Wenn das bekannt wird, steht hier ratzfatz die Presse vor dem Tor.«

Während Hannes sich von den anderen verabschiedete, ging Charlotte hinauf, um sich in ihrem Schlafzimmer umzuziehen.

Zehn Minuten später kam sie herunter. Mit dem Kater auf dem Arm war Anton auf dem Weg zu Albert, als sie in ihre Jacke schlüpfte.

»Wo willst du hin?«

Sie brachte es nicht übers Herz, ihn mit einer Ausrede abzuspeisen.

»Ich hole Philipp ab.«

Aus großen Augen schaute der Junge sie an.

»Die lassen ihn nach Hause?« Ein Strahlen breitete sich auf dem Kindergesicht aus, wobei er Grönemeyer rasch an der Treppe absetzte. »Darf ich mitkommen?«

Sie griff nach seiner Hand und zog ihren Pflegesohn mit sich auf eine der Stufen.

»Normalerweise würde ich dich natürlich mitnehmen. Philipp wäre bestimmt glücklich, dich zu sehen, aber die Gefahr ist mit seiner Entlassung nicht vorüber, weil der Täter immer noch frei rumläuft. Außerdem muss ich erst mal allein mit Philipp sprechen. Das alles war nicht leicht für ihn. – Für keinen von uns, aber für ihn war es besonders schwer. Verstehst du das?«

Anton war bemüht, sich seine Enttäuschung nicht anmerken zu lassen.

»Okay«, sagte er einsichtig. »Du hast mal gesagt, wie wichtig es ist, Geduld zu haben. Ich warte, bis ihr nach Hause kommt.«

»Das ist ein guter Vorsatz.« Sie drückte ihm einen Kuss auf die Wange. »Ich bin stolz auf dich, mein Junge.«

KAPITEL 41

Auf der Fahrt zur JVA achtete Charlotte wie stets in den letzten Tagen auf mögliche Verfolger. Irgendwann bemerkte sie ein schwarzes Motorrad im Rückspiegel, wusste aber nicht, ob es ihr bereits von zu Hause aus folgte. Autos schoben sich zwischen sie und das Zweirad oder es fuhr zeitweise auf der Nebenspur. Nach einer Viertelstunde glaubte sie nicht mehr an einen Zufall. Zumal sie vorher zweimal das Gefühl beschlichen hatte, von einem Motorradfahrer verfolgt zu werden. Jedes Mal handelte es sich um eine schwarze Maschine, auf der ein dunkel gekleideter Fahrer mit geschlossenem Integralhelm saß.

Diesmal parkte sie nicht in der Friedenauer Straße parallel zu den Bahngleisen. Sie fuhr weiter geradeaus und nahm die Linkskurve zum Eingang der JVA. Dort waren bereits einige Autos abgestellt. Sie erkannte das rote BMW-Cabrio von Julia Jacobs, das in den letzten Tagen häufiger vor der alten Villa gestanden hatte.

Ein Blick zur Borduhr verriet Charlotte, dass sie 20 Minuten zu früh war. Deshalb blieb sie vorerst im Wagen sitzen und beobachtete durch Rück- und Seitenspiegel die Zufahrt. Der Motorradfahrer war nirgends zu entdecken. Hatte sie ihn abgehängt? Das hielt sie für unwahrscheinlich. Womöglich lauerte er irgendwo bei den Gleisen. Immerhin konnte er bequem abwarten. Sie musste zurück den gleichen Weg nehmen, den sie gekommen war. Eine andere Möglichkeit gab es nicht.

Charlotte griff nach der warmen cremefarbenen Mütze, die auf dem Beifahrersitz lag, und setzte sie auf. Entschlossen stieg sie aus, um sich die Beine zu vertreten. Ihr fehlte die gewohnte Bewegung. Außerdem war sie nervös. Mit langen Schritten ging sie bis zur Kurve, blieb dort einen Moment lang stehen, verschränkte die Arme vor der Brust und wippte auf den Stiefelspitzen, als würde sie ungeduldig auf jemanden warten. Wie unabsichtlich ließ sie den Blick dabei zuerst nach links, dann nach rechts schweifen. Zwischen den Autos war das Motorrad zwar nicht auszumachen, aber der Mann mit dem Integralhelm duckte sich hastig hinter einen Lieferwagen. Allerdings nicht schnell genug.

Scheinbar gelangweilt drehte sich Charlotte herum und schlenderte zu ihrem Wagen zurück. Sie hatte genug gesehen und konzentrierte sich auf den sechs Meter hohen Sicherheitszaun mit dem eingelassenen Tor. Auch diesmal erschien ihr das alles gigantisch – zumal ringsherum obendrauf spiralförmiger Stacheldraht angebracht war, der sich wie eine dornenbesetzte Riesenschlange in schwindelnder Höhe auf den Zäunen des gesamten Geländes schlängelte.

Charlotte hörte das Quietschen des Auf- und Zusperrens mehrerer Türen. Endlich sah sie Philipp an der Seite seiner Anwältin auf das letzte Außentor zukommen. Sein Gesicht, eingerahmt von weißem Haar und Bart wirkte schmaler, der gewöhnlich dynamische Schritt kraftlos. In der Hand trug Philipp eine große Ledertasche, die Julia anscheinend mitgebracht hatte, damit er seine Sachen nicht in Supermarktbeuteln transportieren musste.

Nur ein Schritt trennte die Juristin und ihren Mandanten von der Freiheit. Kurz darauf schloss sich die Metalltür hinter ihnen. Erst in diesem Moment atmete Charlotte erleichtert auf und ging auf die beiden zu.

Als sie sich gegenüberstanden, schaute Philipp ihr sekundenlang stumm in die Augen, bevor er den Blick senkte.

Diese merkwürdige Begrüßung traf Charlotte völlig unvorbereitet. Seit Langem hatte sie sich nicht so hilflos gefühlt.

»Wir sollten von hier verschwinden.« Etwas Besseres fiel ihr nicht ein. Ihr Blick wechselte zu seiner Anwältin. »Allerdings ist mir ein Motorradfahrer gefolgt. Den würde ich gern loswerden, aber ich weiß nicht, wie.«

»Den übernehme ich«, sagte Julia zu ihrem Erstaunen. »Wo steht er?«

Charlotte deutete nach rechts.

»Hinter der Kurve.«

»Umso besser.« Die Juristin zog ihren Autoschlüssel aus der Manteltasche und reichte ihn der Älteren. »Lass uns tauschen.« Ohne zu zögern, übergab Charlotte ihren Wagenschlüssel. Im nächsten Moment zog Julia ihr die Mütze vom Kopf und stülpte sie sich über das flachsblonde Haar. »Damit es echt aussieht.« Dunkle Kleidung trugen sie beide. Die Täuschung könnte klappen.

Während die Anwältin in den Golf stieg, nahm Charlotte ihre Handtasche vom Rücksitz.

»Danke, Julia.«

»Ihr braucht ein bisschen Zeit für euch. Ich melde mich morgen.«

Charlotte nickte und warf die Autotür zu. Per Funk entriegelte sie die Schlösser des Cabrios mit dem schwarzen Stoffverdeck. Philipp stellte seine Tasche in den Kofferraum und rutschte auf den Beifahrersitz. Als Charlotte neben ihm saß, ließ sie einen prüfenden Blick über die Armaturen schweifen, bevor sie den Motor startete. Sie wartete, bis Julia um die Ecke gebogen war. Erst danach lenkte sie den Wagen rückwärts vom Stellplatz. Sie ließ das fremde Fahrzeug Richtung Kurve rollen, bis sie die schmale Straße einsehen konnte. Ihr Wagen mit der Juristin am Steuer war nicht mehr zu sehen, ebenso wenig das Motorrad. Dennoch fuhr sie langsam bis zur Einmündung in die Schulenburger Landstraße. Als sie sich in den fließenden Verkehr einreihte, war sie sicher, den Verfolger los zu sein.

Unterwegs warf sie Philipp einen forschenden Seitenblick zu. Bislang hatte sie nichts gesagt. Gedankenverloren saß er neben ihr. Erst als er bemerkte, dass sie nicht auf direkter Route nach Hause fuhr, brach er sein Schweigen.

»Wohin fährst du?«

»Zu meiner Wohnung. Wir müssen in Ruhe miteinander reden. – Wenn du nichts dagegen hast.«

Er stimmte zu und versank abermals in dumpfes Brüten. Natürlich war er damit einverstanden. In den endlosen einsamen Stunden in seiner Zelle hatte er sich danach gesehnt, mit ihr über die Ereignisse der letzten Wochen zu sprechen, aber auch über seine Empfindungen und Ängste. Offenbar hatte er irgendetwas grundlegend falsch gemacht und sich dadurch den Hass des Verbrechers zugezogen. Seit Tagen zermarterte er sich das Hirn darüber, was er Schreckliches getan haben mochte, das jemanden aus Rache veranlasste, Leben auszulöschen. Philipp, der sich stets bemühte, anderen zu helfen, fühlte sich schuldig, weil all das seinetwegen geschah. Hinzu kam, dass Menschen, die ihm nahestanden, nicht nur darunter litten, sondern sich möglicherweise in permanenter Gefahr befanden. Niemand konnte den nächsten Schritt des Täters vorhersehen. Er hatte Angst, dass der Kerl sich noch einmal an einem seiner Liebsten vergreifen könnte.

Erst als Charlotte in der Südstadt eine Parkmöglichkeit anvisierte, nahm Philipp das Geschehen um sich herum wieder wahr. Er vermutete, dass der Platz zu knapp war, da der ungewohnte Wagen länger als ihr Golf war, aber sie manövrierte ihn zentimetergenau in die Lücke.

Wortlos betraten sie das Haus. Kaum hatte Charlotte ihre Apartmenttür aufgeschlossen, hörte sie den Fahrstuhl. Rasch schob sie Philipp in den Flur. Fast im gleichen Moment trat ihre Nachbarin aus dem Lift.

»Das trifft sich gut. Hast du Zeit für einen Cappuccino?«

»Heute leider nicht, Marlene.« Wahrscheinlich war die Nachricht von Philipps Haftentlassung schon zu ihr durchgedrungen. »Ich melde mich in den nächsten Tagen. Okay?«

Die Journalistin nickte mit wissendem Lächeln und wandte sich in die Richtung ihrer Wohnung.

Unterdessen ging Charlotte hinein und schloss die Tür.

Philipp hatte seine Reisetasche abgestellt und brachte seinen Mantel zur Garderobe. Unentschlossen blieb er im Flur stehen, besann sich aber und half Charlotte aus der Jacke, hängte sie auf und strich sie mehrmals glatt.

»Philipp …«

Langsam drehte er sich herum.

»Es tut mir leid.«

»Was?«

»Alles. Ich weiß nicht, was der Auslöser für diesen Rachefeldzug war, aber feststeht, dass ich dafür verantwortlich bin, weil ich irgendwas getan habe, das …«

»Dich trifft keine Schuld«, unterbrach sie ihn und trat dicht vor ihn hin. Er sah müde aus. Seine Anspannung war deutlich spürbar. Die knapp zwei Wochen Untersuchungshaft hatten unverkennbare Spuren hinterlassen. »Als Psychologe weißt du das im Grunde auch.«

Sein tiefer Seufzer veranlasste sie, Philipp in die Arme zu schließen. Eine Weile hielten sie sich umschlungen. Danach schauten sie sich lange in die Augen. Ein stummer Austausch ihrer Gefühle. Ihre Lippen fanden sich in einem behutsamen Kuss, der rasch tiefer wurde. Die Sehnsucht nacheinander ließ sie alles andere vergessen. Hände schlüpften auf der Suche nach warmer Haut unter störenden Stoff. Leidenschaft flammte auf. Die ersten Kleidungsstücke fielen auf dem Weg ins Schlafzimmer. In inniger Umarmung sanken sie auf das breite Bett …

Vollkommen entspannt schmiegte sich Charlotte an Philipp. Ihre regelmäßigen Atemzüge verrieten, dass sie eingeschlafen war. Behutsam strich er mit den Fingerspitzen über ihre Schulter. Seinem Sternchen war es gelungen, ihn all die furchtbaren Dinge für eine Weile vergessen zu lassen. Mit dieser wunderbaren Frau an seiner Seite verblasste die trübsinnige Stimmung, die Gedanken klärten sich. Damit änderte sich auch die Perspektive auf die Ereignisse. Plötzlich war er wieder fähig, logisch und analytisch zu denken. Zart strich er ihr eine Locke aus der Stirn, worauf sich Charlotte etwas bewegte und die Augen aufschlug.

»Bin ich etwa eingenickt?«

»Wie ich das beurteile, hast du in letzter Zeit meinetwegen zu wenig geschlafen.«

»Stimmt. Du hast mir gefehlt. Plötzlich warst du nicht mehr da. Damit konnte ich nicht umgehen.«

»Mir ging es genauso. Ich habe dich schrecklich vermisst. Deine Nähe, deine Wärme, deinen Duft …« Er hauchte einen Kuss auf ihre Schläfe. »Deshalb sind wir Gruftis wohl übereinander hergefallen wie liebeshungrige Teenager.«

Lange sprachen sie über die Ereignisse, über ihre Gedanken, Gefühle und Ängste.

»Irgendwann kamst du auf die glorreiche Idee, du könntest mich vergraulen.«

»Mir wurde schnell klar, wie dumm das war. – Und dass ich dich im Falle einer Verurteilung sowieso verlieren würde. Anfangs kämst du mich häufiger besuchen, dann weniger, dann gar nicht mehr.«

Seine Worte irritierten sie.

»Was denkst du eigentlich von mir?«

»Nimm es mir bitte nicht übel, aber diese Entwicklung ist vorprogrammiert. Wie soll eine Beziehung über Jahre hinweg funktionieren – ohne Nähe, ohne Austausch. Man kann sich selten sehen und nicht miteinander reden, wenn man das Bedürfnis verspürt. Das ist eine Riesenbelastung, der nur wenige Beziehungen standhalten. Ich habe versucht, das realistisch einzuschätzen – bis ich diesen Albtraum hatte.«

»Erzählst du ihn mir?«

So ruhig wie möglich berichtete er davon.

»Ich bin schweißgebadet aufgeschreckt, total panisch. An Schlaf war nicht mehr zu denken. Dieser Traum hatte mir bewusst gemacht, dass ich es nicht ertragen könnte, dich zu verlieren.«

»So weit wäre es niemals gekommen.«

»Hat sich Maurice etwa nicht bei dir gemeldet?«

»Er war nicht der Einzige, der mich angerufen und mir

seine Unterstützung angeboten hat. Mehr nicht. Eine solche Situation würde er niemals ausnutzen.«

»Du hast immer noch ein Faible für ihn.«

»Ihn mag ich – aber dich liebe ich.« Sie beugte sich über ihn und tupfte einen Kuss auf seinen Mund. »Allmählich habe ich Hunger.«

Sie schwang die Beine aus dem Bett und stand auf. Sie trug nur das Kettchen mit dem Schutzengelanhänger an ihrem Hals, das Philipp ihr vor dem Einsatz im Internat Rabeneck geschenkt hatte. Aus dem Schrank nahm sie einen kimonoförmigen Morgenmantel und schlüpfte hinein. Im Vorbeigehen drehte sie die Heizung höher, die während ihrer Abwesenheit in den Wintermonaten konstant bei 18 Grad eingestellt war, damit die Räume nicht zu sehr auskühlten.

Abermals trat sie ans Bett und setzte sich auf die Matratze.

»Was hältst du davon, hier zu übernachten?«

»Viel. Ich hätte dich gern noch eine Weile für mich allein.«

»Okay, ich mache mich schnell ein bisschen frisch und hole uns anschließend drüben im Wienerwald was Leckeres zum Abendessen.« Als sie aufstand, bemerkte sie die auf dem Boden verteilten Kleidungsstücke. »Schau dir das an. Egal, wo ich bin, überall verbreite ich Chaos.«

»Diesmal habe ich dich dabei tatkräftig unterstützt.«

Schelmisch zwinkerte sie ihm zu.

»Sogar sehr effektiv. Normalerweise schaffe ich das aber allein, wie man zu Hause unschwer erkennen kann. In meinem Schlafzimmer sieht es zurzeit aus, als hätte der Kleiderschrank geniest.«

»Auch das habe ich vermisst.«

»Das ist nicht dein Ernst.«

»Und ob. Es zeigt mir, dass du zum Glück nicht so perfekt bist, wie ich zuerst dachte.«

Ihr helles Lachen erklang.

»Ich – und perfekt? Im Grunde bin ich eine Mogelpackung. Ich bin einfach nur gut darin, die meisten meiner Schwächen zu verbergen.«

Auf dem Weg hinaus sammelte sie zumindest ihre Unterwäsche auf. Später verließ sie die Wohnung, um das Abendessen zu besorgen.

Philipp stand auf und verschwand im Bad. Zurück im Schlafzimmer raffte er seine Sachen zusammen und zog das Handy aus der Hosentasche, das er wie all seine Habseligkeiten bei der Entlassung aus der U-Haft zurückbekommen hatte. Auf diesem Telefon waren nur wenige Kontakte gespeichert. Einen davon wählte er aus.

»Philipp?«, erklang eine zaghafte Stimme. »Bist du das?«

»Hallo, mein Junge. Geht es dir gut?«

»Jetzt ja. Ich habe mir Sorgen gemacht. Wann kommt ihr nach Hause?«

»Morgen. Kannst du so lange warten?«

»Charly hat mir erklärt, wie wichtig das ist.« Einen Moment war es still. »Ihr kommt aber ganz bestimmt morgen?«

»Versprochen.«

»Okay.«

»Tust du mir den Gefallen und sagst den anderen Bescheid?«

»Mach ich.«

»Danke, Anton.«

Nach diesem Telefonat führte Philipp ein kurzes Gespräch mit seiner Schwester. Seine Tochter würde er am nächsten Morgen von zu Hause aus anrufen.

*

Irgendwo in Hannover klingelte spätabends ein Telefon.

»Bist du völlig durchgeknallt? Wieso auch noch das Escort-Mädchen?«

»Das musste sein. Sie hat mich gesehen, als ich sie vor dem Club bezahlt habe. Dieser Tom hat sie aufgespürt. Der hätte sie zu den Bullen geschleift. Bei denen hätte sie garantiert gequatscht.«

»Trotzdem hättest du nicht so impulsiv handeln dürfen. Warum hast du mich nicht angerufen, anstatt sie auf die gleiche Weise wie die andere umzubringen? Mit derselben Waffe! Wie dämlich kann man eigentlich sein? Damit hast du alles kaputtgemacht. Deinetwegen gehen sie jetzt vom gleichen Täter aus. Nur deshalb haben sie Thaler freigelassen. Wir müssen die Sache so schnell wie möglich zum Abschluss bringen, sonst war alles umsonst.«

»Das war es nicht. Ich kriege das hin. – Und ich weiß sogar schon, wie.«

»Da bin ich aber gespannt. Spuck's aus.«

»Lass dich überraschen.«

KAPITEL 42

Mit einem wohligen Gefühl schlug Charlotte die Augen auf und streckte sich. Sie hatte lange nicht so gut geschlafen. Ihre Hand tastete nach rechts, aber das Bett neben ihr war leer. Wo war Philipp? Im Halbdunkel schlug sie die Decke zurück und streifte den Morgenmantel über. Barfuß verließ sie den Raum. Beim Betreten des Wohnzimmers sah sie ihn im diffusen Licht der ersten Morgendämmerung fertig angekleidet auf dem Balkon stehen. Fast lautlos trat sie hinter ihn und schmiegte sich an seinen Rücken. Der frische Duft von Duschgel stieg ihr in die Nase.

»Moin, mein Lieber.«

»Guten Morgen, Sternchen.«

Sie spürte den kalten Wind, der ihren Nacken streifte.

»Warum bist du schon auf?«

»Eigentlich wollte ich uns etwas zum Frühstück besorgen, aber ich dachte, dass Anton sich bestimmt freut, wenn wir alle zusammen zu Hause frühstücken.«

»Das ist eine gute Idee.«

Er drehte sich herum und legte den Arm um ihre Schultern.

»Lass uns reingehen. Hier draußen ist es viel zu kalt für dich in deinem dünnen Kimono.« Er schob sie ins Zimmer und schloss die Balkontür. »Nimm eine heiße Dusche, damit du dich nicht erkältest. Anschließend fahren wir heim.«

Lächelnd hob sie die Hand und strich über seine glatt rasierte Wange. Offenbar hatte er ihren Ladyshaver benutzt.

»Jawohl, Herr Professor.«

Bevor sie losfuhren, rief Charlotte vorsichtshalber Anneliese an, um zu hören, ob Reporter das Grundstück belagerten. Tatsächlich lungerten einige Leute draußen vor der Einfahrt herum. Genau wusste die Freundin nicht, ob sie nach Mitternacht überhaupt abgezogen waren. Da Charlottes Handsender in ihrem Golf lag, bat sie die Strick-Liesel, das Tor zu öffnen, sobald sie anrufen würde.

Es war später Philipp, der telefonisch das Signal gab, kurz bevor sie zu Hause eintrafen. Als Charlotte auf das Tor zufuhr, öffnete es sich wie von Geisterhand. Sie tippte kurz auf die Hupe, damit die wartenden Journalisten aus dem Weg gingen. Sie flankierten den Wagen zu beiden Seiten, wobei Kameras und Mikrofone zum Einsatz kamen. Fragen wurden laut. Unbeirrt lenkte Charlotte den BMW auf das Grundstück, worauf Anneliese von Philipp die Anweisung zum Schließen erhielt. Das alles dauerte allenfalls eine halbe Minute. Die Pressevertreter wussten, dass sie das Anwesen nicht betreten durften, wenn sie keine Klage wegen Hausfriedensbruchs riskieren wollten.

Kaum hatten sie das Haus betreten, wurde Philipp von den Freunden herzlich begrüßt. Sogar Kater und Hund schienen sich über seine Rückkehr zu freuen. Die Stimmen aus der Halle riefen Anton auf den Plan. Er kam die Treppe heruntergesaust und schlang die Arme um die Mitte des Professors.

Als Vater einer Tochter war die Zuneigung eines Jungen – abgesehen von seinen Enkeln – eine neue Erfahrung für ihn. Zunächst hatte er hauptsächlich zugestimmt, das

Kind im Haus aufzunehmen, weil es Charlotte sehr viel bedeutete. Bald war ihm bewusst geworden, welche Bereicherung Anton für ihrer aller Leben war. Inzwischen sah er beinah den Sohn in ihm.

»Ich habe dich auch vermisst«, sagte Philipp und drückte ihn an sich. Er würde später allein mit ihm sprechen.

Bald saßen sie in der Küche um den Eichentisch herum. Beim Frühstück beantwortete Philipp geduldig viele Fragen – besonders von Anton, der alles genau wissen wollte.

»Warst du den ganzen Tag eingesperrt oder konntest du auch mal raus?«

»Eine Stunde am Tag durfte ich an die frische Luft. Das ist wichtig. Man kann ein bisschen Sport machen oder sich mit anderen Häftlingen unterhalten.« Er bestrich eine Brötchenhälfte mit Frischkäse. »Mich haben sie Dachdecker genannt. Hast du eine Idee, warum?«

Angestrengt dachte der Junge nach.

»Keine Ahnung. Das passt gar nicht zu dir.«

»Warum nicht? Denk mal an meinen Beruf.«

»Du bist doch kein Dachdecker, sondern Psylo… Psycho… loge.«

»Eben. Einfach ausgedrückt bin ich für Leute zuständig, die einen Dachschaden haben.«

Allmählich verstand er.

»Das ist ja abgefahren!«

Später gingen Charlotte und Philipp nach oben. Sie wollte etwas Bequemeres anziehen; er seine Sachen auspacken. Nach einigen Schritten in ihr Wohnzimmer blieb Charlotte verwundert stehen.

»Was ist denn hier passiert?«

Alarmiert kam Philipp die wenigen Stufen noch einmal herunter und trat neben seine Lebensgefährtin.

»Fällt dir was auf?«

Aufmerksam blickte er sich um, konnte aber nichts Ungewöhnliches entdecken. Bis auf die Tatsache, dass man sich plötzlich gefahrlos auf Couch oder Sessel setzen könnte und der Tisch ohne Zeitungs- und Bücherstapel oder anderen Krimskrams wie leergefegt wirkte.

»Sollte es hier nicht wie bei Sternchen unterm Sofa aussehen?«

»Ganz genau. Anscheinend waren hier über Nacht Heinzelmännchen aktiv.« Das leise Kichern vom Flur her ließ sie den Grund für die plötzliche Ordnung ahnen. »Anton?«

Mit Unschuldsmiene kam der Junge herein. Ihm war anzusehen, dass er Mühe hatte, ein Grinsen zu unterdrücken.

»Was ist denn?«

»Weißt du zufällig, wer hier das Chaos beseitigt hat?«

Lässig zuckte er die Schultern.

»Heinzelmännchen habe ich nicht gesehen.«

»Könnte es ein Zwerg gewesen sein?«

»Schon eher.«

»Weißt du, warum er das getan haben könnte?«

»Vielleicht wollte er, dass alles schön ist, wenn Philipp nach Hause kommt.«

Gerührt legte sie den Arm um seine schmalen Schultern.

»Falls du den Zwerg triffst, sag ihm bitte, dass das ein ganz lieber Gedanke war. – Aber nächstes Mal mache ich das selbst.«

»Okay.«

»Danke, mein Schatz.«

Philipp gab dem Jungen ein Zeichen.

»Komm, wir gehen rauf.«

Während die beiden verschwanden, betrat Charlotte ihr Schlafzimmer. Dieser Raum wirkte ebenso ungewohnt aufgeräumt. Das Bett war gemacht, die gestern vereinzelt herumliegenden Klamotten ruhten im Wäschekorb, Bücher waren ordentlich auf dem Nachttisch gestapelt.

Bedrückt setzte sich Charlotte auf die Bettkante. Auch in Sachen Ordnung sollte sie dem Jungen ein Vorbild sein – und nicht umgekehrt. Sie musste endlich lernen, ihre guten Vorsätze in Taten umzusetzen.

Der Signalton ihres Handys riss sie aus den Gedanken. Rasch erhob sie sich, lief nach nebenan und zog das Telefon aus der Tasche. Der Anrufer war Hannes, der ihr von einer bevorstehenden Pressekonferenz erzählte. Außerdem sprach er von Neuigkeiten, die er am Nachmittag persönlich überbringen würde.

Nach der Uni fuhr Tom nach Wülfel. Die Journalisten waren am späten Vormittag zur Pressekonferenz abgezogen und nicht wiedergekommen. Dadurch blieb der junge Mann unbehelligt, als er das Tor passierte. Er stellte das Fahrrad neben der Treppe ab und stieg die wenigen Stufen hinauf. Auf dem Podest stand neben einer großen Laterne eine alte Obstkiste aus Holz adventlich hergerichtet mit Zweigen, Zapfen, Beeren und Kugeln; an der schweren Haustür hing ein schlichter, dicht gebundener Tannenkranz an einer roten Schleife. Tom mochte diese unaufdringliche Dekoration, die ihn an sein Elternhaus erinnerte. Er wusste, dass Anneliese dafür verantwortlich war.

Elisabeth öffnete und ließ ihn eintreten in die behagliche Wärme der alten Villa. Er kam gern hierher, mochte die Bewohner und bedauerte bereits das unvermeidbare Ende ihrer gemeinsamen Ermittlungen. Bald gäbe es keinen Grund mehr für seine täglichen Fahrten zu den Senioren.

Im Souterrain war Charlotte am Computer beschäftigt. Philipp saß am Tisch und las im Tagebuch der Selbstmörderin.

»Störe ich?«

»Komm rein«, sagte Philipp, stand auf und streckte ihm die Hand entgegen. »Danke für deine Hilfe.«

»Viel habe ich nicht getan.«

»Da habe ich aber was anderes gehört. Ohne dein Zutun säße ich immer noch in dieser schrecklichen Zelle.«

»Na ja, das ist leider alles nicht wie geplant gelaufen, aber andererseits konnte damit wenigstens deine Unschuld bewiesen werden.« Er ging zum Schreibtisch hinüber und begrüßte Charlotte. »Was machst du denn da?«

»Ich überprüfe alle Unterlagen, die wir haben, auf die Namen Mika und Rodi. Mit etwas Glück werden sie irgendwo erwähnt.«

Dazu sagte er vorläufig nichts.

»Habt ihr eure Mails und Handynachrichten gecheckt, ob sich der Stalker nach Philipps Haftentlassung gemeldet hat?«

Charlotte und Philipp wechselten einen Blick, schüttelten beide den Kopf und griffen nach ihren Telefonen. Fehlanzeige.

»Was ist mit Philipps ursprünglichem Smartphone?«

Sie nahm es aus der Schreibtischschublade und reichte es ihrem Lebensgefährten.

»Tom hat die Schadsoftware entfernt und einen Virenschutz aufgespielt. Den Akku haben wir vorsichtshalber aufgeladen.«

Ohne zu zögern, schaltete der Professor das Telefon an und gab den Code ein. Der Eingang einer Kurznachricht war nicht zu übersehen.

»Eine SMS. Soll ich sie öffnen?«

Rasch ging Tom zu den beiden. Sie blickten gespannt auf das Gerät.

»Keine Sorge. Es kann nichts passieren.«

Philipp tippte auf das Display.

Ene, mene, miste – bald liegst du in der Kiste.

»War eigentlich klar, dass der nicht aufgibt. Das ist eine Morddrohung. Damit solltest du zur Polizei gehen.«

Charlotte war der gleichen Ansicht – und tief beunruhigt.

»Tom hat recht. Wenn Hannes kommt, sollten wir ihn um Polizeischutz für dich bitten.«

»Hältst du das nicht für übertrieben? Hier im Haus bin ich sicher.«

»Und wenn nicht?«

»Warten wir ab, was Herr Bremer dazu sagt.«

»Wozu?«, fragte Hannes im Hereinkommen. »Hallo, zusammen.« Er nickte Tom zu, strich Charlotte im Vorbeigehen über den Rücken und gab Philipp die Hand. »Gut, Sie in Freiheit zu sehen, Professor. Tut mir leid, dass das so lange gedauert hat. Leider ist unser System nicht perfekt, aber es ist das Beste, das wir haben.«

»Charlotte hat mir erzählt, was Sie alles unternommen haben, um die Ermittlungen auf andere mögliche Täter auszuweiten. Dafür danke ich Ihnen.«

Abwehrend hob er die Hände.

»Das ist mein Job. Manchmal ist es nur schwierig, das Richtige zu tun.«

Charlotte forderte Philipp auf, dem Hauptkommissar die SMS zu zeigen. Nachdem er sie gelesen hatte, brachte sie Polizeischutz für ihren Lebensgefährten zur Sprache.

»Dafür reicht diese SMS nicht. Natürlich könnte man den Spruch als indirekte Drohung interpretieren. Genau so ist er bestimmt gemeint. Andererseits könnte man ihn als völlig harmlos deuten.« Bedauernd wechselte sein Blick zu Philipp. »Dazu kommt wie immer um diese Jahreszeit ein ziemlich hoher Krankenstand. Wir haben einfach nicht genug Leute für einen Personenschutz rund um die Uhr. Es gäbe eine Alternative, aber die wird Ihnen nicht gefallen.«

»Schutzhaft?«, vermutete der Professor. »Nein, danke.«

»Sie können das ja in Ruhe besprechen und mir Bescheid geben.« Mit einer vagen Geste deutete er auf den Computer. »Hast du heute schon deine Mails gecheckt, Charly?«

»Vor etwa einer Stunde – wieso?«

»War eine von der Landwehrklinik dabei?«

»Sicher nicht.«

»Kannst du noch mal nachschauen? Vielleicht im Spam-Ordner? Die Mail müsste heute Nacht ungefähr gegen halb eins eingetroffen sein.«

Sie hob die Brauen und setzte sich wortlos an den PC. Hannes stellte solche Fragen nicht grundlos. Sie war gespannt, was dahintersteckte.

Mit wenigen Mausklicks öffnete sie das Postfach, danach die Junk-Mails. Tatsächlich befand sich dort zwischen Werbung eine Nachricht der Klinik, die sie in den Posteingangs-Ordner verschob.

»Woher wusstest du das?«

»Frau Pauli hat diese Mail auch bekommen. Du warst ins Cc gesetzt. Lies mal, was im Anschreiben steht.« Und als sie zögerte: »Du kannst sie ruhig öffnen. Wir haben sie auf Viren überprüft.«

Charlotte überflog den kurzen Text und staunte. Um Philipp und Tom zu informieren, las sie vor:

»Sehr geehrte Damen und Herren, in der Anlage finden Sie die Patientenakte von Mika Lucht zur weiteren Verwendung. Mit freundlichen Grüßen – Landwehrklinik Hannover, Sekretariat.« Fragend schaute sie den Freund an. »Habt ihr die Akte angefordert?«

»Wir kannten nicht einmal den vollständigen Namen von Mika. Einen richterlichen Beschluss hätten wir deshalb nicht bekommen.«

Während sie darüber nachdachte, was das bedeutete, wurde das ihrem Lebensgefährten klar. Er warf Tom einen forschenden Blick zu. Der tat, als bemerke er es nicht, und schaltete seine Kommandozentrale ein. Um den jungen Mann durch die Anwesenheit eines Polizisten nicht in Schwierigkeiten zu bringen, wandte sich Philipp an Hannes.

»Haben Sie nicht noch mehr Informationen für uns? Ihnen ist bestimmt nicht entgangen, dass eine Klinik keine Patientenakten per Mail verschickt. Was haben Sie rausgefunden?«

Hannes unterdrückte ein Schmunzeln. Er schätzte die rasche Denkweise des Professors.

»Manchmal sind wir tatsächlich schneller als die Polizei erlaubt. Wir haben versucht, die Mail zurückzuverfolgen, aber irgendwann verliert sich die Datenspur. Hier war ein Fachmann am Werk.«

»Aber nicht derjenige, der mich immer so freundlich daran erinnert, dass der Tod hinter mir her ist.«

»Wohl kaum. Wir glauben eher, dass uns der Absender der Mail helfen will, damit der Täter so schnell wie möglich gefasst wird. Oder beurteilen Sie das anders?«

»Wollen wir das nicht alle? Wir sollten dem anonymen Helfer dankbar sein und keine Zeit damit vergeuden, seine Identität zu lüften.«

»Ganz meine Meinung. Frau Dr. Pauli lässt fragen, ob Sie sich die Patientenakte mal ansehen können. Sie bittet um eine schnelle Einschätzung, damit wir ungefähr wissen, mit wem wir es zu tun haben, wenn wir Mika Lucht morgen Mittag zu einer Befragung abholen. Außerdem möchte die Oberstaatsanwältin Sie und Charly dabeihaben. Können Sie das einrichten?«

»Selbstverständlich.«

»Danke. – Übrigens haben wir die letzte Tote identifiziert. Sie heißt Melanie Mischke, 25, Soziologiestudentin. Sie hat sich als Escort-Girl ihr Studium finanziert.«

Kaum war der Hauptkommissar gegangen, stand Charlotte auf und überließ Philipp den Platz am Computer. Sie hatte das Gespräch aufmerksam verfolgt und ihre Schlüsse daraus gezogen.

»Uns allen ist wohl klar, dass Hannes Bescheid weiß.«

»Er kann Tom aber nichts nachweisen. – Und wie ich ihn kenne, will er das auch nicht.«

KAPITEL 43

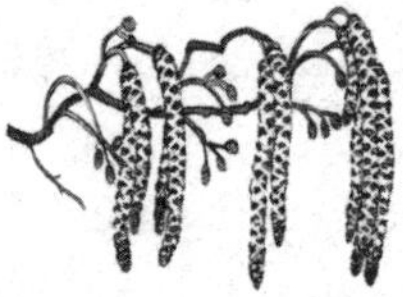

In der Patientenakte von Mika Lucht stand in der Anamnese, dass sie genau wie Amelie Zander darunter gelitten hatte, ohne Vater aufzuwachsen. Ihre Mutter hatte einen reichen Mann auf Ibiza kennengelernt und einen Sommer mit ihm verbracht. Wieder zu Hause, hatte sie festgestellt, dass sie schwanger war. Der Vater wollte sich nicht binden, war aber bereit, großzügig Unterhalt für das Kind zu zahlen. Kennenlernen wollte er es nicht. Erst als er vor einigen Jahren schwer erkrankte, besann er sich auf seine Tochter. Er hinterließ ihr sein gesamtes Vermögen in Höhe von fast zwei Millionen Euro und mehrere Immobilien. Dadurch war das Mädchen mit knapp 20 Jahren finanziell so gut abgesichert, dass es keiner geregelten Arbeit nachgehen musste.

Mikas psychische Probleme hatten kurz vor der Pubertät begonnen. Sie hatte Schwierigkeiten mit ihrer Mutter, gab ihr die Schuld daran, dass der Vater seine Tochter ablehnte. Es kam ständig zu heftigen Auseinandersetzungen. Das Mädchen schmiss kurz vor dem Abitur die Schule, trieb sich nächtelang herum. Nachdem es das Erbe angetreten hatte, brach es den Kontakt zur Mutter vollständig ab.

Das erste Mal war Mika im Alter von 17 Jahren in der Landwehrklinik aufgenommen worden. Später hatte sie sich regelmäßig selbst eingewiesen, wenn es ihr schlecht ging. Professor Neuhaus war offenbar außerstande gewesen, eine exakte Diagnose zu stellen. Unbestritten lag eine Persönlichkeitsstörung vor mit einigen Borderline-Symptomen wie Essstörungen und Selbstverletzungen sowie eine geringe Frustrationstoleranz. Außerdem wurden ein manipulatives Verhalten sowie ein begrenztes Spektrum an Gefühlen und eine hohe Intelligenz attestiert. Die Mischung aus Verhaltensauffälligkeiten machte eine Therapie nicht einfach.

Eine Zusammenfassung aller Informationen sowie eine vage Einschätzung hatte der Professor am Abend per Mail an die Oberstaatsanwältin und den Hauptkommissar geschickt.

Am frühen Nachmittag wurden Charlotte und Philipp im Präsidium erwartet.

Hannes führte sie in den kleinen Raum, von dem aus man das Verhör durch eine verspiegelte Scheibe mitverfolgen konnte. Pia würde die Befragung mit ihm zusammen durchführen; Martin sollte das Gespräch aufzeichnen.

Der Hauptkommissar erhoffte sich von der Befragung einen entscheidenden Hinweis auf den Täter – und er war für jede Unterstützung dankbar. Deshalb informierte er den Professor über den kleinen Knopf in seinem Ohr und bat ihn, sich über das Mikrofon in das Gespräch einzuschalten, wenn sie das aus psychologischer Sicht weiterbringen könnte.

Es dauerte nicht lange, bis Frau Dr. Pauli eintraf. Philipp ging ihr entgegen und bedankte sich für ihre Hilfe.

»Hätte Fink einen ordentlichen Job gemacht, wäre das gar nicht nötig gewesen«, winkte sie ab. »Künftig werde ich ihm öfter mal auf die Finger schauen.« Lächelnd begrüßte sie Charlotte. »Dann wollen wir mal.«

Durch die Scheibe sahen sie eine uniformierte Beamtin, die Mika Lucht in den Raum führte und sie aufforderte, sich zu setzen. Während sich die ergraute Polizistin neben der Tür positionierte, schaute sich die junge Frau scheinbar gelangweilt um.

Charlotte beobachtete sie genau. Mika war mittelgroß und sehr schlank, was vermutlich mit ihrer Essstörung zusammenhing. Ihr tiefschwarzes, streichholzkurzes Haar gewährte einen unverdeckten Blick auf ein schmales, etwas herbes Gesicht, das von stahlblauen Augen beherrscht wurde. Die linke Braue zierte ein silbernes Piercing in Form einer Kugel, die Ohrmuscheln waren mit vielen kleinen Steckern geschmückt. Allerdings war sie völlig ungeschminkt. Ganz anders, als Amelies Vermieterin sie beschrieben hatte. Das lag vielleicht daran, dass sie unerwartet von der Polizei zur Befragung abgeholt worden war.

Gekleidet war sie in ein graues Sweatshirt und Jeans mit schwarzen Stiefeln darüber. Diese unauffällige äußere Erscheinung besagte allerdings nichts. Charlotte kannte Philipps Infomail, in der die hohe Intelligenz erwähnt wurde. Amelie hatte sie offenbar bewundert und als Freundin angesehen. Das wurde in ihrem Tagebuch deutlich. Ob Mika ihre Beziehung genauso beurteilte?

Charlotte war gespannt, wie Hannes vorgehen würde. Der Freund war in der Lage, sein Gegenüber blitzschnell abzuschätzen. Dementsprechend verhielt er sich bei einer Befragung. Einerseits konnte er einem Tatverdächtigen oder Zeugen die Worte knallhart entgegenschleudern, andererseits besaß er die Gabe, durch seine ruhig-besonnene Art Vertrauen aufzubauen. Dadurch schuf er eine entspannte Atmosphäre, die so manchen zum Reden brachte.

Pia Wagner und Hannes Bremer betraten den Verhörraum und setzten sich Mika Lucht gegenüber an den Tisch.

Zunächst stellte der Hauptkommissar seine Kollegin und sich vor. Anschließend wies er darauf hin, dass es sich nicht um ein Verhör, sondern lediglich um eine Befragung handelte.

»Sie waren mit Amelie Zander befreundet. Wo haben Sie sich kennengelernt?«

Aufmerksam schaute sie den Polizisten an.

»Warum wollen Sie das wissen? Amelie hat sich das Leben genommen. Gibt es plötzlich einen Grund, daran zu zweifeln?«

»Darum geht es nicht. Mittlerweile haben wir drei tote junge Frauen. Wie sich herausgestellt hat, waren sie alle Studentinnen und etwa im gleichen Alter. Bei solchen Gemeinsamkeiten müssen wir prüfen, ob es Verbindungen zwischen ihnen gibt.«

»Verstehe.« Entspannt lehnte sie sich zurück. »Ich habe Amelie in der Landwehrklinik kennengelernt.«

»Sie waren beide Patientinnen von Professor Neuhaus. Haben Sie sich dort angefreundet?«

»Nicht sofort, aber wir haben bald festgestellt, wie ähnlich unsere Probleme zum Teil waren. Wir haben uns manchmal nach den Therapiestunden getroffen und darüber gesprochen.« Ihr Blick schweifte in die Ferne. »Amelie war so unschuldig und verletzbar. Ich hatte immer das Gefühl, dass ich sie beschützen muss.«

Erschrocken hielt sie inne, als hätte sie zu viel gesagt. Unbewusst schob sie die Ärmel ihres Pullovers hoch, sodass die blassroten, quer verlaufenden Schnitte sichtbar wurden. Als sie Pias Blick bemerkte, bedeckte sie die Haut rasch wieder.

»Sie waren also befreundet«, nahm Hannes den Faden auf. »Nach der Therapie haben Sie sich außerhalb der Klinik getroffen. Amelie hat Sie sehr geschätzt. Ihre Meinung war ihr wichtig. Sie waren für sie große Schwester, Freundin, Vertraute.«

Als Mika abwiegelte, spielte Hannes seinen nächsten Trumpf aus.

»So steht es in ihrem Tagebuch.«

Die junge Frau reagierte fast so überrascht wie Maja Neuhaus, schien aber zusätzlich erschrocken zu sein. Nervös rutschte sie auf ihrem Stuhl herum.

»Sie haben ihr Tagebuch gelesen?«

»So etwas ist manchmal leider unumgänglich.«

»Trotzdem ist das nicht okay. In einem Tagebuch stehen Dinge, die niemanden was angehen.« Sie hatte sichtlich Mühe, sich zu beherrschen. »Was hat sie über mich geschrieben?«

»Sehr viel Nettes«, gab Pia der Jüngeren Auskunft. »Allerdings behauptet sie, dass Sie ausgerastet sind, weil sie nicht zu Ihnen ziehen wollte.«

»Stimmt«, gab sie nach kurzem Zögern zu. »Ich habe mir Sorgen um sie gemacht. Seit sie ihr Studium aufgeben musste, habe ich permanent befürchtet, dass sie sich was antut. Deshalb habe ich ihr angeboten, bei mir einzuziehen. Mein Haus ist groß genug. Ich hätte Tag und Nacht auf sie aufpassen können, aber Amelie hat sich geweigert. Sie wollte es aus eigener Kraft schaffen.«

»Hat sie aber nicht.« Herausfordernd schaute Pia sie an. »Haben Sie deswegen Schuldgefühle? Weil sie ihr nicht helfen konnten? Weil Sie nicht verhindert haben, dass sie sich umbringt? Hat Sie das nicht unglaublich wütend gemacht?«

Urplötzlich schlug Mika mit der Faust auf den Tisch. Dieser Ausbruch kam völlig unerwartet.

»Ja, verdammt!« Sie holte tief Luft, um sich zu beruhigen. »Das Studium fiel ihr schwer. Warum musste sie sich unbedingt in diesen smarten Professor vergucken? War eigentlich logisch, dass nichts daraus wird. Aber sie hat ihn idealisiert und angehimmelt.«

Pia versuchte, sie weiter aus der Reserve zu locken.

»Hat er sie erhört? Das Interesse einer hübschen jungen Frau schmeichelt doch einem … alten Sack.«

»Keine Ahnung. Amelie hat immer nur Andeutungen gemacht. Wie viel davon romantische Fantasie oder Realität war, hat sie mir nicht verraten. Ich weiß nur, dass dieser Typ sie in jeder Hinsicht eiskalt abserviert hat. Ein paar schlechte Noten – und schon war er sie los. Das hat sie sich so sehr zu Herzen genommen, dass sie in die Klinik musste.«

»Und danach war sie weiterhin bei Frau Neuhaus in Behandlung.«

»An ihren Gruppentherapiesitzungen haben wir beide regelmäßig teilgenommen.«

Nun schaltete sich das erste Mal Philipp über das Mikrofon ein und gab Hannes den Rat, nach dem dritten im Patientenbunde zu fragen.

»So wie Rodi?«

»Wer?«

»Rodi«, wiederholte der Hauptkommissar geduldig. »Erinnern Sie sich nicht an ihn?«

Abermals schien ihre Nervosität zu wachsen.

»Ich kenne keinen Rodi.«

»Das ist seltsam. Amelie hat ihn öfter in ihrem Tagebuch erwähnt.« Charlotte hatte ihm Fotos der wichtigsten Passagen per Handy geschickt, sodass er gut informiert war. »Es klang, als wären sie alle eng befreundet.«

»Der Schein trügt manchmal.« Ihre Stimme klang aggressiver als zuvor. »Amelie hat mir nicht all ihre Freunde vorgestellt. Vielleicht handelt es sich bei diesem Rodi um jemanden aus der Uni.«

»Nein, sie kannte ihn und seine Schwester aus der Klinik.«

Sie schien um keine Antwort verlegen.

»Wahrscheinlich war das vor meiner Zeit.«

»Möglich«, räumte er ein, obwohl ihm seine jahrelange Erfahrung sagte, dass sie log. »Ist Frau Neuhaus eigentlich eine gute Therapeutin?«

»Die beste. Keine versteht ihre Patienten besser als sie. Wenn es uns schlecht geht, können wir sie Tag und Nacht anrufen.«

Hannes lauschte einen Moment der Stimme in seinem Ohr.

»Sie haben eine gute Meinung von Ihrer Therapeutin – obwohl sie bei Amelie offenbar versagt hat.«

»Eher haben die Ärzte in der Klinik versagt. Denen kann ich aber keinen Vorwurf machen. Amelie hat die Therapie dort abgebrochen. Sie hasste es, monatelang eingesperrt zu sein.«

»Konnte sie denn einfach so gehen?«

»Sie wurde ja nie zwangseingewiesen, sondern hat sich jedes Mal auf Bienchens … auf den Rat von Frau Neuhaus aufnehmen lassen.«

Die Kommissare stellten weitere Fragen, aber es kam nichts Neues dabei heraus, sodass sie das Gespräch abbrachen.

Die uniformierte Polizistin begleitete Mika Lucht zum Ausgang, während das Ermittlerteam im Besprechungsraum zusammentraf.

Pia schaute den Professor beim Eintreten bedauernd an.

»Sorry für den alten Sack.«

»Kein Problem. Im Grunde bin ich das ja.« Er konnte ein Schmunzeln nicht unterdrücken. »Sie hat sich von Ihnen provozieren lassen und uns für einen Moment einen Blick hinter die Fassade gewährt. Das war ein kluger Schachzug.«

»Danke, Herr Professor.«

Sie nahmen am Konferenztisch Platz und bedienten sich an den bereitstehenden Getränken.

Hannes blickte gespannt in die Runde.

»Wie beurteilen Sie Mika Lucht? Hat sie die Wahrheit gesagt oder uns etwas vorgespielt?«

Zuerst antwortete die Staatsanwältin.

»Auf mich wirkte es, als hätte sie ihre Worte sorgsam gewählt. Als wolle sie unbedingt einen seriösen Eindruck hinterlassen. Dieser plötzliche Ausbruch hat allerdings gezeigt, dass sie sich nicht wie gewünscht unter Kontrolle hatte.« Ihr Blick wechselte zu Philipp. »Was meinen Sie?«

»Ich stimme Ihnen zu. Ihre Wortwahl erschien mir schon beinah zwanghaft. Es hat sie Mühe gekostet, den Eindruck einer gebildeten jungen Frau zu vermitteln. Mika Lucht fühlt sich überlegen. Sie wollte uns weismachen, dass sie die Situation beherrscht, dass sie nichts zu verbergen hat. Wahrscheinlich war sie Amelie tatsächlich eine gute Freundin. Allerdings habe ich den Verdacht, dass Mika sie genauso gebraucht hat wie umgekehrt. Sie hat es genossen, von Amelie bewundert zu werden. Und sie war eifersüchtig, als sie sich plötzlich für einen alten Sack interessierte. Möglicherweise hat sie Amelie manipuliert, weil sie Angst hatte, sie zu verlieren.«

»Und als Amelie Suizid beging, machte sie Philipp dafür verantwortlich«, fügte Charlotte hinzu. »Für sie war er der Auslöser ihrer Misere. Deshalb will sie sich an ihm rächen.«

»Das können wir aber nicht beweisen«, warf Benita Pauli ein. »Als ich sie vorhin sah, habe ich mich unwillkürlich gefragt, ob sie mit der Person identisch sein könnte, die Ihren Jungen verfolgt hat.«

»Von der Figur her könnte das passen, aber ich habe den Angreifer nur von hinten gesehen. Anton konnte das Gesicht leider auch nicht beschreiben, weil es von einer Kapuze verdeckt war.«

»Schade.« Die Oberstaatsanwältin dachte einen Moment lang nach. »Bei der Frage nach diesem Rodi hat sie eindeutig gelogen, oder nicht? Sie kennt ihn, gibt das aber aus irgendeinem Grund nicht zu. – Warum?«

»Sie will ihn schützen, weil sie mit ihm unter einer Decke steckt«, schlug Martin vor. »Oder weil sie weiß, dass er der Täter ist.«

»Möglich. Dafür hat sie in den höchsten Tönen von Frau Neuhaus gesprochen. Könnte die Bescheid wissen oder mit den anderen beiden gemeinsame Sache machen? Vielleicht haben die drei sich verbündet, um Amelies Tod zu rächen? Sie könnte aber genauso gut die Drahtzieherin sein.«

»Darüber können wir leider nur spekulieren«, sagte Philipp. »Wenn es Ihnen recht ist, werde ich versuchen, anhand der bisherigen Ermittlungsergebnisse ein Täterprofil zu erstellen. Vielleicht bringt uns das neue Erkenntnisse.«

Damit war die Staatsanwältin einverstanden.

KAPITEL 44

Als Charlotte und Philipp nach Hause kamen, saß Tom im Stiftungsbüro am Laptop. Über die angeschlossenen Monitore liefen Zahlenreihen, die Anneliese beobachtete. Zuerst erkundigte sie sich nach der Befragung, worauf die Freunde kurz darüber berichteten.

»Wir haben bessere Neuigkeiten«, behauptete die Strick-Liesel, wobei sie mit dem jungen Mann einen verschwörerischen Blick tauschte. »Mika Lucht fährt ein schwarzes Motorrad.«

Das hätte Charlotte nicht erwartet.

»Sicher?«

»Todsicher.«

»Woher wisst ihr das?«

»Es steht in ihrer Garage.«

Mit den Händen stützte sich Charlotte auf dem Tisch ab, beugte sich vor und fixierte die Freundin.

»Verstehe ich das richtig? Du hast auf ihrem Grundstück rumgeschnüffelt?«

»Ich? Nein, natürlich nicht. Hast du vergessen, dass ich ein Feigling bin? Ich habe ihren Grund und Boden nicht betreten.«

»Hast du draußen Schmiere gestanden, während Tom bei ihr eingebrochen ist?«

»Ich war die ganze Zeit bei Conrad im Auto«, gab die Strick-Liesel freimütig zu. »Wir haben ihn als Fahrer mitgenommen.«

Charlotte schüttelte missbilligend den Kopf, richtete sich auf und drehte sich zu Philipp herum, um dessen Lippen es verdächtig zuckte.

»Du findest das komisch?«

»Nur, wenn ich mir das bildlich vorstelle.« Er bemühte sich um eine ernste Miene, als er sich an das abenteuerlustige Duo wandte.

»Deshalb seid ihr also kurz nach dem Mittagessen verschwunden. Was habt ihr euch dabei gedacht?«

Tom hielt seinem vorwurfsvollen Blick stand.

»Das war meine Idee. Ich habe Liesel überredet, mitzukommen.«

»Viel Überredungskunst war dazu bestimmt nicht nötig«, warf Charlotte ein. »Euch kann man nicht eine Minute unbeaufsichtigt lassen. Solche Alleingänge können schnell in die Hose gehen. Woher hattet ihr überhaupt ihre Adresse?«

»Die steht in der Patientenakte.«

Der Professor schob Charlotte einen Stuhl zu und setzte sich neben sie.

»Wie ich dich einschätze, hast du nicht nur einen Blick in die Garage geworfen, Tom. Was hast du alles entdeckt?«

»Da Mika Lucht in einem Loft wohnt, habe ich …«

»Woher wusstest du das?«, fragte Charlotte dazwischen. »Steht das etwa auch in ihrer Patientenakte?«

»Ich bin gestern von hier aus zu der Adresse gefahren, um die Örtlichkeiten zu checken.« Er setzte eine unschuldige Miene auf. »Liesel hat mir mal erzählt, wie man effektiv ermittelt – und dass sie das von dir gelernt hat.«

Charlotte verdrehte die Augen und sagte nichts mehr.

Anneliese grinste.

Philipp forderte Tom durch einen Blick auf, weiterzuerzählen. Daraufhin berichtete der junge Mann, dass sie sich bereits eine Stunde vor dem Befragungstermin in der Nähe des Anwesens aufgehalten und nach einer Weile beobachtet hatten, dass Mika von der Polizei abgeholt wurde. Danach hatte er zunächst mit Hilfe eines Störsenders das drahtlose Kamerasignal der Türsprechanlage lahmgelegt, um nicht gefilmt zu werden. Der Zugang zum Grundstück war durch ein Rolltor gesichert und das Gelände von einer hohen Mauer umgeben. Damit er von der Straße aus nicht gesehen würde, war Tom zu einem breiten Grünstreifen auf der Rückseite gelaufen. Dort hatte er seine Drohne startklar gemacht und fliegen lassen. Mit dem gleichmäßigen Surren der Propeller hatte sie sich auf dem Luftweg Zutritt in die Welt der Mika Lucht verschafft. Über das eingebaute Display der Fernbedienung konnte Tom das Fluggerät nicht nur steuern, sondern gleichzeitig die Kameraaufnahmen verfolgen.

Beeindruckt von seinem durchdachten Vorgehen, beugte sich Charlotte etwas vor.

»Hattest du keine Angst, dass Mika bald zurückkommen und dich erwischen könnte?«

»Überhaupt nicht. Außer Liesel und Conrad, die die Grundstückseinfahrt im Auge behielten, hatte ich auch einen Spitzel am Präsidium.«

»Wirklich? Wen?«

»Rate mal.«

Während Charlotte sich zurücklehnte und darüber nachdachte, warf Anneliese einen bedeutungsvollen Blick zur Bürodecke, den die Freundin richtig interpretierte.

»Das ist nicht wahr, oder? Ihr habt Elli angestiftet, da mitzumachen?«

»Warum nicht?« Für die Strick-Liesel schien das völlig normal. »Inzwischen hat sie sich an unsere Vorliebe für Mord und Totschlag gewöhnt. – Und sie hat ihre Sache sehr gut gemacht. Tom hatte ihr eins von den Fotos gegeben, die er gestern heimlich von Mika geschossen hat. Damit saß Elli in einem Taxi. Als ihre Zielperson aus dem Präsidium kam, hat unsere mutige Mitbewohnerin Tom angerufen. Dadurch konnten wir rechtzeitig verschwinden.«

Auch Philipp wunderte sich über Elisabeths Einsatz. Er war aber auch dankbar für die Hilfe der Freunde.

»Das schwarze Motorrad ist leider kein Beweis, dass Mika Lucht hinter den Verfolgungen steckt. Vielleicht gehört es ihr gar nicht, sondern diesem Rodi. Das bringt uns aber auch nicht weiter.«

»Zumindest kann man daraus schließen, dass sie was mit diesem Rachefeldzug zu tun hat«, war Anneliese überzeugt. »Außerdem hat Tom noch mehr entdeckt.«

Mit einem aufmunternden Lächeln gab sie den Ball an den jungen Mann weiter, worauf er berichtete, dass er auf dem Grundstück nichts Interessantes gefunden hatte.

Deshalb hatte er sich mit der Drohnenkamera den zweistöckigen Bau vorgenommen. Offenbar handelte es sich um ein Industriegebäude. Die hohen Fenster ließen nicht nur viel Licht hinein, sondern gewährten von außen einen fast ungehinderten Blick ins Innere.

Während er sprach, holte er Videoaufnahmen auf den Monitor des Laptops und drehte den Computer etwas, damit sich die anderen ein Bild machen konnten.

Aus ehemals einem großen Raum waren offenbar durch geschickt platzierte Teilungswände mehrere Bereiche entstanden. In der oberen Etage gab es beispielsweise eine Schlafecke mit Bett und langem Kleiderständer. Die überall herumliegenden Klamotten signalisierten Charlotte, dass es noch andere Menschen auf diesem Planeten gab, die es mit dem Aufräumen nicht so genau nahmen. Tröstend war dieser Gedanke allerdings nicht.

Tom hielt das Video mittendrin an und deutete auf das Standbild, das einen Durchgang zwischen zwei Trennwänden zeigte.

»Das ist wohl so eine Art Arbeitszimmer. Seht ihr den eingeschalteten Bildschirm? Wahrscheinlich hat Mika am PC gesessen, als sie abgeholt wurde, und konnte den Computer nicht mehr ausschalten. Oder sie hat ihn absichtlich angelassen, weil das Programm auch während ihrer Abwesenheit zuverlässig arbeitet. Jedenfalls ist mir aufgefallen, dass da irgendwas über den Monitor lief – fast so wie bei mir. Deshalb habe ich das so lange wie möglich gefilmt. Jetzt muss ich es nur noch auswerten. Wenn wir Glück haben, erkennt mein Programm, worum es sich handelt. Das kann allerdings dauern.«

Philipp arbeitete bis in die Abendstunden die Ermittlungsakten durch, um sich ein umfassendes Bild des Täters zu machen.

Später, als es im Haus ruhig war, ging er hinauf und machte sich bettfertig. Im Pyjama betrat er Charlottes Wohnebene und trat leise ein. Der Lichtschein aus dem Schlafzimmer wies ihm den Weg.

»Du schläfst noch nicht?«

Sie klappte ihr Buch zu und legte es beiseite.

»Ich habe auf dich gewartet.«

Erfreut setzte er sich auf die Matratze.

»Das höre ich ausgesprochen gern.« Rasch deponierte er sein Smartphone auf dem Nachtschränkchen, bevor seine Hand unter der Decke verschwand. »Darf ich?«

»Alles, was du willst.«

Er rückte näher und schmiegte sich an sie.

»Ach, tut das gut – nach all dem Schrecklichen, was in den Akten steht.«

»Ist das Profil fertig?«

»So schnell geht das leider nicht.«

Behutsam drehte sie sich etwas in seinem Arm, um in sein Gesicht sehen zu können.

»Kanntest du Professor Neuhaus eigentlich?«

»Flüchtig. Wir haben zusammen studiert, uns später aber aus den Augen verloren.«

»Und seine Frau?«

»Bienchen?« Sein leises Lachen erklang. »So haben wir sie schon als Kinder genannt.«

»War sie als Teenager wirklich in dich verknallt?«

Abermals lachte er.

»Wer hat dir denn das erzählt? Julia, oder? Ja, es stimmt. Maja war kreuzunglücklich, dass ich sie nicht ernst genommen und später eine andere geheiratet habe.«

»Vielleicht ist sie immer noch in dich verliebt.«

»Wie kommst du denn auf so was?«

»Ich habe sie bei Julia kennengelernt. Sie wollte wissen, ob ich deine Freundin bin, und hat behauptet, dass euch seit Jahren sehr Privates verbindet.«

Er kannte Charlotte gut genug, um zu wissen, dass sie nicht dazu neigte, eifersüchtig auf eine Bekannte aus seiner Vergangenheit zu sein.

»Worauf willst du hinaus?«

»Wenn sie dir seit damals nachgetrauert hat und dich außerdem für Amelies Suizid verantwortlich macht, könnte sie vielleicht diese Rachepläne ausgeheckt haben.«

»Frauen sind aus verschmähter Liebe zu vielem fähig, aber Mord? Ich weiß nicht. Dafür kenne ich Maja einfach zu wenig. Wir haben uns das letzte Mal bei der Beisetzung von Sandras Eltern gesehen. Das ist Jahre her.«

So leicht ließ sich Charlotte nicht von ihrer These abbringen.

»Es besteht aber eine Verbindung zwischen ihr und Sandra. Sie war lange mit ihren Eltern in der gleichen Clique. Möglicherweise laufen die Fäden bei ihr zusammen. Wir sollten Frau Neuhaus zumindest auf die Liste der Verdächtigen setzen.« Sie hob die Hand und strich über sein zerzaustes Haar. »Aber nicht mehr heute. Wichtig ist, dass du nicht mehr darauf stehst.«

»Es ist großartig, wer alles dazu beiträgt, diese Verbrechen aufzuklären. Und wie viele Menschen nicht an mir gezweifelt haben. Unsere Freunde, Tom, Bremer und sein Team – und vor allem du.«

»Ich muss gestehen, dass ich nach deiner Verhaftung für einen kleinen Moment verunsichert war.« Sie erzählte von dem Fund des blutigen Taschentuchs. »Im ersten Augenblick war das ein Schock, aber im nächsten wurde mir klar, dass es eine ganz einfache Erklärung für das Blut geben musste.« Bedauernd schaute sie ihm in die Augen. »Es tut mir leid, dass ich …«

»Das war eine völlig normale Reaktion.« Wie immer brachte er Verständnis auf. »Ich hatte Nasenbluten. Früher passierte mir das manchmal bei zu viel Stress, aber in den letzten Jahren nicht mehr. Möglicherweise wurde es durch diese ganzen furchtbaren Ereignisse ausgelöst.«

Nachdem Charlotte eingeschlafen war, lag Philipp wach neben ihr und dachte über die Informationen aus den Ermittlungsakten nach.

Obwohl er sein Smartphone stummgeschaltet hatte, bemerkte er durch das Aufleuchten des Displays, dass eine Nachricht eingegangen war. Behutsam löste er sich von der Schlafenden und nahm das Telefon vom Nachttisch. Es wunderte ihn nicht, dass es sich um eine SMS handelte, und öffnete sie: *Wiegt mein Schmerz auch noch so schwer, leiden wirst du bald viel mehr …*

*

Irgendwo in Hannover klingelte spätabends ein Telefon.

»Weshalb rufst du an? Es sollte doch eine Weile Funkstille zwischen uns herrschen.«

»Ich will dich nur warnen. Die Bullen wissen irgendwas, vielleicht sind sie uns längst auf der Spur.«

»Das haben wir dir und deiner Unbeherrschtheit zu verdanken. Was machen wir denn jetzt?«

»Du solltest so bald wie möglich untertauchen.«

»Wieso ich? Die Morde gehen auf dein Konto.«

»Du hängst da genauso mit drin. Wenn sie mich kriegen, packe ich aus.«

»Das wagst du nicht.«

»Wir werden sehen. Erst mal habe ich noch was Wichtiges zu erledigen.«

»Willst du uns immer tiefer in die Scheiße reiten? Was hast du vor?«

»Dieser miese Prof soll genauso sterben wie Amelie. Und wenn ich dabei draufgehe.«

KAPITEL 45

Am Morgen bekam Philipp einen Anruf, dass er seinen Wagen abholen könne, der auf dem Gelände der Kriminaltechnik stand. Conrad fuhr ihn dorthin.

Beim Mittagessen saß Tom mit am Küchentisch. Charlotte erkundigte sich, ob ihm erste Ergebnisse seiner Drohnenaufnahmen vorlägen.

»Ich weiß nicht genau, was da über den Monitor lief. Möglicherwiese eine Datensicherung auf eine externe Festplatte oder irgendein Update. Mein Programm ist jedenfalls auf einen Hinweis zu einer Cloud gestoßen – obwohl Hacker eigentlich keine Cloud benutzen.«

»Was ist das?«, fragte Elli, die keinerlei Erfahrung mit Computern hatte. »Eine Wolke?«

»Vereinfacht gesagt ist das ein riesiger Datenspeicher, den du nutzen kannst, wenn zum Beispiel der Speicher deines Computers nicht ausreicht. Das Ausführen eigener Software ist auch in einer Cloud möglich, aber das würde zu weit führen.«

Elisabeth nickte, aber wirklich verstanden hatte sie das nicht.

»Und wo befindet sich diese Wolke? Irgendwo am Himmel oder im Weltall?«

»Meistens auf der Erde auf einem oder mehreren Servern.«

»Das bringen wir dir später bei«, meinte Anneliese und schaute Tom an. »Konntest du die Cloud hacken?«

»Es ist mir gelungen, einige Daten abzugreifen.« Er zog sein Smartphone hervor und öffnete die Fotogalerie. »Das ist eine Serie von acht Fotos, die dich interessieren dürften«, wandte er sich an Charlotte und gab das Telefon an sie weiter.

Das erste Foto zeigte Hannes vor dem Präsidium bei der angeblichen Übergabe eines Aktendeckels an Charlotte. Die nächsten Aufnahmen schlossen daran an und bildeten eine Serie, die dokumentierte, dass Hannes die Akte nach dem Zubinden des Schnürbands wieder übernommen hatte.

»Damit können wir beweisen, dass Hannes keine Unterlagen an mich weitergegeben hat.«

Mit Toms Einverständnis schickte sie die Fotos an ihr Handy, um sie später an Hannes weiterzuleiten.

Reihum betrachteten die Freunde die Aufnahmen. Sogar Anton durfte sie anschauen, sodass er sich dazugehörig fühlte. Darüber freute er sich fast so sehr wie über den Vorschlag seiner Pflegemutter, einen Spieleabend zu veranstalten.

Als forensischer Psychologe entwickelte der Professor in seinem Arbeitszimmer zunächst das Täterprofil im Fall Sandra Helmke. Anschließend befasste er sich mit dem zweiten Mord. Die Parallelen waren unübersehbar. Das Profil nahm immer eindeutigere Konturen an. Philipp schätzte den Täter auf ein Alter zwischen 20 und 30 und hielt ihn für kinderlos. Vermutlich hatte er weder einen Partner noch einen festen Job, sodass er zeitlich unabhängig war und in Ruhe planen konnte. Außerdem verfügte er wahrscheinlich über ausreichend finanzielle Mittel. Bei den Taten gab es keine sexuelle Komponente, obwohl der Anschein erweckt werden sollte.

Unterdessen war Charlotte nicht untätig. Auf der Liste ihrer Tatverdächtigen standen Maja-Maria Neuhaus, Mika Lucht und Rodi Unbekannt. Sie musste unbedingt mehr über ihn herausfinden. Im Tagebuch der Selbstmörderin gab es zwar nur vage Angaben darüber, seit wann sie einander kannten, aber Charlotte hielt es für wahrscheinlich, dass sie Rodi genau wie Mika in der Klinik begegnet war. Deshalb würde sie ihn bestimmt in den Patientenakten der Landwehrklinik finden. Aber darauf erhielt sie keinen Zugriff. Es sei denn …

Sie griff zum Handy, um Tom anzurufen. Der Student war nach Hause gefahren, weil er dringend an einem fälligen Referat arbeiten musste. Zwar hatte sie sich vorgenommen, ihn nicht dabei zu stören, aber wenn jemand ihr weiterhelfen konnte, dann er. Nach dem zweiten Läuten meldete er sich.

»Charlotte?«

»Tut mir leid, dass ich dich störe. Ich möchte nur wissen, ob du außer der Patientenakte von Mika Lucht noch anderes Material von der Klinik sichergestellt hast.«

»Ich halte mich nie länger als unbedingt nötig in einem fremden Rechner auf. Deshalb habe ich nicht erst lange nach den Unterlagen von Mika Lucht gesucht, sondern gleich die gesamte Festplatte des Sekretariatsrechners geklont und mich schnell wieder verdrückt.«

»Hast du die Daten noch?«

»Ja, warum?«

Sie erklärte es ihm.

»Schau mal unten im Büro nach. Bei den Monitoren müsste ein schwarzes Hard-Case liegen. Da sind USB-Sticks drin und eine kleine Festplatte.«

»Moment.« Sie ging hinüber zum Tisch, entdeckte die Box und öffnete den Rundumreißverschluss. »Ich habe sie gefunden.«

Tom nannte ihr ein Passwort und wies sie darauf hin, dass die Patientenunterlagen mit einer Kliniksoftware erstellt waren, die von den gängigen Programmen abwich. Das schreckte Charlotte nicht. Sie bedankte sich und setzte sich an ihren Computer.

Schnell war der Datenträger eingestöpselt und per Passwort geöffnet. In einem Fenster erschienen viele Ordner. Sie bewegte den Mauszeiger zur Patientenliste. Wie in Philipps Studentendatei waren die Namen alphabetisch geordnet. Eine Suchfunktion konnte sie bei diesem ihr fremden Programm nicht entdecken. Ihr blieb keine Wahl. Sie musste die gesamte Liste Namen für Namen durchgehen. Das waren Hunderte, wenn nicht Tausende. Nach einer Stunde vergeblicher Suche rieb sie sich frustriert ihren schmerzenden Nacken. Sie hatte erst einen Bruchteil geschafft. Es musste einen schnelleren Weg geben, die Liste zu durchforsten. Sekundenlang dachte sie nach. Entschlossen öffnete sie das Internet. Kollege Google musste ihr helfen. Sie gab den Namen des Programms und den Begriff ›Suchfunktion‹ ein. Unter den angezeigten Ergebnissen fand sie eine genaue Beschreibung, wie man in den Suchmodus gelangte. Sie hielt sich an die Vorgabe. Der Rest war ein Kinderspiel. Da Rodi ein Spitzname sein könnte, tippte sie nur R-o-d ein. Enttäuscht las sie, dass keine Übereinstimmungen gefunden wurden. Das war nicht möglich! Sie war überzeugt davon, dass sich Rodi unter den Patienten verbergen würde. Könnte es sich um einen Mitarbeiter der Klinik handeln? Sie klickte auf die betreffende Datei, in der alle Angestellten aufgeführt waren, wurde dort aber nicht fündig. Was blieb noch? Ein Angehöriger eines Patienten? Der wäre vorher in der Patientendatei angezeigt worden. Was nun? Sie schaute sich die Ordner näher an, stieß auf die Buchhaltung und öffnete sie.

Mehrere Unterordner wurden sichtbar. Einer davon nannte sich: Rechnungen. Charlotte klickte darauf und gab in die eben gelernte Suchfunktion abermals nur die ersten drei Buchstaben ein. Treffer!

»Als hätte ich es geahnt …«

Sie warf einen Blick in die Datei und erfuhr, dass er regelmäßig an Gruppengesprächen für Familienmitglieder von Psychiatriepatienten teilnahm. Der Name der betreffenden Person stand dabei: Isabell. Sie wurde als seine Schwester bezeichnet. Rasch wechselte Charlotte zur Patientenliste und klickte auf den Link zur Akte der jungen Frau.

Interessiert las sie die Anamnese und mehrere Gutachten. Demnach wurde Isabell 1990 geboren. Die wohlhabenden Eltern ließen sich scheiden, als sie vier Jahre alt war. Der Ehemann hatte herausgefunden, dass Isabell einer Affäre seiner Frau entstammte. Das kleine Mädchen blieb bei der Mutter, während der fünf Jahre ältere Bruder beim Vater aufwuchs. Isabel litt sehr unter der Trennung, sah den geliebten Bruder nur selten. Nachdem die Mutter ein zweites Mal geheiratet hatte, wurde das Kind vom Stiefvater adoptiert. Seitdem trug es den Namen Ahrens. Mit 19 Jahren erkrankte Isabell an paranoider Schizophrenie mit Realitätsverlust und Wahnvorstellungen. Sie hörte Stimmen und fühlte sich verfolgt. Mit Mitte 20 empfand sie eine Bedrohung auf der Straße so stark, dass sie mit einem Messer auf einen Passanten losging. Nach dem Prozess vor fünf Jahren wurde sie aufgrund des Gutachtens von Professor Philipp Thaler dauerhaft in der Psychiatrie untergebracht. Ihre einzige Kontaktperson zur Außenwelt war ihr Bruder, der zunächst kaum Zeit für sie hatte. Schließlich unternahm sie einen Suizidversuch mit Hilfe gesammelter Tabletten, wurde aber rechtzeitig gefunden. Seitdem hatte sich der psychische Zustand der jungen

Frau verschlimmert. Obwohl ihr Bruder sie nun regelmäßig besuchte, erkannte sie ihn oft nicht. Sie schien in ihrer eigenen Welt zu leben.

Charlotte hatte genug erfahren, um die Zusammenhänge zu begreifen. Sie druckte die gesamte Patientenakte von Isabell Ahrens sowie die an ihren Bruder gesandten Rechnungen aus und legte alles in einen leeren Aktendeckel. Damit verließ sie das Stiftungsbüro und stieg die Treppe hinauf. Kaffeeduft stieg ihr in die Nase. Deshalb führte sie ihr erster Weg in die Küche. Die Freunde saßen um den Eichentisch herum. Nur Philipp fehlte, kam aber einen Augenblick später herein. An der Tür blieb er stehen.

»Das Profil ist fertig. Ich habe gerade mit Herrn Bremer gesprochen. Er hat mich gebeten, gleich ins Präsidium zu kommen, um darüber zu reden.«

Charlotte ging zu ihm hinüber und reichte ihm den Aktendeckel.

»Gib das bitte Hannes. Ich habe rausgefunden, wer Rodi ist.«

»Echt jetzt?« Anneliese blickte sie gespannt an. »Nun sag schon!«

»Rodi ist der Kosename des Mannes, den wir unter dem Namen Ansgar Roderick Fink kennen.«

»Ich fasse es nicht!« Die Freundin war beeindruckt. »Erinnerst du dich, was du kürzlich über ihn gesagt hast: Wäre es nicht so abwegig, kämst du auf den Gedanken, dass der Stalker mit dem charmanten Herrn Staatsanwalt zusammenarbeitet. – Du hattest genau den richtigen Riecher. Weißt du schon Näheres?«

Mit Rücksicht auf Anton berichtete sie knapp, was sie aus der Patientenakte erfahren hatte.

Philipp verzichtete auf die Nachmittagsrunde in der gemütlichen Küche und fuhr sofort zum Präsidium. Auch dort bekam er einen Pott Kaffee, der aber nicht halb so gut schmeckte wie Ellis Gebräu.

Im Besprechungsraum erläuterte er dem Hauptkommissar und seinen beiden engsten Mitarbeitern eingehend das Profil, das den Täter als intelligenten, sozial isolierten Computerfreak mit zahlreichen emotionalen Defiziten charakterisierte. Zuletzt kam zur Sprache, was Charlotte herausgefunden hatte. Mit ernster Miene deutete er auf den Aktendeckel, den er Hannes zu Beginn des Gesprächs übergeben hatte.

»Sie sollten rausfinden, welche Rolle Fink in den beiden Mordfällen spielt: Auftraggeber, Täter oder nur Informant.«

»Darauf können Sie sich verlassen. Die Staatsanwältin informiere ich gleich.« Fragend hob er die Brauen. »Erinnern Sie sich an die Schwester von Fink?«

»Nur vage. Immerhin ist das fünf Jahre her. Damals wurde ich oft als Gutachter bestellt. – Auch wenn mir alles über Isabell Ahrens präsent wäre, hätte ich keine Verbindung zu Fink hergestellt, da sie nicht denselben Namen tragen.«

»Deshalb fühlte sich der Staatsanwalt wohl sicher, dass wir ihn nicht mit den Fällen in Zusammenhang bringen.« Hannes dachte einen Moment nach. »Möglicherweise ist er dadurch umso gefährlicher. Sollte er Sie dafür verantwortlich machen, dass seine Schwester in der geschlossenen Abteilung sitzt …«

»Hätte er ein ähnliches Motiv wie Mika Lucht«, vollendete Pia. »Das spräche dafür, dass sich die beiden verbündet haben könnten. Ich traue Fink alles zu. Sie sollten sich das mit der Schutzhaft noch mal überlegen, Professor.«

»Danke für das Angebot, aber freiwillig lasse ich mich bestimmt nicht einsperren.« Er stand auf und nahm seine

Jacke von der Stuhllehne. »Sollten Sie weitere Unterstützung brauchen, wissen Sie, wo Sie mich finden.«

»Warten Sie!«, rief Hannes ihm nach, als Philipp an der Tür war. »Ich habe was für Sie.«

Als der Professor das Präsidium verließ, war es dunkel. Im Licht der Laternen ging er die Waterloostraße hinauf zu seinem Mercedes, der schräg gegenüber der Oberfinanzdirektion parkte. Kurz bevor er das Fahrzeug erreichte, öffnete er die Zentralverriegelung durch Druck auf den Funkschlüssel.

Beim Einsteigen überlegte er, womit er seinem Sternchen eine kleine Freude machen könnte und entschied sich für einen Strauß zart duftender Blumen, die sie sehr liebte. Sein bevorzugter Pflanzenshop schloss erst in einer halben Stunde. Bis dorthin konnte er es trotz des abendlichen Verkehrs schaffen – ohne sich zum Abendessen zu verspäten. Im Feierabendverkehr achtete er nicht auf mögliche Verfolger.

20 Minuten später legte er einen üppigen, in Seidenpapier gehüllten Strauß aus 40 bunten Freesien auf den Beifahrersitz. Bereits beim Starten des Motors erfüllte der zarte Blumenduft den Innenraum des Wagens. Als er den Mercedes auf die Straße lenkte, spürte er unvermittelt etwas Kaltes im Nacken.

»Nicht umdrehen, sonst schieße ich!«

KAPITEL 46

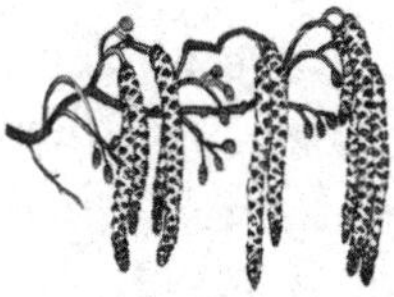

Die drei WG-Bewohnerinnen waren in der Küche damit beschäftigt, alles fürs Abendessen vorzubereiten.

Charlotte hatte vergeblich versucht, Philipp auf dem Handy zu erreichen, um zu hören, ob er noch im Präsidium war. Als ihr Smartphone läutete, las sie seinen Namen auf dem Display.

»Schön, dass du dich meldest. Bist du bald zu Hause?«

»Hören Sie mir gut zu: Ich habe Professor Thaler in meiner Gewalt. Sie tun jetzt genau das, was ich Ihnen sage, sonst ist er tot. Haben Sie das verstanden?«

Erschrocken sprang sie auf.

»Ja, ich …«

»Sie verhalten sich völlig normal. Sie ziehen sich was über, verlassen ganz ruhig das Haus und setzen sich in Ihren Wagen. Das Handy bleibt eingeschaltet. Keine Fragen. Sie stehen unter ständiger Beobachtung. – Verstanden?«

»Ja.«

Gehorsam verließ Charlotte die Küche und lief zur Garderobe. Dort standen ihre Laufschuhe vom morgendlichen Gassigehen. Sie schlüpfte hinein und streifte ihre Jacke über. Der Autoschlüssel steckte in der rechten Seitentasche. Als sie sich herumdrehte, sah sie, dass Anneliese und Elisabeth aus der Küche kamen.

»Du willst noch mal weg?«, sprach Elli sie an. »Bist du zum Abendessen zurück?«

Charlotte verharrte einen Moment, gab sich einen Ruck.

»Sei nicht immer so verdammt neugierig, Elisabeth! Ich bin dir keine Rechenschaft schuldig!«

Ohne eine Antwort abzuwarten, lief sie aus dem Haus. Sie hastete an Conrad vorbei, der vor den Garagen den Kofferraum seines Wagens mit einem kleinen Akkusauger reinigte. Ein geplatzter Beutel Katzenstreu lag neben dem Hinterrad.

»Charlotte! Was hast du denn vor?«

»Lass mich einfach in Ruhe, Hannes!«

Sie stieg in ihren Wagen und knallte die Autotür zu. Das Mobiltelefon steckte sie in die dafür vorgesehene Halterung, bevor sie den Motor startete. Während sie aus der Garage fuhr, sah sie eine aufgeregte Anneliese, die ohne Jacke und in ihren Birkenstockclogs bei ihrem Lebensgefährten stehen blieb.

Alarmiert blickte Anneliese dem davonfahrenden Wagen nach, bis die Rücklichter in der Dunkelheit verschwanden.

»Hat sie gesagt, wo sie hinwill?«

Kopfschütteln.

»Sie war ziemlich durcheinander, hat mich Hannes genannt.«

Nach wenigen Sekunden reagierte Anneliese. Sie rutschte auf den Fahrersitz von Conrads Allerheiligstem.

»Steig ein!«

»Was hast du vor?«

»Steig ein!« Entschlossen zog sie die Autotür zu. Der Schlüssel steckte. Als sie den Motor anließ, warf Conrad rasch die Kofferraumklappe zu. Kaum saß er auf dem Beifahrersitz, gab die Strick-Liesel Gas. Kleine Steinchen spritzten hoch. Conrad stöhnte. Automatisch schaltete sie die Scheinwerfer an.

»Mach das Tor auf!«

Mit gemischten Gefühlen wollte er nach der Fernbedienung greifen, sah aber das offen stehende Tor. Da schoss der Wagen schon auf die Straße. Der kleine Handsender flog in den Fußraum. Hastig schnallte sich der Wetterfrosch an. Er hatte sein 50 Jahre altes Opel Rekord Cabriolet vor langer Zeit mit Sicherheitsgurten nachgerüstet. Bei Annelieses aggressiver Fahrweise erwies sich das als lebenswichtige Investition.

»Liesel, musst du so rasen?«

Mit einem Seitenblick sah sie, dass er sich an den Angstgriff der Tür klammerte.

»Keine Sorge, ich weiß, was ich tue.« Sie bog in die nächste Querstraße ein. »Siehst du Charlottes Wagen irgendwo?«

Sofort hielt er nach dem Kennzeichen des Golfs Ausschau: H-CS …

»Da vorn an der Ampel. Das müsste sie sein.«

Augenblicklich setzte Anneliese den Blinker und zog auf die rechte Spur. Die Ampel sprang von Grün auf Gelb. Instinktiv beschleunigte die Strick-Liesel.

»Das schaffst du nicht!«

Sie holte alles aus dem Oldtimer raus und jagte ihn über die Kreuzung.

»Willst du uns umbringen?« Auf Conrads Stirn standen Schweißperlen. »Die Ampel war rot!«

»Dunkelgelb«, korrigierte sie ihn unwirsch und bremste ab, bis nur noch ein Auto zwischen ihr und der Freundin fuhr. »Wir dürfen sie nicht verlieren.«

Charlotte folgte den Anweisungen, die sie per Telefon erhielt.

Zuerst war es nur die ungefähre Richtung, aber bald wurde das Ziel konkreter.

»Wo genau sind Sie?«

»Am Schafbrinke.«

»Okay. Fahren Sie jetzt zum Bauprojekt Erlenried. Sie wissen, wo das ist?«

»Ja.«

»Gut. Und immer schön an die Geschwindigkeitsbegrenzung halten. Wir wollen nicht die Aufmerksamkeit der Polizei erregen.«

Charlotte war hin- und hergerissen. Die Gedanken jagten sich hinter ihrer Stirn. Obwohl die Stimme etwas verzerrt klang, war sie sicher, dass sie Mika gehörte. Wie war es ihr gelungen, Philipp in ihre Gewalt zu bringen? Stimmte das überhaupt? Oder war das hier eine Falle? Dagegen sprach, dass sie Philipp vorhin telefonisch nicht erreichen konnte. Obwohl sie verabredet hatten, ihre Handys niemals auszuschalten, kam die Ansage, dass der Teilnehmer nicht erreichbar sei. – Außerdem war dieser Anruf von seinem Mobiltelefon gekommen. Aus diesem Grund musste sie sich an die Anweisungen halten und durfte nichts riskieren. Sie setzte ihre ganze Hoffnung auf Anneliese. Hatte die Freundin verstanden, dass etwas Schlimmes passiert war? Wenn Conrad ihr erzählt hatte, mit welchem Namen sie ihn angesprochen hatte, wusste Anneliese, was zu tun war. Charlotte hatte den Namen des Hauptkommissars vor Kurzem schon einmal für eine versteckte Botschaft benutzt. Das musste auch diesmal klappen.

Nun lag das Baugebiet vor ihr. Es war in grünes Licht getaucht und umzäunt. Auf einem großen Schild zeigte eine Computersimulation, wie der fertige Wohnpark Erlenried aussehen würde. Die Namen vom Bauherrn, Architekten und Projektleiter sowie Kontaktdaten waren zu lesen. Charlotte lenkte den Wagen auf einen Grünstreifen daneben.

»Ich bin da.«

»Das sehe ich«, behauptete die Stimme. »Nehmen Sie das Telefon und steigen Sie aus. Rechts hinter dem Baustellenschild ist ein offener Durchgang.«

Sie zog den Zündschlüssel ab und griff nach dem Telefon. Beim Aussteigen fischte sie das CS-Verteidigungsspray aus dem Ablagefach der Fahrertür und ließ es in der Jackentasche verschwinden.

Der Durchlass war nicht schwer zu finden. Offenbar war er gewaltsam entstanden.

»Gehen Sie auf den Rohbau zu. Falls Sie Ihre Hoffnung auf das schöne neue Überwachungssystem setzen, muss ich sie enttäuschen. Es funktioniert nur das grüne Licht. Die Kameras habe ich lahmgelegt.«

Gehackt, dachte sie. Das bestätigte ihre Annahme, dass sie es mit Mika zu tun hatte.

»Nehmen Sie den zweiten Eingang rechts – und gehen die Treppe rauf bis ganz nach oben. Wir erwarten Sie auf dem Dach.«

Anneliese fuhr an dem großen Schild vorbei und ließ den Wagen etwa 20 Meter dahinter unter einem Baum ausrollen, sodass ihnen ein freier Blick auf die gesamte Baustellenfront gewährt wurde.

Conrad atmete erleichtert auf. Bislang war sein Schmuckstück unversehrt geblieben, obwohl Liesel die Straßenverkehrsordnung sehr eigenwillig interpretiert hatte.

»Was will Charlotte hier?«, wunderte er sich. »Da arbeitet kein Mensch mehr. Die haben längst Feierabend. Mit

Sophia und ihrem Mann wird sie sich an diesem Ort wohl kaum treffen.«

»Irgendwas ist hier oberfaul.« Sie schloss kurz die Augen. »Also noch mal von vorn: Charlotte bekam einen Anruf, ist aufgesprungen und rausgelaufen. Als Elli sie fragte, wo sie hinwill, hat sie ihr einen echt heftigen Spruch vor den Latz geknallt. Normalerweise würde sie so was nie zu ihr sagen – und sie nicht Elisabeth nennen.« Nachdenklich blickte sie Conrad ein. »Und dich nicht Hannes. – Oder hast du dich verhört, weil du mit deinem Sauger rumgefuhrwerkt hast?«

»Den habe ich ausgeschaltet, als Charlotte aus dem Haus kam.«

Allmählich ging ihr ein Licht auf.

»Hast du dein Handy dabei?«

»Das sollen wir doch immer bei uns tragen.« Er zog es aus der Jackentasche.

»Ist die Nummer von Bremer gespeichert?«

»Seit deiner Entführung.«

Sie streckte die Hand aus, und er legte das Smartphone hinein. Gleich darauf war sie mit dem Hauptkommissar verbunden.

Stufe für Stufe stieg Charlotte sechs Stockwerke hinauf. Durch eine rechteckige Maueröffnung betrat sie den Dachbereich. Der kalte Wind zerrte an ihrem Haar. Sie sah Philipp, der auf einem Zementsack saß und bei ihrem Anblick aufsprang. Einige Schritte von ihm entfernt stand mit einer Pistole in der Hand eine dünne, schwarz gekleidete Gestalt: Mika. Äußerlich ruhig ging Charlotte auf sie zu, als die ihr mit der Waffe einen Wink gab.

»Das Handy.«

Charlotte zog es aus der Jackentasche und legte es auf einen Palettenstapel.

»Was soll das hier werden?«

Die junge Frau zeigte mit der Pistole auf Philipp.

»Er ist schuld an Amelies Tod. Deshalb soll er genauso enden wie sie.« Die Waffe schwenkte zu Charlotte. »Spring, Professor! Sonst erschieße ich deine Liebste!«

»Das bin ich nicht.« Charlotte wich keinen Zentimeter zurück. »Wir sind Freunde und Nachbarn. Mehr nicht.«

»Du lügst! Sogar dem Staatsanwalt hast du das gesagt.«

»Na und?« Sie musste Zeit gewinnen. Wenn Anneliese die Polizei verständigt hatte … »Dem eingebildeten Kerl hätte ich noch ganz andere Dinge erzählt, damit er nicht erfährt, dass ich mit dem Hauptkommissar verbandelt bin. Der hätte ihm den Fall sofort entzogen.«

Verunsichert starrte Mika sie an. Unvermittelt nahm ihre Wut überhand.

»Das ist mir egal. Ich will, dass er springt.« Verärgert streckte sie den Arm mit der Waffe aus. »Los, Professor. Geh da rüber! Mach schon!«

Langsam setzte sich Philipp in Bewegung, trat näher an den Rand des Flachdachs.

»Das ist keine Lösung«, versuchte er abermals, sie zur Vernunft zu bringen. Seit sie ihn von der Rückbank aus bedroht hatte, redete er auf sie ein. »Ich weiß, was Sie empfinden. Lassen Sie sich von mir helfen.«

»Das hast du auch zu Amelie gesagt – und dann war sie tot.«

»Sie wollte meine Hilfe nicht. Das wissen Sie so gut wie ich.«

»Das ist nicht wahr! Sie wollte nur ein bisschen Zuneigung von dir, aber du hast ihre Gefühle ignoriert.«

Aufgewühlt ging sie einige Schritte auf und ab, ließ dabei weder Charlotte noch Philipp aus den Augen.

»Amelie war der einzige Mensch, der mir was bedeutet hat. Du wirst dafür bezahlen, dass sie gesprungen ist.«

Mit einer schnellen Bewegung war sie dichter bei Charlotte und richtete die Waffe auf ihre Brust.

»Spring! Sonst erschieße ich sie!«

»Dadurch wird Amelie nicht wieder lebendig.«

»Verdammt!« Mika war außer sich. »Willst du, dass sie stirbt? Das kannst du haben.«

Die Pistole in ihrer Faust schwankte.

War das der richtige Moment zu handeln? Charlotte schob die Hand in die Jackentasche, ihre Finger schlossen sich um die kleine Spraydose. Der eisige Luftzug auf ihrem Gesicht ließ sie zögern. Sie stand im Gegenwind. Dadurch würde der Sprühnebel sie selbst treffen. Sie musste ihre Position ändern. Das war aber nicht so einfach, wenn man mit einer Schusswaffe bedroht wurde.

»Okay«, sagte Philipp plötzlich mit ruhiger Stimme. »Wenn Sie meine Mitbewohnerin gehen lassen, springe ich.«

Entsetzt blickte Charlotte ihn an. Um nichts in der Welt würde sie tatenlos dabei zusehen, wie er sich in die Tiefe stürzte.

»Das darfst du nicht.«

»Es gibt nur diese eine Möglichkeit. Wenn ich springe, bevor du in Sicherheit bist, wird sie dich trotzdem erschießen.« Eindringlich blickte er die junge Frau an, als wolle er sie hypnotisieren. »Mich wollen Sie bestrafen. Mein Leben für Amelies. Lassen Sie Frau Stern da raus – und Sie bekommen, was Sie wollen.«

Mika schien darüber nachzudenken. Ein überlegenes Lächeln huschte über ihr schmales Gesicht. Vermutlich spielte sie mit dem Gedanken, Charlotte bei nächster Gelegenheit aus dem Weg zu räumen.

»Deal?«, drängte Philipp, worauf Mika nickte.

»Deal.«

Im selben Moment sah Charlotte einen Schatten, der sich auf der Längsseite des Rohbaus bewegte. Polizei? Hatte Anneliese richtig kombiniert und Hannes informiert? Er hätte sofort ihr Handy geortet. – Oder war das Mikas Komplize Fink? Nein. Der hätte keinen Grund, sich zu verstecken, wenn sie und Philipp hier den Tod finden sollten.

»Darf ich mich von ihm verabschieden?«

»Was denn noch?«

»Bitte«, flehte Charlotte, worauf Mika genervt nachgab.

»Meinetwegen. Aber beeil dich.«

Charlotte ging zu ihrem Lebensgefährten hinüber. Philipp stand viel zu nah am Abgrund. Behutsam griff sie nach seiner Hand und dirigierte ihn vom Rand des Daches weg. Mit einer freundschaftlichen Geste umarmte sie ihn.

»Ich glaube, das SEK ist im Anmarsch«, raunte sie in sein Ohr. »Wir müssen Mika ablenken.«

»Was macht ihr da?« Die junge Frau fuchtelte mit der Waffe herum. »Verdammte Bitch! Auseinander! Sofort!«

Langsam löste sich Charlotte von Philipp, blieb aber neben ihm stehen.

»Wollt ihr mich verarschen?« Von der gesitteten Ausdrucksweise, die sie bei der Polizeibefragung zur Schau gestellt hatte, war nichts geblieben. »Ich knalle euch beide ab! Einen nach dem anderen!«

Außer sich richtete Mika die Pistole auf die Brust des Professors und drückte ab. Immer wieder. Die Schüsse lösten sich im Sekundentakt. Philipp schwankte. Im Fallen riss er Charlotte mit sich hinter einen Palettenstapel und warf sich über sie.

Die nächste Kugel flog gegen einen Metallpfeiler, prallte ab und bohrte sich in weiches Fleisch.

Bevor Mika abermals feuern konnte, traf sie eine Polizeikugel in der rechten Schulter. Durch die Wucht taumelte sie zurück und geriet ins Straucheln. Die Waffe entglitt ihren Fingern. Verzweifelt ruderte die Getroffene mit den Armen, fand keinen Halt und stürzte rückwärts über die Dachkante.

Im ersten Moment war Charlotte wie gelähmt, dann kam Leben in sie.

»Philipp?«

Keine Reaktion. Sein Gewicht lastete schwer auf ihr.

Mit aller Kraft schob sie sich unter ihm hervor. Er rührte sich nicht.

»Philipp … bitte nicht!« Wie in Trance registrierte sie den zerfetzten Stoff seiner Jacke. In Brusthöhe erkannte sie mehrere Einschusslöcher. Erschüttert kroch sie auf allen vieren über den Betonboden näher heran, fasste in eine Blutlache und zuckte entsetzt zurück.

KAPITEL 47

Anneliese und Conrad standen in heller Aufregung neben ihrem Wagen. Der Hauptkommissar hatte ihnen nach seinem Eintreffen einen Polizeibeamten an die Seite gestellt, der aufpassen sollte, dass sie sich nicht von der Stelle rührten.

Zusammen hatten sie die gespenstige Szene auf der Baustelle aus sicherer Entfernung beobachtet. Die Silhouetten von drei Personen waren durch das grüne Licht auf dem Dach des Rohbaus gut erkennbar gewesen.

Ein Mannschaftswagen des SEK war vorgefahren und hatte eine Gruppe vermummter, schwer bewaffneter Männer ausgespuckt, die lautlos auf dem Gelände verschwunden waren.

Kurz danach waren Schüsse gefallen – zuerst vier schnell hintereinander, danach ein weiterer, schließlich noch einer. Einen Augenblick später stürzte eine Person mit ausgebreiteten Armen vom Dach.

»Oh, mein Gott!« Anneliese wechselte einen betroffenen Blick mit Conrad. »War das etwa …?«

Ihr Lebensgefährte zuckte nur hilflos die Schultern. Ihm war kalt. Er trug ein kariertes Hemd mit einem Pullunder darüber. In seine warme Jacke hatte er seine Lebensgefährtin gehüllt, die sich erregt an den Polizisten wandte.

»Bitte fragen Sie über Ihr Funkgerät nach, was da oben passiert ist. Los! Machen Sie schon!«

Er zögerte einen Moment, als überlege er, ob er für Zivilisten eine Auskunft einholen dürfe, entfernte sich einige Schritte und nahm Kontakt zu einem Kollegen auf.

Mit ernster Miene ging er danach zu Anneliese und Conrad hinüber.

»Und?«, drängte sie ungeduldig. »Was hat er gesagt?«

»Es sieht wohl so aus, dass von den drei Personen da oben zwei tot sind. Eine ist abgestürzt, eine weitere wurde erschossen. Mehr wusste der Kollege nicht, weil sie noch nicht aufs Dach dürfen.«

Sekundenlang schloss Anneliese schockiert die Augen. Sie flüchtete in die Arme ihres Partners, der sie fest an sich drückte.

»Wenn Bremers Vermutung zutrifft …«, ihre Stimme wollte ihr nicht gehorchen, »hat diese Mika zuerst Philipp und später Charlotte hierhergelockt. Das bedeutet …«

»Mindestens einer von beiden ist tot«, vollendete der Polizeibeamte fast automatisch, worauf Anneliese leise schluchzte.

Nachdem der Leiter des SEK keine weitere Bedrohung gemeldet hatte, stürmte Hannes an der Spitze seines Teams im sechsten Stockwerk ins Freie. Das grüne Licht wurde durch helle Scheinwerfer ersetzt. Nach kurzer Orientierung lief der Hauptkommissar zu der Stelle, an der Charlotte auf dem Boden kauerte. Sie hielt Philipp an sich gedrückt und wiegte den leblosen Mann wie ein trostbedürftiges Kind.

Notarzt und Sanitäter wehrte sie verzweifelt ab.

»Fassen Sie ihn nicht an!«

Voller Mitgefühl hockte sich Hannes neben sie und legte die Hand auf ihre Schulter.

»Charlotte …« Selten sprach er sie mit ihrem vollständigen Namen an. »Lass die Männer ihre Arbeit tun.«

Sie wandte ihm ihr tränennasses Gesicht zu, irritiert, verstört. Wortlos nickte sie, gab Philipp frei und ließ sich von Hannes hochhelfen. Er schloss sie bergend in die Arme, was einen erneuten Tränenstrom auslöste.

Über ihre Schulter sah er, wie sich das Notarztteam um den Professor bemühte. Die Männer prüften die Vitalwerte, öffneten seine Jacke und zerschnitten ein Hosenbein. Während sich der Sanitäter um die Schusswunde an Philipps linkem Unterschenkel kümmerte, klopfte der Notarzt mit der flachen Hand behutsam gegen die Wange des Bewusstlosen.

Philipps Lider flatterten. Er schlug die Augen auf; sein Blick irrte ziellos zwischen den über ihn gebeugten Männern umher.

»Meine Frau … Charlotte … Ist sie verletzt?«

Sie hörte seine Stimme. Ungläubig löste sie sich von Hannes, schob ihn beiseite und kniete sich neben Philipp.

»Du bist … Ich dachte …«

Sie sah, dass er eine schusssichere Weste trug – in der vier Geschosse steckten. Mit zitternden, blutverschmierten Fingern tastete sie darüber. Und wieder schossen Tränen in ihre Augen – diesmal vor Erleichterung.

»Eine Schutzweste. Woher hast du die?«

»Die hat mir dein Freund Bremer vorhin verpasst. Er hat gedroht, mich wegen Widerstands gegen die Staatsgewalt festzunehmen, wenn ich sie nicht sofort anziehe.«

Charlotte blickte auf, um Hannes zu danken, aber er war verschwunden.

Auf der Baustelle herrschte emsiges Treiben. Ein zweiter Rettungswagen fuhr mit Blaulicht aufs Gelände. Kurz darauf erkannte Anneliese in dem korpulenten Mann, der aus einem Auto stieg, den Rechtsmediziner.

»Ich will sofort wissen, was genau da oben passiert ist.« Entschlossen ging sie mit ihren kalten Füßen in den Gesundheitslatschen auf den Polizisten zu und funkelte ihn an. »Sie werden mich nicht davon abhalten. Ist das klar, junger Mann?«

Da sich Conrad anschloss, nickte der Uniformierte nur und begleitete das Seniorenpaar zur Baustelle. Als sie die Einsatzfahrzeuge passierten, kam ihnen das Rettungsteam mit einer Fahrtrage entgegen, auf der eine Person lag. Abrupt blieb Anneliese stehen und tastete nach Conrads Hand. Philipps weißer Haarschopf war unschwer zu erkennen. Musste das nicht bedeuten, dass eine der beiden Toten Charlotte …

Entschlossen ergriff Conrad die Initiative. Er zog seine Liesel mit sich zum Krankenwagen und stellte sich den Sanitätern in den Weg. Mit ernster Miene blickte er den Freund an.

»Was um Himmels willen ist mit Charlotte passiert?«

»Keine Sorge, es geht ihr gut. Sie ist zu ihrem Auto vorausgegangen, weil sie der Ambulanz in die Klinik folgen will.«

»Gott sei Dank«, flüsterte Anneliese. »Und du? Bist du verletzt?«

»Ein Durchschuss in der linken Wade. Nichts Bedrohliches.«

»Wer war das? Mika Lucht?«

»Sie hat mich in meinem Wagen überfallen.« Ihm fiel ein, dass er am nächsten Morgen einen Werkstatttermin hatte. Im nächsten Moment war ihm klar, wie absurd dieser Gedanke in einer solchen Situation war. Offenbar ein Schutzmechanismus, um die Ereignisse zu verarbeiten. Dennoch fasste er unter die Decke und zog seinen Autoschlüssel aus der Hosentasche. »Kannst du ihn nach Hause fahren? Er steht hinter dem Bürocontainer.«

»Sicher. Dadurch komme ich wenigstens nicht in Versuchung, mich noch mal an Conrads bestem Stück zu vergreifen.«

In der Klinik wurde Philipps Schusswunde versorgt. Charlotte wartete geduldig auf dem Flur. Sie war unendlich dankbar dafür, dass er durch Hannes' Voraussicht überlebt hatte. Sie fragte sich, ob sie Sophia und Axel benachrichtigen sollte, als die beiden plötzlich in der Notaufnahme erschienen. Man hatte sie darüber informiert, was auf ihrer Baustelle geschehen war. Ihnen fiel ein Stein vom Herzen, dass Philipp den Angriff so glimpflich überstanden hatte.

Nachdem seine Verletzung versorgt war, durfte seine Familie zu ihm. Der behandelnde Arzt sprach davon, ihn einige Tage zur Beobachtung stationär aufzunehmen, aber Philipp bestand darauf, mit Charlotte nach Hause zu fahren.

Als sie die Villa betraten, kam Anton aus dem Wohnzimmer gelaufen. Er hatte den Wagen gehört und nur Charlottes Rückkehr erwartet. Nun war er froh, auch Philipp zu sehen, der sich mit zwei Unterarmgehstützen fortbewegte.

»Du kannst ja richtig gut mit den Dingern laufen.«

»Vor ein paar Jahren habe ich mir beim Skifahren einen Bänderriss zugezogen. Damals musste ich längere Zeit an Krücken gehen. Das verlernt man nicht.« Er sollte das verletzte Bein einige Tage schonen. »Wieso geisterst du hier eigentlich so spät noch rum? Solltest du nicht längst im Bett liegen?«

»Ich kann doch nicht schlafen, wenn so eine durchgeknallte Tussi auf dich geschossen hat.«

Das leuchtete seinen Pflegeeltern ein. Zusammen betraten sie das Wohnzimmer. Ein erleichtertes Raunen erklang.

»Bin ich froh, euch beide zu sehen«, sprach Elisabeth aus, was ihre Mitbewohner dachten. »Jetzt hat diese ganze schreckliche Geschichte hoffentlich ein Ende.«

Bedauernd schaute Charlotte sie an.

»Es tut mir leid, dass ich dich vorhin so angeraunzt habe.«

»Schon gut. Der Zweck heiligt die Mittel.«

Charlotte lächelte und begleitete Philipp zu seinem Lieblingssessel. Dort nahm sie ihm die Gehhilfen ab, bevor er sich setzte. Unterdessen holte Anton einen Hocker herbei, auf den der Professor sein verletztes Bein bettete.

»Das ist lieb von dir, mein Junge.«

Aus ihrem Strickkörbchen fischte Anneliese den Autoschlüssel und reichte ihn dem Freund.

»Dein Wagen hat meine Fahrkünste ohne Blessuren überstanden. Außerdem habe ich den herrlichen Blumenstrauß in Charlottes Zimmer gestellt.«

»Danke, Liesel.« Philipp wollte in Antons Gegenwart nicht über die dramatischen Ereignisse sprechen, obwohl ihm klar war, dass die Freunde auf einen Bericht brannten. »Es ist spät. Trotzdem habe ich Hunger. Während Charlotte unseren Junior ins Bett bringt, würde ich gern einen Happen essen.«

Seine Lebensgefährtin verstand und gab Anton ein Zeichen. Die WG-ler wünschten ihm eine gute Nacht, worauf er den Raum mit seiner Pflegemutter verließ. Philipp wusste, dass sie mit ihm über die Ereignisse sprechen würde.

KAPITEL 48

Ausnahmsweise traf sich der Kollegenstammtisch zum letzten Mal in diesem Jahr schon am Donnerstag vor Weihnachten in der Altstadtkneipe ›Alibi‹. Nacheinander trafen Pia und Martin, kurz darauf Charlotte und Horst ein. Hannes verspätete sich etwas. Vor den Feiertagen war es schwieriger als gewöhnlich, einen Parkplatz zu finden.

»N'Abend zusammen.« Er hängte seine Daunenjacke über die Stuhllehne und setzte sich neben die langjährige Freundin. Dabei gab er dem Kellner ein Zeichen. Der Mann wusste, dass die Runde normalerweise alkoholfreies Bier trank, und nickte.

»Die Getränke gehen heute auf mich«, verkündete Charlotte, worauf Pia sie gespannt anschaute.

»Gibt es was zu feiern? Verlobung? Hochzeit? Irgendwas in diese Richtung?«

»Ganz sicher nicht. Das ist einfach nur ein kleines Dankeschön. Jeder von euch hat auf irgendeine Weise dazu beigetragen, dass diese Sache für Philipp so glimpflich ausgegangen ist.«

»Das ist unser Job.«

»Trotzdem.« Fragend blickte sie Hannes an. »Wie weit seid ihr denn inzwischen? Konntet ihr Fink etwas nachweisen?«

»Keine Chance. Entweder ist er ein ganz ausgefuchster Hund, der sich nach allen Seiten abgesichert hat – oder er hat sich wirklich nicht mit Mika verbündet, um sich an deinem Professor zu rächen.«

»Möglicherweise hat er nach Sandra Helmkes Tod die Chance ergriffen, Professor Thaler eins auszuwischen«, sagte Martin. »Allerdings glaube ich das nicht.«

Hannes nahm eines der Biergläser entgegen, die der Kellner brachte.

»Ich auch nicht. Wenn wir Glück haben, finden wir einen Hinweis im Nachlass der Hackerin. Unsere IT-Leute durchforsten seit Tagen ihre sämtlichen Speichermedien. Vieles ist verschlüsselt. Es kann Wochen dauern, bis das alles ausgewertet ist. Sicher wissen wir bislang nur, dass sie den Professor gestalkt hat. Wir haben eine Datei mit den Sprüchen gefunden, die sie ihm geschickt hat. Außerdem ein digitales Tagebuch, in dem sie ihn für Amelies Suizid verantwortlich macht.«

»Daraus geht hervor, dass sie wusste, wie eifersüchtig Amelie auf Sandra war, weil sie ein besonderes Verhältnis zu ihrem Professor hatte«, fügte Pia hinzu. »Möglicherweise war das einer der Gründe, aus dem Mika sie erschlagen hat. Geplant war bis dahin anscheinend nur, ihn auf vielfältige Weise leiden zu sehen. Mit dem ersten Mord ist die Sache eskaliert. Sie konnte nicht mehr zurück und hat alle Hemmungen verloren.«

Martin berichtete, dass sie dabei waren, das Vermögen der jungen Frau zu sondieren. Beim Überprüfen der Immobilien aus ihrem Besitz waren sie auf einen Kellerraum gestoßen, in dem es außer jeder Menge Computertechnik eine Wand gab, die über und über mit Fotos bedeckt war. Überwiegend von Philipp, von den WG-lern, Anton sowie von

Sophia und Axel in verschiedenen Situationen. Aufnahmen der Villa, des Grundstücks und der Baustelle waren darunter. Teilweise handelte es sich um Bilder, die aufgrund der Perspektive vermutlich mit einer Foto-Drohne aufgenommen worden waren. Zwei dieser Fluggeräte wurden ebenfalls sichergestellt. Außerdem hatten Untersuchungen ergeben, dass Philipps Autoschlüssel gehackt war, sodass Mika Lucht unbemerkt in sein Fahrzeug steigen konnte, als der Professor im Blumengeschäft war.

»Anscheinend hat diese Mika sehr viel Zeit in ihre Rache investiert«, bemerkte der Rechtsmediziner. »Sie hat sich immer mehr hineingesteigert. Sie wurde ihr Lebensinhalt. Ihr Verhalten war eindeutig pathologisch. Durch diesen zerstörerischen Racheakt wurde sie schließlich zur Mörderin.«

»Ähnlich hat Philipp das erklärt«, pflichtete Charlotte ihm bei. »Seid ihr bei Mika eigentlich auf einen Hinweis gestoßen, ob die Therapeutin mit drinsteckt?«

Kopfschüttelnd verneinte Hannes.

»Nichts deutet darauf hin. Frau Neuhaus ist sauber.«

»Sicher?«

»Soweit wir das bislang wissen – ja.« Er griff nach seinem Bierglas. »Wie geht es deinem Professor?«

»Er hat das alles ganz gut überstanden.« Sie warf ihm einen dankbaren Blick zu. »Marlenes Bericht hat auch dazu beigetragen.«

Die Journalistin hatte einen halbseitigen Zeitungsartikel über den Fall geschrieben, der bewirkt hatte, dass Philipp in der Öffentlichkeit ebenfalls rehabilitiert war.

»Anfang der Woche hat er einen Vortrag in der Uni gehalten. Wir waren alle dabei. Es war ziemlich beeindruckend, als er vom Publikum mit Standing Ovations empfangen wurde.«

»Das freut mich für ihn.« Behutsam legte Horst die Hand auf Charlottes Arm. »Lasst uns mal das Thema wechseln und nicht nur von Verbrechen und deren Auswirkungen sprechen. Immerhin steht das Fest der Liebe vor der Tür.«

»Fährst du wie in jedem Jahr zu deinem Bruder nach Celle?«

»Ja – warum?«

»Weil ich dich sonst zu uns eingeladen hätte. Niemand von meinen Freunden soll die Feiertage allein verbringen.«

Ihre Worte zauberten ein Leuchten auf sein rundes Gesicht.

»Das ist lieb von dir, aber ich habe Paul bereits zugesagt. Außerdem habt ihr das Haus bis unters Dach voll. Wo bringt ihr eure Sippschaft eigentlich unter?«

»Wahrscheinlich müssen wir sie stapeln«, scherzte sie, erzählte aber, wie sie das Schlafplatzproblem lösen wollten. »Philipp räumt sein Schlafzimmer für seine Tochter und ihren Mann aus Schweden. Ihre Kinder verfrachten wir auf Luftmatratzen zu Anton. Meine Tochter nächtigt mit ihrem Anhang in meiner Wohnung und Ben wird sich in meinem Wohnzimmer in der Villa mit dem Sofa anfreunden müssen.«

»Haben die anderen Bewohner keine Angehörigen?«

»Conrads Tochter kommt erst im Frühjahr nach Hannover und Ellis Enkel ist noch zum Studium in Australien. Anneliese und der General sind kinderlos. Allerdings hat unsere Strick-Liesel Tom Vellner eingeladen. Er hat ihre mütterlichen Gefühle geweckt.« Ein zufriedener Ausdruck lag auf ihrem Gesicht. »Bei uns in der Halle steht seit gestern ein riesiger Tannenbaum. Wir Gruftis haben ihn zusammen mit Anton geschmückt – wie es sich für eine richtige Familie gehört.« Fragend blickte sie den Hauptkommissar an. »Was hast du Weihnachten vor? Zweisamkeit mit Marlene?«

»Darauf läuft es wohl hinaus.«

»Grüß sie bitte von mir.«

Pia und Martin erzählten ebenfalls, wo sie die Feiertage verbringen würden. Danach kamen ihre Pläne für den Jahreswechsel zur Sprache. Im Nu machten Anekdoten über lustige Silvestererlebnisse die Runde.

Guter Stimmung verabschiedeten sie sich zu vorgerückter Stunde vor der Kneipe voneinander.

Obwohl Philipps Wunde gut heilte, hatte Charlotte ihm am Nachmittag gesagt, sie würde sich nach dem Stammtisch ein Taxi nehmen, weil er sich schonen sollte.

Trotz ihrer besorgten Worte sah sie ihren Lebensgefährten ein Stück die Straße runter neben seinem Wagen stehen. Warum taten Männer eigentlich so selten, was man ihnen riet? Sie winkte den Freunden noch einmal zu und ging zu dem Wartenden hinüber.

Mit Unschuldsmiene schaute er sie an.

»Hallo, meine Schöne. So allein an diesem eiskalten Abend?«

Lächelnd blieb sie vor ihm stehen.

»Ich bin auf der Suche nach jemandem, der mich wärmt.«

»Das ist meine Spezialität.«

»Ach, wirklich?« Ehe er es verhindern konnte, nahm sie ihm den Autoschlüssel aus der Hand. »Dann lass uns nach Hause fahren.«

*

Irgendwo in Hannover klingelte spätabends ein Telefon …

DANKSAGUNG

Abschießend danke ich meinen drei Erstleserinnen Monika Meier, Sigrid Albrecht und Barbara Kaubisch, die wieder wichtige Ermittlungsarbeit geleistet haben. Wie speziell ausgebildete Spürhunde finden sie die Buchstabenleichen und unterstützen mich bei der endgültigen Beseitigung störender Überreste. So manches Wortgebilde ist dadurch eliminiert und in den Tiefen der Datenmüllanlage begraben worden.

Bei meinem munteren Seniorenstuhlkreis bedanke ich mich für gute Gespräche, gute Laune und gute Verpflegung. Ihr inspiriert mich total.

Nicht unerwähnt lassen möchte ich meine Familie. Ohne euch und eure Liebe wäre mein Leben leer.

Bemerken möchte ich außerdem, dass mir Kollege Google stets unermüdlich dabei behilflich ist, manche Seiten mit seriösen Informationen zu finden, die mir für die Recherche sehr nützlich sind.

Meiner großartigen Lektorin Claudia Senghaas danke ich für die wunderbare Zusammenarbeit und Unterstützung jeglicher Art. Das Gleiche gilt für den Gmeiner-Verlag und dem unschlagbaren Team dort.

Ein herzliches Dankeschön geht an meine Leser, die mir oft mitteilen, wie sehr sie sich auf den nächsten Charlotte-Stern-Krimi freuen. So positive Rückmeldungen setzen rasch einen weiteren Mordprozess in Gang – zuerst in meinem Kopf, dann am Computer und schließlich auf dem Papier.

Alle Bücher von Claudia Rimkus:

Hobbyermittlerin Charlotte Stern:
1. Fall: Eichengrund
ISBN 978-3-8392-2204-1

2. Fall: Rabeneck
ISBN 978-3-8392-2588-2

3. Fall: Uhlenbrock
ISBN 978-3-8392-0088-9

4. Fall: Erlenried
ISBN 978-3-8392-0259-3

weitere:
Mörderisches aus Hannover (mit Heike Wolpert)
ISBN 978-3-8392-2540-0